猫は宇宙で丸くなる

猫SF傑作選

シオドア・スタージョン
フリッツ・ライバー他
中村融編

竹書房文庫

猫ＳＦ傑作選　猫は宇宙で丸くなる

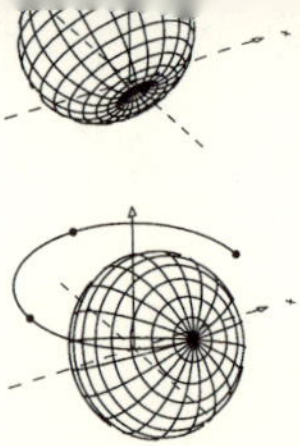

CONTENTS

〈地上編〉

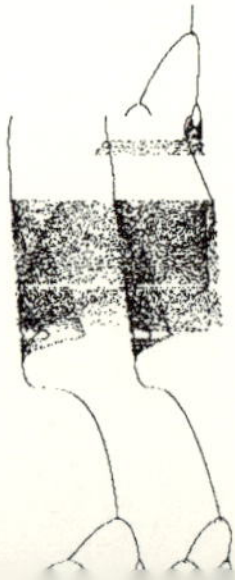

〈宇宙編〉

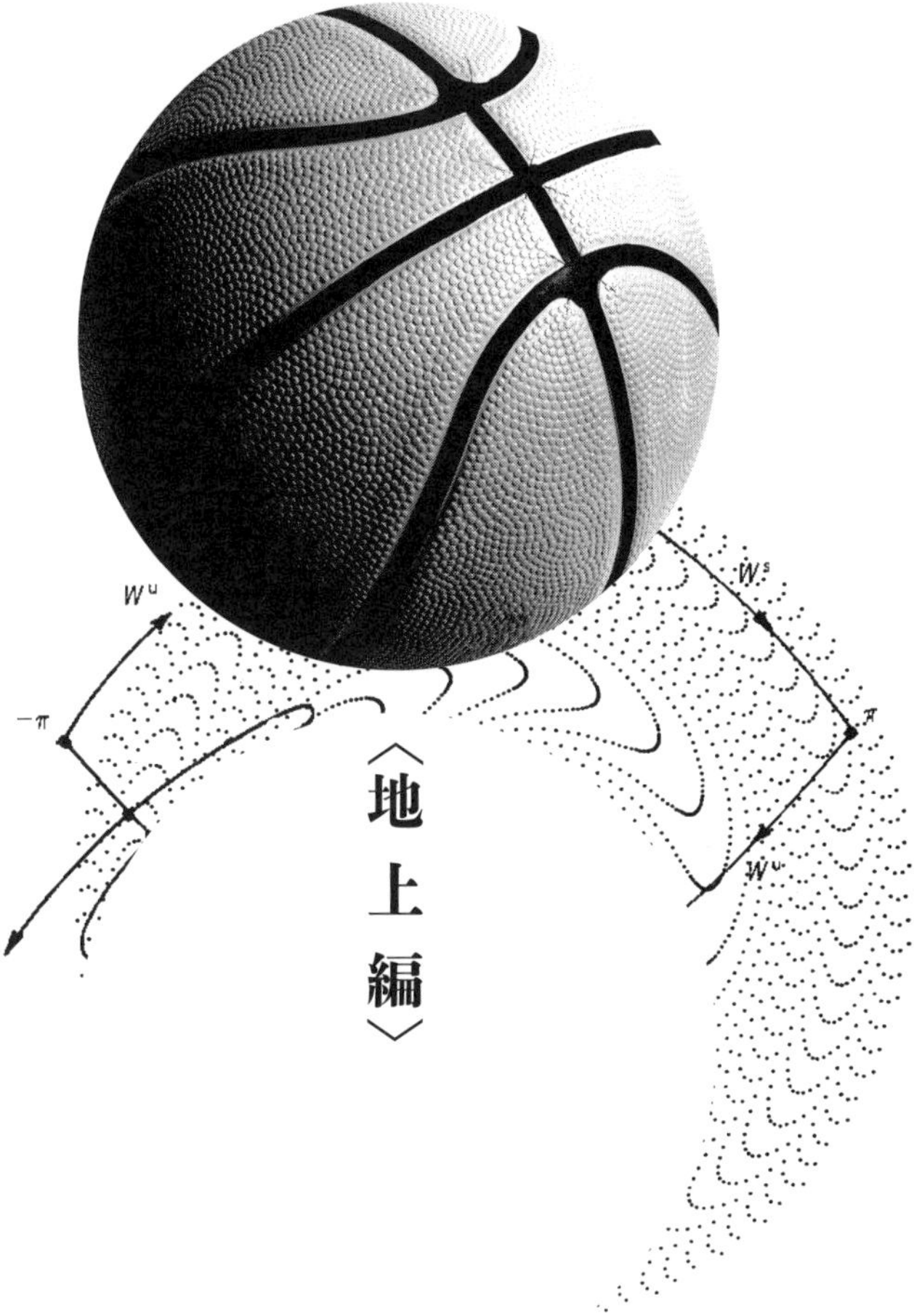

〈地上編〉

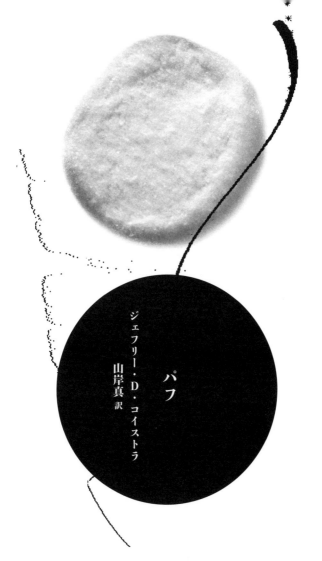

パフ

ジェフリー・D・コイストラ
山岸真 訳

ジェフリー・D・コイストラ　Jeffery D. Kooistra（1959-　）

　SFと猫といえば、印象的な猫の名前が即座に思い浮かぶ。たとえば、ロバート・A・ハインラインの名作『夏への扉』（一九五七／ハヤカワ文庫SF）に登場するピートこと護民官ペトロニウス。冬が嫌いで、夏に通じるドアをいつも探している猫だ。あるいはコードウェイナー・スミスの「鼠《ねずみ》と竜のゲーム」（一九五五）に出てくるキャプテン・ワオ。宇宙船に乗り組んで、恒星間宇宙の深淵に潜む怪物と闘うピンライターだ。あるいは、ジェイムズ・P・ホーガンの『未来からのホットライン』（一九八〇／創元SF文庫）で歴史改変のきっかけとなるジェイムズ・クラーク・マックスウェル。この調子であげていくとキリがないが、その末席に連なるのが本編の主役パフである。見かけは無邪気な子猫だが、その実態は……。

　作者はアメリカの作家・物理学者。科学技術に根ざしたSFを柱とする雑誌〈アナログ〉一九九二年三月号に短編"Love, Dad"を発表してSF界に参入し、以後も同誌を拠点に小説や科学コラムを執筆している。いまのところ唯一の著書 *Dykstra's War*（2000）は、同誌に発表した連作をまとめた長編であり、スーパー科学者の活躍を描いている。

　本編の初出は〈アナログ〉一九九三年十二月中旬号。読者による人気投票で短編部門の年間二位に選ばれるなど好評を博し、続編が二作書かれた。

「子猫のなにが困るかといえば、成長して猫になることだ」という問題になにか対策を講じようと決心する以前に、わたしはこのセリフを百回は聞いていただろう。もちろん生物工学者のはしくれである以上、わたしもそれなりに結果の見通しはつけてあった。にもかかわらず、じっさいは大惨事が起こるところだったのだ。

その寸前まで行った。

そして、ことはまだ終わってはいない。

「父さん、あたし、猫さんほしい」と娘のヘイリーがいった。

「だれが世話をするのかな？」仕事中だったわたしは顔もあげずにきいた。

「あたしする」娘は五歳。世話などしないことは目に見えている。けれど、娘の栗色の巻き毛に指を走らせながら、のぞきこんだハシバミ色の瞳が期待でいっぱいなのを見てしまうと、だめといえるわけはなかった。

ヘイリーは子猫を〝マフィン〟と名づけ、飼いはじめてしばらくは、来る日も来る日も彼女と遊んでいた。ボールを転がして追いかけさせたり、毛糸をひらひらさせてじゃれつかせたり、赤ん坊用の帽子をかぶせてベビーカーに乗せ、近所を押して歩いたり。だが、やがて妻のドロシーが、お気に入りのカーテンがずたずたになっているといいだした。ついにドロシーは、マフィンがカウチの背に爪を立ててのぼろうとしている現場を取りおさえ……。

マフィンは地下室に追いやられた。流刑日の朝、母親からマフィンをキッチンに連れこんではいけないといわれたヘイリーが、涙ぐんで抗議しているのを目にしたわたしは、〈ナショナル・バイオジェン〉社の職場に着いたとき、はた目にも心そこにあらずだった。同僚のスティーヴが、どうかしたのかときいてきた。

「そいつが子猫の困ったところさ」わたしが話しおえると、スティーヴはいった。「成長して猫になってしまう」

そのことについて自分がなにかできるはずだと思いたったのは、そのときだ。

その晩帰宅するまでには、その思いは心の中にしまわれていた。ほかの仕事で頭が占められていたのだ。しかし、ヘイリーが地下室への階段の上からマフィンにお休みをいってドアを閉めたとき、マフィンが猫だけに出せる悲しげな声でむせび鳴き、娘がドロシーの脇を矢のように駆け抜けてわたしの膝に這いあがると、泣きじゃくりながら、

「こんなのひどいよ、父さん。なんでマフィンは上に来ちゃだめなの？」

「マフィンは大きくなりすぎたんだよ、お嬢ちゃん。それに、マフィンはあまりに猫らしすぎる。家の中だけで飼うには手遅れなんだ。外に出たくてどうしようもなくなるだろう」

「なんで猫さんは大きくならなきゃいけないの？」

そんな必要はないのだ。というわけで、わたしはその週末、その件を調べてみた。

動物を若いままにしておくために必要な研究はすでにかなりの数がおこなわれていて、中でもめざましいのは雄牛に関してだった。そもそもの発想は、さまざまなサイズの動物を非

工業化国に供給して使ってもらおうというもの。発育期の哺乳類は、すばやくかつたやすくものごとを習得する。ヨックスと名づけられた若いままの雄牛《オックス》は、貧しかったアフリカの国々を奇跡のごとく一変させていた。

わたしには、同じことが猫にもできるという自信があった。ヨックス第一号は、ウイルスを利用した遺伝子操作で作りだされた。その後数年かかったが、ついに、幼年期の末期まで成長すると五、六年そのままの状態でいる雄牛が、交配の結果として生まれるようになった。雄牛はその後成獣になり、三年か四年で死ぬ。

わたしが最初に試した子猫は、ふつうの三倍の速度で成長し、がんにかかって死んだ。二匹目は、いつまでたっても自分の面倒が見れるところまで育たなかった。三匹目が、〝パフ〟だった。

マフィンの流刑から六カ月後、わたしの実験室《ラボ》でパフが生まれた。最初から、彼はうまくいく気がした。ふつうの時期に乳離れさせたが、三匹の兄弟が成長をつづけたのに対し、パフは大きく遅れをとった。三カ月後、パフは予想された限界まで成長した。以後は、一生を終える数年前にいきなり最後の成長期に入るまでそのままだ。

ドロシーにうるさがられるようになってから一年後、マフィンは野犬に殺された。

パフをヘイリーにあたえようと思っていたわけでは、まったくない。パフが生まれてまもなく、ささやかな昇進とともにわたしの仕事の内容は変化し、第二第三のパフ作りにまわせる空き時間がなくなっていた。わたしの心づもりは、パフをラボの中で飼い、成猫になったらつがわせて、自分と同種の子を残せるかどうか確かめるというものだった。

ところが、そのとき、マフィンが最後の散歩に出かけたのだ。

わたしの家が建っているのは都市郊外を外れてすぐのところで、近くにはよその家が六軒と、野原と、樹木の茂る一帯と、湿地帯がある。そして、鳥やリスやウサギのほかに、野犬の群れが棲《す》んでいた。頻繁に犬の姿を見かけたわけではないが、ときおり、近所でニワトリが死んだり、子どもが咬《か》み傷を負って帰ってきたりした。何匹かは殺したものの、そのくらいでは焼け石に水らしい。犬たちが夜通し、闇夜のどこかで遠吠《とおぼ》えもまじえた鳴き声をあげることもしばしばだった。

そのとき、ヘイリーは晩ご飯だよとマフィンを呼びに外に出て、マフィンはめずらしくすなおに呼びかけにこたえた。猫が裏庭のむこう端にあるガレージの陰から姿を見せたそのとき、ぼろぼろの毛並みの雑種犬と、それより小さな犬が二匹、木立から飛びだしてきた。マフィンが弾丸のように逃げだし、ヘイリーが裏庭に駆けだしたところで、わたしもなにがおきているかに気づいて、娘のあとを追った。娘は無事に保護したが、マフィンまで助けることはできず、ドラマは結末まで演じられた。

わたしは大きな黒犬と小さなほうの一匹を追いはらった。マフィンはもう一匹の目をつぶしてから天に昇った。ドロシーにヘイリーを家へ連れもどらせてから、わたしはその犬にとどめを刺した。わたしたちは花壇の脇にマフィンを葬《ほうむ》った。

その夜、ヘイリーは泣き疲れて眠った。翌日、帰宅したわたしはパフを連れていたのである。

結果はどちらにとっても吉と出た。ヘイリーは新しいトラ猫をとてもかわいがったし、パフは家の中を好きなように歩きまわれた。ラボではたいがいパフを檻《おり》に入れておかなくてはならなかったが、ヘイリーがあんなことを目の当たりにしたあとだけあって、ドロシーも猫を飼うのにまったくの放任主義ではいけないと思うようになっていた。とはいっても、とくに問題が生じたわけではない。わたしはパフに砂箱で用をたすようしつけてあったし、家財を傷つけるにはパフはあまりに小さかった。一週間して、ドロシーはパフがカウチの背をのぼっているところをつかまえたが、叩かれて叱りつけられたパフは、二度とそんな真似はしなくなった。まるで、そのできごとの意味を理解し、この家の女王さまを怒らせないほうがいいとわかったかのように。

ヘイリーはパフにいろいろな芸を仕込んだ。パフの覚えの早さは驚異的だった。一週間も経《た》つと、ヘイリーはパフに「床をごろんごろん」や「死んだふり」をさせたり、毛糸玉を取ってこさせたりしていた。そう、ふつうなら猫にそんな芸は仕込めないものだが、パフは楽しんでやっていた。

夏がすぎ、娘は目に見えて成長をつづけたが、パフは違っていた。いつ見ても永遠の子猫のままで、四六時中跳ねまわり、なにを見ても大喜びで、それはいかにも子猫らしかった。

生物工学的に加えられた差異以外にも、パフにはひどく特別な点がある、とわたしがはじめて気づいたのは、彼がマシュマロを焼いているところに出くわしたときである。

その夏、家族をキャンプに連れていったとき、ヘイリーはマシュマロの焼き方を習っていた。そして、ガスレンジも炎を使うのだから、キャンプファイヤーではなくレンジの火口《ほぐち》にかざしても、マシュマロを焼けるに違いないと思いついた。

「ねえ見て、お父さん」娘の声を聞いてキッチンに行ってみると、ヘイリーはシシカバブの串の先に刺したマシュマロを、手前の列の火口にかざして焼いていた。パフが調理台にのって、それを見つめている。

「すてきだね、お嬢ちゃん。ママはこのことを知っているのかな?」

「いいわっていったよ」それは半分はほんとうだった。ドロシーは娘が、次に家族でキャンプに行ったときマシュマロを焼く話をしているものと思っていたのだ。とはいえ、ヘイリーの手際は本職さながらだったから、別に問題はない。

マシュマロが燃えだした。ヘイリーは串を手もとに持っていって、火を吹き消した。

「気をつけるんだぞ、ヘイリー。うちを丸焼けにするんじゃないよ」

「だいじょうぶだってば、お父さん。パフはこうするのが好きなの」

「なんだって?」

娘がねばつくかたまりを串から外してパフの脇に置くと、子猫はそれをぺろりとたいらげた。「パフは、あたしに焼いてもらってからのほうが好きなの」

「なるほどね」

マシュマロのレンジ焼きは、ヘイリーが飽きるまで数日間つづけられた。そんなことはすっかり忘れていたある日、わたしは夜食がほしくて一階へおりていった。キッチンに足を踏みいれる前に、中で蠟燭《ろうそく》かなにかが燃えているように光が踊るのを見た気がした。

わたしは息を殺して忍びよった。

レンジの火がついていて、調理台にのったパフがシシカバブの串を口にくわえ、串の先に刺したマシュマロを炎にかざしていた。マシュマロが燃えだすと、パフは串を火からおろし、火のついたかたまりが皿にのるように串を置くと、近寄って残り火を前足で踏み消した。それから、なにもめずらしいことなどなかったかのように、マシュマロを食べはじめた。

わたしが明かりをつけると、パフはこちらを見た。そして、「なにも心配することなんてないんだよ」というような視線を送ってきてから、食事にもどった。

わたしはどうしたらいいのかわからなかった。「悪い猫《こ》だ」と叱るのは違う気がする。面食らったまま、わたしはパフが食べおえるのをしぶしぶ待ち、それから手さげ籠《かご》にいれて、その晩は物置に閉じこめておいた。だれの目もないところで、飼い猫の好きにレンジを使わせておくわけにはいかない。

翌日その件をドロシーに話すと、近所の人たちがマシュマロを焼く驚異の子猫を見物にやってきた。結局、ヘイリーがパフに、人のいないときにレンジを使ってはいけないといいきかせ、パフは夜中の料理をやめた（少なくとも、現場を押さえられることは二度となかった）。

パフのほかの芸当で、とりわけわたしを仰天させたのは、ヘイリーが考案したバスケットボールの親戚をマスターしたことだ。娘はゴルフボールを紐の先に結んで、それを階段のいちばん上の段から廊下にぶらさげた。つぎに紙コップを階段と反対側の壁の一メートルほどの高さにテープで貼りつけ、ゴルフボールをパフに打たせてコップに入れさせようとしたのだ。

娘がパフに芸を仕込むようすは、見ていて楽しかった。はじめのうち、パフは興味なさげに、ヘイリーがコップに入るまでボールを揺らすのを、ただ眺めていた。ところが、娘が〈ラッキーチャームズ〉を取りだすと（このマシュマロ型のシリアルはパフの大好物だ）、パフは態度を一変させた。

最初の何回かパフはボールを叩くだけで、ご褒美《ほうび》をもらえずにいたが、繰りかえしているうちに、なにを求められているかがわかったらしい。ついに一発を決めて、引き替えに〈ラッキーチャームズ〉にありついた。あっという間にパフは距離を見定めることを覚え、五回のショットのうち四回が決まるようになり、とうとう百発百中になった。

つづいてパフは、階段の手すりにボールをリバウンドさせてゴールを決めるようになったのである。

「いまのパフを見たでしょ！」ヘイリーが叫んだ。

「どうやってあんなことを教えたんだい？」

「教えてなんかないわ。見てたじゃない、お父さんも。自分で考えついたのよ。パフって天才子猫なんだ！」

振りあげられたボールがコップとは反対方向に飛んで、コツン、と手すりにはねかえり、もういちど放物線を描いて廊下を横切って、コトン、とコップにおさまる。

「おまえの名前はニュートンにしておくべきだったな」わたしはつぶやいた。「アイザック・ニュートン」

「パフって天才でしょ、お父さん？」

「そうだな。パフは超天才だよ、お嬢さん」

それは、子猫の脳が若いままに保たれた結果に違いなかった。それ以外に、パフが天才猫になった理由は思いつかない。

哺乳類の多くは、幼いうちにめざましい量の学習をする。脳がそのようにできているのだ。人間の子どもに関する研究では、数カ国語をいちどに身につけるには幼児期が理想的だという結果が出ている。一般に五ないし六歳をすぎると、外国語を難なく学ぶ能力は永遠に失われてしまう。パフを使って、わたしはほぼ一生を速修状態に固定された猫を創りだしたのである。ふつうの子猫と同じに最初の数カ月で猫の習性を身につけると、パフにはほかの事柄を学ぶ余裕ができ、さまざまな芸を身につけて史上もっとも賢い猫になったのだ。

わたしの心の中を、猫一座巡業之図が通りすぎていった。パフをはじめとするわたしの十匹ばかりの天才猫が、動物界にかつて例のないすぐれた知性を示す芸当を演じる光景が。

わたしもなにを考えていたのやら。

木の葉がもっとも色鮮やかになった十月のある週、わたしは裏庭のガレージで、ドリルの刃を研いでいた。食料雑貨店への買い物から帰ったばかりでまだ温かいドロシーの車のボンネットに、パフが寝そべっている。

パフには自分用の籐籠《とうかご》のほかに、ふたつのお気に入りの寝床があった。ひとつは妻の車の上だが、そこで見つかる新しい足跡は、そのたびにドロシーから際限のない小言を引きだした。もう一カ所は、これもドロシーをぎょっとさせたことに、陶器を焼く窯《かま》の上だった。妻の趣味は陶器作りで、その窯は市販の小さな窯に金を払いたくなかったわたしが自作したものだ。家に小さな子どもがいることでもあり、窯の表面のむきだしの部分が熱くなって、万が一にも小さな指がやけどすることのないよう、念を入れて作った。それで、窯に火が入っているとき、その上部は安全でホカホカの摂氏四十度強になるので、パフはそこが気に入ったというわけだ。

刃を研磨する耳ざわりな音にはわれ関せずだったのに、家のほうからヘイリーが呼びかけると、パフの耳がぴくりと動いた。娘が家の裏のポーチをおりて、ガレージへむかってくるのが窓越しに見える。パフは急に目をさますと、ボンネットから飛びおり、一目散にドアから駆けだした。

ヘイリーが悲鳴をあげた。

窓のむこうで、例の大きな黒い雑種犬が、今度は一匹でふたたび姿をあらわし、遠い先祖が闘犬だったことをときおりうかがわせる獰猛《どうもう》さで、わたしの小さな娘を追いかけているのが見えた。わたしは作業台から大きなパイプレンチを引っつかむと、全速力で走りでた。

「お父さん、お父さん、助けて！」ヘイリーはおびえて泣き叫びながら、精いっぱいの速さで裏のポーチめざして走っていた。

「シッ、シッ！　あっちへ行け、この犬めが！」わたしはわめきながらレンチを振りまわした。黒犬は動きを止め、その間にヘイリーは家のドアまでたどりついた。

だが、犬はパフを目に止め、こんどはそちらを目がけて走りだした。パフはあわてて方向転換すると、ほとんどまばたきする間に樺《かば》の木の幹をよじのぼった。そして一本の枝に陣どり、背を弓なりにそらせ、毛を逆立てて、フーッと怒りと威嚇のうなり声をあげた。

ようやく犬に追いついたわたしは、手にしたレンチで会心のスイングを決めた。犬の尻がゴキッと大きな音をたてる。黒犬はキャンキャン鳴きながら逃げていった。

「怪我《けが》はないかい、ヘイリー」

「あたしはだいじょうぶ。パフは怪我してない？」

「ああ。あの猫《こ》をおろしてやろう」だが、枝までのぼっていっても、パフはわたしには見むきもしなかった。雑木林の中を遠くへ逃げつづけている犬をパフはじっと見つめていて、その目には憎しみの色が――そう、憎しみが、浮かんでいた。

パフはわたしに近寄ろうとはせず、一時間後に自力で木からおりると、次に見たときには窯の上で丸くなってすやすや眠っていた。

翌日、わたしはライフルを買った。毎夕、薄暗くなるまであたり一帯の野原や林を歩きまわったが、犬たちの通り道らしきものすら見つからなかった。家にもどったわたしを、毎日パフが出迎える。「きょうもだめだったよ、小さな同志くん」とわたしはいったものだ。「犬は見つからなかった。とくにあの犬は」パフはわたしがどの犬のことをいっているか、わかっていた。

それでいて、日が暮れると毎晩、犬たちの遠吠えが彼方《かなた》から聞こえるのだ。

木の葉が落ち、それも片づけられると、今度は雪の季節だった。ヘイリーは七回目の誕生日を迎えた。そのお祝いの席では、パフにマシュマロを焼かせてやった。夕食を終えると、わたしは暖炉に火を入れるのが日課で、たまにはヘイリーに怪談を話してきかせることもあり、そんなときには、前よりも近くから聞こえてくる野犬の遠吠えが、不気味な雰囲気を添えるのだった。

冬になってから、野犬はたびたび家のすぐ近くまで来ては、餌を探してゴミ箱をあさった。近所には、「かわいそうなワンちゃんたち」のためだといって、食べ物をそっくりそのまま外に出しておく人もいた。わたしとしては、弾丸を食らわせてやりたいところだったが。けれど、いちどだけ犬に銃をむけたあのとき、結局わたしは引き金を引けなかったのだが、それはどうでもいいことだ。

クリスマスまで二、三週間というころ、ドロシーは自分の頭が変になったのかと思うようになった。「ジェフ、あなた、陶器作りの粘土を使ったりしなかった？」と妻はきいたのだ。

「粘土でなにをするっていうんだ」

「そういわれても困るけど、二キロのかたまりがなくなったの」

「見た覚えはないな」わたしは答えた。「ヘイリーにはきいてみたのか？」

それきりわたしは、そんなことなど忘れていたかもしれない。もしも数日後、ドロシーがわたしに、糸を見かけなかったかときかなければ。

「糸ってどんな？」

「ナイロン製の太い糸。釣り糸と似てるの。まちがいなくひと巻き分あったのに」

「しまい忘れているんじゃないか？」

「覚えてないわ」

「ヘイリーにはきいたかい？」

そのあとは行方不明の糸の話や、ほかにもいつの間にかなにかがなくなっているという話は出なかったが、それもクリスマスの七面鳥を切りわけるときがやってくるまでのことだった。そこにはわが一族が勢ぞろいしていた。ヘイリー、ドロシー、わたし、ドロシーの両親、わたしの弟とその妻、そしてわたしの母。パフまでがしっかりと、自分の皿の脇にちょこんとすわって待っている。一同はテーブルを囲んですわり、わたしが鳥を切りわけるのを待ちうけていた。

「ハニー、肉切りナイフはどうした？」

「あなたが持っていったんじゃなかったの？　研いでるのかと思ってた」

「いいや」わたしは引出をくまなく探しまわったが、無駄に終わった。「見つからないんだ。ヘイリー？」

「あたしには大きなナイフを触らせてくれないでしょ、お父さんは」

「ほらね」とドロシー。「この家で物をなくしてるのは、わたしだけじゃないのよ」

いらいらしながら、わたしはパフのほうをむいた。「どう思うね、猫くん？　ナイフを見なかったかい？」

パフはじっとわたしの顔を見てから、ゆっくりといちど目をまばたかせて、あくびをした。

クリスマスが終わると、パフは隠しごとをするようになった。少なくとも、わたしはそんな印象をうけた。もともと外に出るのが好きな猫だったが、その一月、雪と寒さの中だというのに、パフはやたらと長い時間をかけて野原や林を歩きまわっているようだった。朝、パフが家から出ると、晩ご飯の時間にあらわれるまで、ヘイリーがその姿を見かけないことも何度かあった。娘はパフに会えないとさみしがった。いつも最高の遊び友だちだったのだ。

　わたしたちが最後にパフの姿を見たのは、二月二日の聖燭節《グラウンドホッグ・デイ》の日の日没直後のことで、その日の昼間、少し雪がふって、あたりを覆っていたこともあり、ちぎれた雲のあいだから射しこむ満月の光をうけた世界は、夢幻郷のように輝いていた。

「ジェフ！」書斎で仕事をしていたわたしを、ドロシーが呼んだ。

「なんだい、ハニー」

「ヘイリーを追いかけて！　早く！」

「なんだって？　ヘイリーはどこだ？　なにがあった？」わたしは弾かれたように立ちあがって、コートを取りにいった。

「あの子、裏庭でパフを呼んでたの。パフが姿を見せたと思ったら、あの大きな犬が野原のどこかで吠えて。パフは林に駆けもどって、ヘイリーがそれを追いかけて」妻は早口でまくしたてた。「あの犬が野放しでうろついているところへうちの子が行くなんて、とんでもないわ！　なぜもっと前に撃ち殺しておかなかったの！」ドロシーはあの大きな黒犬の鳴き声を覚えていることに自信があり、犬の吠えたり鳴いたり遠吠えしたりする声が夜の闇から湧いてくると、その黒犬の声をほかの雑種犬の声と区別できるといっていた。

わたしはライフルを手に取り、コートのファスナーを締めて、寒い夜の中に出た。雪にはヘイリーのはっきりした足跡があり、娘がパフのつけた足跡を追って、小道を駆けおりていったことがわかる。わたしもそのあとを追って、林に入り、野原を抜け、窪地へおり、反対側の丘をのぼった。

斜面をのぼりきると、眺めがひらけた。丘の下に、ヘイリーが灌木《かんぼく》のあいだの小道を進んでいくのが見えた。そのあたりの灌木はすっかり雪に埋もれていたが、ところどころに動物たちが雪の中にトンネルを掘って近道を作っている。背の高い木もそこここに散在し、突きだした枝が空に黒い亀裂を作っていた。「ヘイリー！」わたしは叫んだ。「もう家に帰るんだ」

娘は振りむくと、まごついたようにあたりを見まわしてから、わたしに気がついた。「でも、パフがまだどこかこのへんで迷子なんだよ。それにあの犬もこのへんにいるの」ヘイリーがじれったげに叫びかえしてきた。

それが合図だったように、地獄から来た黒い悪魔の犬が低い丘のむこうから姿をあらわすと、わたしの娘にむかって突進してきた。

「ヘイリー！　逃げろ、早く、逃げるんだ！」

娘は走った。黒犬の前方十メートル。わたしはライフルの銃床を肩までもちあげた……落ちつけ……落ちついて狙え。ヘイリーは灌木の切れ目を縫って走ってくる。突然、犬がむきを変えて小道を外れた。近道のトンネルのひとつにむかったのだ。

そのままだと、あるいはヘイリーは、犬が通ってくるトンネルの出口の横を走り抜けることになる。わたしは射撃の名手ではない。娘がそのすぐそばにいるのに、犬が出てきた瞬間を狙い撃つような危険はおかせなかった。わたしは途方にくれた。

犬が視界から姿を消した。トンネルに入ったのだろう。わたしの右方でなにかが動くのが見えた。キャンという鳴き声があがる。犬は姿をあらわさない。

動いたのはパフだった。トンネルの脇の木からジャンプしたのだが、自由落下はしていない。蜘蛛《くも》が糸をつたうように、ゆっくりと雪の上までおりていく。

月の光をあびてなにかが光った。くぼんだ弧を描いて、優雅に天空を落ちていく星の軌跡のように。振り子のおもりか、なにかそのようなものだ。おもりは灌木の陰に隠れた。その直後、もういちどキャンという声がして、のたうちまわる音と断末魔の遠吠えがつづいた。

パフは低い松の立ち木のあいだに駆けこんでいった。

わたしはヘイリーのもとへ駆けおりた。娘はとり乱してわななきながら、その場に立ちつくしていた。「だいじょうぶか、ヘイリー」わたしは両腕で娘をつつみこんだ。

「なにがあったの、お父さん？　パフはどうしたの？」

「パフなら平気なはずだ。だから、ここで少しじっとしていなさい——犬がどうなったか見てくるから」

「あたしも行く」

「だめだ」

わたしは灌木のむこう側にまわりこんだ。犬はそこに横たわって、痙攣《けいれん》していた。ドロシーの肉切りナイフが腹から突きだし、ナイフの柄は粘土の大きなかたまりで覆われて重さを増されている。犬はトンネルに頭をつっこんでいた。わたしは近づいて観察した。犬は罠につかまっていた——首に環状の仕掛けがしっかりと巻きついている。

わたしはナイフを引き抜いて、もういちど突き刺した。犬の痙攣が止まった。

わたしはヘイリーを家へ連れ帰った。

その夜、パフはもどってこなかった。

翌日、わたしはあの場所に出むいて、もっとじっくり罠を調べた。わが天才猫のパフが準備していた罠は、周到なものだった。環状の仕掛けがあのトンネルにあったのは考えられた上のことで、問題の黒犬が通り抜けられるほど大きい穴は、あそこだけだったのだ。その環は、ナイロン製の縫い糸を茨《いばら》でくるんだものだった。パフは木の上で待ちかまえていて、犬がトンネルにたどりつくやジャンプし、引き金になる糸につかまると、彼が下へおりるにつれて環が締まったというわけだ。さらにパフは、肉切りナイフを別の糸で吊るし、陶器作りの粘土で重さを足した上で、押さえを外すと獲物目がけてあやまたずに死の軌跡を描くような仕掛けも作ったのである。

巧妙な罠だった。みごとな仕掛けだった。パフが見せた中でも最高の芸当だった。

次に姿を見ることがあったら、わたしはパフを殺すだろう。

パフが企てを確実に成功させるには、もうひとつ不可欠な要素があった。黒犬が鳴くのを聞いたとき、パフは意図してヘイリーを林の中に誘いこんだのである。わたしはパフの足跡をたどり直した。パフはヘイリーの先に立って小道を走り、途中で逆をむいて、待ちぶせ地点の木までもどっていた。ヘイリーは、パフのもくろみどおりにあとを追ってきた。

真実は明白――パフはわたしの娘を罠の餌にしたのだ。

少し手間どったが、わたしはなんとか犬の頭を糸の環から外した。茨のとげが何本か、深く食いこんでいた。地面が凍っていたので死骸を埋めることはできなかったが、それはどうでもいい。この犬に埋葬してやる価値などない。それでも、ヘイリーが死骸を見つけたりしないよう、森の奥へ運んで、あとの始末は死肉食らいの動物たちにまかせた。

パフの姿を最後に見てから、今晩で四年になる。

ヘイリーは十一歳になった。いまもパフを懐かしがっている。ときどき、口をあけたマシュマロの袋を裏のポーチに出しておいて、パフがそれを見つけて家にもどってこないかと思っているようだ。マシュマロは姿を消すが、わたしたちがパフの姿を見ることはなかった。

先日、わたしはふと、パフの成長と予想される事態に関する自分のメモを調べてみた。それによると、去年、パフは急速に成長をはじめて、ほんの数カ月で成猫になり、繁殖を開始しているはずだった。

そして、彼の遺伝子は優勢だ。

今宵《こよい》、わたしは月影のもとで散歩に出かけ、森の奥深くまで足を運んだ。たき火の跡が見つかり、そこには数本の細長い棒も落ちていて、黒焦げになった棒の先端についているのは、焼かれたマシュマロの残りかすに違いなかった。そして、たき火のまわりには小さな足跡があり、それは子猫五、六匹のもののようだ。さらに、もっと大きな、成猫一匹のものであろう足跡もあった。

わたしは帰宅すると、玄関の前でしばらく立ち止まって、夜の静けさに耳を澄ました。

このところ、犬たちが吠えるのを、まったく耳にしなくなっていた。

ピネロピへの贈りもの

ロバート・F・ヤング

中村融 訳

ロバート・F・ヤング　Robert F. Young（1915-1986）

本国よりもわが国で人気の高い作家はすくなくないが、その筆頭が本編の作者だろう。代表作「たんぽぽ娘」（一九六一）は、アチラのオールタイム・ベスト投票では見向きもされないのに対し、わが国ではつねに上位を占めるのだ。「もっと読みたい」という読者の声に応えるかのように、（紙媒体では）本国よりも多い四冊の作品集が日本独自の編集で刊行されている。ちなみに書名をあげれば、『ジョナサンと宇宙クジラ』（一九七七／ハヤカワ文庫SF）、『ピーナツバター作戦』（一九八三／青心社）、『たんぽぽ娘』（二〇一三／河出文庫）、『時をとめた少女』（二〇一七／ハヤカワ文庫SF）となる。

その人気の秘密は、トレードマークである純愛にかぎらず、気恥ずかしいまでの真心を正面きって描くことにあるのだろう。つまり、ヤングの作品を読めば、心がほんわかと温まるのだ。〈イフ〉一九五四年十月号に発表された本編は、その好例といえる。既訳があるが、本書には新訳で収録した。

作者は一九五三年にデビューしたアメリカの作家。雑誌を主な活躍の舞台とし、百八十を超える中短編を世に問うた。晩年には長編にも手を染め、『時が新しかったころ』（一九八三／創元SF文庫）、『宰相の二番目の娘』（一九八五／同前）などを上梓したが、本質的に短編作家であり、単行本未収録となっている作品の再評価が望まれる。

一九五六年二月一日は、ミス・ハスケルのカレンダーにおいて、かなり重要な一日となった。新しい眼鏡《めがね》が必要だとわかったのが、ほかならぬその日だったのだ。

いっぽう、銀河的な見地からいっても、一九五六年二月一日は、まったく別な意味で重要だった。相対的な軸方向の回転や、相対的な軌道速度といった要素を勘案して定められる銀河系の暦《こよみ》において、それに当たる「日」は、それまで銀河系の信条をささえていた〈傲慢《ごうまん》〉と〈自負〉という不遜《ふそん》な柱の陰から新たな資質があらわれ出て、二十五万の太陽から成る文明の光のなかへ進み出た日となったのである。思いがけない状況で登場したために、それは銀河系時間で数分のうちに全銀河文明をとりこにし、中央集権構造全体の土台を突き崩して、銀河暦において数百年も冷遇してきた数多《あまた》の未開文明を、最高評議会がついに認める事態へと追いこんだのだった。

その資質は、新しいといっても比較の上での話にすぎない。未開の地球上では何百年にもわたり存続しており、地球の哲学者たちは、それに独自の名前をあたえようと、いまだに競いあっていた。なかには「純真な感傷癖」と呼ぶ者もおり、とりわけそのうちのひとりは「生命に対する畏敬の念」と呼んだ。こうした現象を巧みに言語化するとされる地球の詩人たちは、それを「謙譲の美徳」と呼びならわした……。

発端において、一九五六年二月一日は――ミス・ハスケルに関するかぎり――先行する一九五六年一月三十一日ときわだったちがいがあるようには見えなかった。彼女はいつもの時間に起床し、急いで一階へ降りて、冬のあいだはいつもそうしているように、暖かなキッチンで着替えをした。やかんを火にかけ、ニューイングランドの冬について、口癖のような意見をいくつかピネロピに聞かせる。それから、なにひとつ疑わないまま、ミルクをとりに出た。

小さなミルク箱のふたをあけると、請求書がじろりとにらみ返してきた。最初に気づいたのは、その白い顔に斜めに書かれた「お願いします」の文字。そして見慣れた三行の代わりに、今回は四行がその下に並んでいたので、軽い驚きを味わった。しぶしぶ合計金額まで視線を下げると、二十三ドル十七セントと読めた。変哲のないはじまりにもかかわらず、けっきょく今日はふつうの日にならないのだ、とそのとき彼女にはわかった。

彼女は寒風のなかで身震いした。細かな雪が海から吹き寄せており、海岸をふちどる低い丘陵を越えて、この家を見つけ、覆いのない裏ポーチの端から端まで吹きぬけていた。いちばん高い丘のてっぺんに小柄な少年が立っていて、波立つ陰鬱《いんうつ》な水のかたまりを見つめていた。彼女は無意識のうちに少年に気づいたが、すぐに身をひるがえし、キッチンのなかにもどった。

「これからどうしましょう、ピネロピ」四分の一クォート入りミルク瓶をキッチン・テーブルの上に置き、そのかたわらに請求書を並べて彼女はいった。「これからどうすればいいのか、ちっともわからない！」

ピネロピはあくびをした。艶《つや》やかな灰色の体を目いっぱいにのばしたかと思うと、揺り椅子から飛び降りて、ストーヴの陰にある皿まで自信たっぷりに歩いていく。

「ええ、あなたが心配するわけないわね」とミス・ハスケル。「あなたは年金で食いつなごうとしなくてもいいんだから。眠って、ミルクを飲めばいいだけ。あなたほどミルクをがぶ飲みする猫は見たことがない！」ミルク瓶の錫箔《すずはく》のふたをあけ、ストーヴまで行くと、皿にミルクを満たす。「そうはいっても」と彼女は小声でいい添えた。「あなたがいなかったら、どうしたらいいかわからないわ」

彼女はミルク瓶をテーブルにもどし、食器棚からティーバッグとカップをとりだした。窓辺を通りしな、ふたたび小柄な少年が目にとまり、こんどは意識にのぼらせた。足を止め、吹きなぐりの雪を透かして目をこらす。少年は身じろぎもせずに丘の頂《いただき》に立って、雪が点々と散る波や波くぼ、茫漠《ぼうばく》たる広がりを見渡していた。まるでこれほど興味をそそる風景を生まれてはじめて目の当《ま》たりにしたかのように。あらあら、とミス・ハスケルは思った。あんなところに立っていたら凍えてしまうわ！　コートも着ずに寒風《さむかぜ》のなかであんなところに立っていたら、風邪をひいて死んでしまう！

彼女はドアをあけ、裏のポーチに踏みだした。声をはりあげると、か細い声が雄々しく風と闘った。

「坊や」彼女は声をかけた。「そこの坊や！」

ややあって少年がふり返り、彼女と向かいあった。これだけ距離があっても、その少年にふつうでないところがあるのに彼女は気づいた。

少年を手招きする。一瞬ためらったあと、少年は家へ向かって歩きだし、白くなった丘の斜面を下り、吹きさらしになった地面――去年の夏、ミス・ハスケルがサヤエンドウとサツマイモを植えたところだ――を越えてきた。でこぼこで、ちょっと崩れやすい地面をいちどもつまずかず、軽やかに歩いてきて、ポーチの階段の前で止まった。もの問いたげに彼女を見あげる。

これほど大きくて丸い目を彼女は見たことがなかった。その灰色の深みを見おろすと、深淵《しんえん》の縁に立って、理解を絶する不可解な概念をのぞきこんでいるような気分になり、頭がくらくらした。つかのま、彼女は落ち着きを失ったが、少年の風変わりな上着の開いている襟に目を落とし、さらにその下の手袋をはめていない真っ白な手に目を落とすと、憤慨混じりにいきなり視線をもどした。

「坊や、いますぐこの家にはいりなさい！」その口調は、トム・ソーヤーを叱りつけるポリーおばさんを彷彿《ほうふつ》とさせた。「冬のいちばん寒い日に、コートも着ずにあんなところに立っているなんて。もう、風邪をひいて死んでしまいますよ！　まったく、なにを考えているの！」

少年の目がわずかに見開かれたような気がしたが、はっきりしなかった。それ以上見開けるはずがなさそうだったからだ。少年の表情が——それは遠いむかし、彼女が田舎の学校教師で、壮大な白日夢にふけっている教え子たちの邪魔をしょっちゅうするはめになったころ見慣れていたものを思わせたが——目に見えて変化した。にこやかで、打ち解けたものになったのだ。

「本当にあまり寒くないんです」驚くほど気持ちのいい声で少年がいった。「でも、はいれとおっしゃるなら、はいります」

「本当にあまり寒くないですって！」ミス・ハスケルはドアをささえて少年を通してやった。

「いえいえ、半分凍えているみたいですよ！」（本当にそうだった。顔と手は愕然《がくぜん》とするほど白かったのだ）「おすわりなさい。お茶をいれてあげる。あなた、お名前は？」

「オテリスです」物があふれた小さなキッチンの細部という細部に強い関心があるかのように、少年はあたりを見まわした。とりわけ注意を払ったのが、数脚の椅子の位置だった（ピネロピはストーヴの陰に隠れて見えず、あいかわらずミルクを夢中になって飲んでいた）。

「あら、変わったお名前ねえ！」ミス・ハスケルは新しいティーバッグと新しいカップを食器棚からとりだした。「つぎは子供にどんな名前をつけるやら！　近くにお住まい？」

「はい、ある意味では」少年は窓に面した揺り椅子にすわった。そこからなら海が見渡せるのだ。「相対的にいえば、すぐ近くに住んでいます」

なぜこの子は帽子をとらないのだろう、とミス・ハスケルはいぶかった。子育ての仕方がむかしとちがうだけね、と彼女は思った。むかしみたいにあったかい恰好《かっこう》もさせないんだわ。たとえば、帽子は薄っぺらいしろもので、銀色の針金のような糸をゆるく編んだものでしかない。おまけに、耳にかぶさってもいない！

彼女はため息をついた。

「もう近所にだれが住んでいるのかもわからなくなったみたい。体はどんどん老けこんで、まさに光陰矢のごとしよ！」

「それほどのお年じゃないんでしょう」とオテリス。

「もう六十五よ！」

「でも、それはちっともお年じゃありませんよ。どうして――」

ミス・ハスケルはスプーンをとりに食器棚まで行っていた。ふり返ると、小さなお客のようすにぎょっとした。少年は口を半開きにして、揺り椅子にすわったまま身をこわばらせていたのだ。その目は、キッチンの床を横切って近づいてくるものに釘づけだ。今回は、まちがいなく、さらに大きく見開かれている。

「いったいどうしたの？」彼女は尋ねた。

少年は返事をしなかった。ミス・ハスケルは少年の視線をたどった。てっきりサーベル・タイガーなみの猛獣を目にするだろうと思ったが、見えたのは、ストーヴの陰から出て、揺り椅子は自分のものといわんばかりに近づいていくピネロピにすぎなかった。揺り椅子のもとに着くと、一瞬ピネロピは立ち止まり、考えこんだようすですわっている者を眺めた。オテリスはちぢこまり、灰色の目をいっぱいに見開いた。

「あらまあ、はじめて猫を見たようじゃない！」とミス・ハスケル。

そのときピネロピが少年の膝にひらりと飛び乗った。しばらく彼は動けないようだった。体をガチガチにして揺り椅子にすわったまま、できるだけ背中をのけぞらせ、白い手で肘掛けをきつく握りしめている。ピネロピが膝に乗るだけのつもりだと悟ると、ようやく体の力を抜きはじめた。やがてピネロピが居心地よさそうに体を丸め、目を閉じたあと、彼は片方の肘掛けから手を離し、灰色の、やわらかに脈打っている体をおそるおそる撫でた。

その顔一面に驚きが広がった。

「うわあ、音をたてて る！」

「喉を鳴らしているんですよ！」ミス・ハスケルがいった。「まったく、猫が喉を鳴らす音を聞いたことがないの？　あなた、都会の子かしら？」

「ええと――猫について学びそこなったようです。なぜか、見落としたにちがいありません。でも、専門は海洋地形学なんです。ぼくの惑星論文が優等をもらったのは、主にそれが理由です」

「やっぱり都会の子なのね、そんなおかしな科目を勉強して、猫みたいなふつうの生きものについてなにも知らないなんて！」ミス・ハスケルはストーヴからやかんを降ろし、二杯のカップにお湯を注いだ。「わたしはなにも入れずに飲むけれど」と、腰を降ろしながらいう。「あなたはピネロピのミルクを入れてもいいわ。もちろん、お砂糖がほしいんでしょう。子供はみんなそう」

「いいえ、あなたと同じ飲み方で飲みます」オテリスはすかさずそういうと、じっさいにはどうやって飲むかを突き止めようとするかのように、彼女を一心に見つめた。

「そう、なら気をつけてね。すごく熱いから」彼女は湯気の立つカップを口もとへ運び、慎重にひと口飲んだ。

オテリスがそれにならった。あら、すぐにカップを降ろしたわ、とミス・ハスケルは思った。その拍子にたまたま手が請求書に触れ、彼はそれをとりあげた。まるでお茶以外のなにかに注意を向けたくて仕方がないように。

「これはなんです？」

「ミルクの請求書よ。でも、残念ながら、ピネロピの死亡宣告でもあるわね」ミス・ハスケルは椅子にすわったまま肩を落とした。「今月それを払えなかったら、もう『お願いします』とは書かれないでしょう。もうミルクを配ってもらえないだけ」

「じゃあ、どうして払わないんですか？」

「払えないのよ。年金《ペンション》が届くまでは無理で、それはずっと先の話なの」

「つまり、ピネロピが死ぬってことですか？」灰色の目が、かつてないほど見開かれた。

「ミルクがなければ、そうなるわね」

少年は膝の上で丸まっている猫を不意に見おろした。その背中を指でそっと撫であげ、撫でおろす。ゴロゴロと喉を鳴らす音がしだいに高まり、キッチンの隅々まで届いた。

「ああ、彼女はある意味で美しい。死なせてはいけません。それはまちがっています」

「世のなかにまちがっていることはたくさんあるわ」とミス・ハスケル。「でも、それはどうしようもないことなの。でも、こんな話をしちゃいけないわね」と、あわててつけ加える。「寂しいお婆さんみたいな真似をして、小さな男の子に愚痴をこぼすなんて。さあ、お茶を飲んで、ピネロピのことは忘れてちょうだい」

「どうも変だな、あんなふうに猫を見落とすなんて」少年はうわの空だった。不意に視線をあげ、降りしきる雪の彼方《かなた》に黒く見えている陰鬱な大海原を窓ごしに見つめる。その顔に子供っぽい憧れの表情が浮かび、遠くを見る目つきになったのがミス・ハスケルにはわかった。少年は長いあいだ身じろぎせずに、うつろな目ですわっていた。やがて、ゆっくりとその表情が消えていき、視線がどこかから帰ってきて、またそっとピネロピに落ちた。

「ぼくはむかしから海が好きでした。理由はわかりません。すごく大きいからかもしれません」

「海と猫になんの関係があるの？」ミス・ハスケルがとまどい顔で尋ねる。

少年の口もとを微笑がかすめた。「切ない」という言葉がミス・ハスケルの脳裏に浮かんだが、彼の目がどれほどおだやかになったかに気づくと、またすぐに消えた。

「大ありです」彼はそういうと立ちあがり、まずピネロピを膝から持ちあげて、注意深くキッチンの床に降ろした。なぜか、少年の背がのびたようだった。「もう行かないと。お茶をごちそうさまでした」

「どういたしまして」とミス・ハスケル。「もっとも、あなたは一滴も飲まなかったようだけど」

少年はもういちどミルクの請求書をとりあげ、穴のあくほど見つめた。ばかげた帽子の銀糸が輝いたようだった。とうとう彼は請求書を元にもどし、ドアへ向かって歩きだした。

「まっすぐお帰りなさい」ミス・ハスケルは立ちあがり、ドアをあけてやった。「またあんなところで寒風《さむかぜ》のなかに立っていたら、承知しませんよ！」

「もうあんなところには立っていることはありません」

少年はポーチの階段の上でつかのま立ち止まり、野原と雪にけぶる丘陵ごしに、鉛色の海原を見つめた。それから階段を降り、野原の向こう、いちばん高い丘へ向かって歩きだした。

「さようなら」肩ごしに声をはりあげる。

「さようなら！」ミス・ハスケルが風に負けじと叫んだ。

彼女は窓辺で少年を見送った。いまでは雪がいっそう激しくなっており、少年が丘にたどり着いたときには、ぼんやりとしか姿が見えなかった。あの子の住まいは、きっと海岸をすこし行った先に建ち並ぶ、冬支度をした夏別荘のひとつだろう――彼女はそう思った。どの家か訊けばよかった、と急に後悔の念に襲われ、学校に行かない理由も訊いておけばよかったとも思った。だが、もう手遅れだ。少年はいま丘を登っている。ニューイングランドの吹雪のなかでおぼろにかすむ小柄な少年。彼が頂上に着く直前、一陣の風が吹きつけ、白い翼を羽ばたかせて彼を押しつつんだ。羽ばたきがやんだときには、丘はからっぽになっていた。

ミス・ハスケルはため息をついた。ふだんにもまして孤独が身にしみた。だが、もちろんピネロピがいるし、ピネロピがいるかぎり、まったくの孤独にはならない。ピネロピのことを考えるとミルクの請求書の件が思いだされ、彼女は身震いするとテーブルまで行き、請求書をとりあげた。見なくてすむところへしまおうと思ったのだ。だが、しまう前にもういちど目をやった。新しい眼鏡が必要だとわかったのは、そのときだった。

最後の子供が物質転送機の縦長になった光輪から出てきて、スタジオのステージで所定の席につくまで司会者は待った。それからテレカメラの巨大なレンズの前に進み出て、銀河系全域の視聴者と向きあった。かたわらでは、〈改変機〉が複雑な蜘蛛《くも》の巣のようにきらめいていた。

「いまみなさんがご覧になったのは、『わたしの好きな未開惑星』論文コンテストの入賞者が、入賞論文でとりあげた惑星に短期逗留《とうりゅう》し、そこからもどってきたところです」司会者はいった。「この短期逗留のあいだに、彼らは報賞として一時的な改変をそれらの惑星に加えました。まもなく、ひとりずつ進み出て、〈改変機〉の前でその改変を有効にすることになります。

このコンテストは〈青年の自信奨励協会〉がスポンサーを務めており、将来の銀河市民の心に、科学的な才能によって資格を付与された全能という観念を刻印し、劣位にある文化の言語、慣習、文学の研究を通して、われわれ自身の文化が至上であるという概念を植えつけることを旨《むね》とします。当然ながら、ある種の不可欠な時間パターンをみだりに改変すれば、重大な時間分岐が生じかねないので、入賞者たちは、地理的な性質の改変は名称にかぎり、歴史的な性質のそれは、哲学あるいは倫理の思潮と密接にからみ合っていない事象にかぎるよう指示されました。改変は、入賞者ひとりにつきひとつと限定されました」

司会者は、子供たちがすわって待機しているステージのほうを向いた。彼らの白い顔は輝いており、小型の改変機であるヘルメットが、スタジオの照明を浴びてキラキラと光っていた。

「いちどにひとりずつ進み出て、有効にする改変を申し出てください」と司会者。「アレサ、まずきみからお願いできるかな？」

アレサがすました顔でステージを横切り、輝く糸のような電線から成る複雑な蜘蛛の巣の前に立った。

「タース第七惑星最大の都市の名前『テキット』を『アレサ』に」と彼女はいった。

〈改変機〉がブーンとうなった。アレサは自分の席にもどった。

「ヴォリス？」

ヴォリスがすこし恥ずかしそうに進み出た。

「フルース第三惑星最大の大陸『リリエル』を『ヴォリス』に」

「ストリス？」

「サイリス第十二惑星、マトナネット国の『メトナメン』統治体系を『ストリス』統治体系に」

「エローラ？」

「トラヌスカ第二惑星の『ティブ』川を『エローラ』川に」

「オテリス？」

はじめ彼は気後《きおく》れした。銀河系全域の地理教科書にその名をすでに刻んだ有名な子供たちを前にして立っているのだ。と、気後れがいきなり跡形もなく消えた。代わりに誇らしい気持ちになり、目がくらむような〈改変機〉の蜘蛛の巣の前に背すじをピンとのばして立ち、威厳たっぷりに、いわねばならないことをいった。

「ソル第三惑星、アメリカ、マサチューセッツ州、スミスポート、ルーラル・ルート四番地、ミス・アビゲイル・ハスケルのミルク請求書に記載された『二十三ドル十七セント』を『ゼロ』に。そして同じ請求書に記載された文言『お願いします』を『支払い済み』に」

どのみち、北「オテリス」洋ではしっくりこないのだ。

ベンジャミンの治癒

デニス・ダンヴァーズ

山岸真 訳

デニス・ダンヴァーズ　Dennis Danvers（1947-　）

ペットの寿命が飛躍的にのびた現代において、愛猫や愛犬との死別は社会的なテーマとなっている。ファンタシーならではのアプローチでこの問題に迫った例として、この作品を本書に採ることにした。

作者によれば、本編を書くに当たっては、発想の源がふたつあったという。ひとつは子猫から育てた愛猫が十九歳近くになったこと。もうひとつは、十五歳の愛犬が関節炎に苦しみ、安楽死を考えなければならなくなったこと。「わたしは動物たちと深い絆《きずな》を結ぶ。彼らの短い寿命のせいで、それは苦痛に満ちたものになりかねない。だが、この二匹は、わたしの人生においてかけがえのない友なのだ。『ベンジャミンの治癒』を書いたおかげで、その苦痛を外に出し、笑いと涙の両方で対処できた」と作者は述べている。

作者はアメリカの作家。デビュー作 *Wilderness*（1991）は人狼伝説に材をとった作品であり、当初はホラーの分野で活動していたが、「サイバースペースのロミオとジュリエット」と評される『天界を翔《か》ける夢』（一九九八／ハヤカワ文庫ＳＦ）で近未来ＳＦに転じ、成功をおさめた。続編に『エンド・オブ・デイズ』（一九九九／同前）がある。以後はロバート・シドニー名義の作品をふくめ、四冊の長編を上梓している。

本編の初出は〈レルムズ・オブ・ファンタシー〉二〇〇九年八月号。本邦初訳である。

人間の友情や忠誠心がどれだけ薄っぺらなものか思い知らされていると、動物が見せる無私の愛は、まっすぐ心に届いてくる。

エドガー・アラン・ポー「黒猫」小川高義訳

〈治癒の手〉の力を得たのは、十六歳のときだ。ぼくは家の自室で膝をついて、命尽きかけている飼い猫のベンジャミンの上にかがみこんでいた。ベッドの下に這いこんでそこを死に場所にしようとするベンの意志に逆らって引っぱりだすと、彼をくるみこむように体を丸めて、額を押しつけあった。ベンはぼくより一歳上だ。ぼくの人生にはずっとベンがいた。ベンがいない人生なんて想像できなかった。ベンの呼吸が止まり、心臓も止まったとき、ぼくはベンのために祈った。そのころは滅多に祈ったりしなかったし、いまではまったく祈ることはない。ベンをぎゅっと抱きしめ、願いをベンに刻みこみ、死から戻ってきて元気な姿を見せるベンを思い描いた。ほかにどうしたらいいかわからず、泣きじゃくり、悲しみに打ちひしがれ、ステレオから流れるジョーン・バエズの「オールド・ブルー」の歌で自分を責めさいなんだ。

オールド・ブルーが死んだ、懸命に生きつづけようとした果てに死んだ
裏庭の地面を掘った

銀の鍬《くわ》で彼の墓を掘った
鎖で彼を穴におろしていった
鎖の輪ひとつごとに名前を呼んだ
ああブルー、きみはすばらしい犬きみは
ああブルー、わたしもきっとそこへ行くよ!

両腕でかかえたベンジャミンが身じろぎし、力強くしっかりした心臓の鼓動が手のひらに感じられた。手を放すと、ベンは起きあがり、尻尾《しっぽ》をピンと立ててドアに歩いていった。外に出たがっていた。一時間後、戻ってきて部屋に入りたがったベンは、お腹をすかせていた。ベンは調子がよさそうだった。とても調子がよさそうだった。

ぼくは治癒したベンを獣医に連れていって、検査してもらった。子猫のころからベンを診てもらっている、かかりつけ医のドクター・ディーデラダのところではない。一週間前にもう打つ手はないといったディーデラダのところへ連れていかなかったのは、彼はこれがそのときの猫と同じ、目がほとんどかすみ、脚がほとんど曲がらない余命いくばくもなかった去勢雄猫だとは絶対に信じないだろう、と判断してのことだ。はじめて診てもらう獣医には、ベンはぼくが飼うことにした野良猫だと話し、その医者はベンをだいたい四歳だと推測し、健康なことこの上ないといった。あれから何年にもなるが、その間ベンを診た獣医は全員が彼をだいたい四歳だと推測し、健康なことこの上ないといった。四歳というのは猫にとっては二十八歳相当で、ぼくの場合も二十八歳は体の問題がない年齢だった。ベンジャミンは外見上の気に入った年齢を選んで、そのままでいることにした。一方でぼくは、歳を取りつづけていった。近隣の医者には一軒残らず連れていってしまったので、ベンを医者に診せるのは数年前にやめにした。ベンにはその必要がなく、ぼくは飼い猫が不死であることを半年ごとに確認しなおすために金を浪費してはいられなかった。ベンは耳ダニ一匹、ノミ一匹にたかられたことすら、いちどもない。まるで虫たちでさえ、ベンが特別な摂理のもとで生きていることを承知しているかのように。

三十年が経《た》って、ぼくは四十六歳になり、やはりベンジャミンを飼っていた。あなたのかわりに計算をしてあげよう。ベンは四十七歳になっていた。猫年齢で三百二十九歳。九回の猫生をあたえたとしても、各回が三十六年以上になる。そう。ベンジャミンはふつうの猫ではない。

ベンが十七歳だったときに話を戻すと、ぼくの両親は、ドクター・ディーデラダがよく効くビタミンサプリメントでベンを復活させたのだと、あっさり信じた。両親は、〝星に願いを〟、〝虹の彼方《かなた》に〟タイプの、現実とむきあうのが不得手な人たちだったが、そのふたりでさえ、四十七歳の猫がいることは信じようとしなかっただろう。実家を離れて暮らすようになってから、ぼくの家に両親が来ることはそうたびたびはなかったけれど、ぼくはそのたびに、ベンは前のとは別の猫だといってごまかした。どの猫にもベンジャミンと名づけるぼくを、両親は変に思っただろうが、ぼくが変であることなら両親は前から知っていた——ぼくはふたりの息子なのだから。ベンがそれこそどこにでもいる、脚に白い長靴を履いたような灰色の縞猫《しまねこ》で、鳴き声に特徴のないことも、ごまかすのに役立った。ぼくの元妻のペニーは七年間ベンと顔を合わせ、うち五年はいっしょに暮らしたが、ベンがまったく歳を取らないことに、まったく気づかなかった。ペニーは猫好きではなかった。ぼくにわかったかぎりでは、どんな動物も好きではなかった。動物園で猿を見るのは好きだったが、それは違う話だ。だろう？　こんなことをいうと変人と思われるのはわかっているが、ぼくたちが別れた理由のひとつはそれだった。ぼくは動物を好きでない相手とは、どうにもいっしょにいられなかったのだ。それをいえば、ペニーは人間のこともそれほど好きではなかった。それはすじが通る——人間も動物なのだから。賢くて厄介な動物だが、動物に違いはない。

それはともかく、ペニーは平和にベンと共存し、ベンのことではなにひとつ問題は起きなかった。ぼくはペニーのほかはだれとも一年かそこら以上つきあったことがなく、ベンのそばで長い時間をすごした相手もいなかった。そして四十六歳のとき、ぼくはシャノンとデートするようになった。それは長くは続かなかった——単なるデートは、だ。三度目のデートは、金曜の午後四時にはじまって——シャノンは一時間早く仕事をあがった——そして終わったのは火曜の正午だった。ぼくはベンジャミンに、それは人生で体験した中でよみがえりにもっとも近いものであり、もしかするとベンのことをもっとよく理解する助けになるかもしれない、と話した。けれどもベンは、よみがえりには死が不可欠の前提条件だと指摘した。そして、死んだふりをしてからぱっと元気に飛び起きるというお気に入りの悪ふざけをしてみせ、生意気そうに尻尾をパタパタした。ぼくはいつでもベンに話しかけた。ベンは必ず返事をするわけではなかった。

しばらくのあいだ、シャノンとぼくはたがいの家を行き来するかたちで事実上の同棲《どうせい》を続けていたが、シャノンはベンジャミンがいるからという理由でぼくのところのほうを好んだ。ベンくん、という呼びかたをシャノンはした。もしベンが人間の男だったら、ぼくは気も狂わんばかりに嫉妬しただろう。シャノンとベンが仲良くなったというういいかたをするのは、ジュリエットはロミオにそこそこ夢中になったというようなものだ。ベンも同じくらいシャノンには情熱的だった。

それでなにも問題はなかった。シャノンはぼくのことも愛したからだ。ベンくんの生涯の伴侶《はんりょ》にして親友。猫トイレの掃除人。餌の缶切りの管理人。非凡なる治癒者《ヒーラー》であることはいわないにしても。だがそこで、シャノンは問いかけを発しはじめた。「ベンくんの検診の予定はないの？　予防注射とかそういったことの？」

ぼくはそれを単にはぐらかすというまちがいを犯し、そのあとシャノンはぼく宛ての郵便物の中に、ベンくんを診た数多くの獣医の一軒がよこしたささやかな催促状を目にした。そこには、ベンくんがとにかくあらゆる検査等について少なくとも期限を八年すぎている、と記されていた。それでシャノンは電話をかけて予約を入れた。シャノンというのはそういう人で、それはぼくにとってたくさんある彼女の好きなところのひとつだけれど、ただしベンジャミンに関係しないかぎりはの話だ。いつかは現実がぼくを追いつめることをつねに予期していたからこそ、そう思った。いってみれば何年も前のあのとき、ぼくは自分の猫が死ぬことにむきあえなくてインチキをしたのだが、いつかその日には選択の余地がなくなるだろうし、ついにそのときが来たら心の痛みはいっそうつらいものになるだろう。けれどどうにかして、ベンがいちど死んだことを、そしていまでは命がいつまでも続くことを秘密にしておけたなら、なにも変わらずにすむのだ。

「この子はいくつ？」ベンとはじめて会ったとき、シャノンは尋ねた。だいたい四歳、とぼくは答え、まさかそのとりあえずはバレない嘘でやがて自縄自縛になるとは思いもしなかった。じゃあどうして、予防注射の期限が八年もすぎているの？　ぼくはシャノンとともにこの道を歩む一歩ごとに、いつかその日がどんどん近づくことになるのを怖《おそ》れた。だが、ぼくは立ち止まれなかった。シャノンを止めることもできなかった。猫用キャリーに入れられたベンジャミンも、いつもどおり平然として威厳あるようすで、止まりも逃げもせずに出来事の流れに運ばれて――そしてもちろん、キャリーを持った人間に運ばれて――獣医へと連れていかれた。

ベンは獣医の混みあった待合室が気に入っていて、混んでいるほどよかった。騒ぎが起こると喜んだ。この日は特別な見世物があった。道化役のグレートデーンがふらふらと歩きまわって、スーツ姿の飼い主が止められずにいるうちに、あちこちで人の足のあいだに大きな鼻先を突っこみ、ドアから入ってくる人の前にことごとく立ちふさがり、その場にいたありとあらゆる動物をおびえさせた――ここでいう動物には人間も含んでいる――が、ベンは例外で、キャリーの中からそのようすを眺めながら、ゴロゴロ、ゴロゴロと喉を鳴らして深く低い音を立て、それが笑い声であることをぼくは知っていた。ベンは滑稽《こっけい》なことを見るのが好きだった。歳が歳だけに、たくさんのそうした光景を見ていた。

「ベンくんはすごく落ちついているのね」シャノンは驚嘆していた。キャリーの中を覗きこみ、安らかな額を指でなでてやりながら、片目は油断なくグレートデーンにむけている。

「いつもこんなに落ちついているの？」

「そうなんだよ」とぼくは請けあい、そこでぼくたちの順番が来て、シャノンはいっしょに診察室に入りたがった。ぼくにそれを止めようがあったとでも？

その医者はやさしそうな、父性を感じさせる礼儀正しい人で、たぶん暦《こよみ》の上ではベンより十歳ほど年上だったが、ベンの猫年齢と比べれば子どもにすぎなかった。長々と診察をしたあと、彼は慎重に話を切りだした。ベンが完璧に健康であることを示すほとんど空欄のカルテから目をあげ、読書用眼鏡《めがね》の縁越しにこちらを見ながら、「当院の記録によると、わたしが前回、ベンジャミンを診たのは、十二年前ですが？」

嘘《うそ》は口にできなかった。シャノンが隣で、ベン好みに両手で頭を掻《か》いてやりながら、ぼくの答えを待っていたのでは、無理だ。「はい」

「するとベンは」――カルテに視線を戻し――「十九歳ということになりますね？」声は礼儀正しかったが、疑惑の響きを必ずしも締めだせていなかった。シャノンの両手は、ベンの高貴な額の上でぴたりと動きを止めていた。すべての視線がぼくに注がれていた。ベンの視線でさえも。

ベンとぼくはこの医者に好感を持ったので、ここに三年間かよった。計算は合う。最後に来た獣医がここだ。そのときベンは三十五歳で、獣医に頼らずにやっていくことを決心した――なんとしても、予防注射と尻に体温計を刺すのだけは、なしにすることを。獣医でのそれ以外のことには、ベンは興味津々だったのだが。ともかく、ぼくがいま相手にしているのは、ベンが最初にかかった獣医ではなかった。あの医者相手ではどんなハッタリも通じなかっただろう。「そのとおりです」ぼくはいった。

「もし――できればベンを一時間かそこら、あずからせてもらえませんか？　二、三の検査をしたいのですが？　無料です、もちろん」

ベンがぼくにむけた表情は、まちがえようのないものだった。正確に翻訳すれば、絶、対、に、ご、め、ん、だ、クソったれ、になる。「申しわけありませんが」ぼくはいった。

「別にいいじゃない?」シャノンがいった。彼女も自分なりにちょっと数字を検討したのだ。シャノンの現実では、ベンは最高でも六歳で、そしてもちろん、見た目はそれまでどおり、四歳だった。

「ベンに悪いところはないんですよね?」ぼくは獣医に訊いた。

医者は、ない、の意味で首をふった。「その正反対です。今年診た中で、いちばん健康な猫《こ》ですよ。前のと同じ猫なんですか?」

ぼくは嘘をつくことを考えたが、その嘘を狂っているようにも滑稽にも聞こえないかたちでシャノンに説明するところが想像できなかった。「ええ。同じ猫です」

「こんなに健康な十九歳の猫は、見たことがない――そもそも、十九歳で健康な猫はなかなかいません。歯石のかけらさえない」医者はベンの歯を剝《む》きだしにして、きらりと光る牙をボールペンで指した。この無礼な行為にベンは鷹揚《おうよう》に耐えた。

「それはわかります。でも、一日にこれ以上の検査は、ベンにとって負担だと思うので」ベンが同意のしるしに低くうなった。それは、猫のことを少しでもご存じの方ならおわかりになっただろうが、ベンは我慢の限界で、先ほど話題に出た牙と、必要に応じて足のそれぞれから飛びだす鋭利な鉤爪《かぎづめ》という、史上あらゆる悪漢がうらやむ凶器による危険が目前に迫っているとのしるしだった。獣医はたちどころにそのメッセージを理解し、餌ひとつかみ付きでベンをキャリーに戻した。

車での帰り道のことは考えたくなかった。今度は、絶妙なタイミングのうなり声がぼくをそこから救いだしてくれることは、ない。

シャノンが先に車に乗りこんで、ぼくがキャリーを後部座席に乗せようとしているとき、ベンとふたりきりになる時間が持てた。ぼくはキャリーを車のルーフに置いて、キーを探すのに手間取っているふりをしたが、シャノンがぼくたちのほうに注意を払っていたとは思えない。シャノンは決然とした表情で、フロントガラスの外をじっと見つめていた。ベンとぼくはキャリーの扉のバー越しに、たがいの顔を数センチまで近づけて小声で話した。ぼくのうしろを往来する人や車は、ぼくとぼくの猫には無関心だ。

「どうしたらいい?」ぼくは質問した。「シャノンは絶対に、きみが十九歳だとは信じないよ」

「わたしの本当の歳を話してやれ」ベンがいった。

「本気か?」

「それでうまくいく」

「でも、きみが四十七歳だと証明する方法がない。シャノンは絶対に、ぼくのいうことを信じない」

「証明なんてどうでもいい。とにかくやってみろ。彼女は、わたしがふつうの猫ではないと察している。彼女とわたしには特別な絆《きずな》があるんだ」

「勘弁してよ。シャノンはきみが、人を操るのが得意な小さな宦官《かんがん》だと察しているっていうのか？」

「猫としては、わたしはそれほど小さくないがね」ベンは自分のジョークに笑った。猫のユーモアに。とてもおかしそうに。

ぼくはベン好みのかたちで正面が見えるよう、後部座席の中央にキャリーを置いて、車に乗りこむと、すぐさまエンジンをかけ、ギアを入れた。

「ベンが十九歳だなんて、ありえないでしょ？」シャノンが尋ねた。

縦列駐車から発進するために、ぼくは視線をサイドミラーに貼りつかせて、車の流れの切れ目を待った。ベンのアドバイスに従って——過去いちどとして、ベンの言葉がまちがいだったことはない——ぼくはシャノンにいった。「十九歳じゃない」と切りだす。「四十七歳だ」ぼくは車の流れに乗りいれた。

運転中に用件を話すことには、確実に好都合な点がいくつかある。相手と視線を合わせなくてもかまわないこと。そっけない、電文同然の話しかたでも、問題なく許容されること。そして、絶え間なく対向車が押し寄せる中をなんとか左折できるタイミングをぼくが計っているときに、シャノンは話をさえぎったり、異を唱えたり、質問を発したりする気にはならないこと。マイナス面は、ぼくの家に戻ってエンジンを切り、シャノンのほうを見るまで、話を受けいれてもらえたかどうか見当もつかないことだ。シャノンがぼくを信じようとせず、ふたりの仲もこれでおしまい、とあなたは考えたかもしれないが、シャノンはそういう人ではない。かといって、ぼくを愛しているからというだけの理由で、ぼくがどんなにイカレたことをまくしたてようとも鵜呑《うの》みにするような、狂った変人でもない。

「わかった」シャノンはいった。「ちゃんと解明したいわ」そしてベンのほうをむいて、キャリーのバー越しに彼を見た。『ベンくんは愛《いと》しのシャノンに隠し事をしてきたの?』ベンはシャノンをまっすぐ見返した。おいおい。知らぬはぼくばかりなり、なのか? ひょっとすると、ベンとシャノンは本当に特別な絆を持っているのかもしれない。

朝早いうちから、シャノンはぼくにベンの獣医通いの記録を発掘させると、ぼくが朝食を作っているあいだに、ベンがかかったことのある獣医という獣医に電話した。二軒目の医者は死んでいて、三軒目はこの街から引っ越したようだった。シャノンは残りの医者に予約を入れ、その日のベンを予定でぎっしりにした。本当のことをシャノンに話せといったとき、ベンはこんなことを予想していたのだろうか、とぼくは思った。ぼく自身はまちがいなく、ぼくはクレジットカードの利用可能残高を確認し、そしてぼくたちは出発していなかった。

した。

ぼくは必要な説明を簡潔にすませることに、大変上達した。祈りの言葉に類するものはいっさい省略した——ぼくたちの訪問先に聖職者は含まれていない。いるのは科学の信奉者だけだ。獣医たちは疑い深そうだったが、驚いたことにその多くがベンを覚えていた。彼らにとっていちばん印象的なのは、歯石がどうこうではないようだった。とはいえ、獣医たちの全員が、四十七歳の猫という可能性は即座に却下し、どんなに似ていても、いかなるかたちであれベンが昔診たのと同じ猫でありうることを、否定した。獣医のひとりなどは、怒り心頭に発した。まるで、彼が絶対信じないことがわかっている説明を十分かけて聞かせるために法外な診療代を払うことで、ぼくがなにか得をするかのように。こいつは馬鹿か？　ぼくの動機が愛なのは見ればわかるだろ？　獣医の大半は気持ちよく対応してくれたが、ちらちらと問いかけるようにシャノンを見た——『あなたも頭がおかしいんですか？　この人をなんとかしてあげられなかったんですか？』シャノンは事実を知りたいだけだった。そしてなにひとつ問題のないベンの過去の検査記録を、念入りに調べた。怒り心頭男のところだけは例外で、こいつはそもそもシャノンが記録を見る前に、ぼくたちを放りだした。

ベンが最初にかかった、そしてお気に入りの獣医であるドクター・ディーデラダは、じつに面白いことに、ぼくの説明をかなりのところまで信じかけたように見えた。シャノンの決めた順番の最後が、ドクター・ディーデラダだった。彼は、たぶん何年も前に引退していてしかるべき状態だった。注意力散漫で、夢うつつな感じ。老猫のように。ドクター・ディーデラダは、ほかの獣医たちから聞いたのとほとんど同じ説明をしてくれた――四十七歳の猫などいるわけがない理由について――とくに、ベンのような健康状態の場合には。ただ、ドクター・ディーデラダの語り口には現実離れしたところがあった。すべての猫がすでに死んでいる、あるいはこれから死んでいく中で、永遠に生きて決して老いることのない猫がいるかもしれない、と感じさせるところが。けれどももちろん、科学を修めた専門家が、そんな生き物のことをあからさまに口にするわけはない。

ドクター・ディーデラダはかがんで、ベンの目を覗きこむと、ベンの実体を体の外に誘いだせないかと期待するかのように、人差し指で手招きするようにベンの震えるアゴを掻いた。「特別な猫っているだろう、なあ、ベンジャミン？　世界はその猫《こ》たちの意のままだ（直訳すると「世界は彼らのカキだ」となる成句）」アゴ掻きと、カキ――ベンの好物のひとつ、とくにカキフライ――という言葉の組み合わせは、たまらなく魅惑的なものだったようで、ベンの体の奥底から流れだす太くてよく響くゴロゴロいう音が強くなった結果、ピカピカの検査台が音叉を鳴らしたようにブンブンいいだし、ディーデラダもベンも、仏陀《ブッダ》めいた微笑《ほほえ》みを浮かべた。ふたりの背後の壁には、レア・ローストビーフの色をしたおぞましい猫の解剖図が何枚もべたべたと貼ってある。台に載ったプラスチック製の猫の骨格も微笑んでいた。

シャノンが顔を背けて、「車の中で待ってる」とささやくと、そそくさと診察室から出ていった。

「かわいらしいご婦人だ」ディーデラダがいった。

シャノンの事実調査行の最後の訪問地は、ぼくの両親の家だった。ベンのよみがえりの証人になってくれる人の中で、ぼくが連絡先を知っている相手はほかにいなかった。ぼくの人生に付き添ってくれたかもしれないし、そうではなかったかもしれない昔の恋人《エンジエル》たちは、長年のあいだに例外なく居場所を教えるのを拒むようになり、そんな彼女たちに対する態度としてぼくが目標にしているのは、お幸せな無知だった。ほとんどの場合、なんとか達成できたのは不機嫌な無知だった。お幸せな状態になれたことはいちどもないが、たいていは怒り心頭で我を失うところまでは行かずにすんだ。とはいえ、エンジェルたちと会えなくては、証言も得られない。ぼくはベンと暮らすのは好きでたまらなかったが、不可解な謎と暮らすのは好きではなかった。

ママとパパは、もちろんシャノンを愛していた。だから、その朝彼女が、今日の夕食をお呼ばれしてもいいですかと電話しても、迷惑がったりはしなかった。ふたりはベンジャミンと会えたこともとても喜んだ。最後に飼っていた猫のアンジェリーナが十六歳で――歯が全部抜け、目が見えなくなり、静脈注射を毎日打ちながら――死んだあと、ふたりはこの先もう猫は飼わないと決心したけれど、家に猫の姿があったころをずっと懐かしんでいた。

前にもいったように、ぼくの両親は現実とむきあおうとしない。ベッドをピラミッド型の枠で囲み、呼吸法の訓練と栄養補助食品と適切な場所に据えた水晶で永遠の若さが保てると信じたがっていたが、根本ではちゃんと分別があった。イカレたことに喜々として手を出したがるのと釣り合いを取るかのように、ふたりはこのベンジャミンが三十年近く前にこの家を去ったのと同じ猫だという考えには、瞬時に抵抗を示した。暗喩《あんゆ》として、霊的に、転送されて、タイムワープして、転生して、クローンとして、その他なんでもいいが、それならひょっとしてありかもしれない。だが、文字どおり同じ猫があれ以来、一日につき一日分を生きつづけていて、四十七回目の誕生日が数カ月前にすぎたというのは、なしだ。そんなのは馬鹿げているとしかいえない。

その日すでに五、六回は体温計を尻に突っこまれていたベンは、ことの成り行きにあまり介入してこなかった。デザートまでは。ママがクリームをホイップしていると、ベンはママの脚にすりすりした。そしてママがホイップを終えると、ベンは後足で立ちあがり、嘆願するように前足を伸ばして、〝踊った〟(いつも優雅なベンとは思えぬ、不格好でおぼつかない一回転)。ママはハンドミキサーのビーターをふたつともベンになめさせた。ぼくが子どものころ、ベンとママがこれとそっくりな儀式をいつもやっていたことを――そのころもベンは、ビーターをふたつともまんまとせしめていた――指摘したが、ママはどこの猫も同じことをするだろうから、そんなことはなんの証明にもならないといって譲らなかった。

シャノンはその間ずっと、超然とした沈黙を保ち、時おり細かいことをはっきりさせるために質問をはさむだけで、自分の意見を切りだそうとはしなかった。デザートを食べている最中にママが、知っているセラピストがいるから診てもらったらどうかといった。「わたしがかよっていたんだ」パパがいった。「自殺を考えるようになったのでね」苺《いちご》を口に放りこんで、「いまはもう違うよ！」

パパは自分の〝危機〟について語った——ぼくにいえるかぎりでは、要するに、ぼくたちはだれもが年老いて死ぬということに気づいたという話だ。ぼくたち若い者はきっとそんなことは知らなかっただろうという態度をパパは取ったが、こういったのはパパだった。「若さも老いも気の持ちようしだい、だよな？」それはまちがいだ。明らかにこの人は、アンジェリーナのことを忘れている。いまのパパはいい気持ちになれる抗鬱薬《こううつやく》を飲み、ママがウェブサイトで買った気分を変えるお茶を何種類もがぶ飲みして、生まれ変わったように感じているのだ。ぼくには気づかれていないと思いながらパパが地下室でマリファナを吸い、だがじつはぼくがもっと過激にいろいろ試していたころのことが、ちょっと懐かしくなった。ぼくが体内に摂取した化学物質がなにか奇怪に結合し、息や涙に混ざって外に出たそれが、説明不能ななんらかのかたちでベンに作用してよみがえりを引き起こしたのかもしれないという考えを、ぼくはしばしばめぐらせたものだ。魔法の粉を信じたほうが、まだマシだ。なら、よみがえりの原因は神のご意志？　神聖なるご計画？　おいおい。ベンは猫だぞ。それにもしベンが、可能なかぎり面倒を避けて楽しくすごすこと以外の使命を、この地上であたえられているとしたら、神はその使命をベンに告げそこねたのだ。『行きて、ピーターをふたつともなめよ、わが選ばれし者よ』ベンに使命があるとは、ぼくは思わない。

「もしかすると、おまえがわたしのために、その使命を考えつくことになっているのかもな、ジェフリー」とベンがいったことがある。「この宗教的な世迷い言を気にかけているのは、おまえなのだから」そのとおりだが、ぼくはなにも考えつけなかった。神になどほとんど用のない一匹の猫が、いったい神にとってどんな使い道がありうるというのか？ ぼくはつねに神を信じたいと願っていたが、まったくうまくいかず、例外は束の間の発作的畏怖をいだくときだけだった――その畏怖は一般に不可知主義と呼ばれる。もしベンが、神の存在をもっと信じられるものにしたのなら、同時に神をいっそう、完全なナンセンスとしか思えなくもしていた。不可知主義のほうがずっと質《たち》がいい。そして、ぼくが信仰できるなにかを求めたときには、いつでも両親が新しいなにかをさしだしてきた。今日の場合それは、抜かりのない処方箋の束を持ったミニ救世主的セラピストだった。ぼくの両親も月並みな人たちになりかかっていた。

シャノンもぼくと同様、パパの再生の話を聞く気はなかったので、デザートのあと、ぼくたちは長居しなかった。外に出るとき、ママがぼくのシャツのポケットにセラピストの電話番号のメモを入れて、上から軽く叩いた。ぼくの歳でそれがどれほどこみあげてくるものがあるか、とても言葉にはできない。

　ホイップクリームをなめたあと自分で顔をぬぐったせいで、顔と前足をべとべとにしたベンがキャリーの中でうとうとしているのを、証拠物件Aとして提示しながら、シャノンがもういちど尋ねた。「でも、この子はあなたが覚えているベンジャミンと、まったくそっくりに見えるんですよね？」

「そうよ、娘さん」ママが答えた。「でもそんなことはありえない、でしょ？」そしてぼくのシャツのポケットをもういちど叩いて、頭のおかしいわが息子をできるだけ早くセラピストのところに連れていくのはあなたに任せましたからね、とシャノンにわからせた。両親お薦めのどのセラピストよりも先に、ぼくはドクター・ディーデラダのところに行くだろう。

　ぼくの家までの帰路、シャノンはずっと黙ったまま、車の窓から夜の街を見つめていた。よそからこの街に来て、ホームシックにかかっているかのように。時おりなにかが視界を邪魔すると、ふりむいてそれを見送る。これまでいちども見たことがなかったかのように。

　シャノンの心をなにがよぎっているかは、推測しかできなかった。不死の猫を飼っていると思っている男と、ベッドをともにしつづけることなど、できるものだろうか？　そんな男に脚をなでさせ、朝食を作らせ、崇敬させ、自作のひどい詩を捧《ささ》げさせておけるものだろうか、奇跡の猫という秘密が明かされたあとも、なにも手を打つことなしに？　手を打つというのは、逃げるとか、猫を始末するとか、ぼくを閉じこめるとか、とにかくそういうことだ。シャノンはぼくを愛している、ぼくの猫を愛している。ぼくの両親を好きだとさえいっている。それでも、完全に頭のおかしいぼくのいうことを受けいれるだろうか？　とてもそうは思えなかった。

ぼくが半ば予期していたのは、ぼくの家に着くとシャノンがそのまま自分の車で帰っていき、今夜は自分の家であれこれじっくり考えて、明日にはぼくと縁を切ることだった。シャノンはそういう人ではなかった。

ぼくとシャノン、そしてベンは部屋に戻ってきた。シャノンは蹴るようにして靴を脱ぎ捨てると、ベンをキャリーから外に持ちあげて両腕でだっこし、ベンの顔に鼻をすりつけた。シャノンはそれに熱中していた。エロチックといってもいいほどだった。「ベンくん、きみがしゃべれたらいいのにね」シャノンがいった。ベンはゴロゴロと喉を鳴らすだけだったが、それは、〝歳は気の持ちようしだい〟というたわごとの同類のようなその言葉にもなにか意味があるかもしれない、というかのようでもあった。それからシャノンはベンを下におろすと、ベンが毎晩、そして昼間の半分もそこで寝ている寝床へむかって廊下をのそのそと歩いていくのを、ほれぼれしたように見送った。

シャノンは自分用にワインを注いだ。「あなたも飲む？」

「うん」

シャノンはワインを注いだ。たっぷりと。彼女はワインを口にした。「あなたを信じる」シャノンがいった。「あなたに猫を取っ替え引っ替えする変な趣味があるとは思えない。二十年ものあいだ、あれだけの数の獣医に毎回違う猫を連れていったなんて異常なことは、現実にはありえない――だいたい、そんなことしてなんになるの？　つまり、わたしはあなたに納得させられたということ？　あなたが連れていったのは、同じ猫でしかありえない。それはベンでしかありえない。少しでもすじが通るのはそれしかない、とドクター・ディーデラダは考えた。そう思わない？」

信じられないことに、またしてもベンは正しかった。驚きながら、ぼくは首をふって同意した。「思ったよ。そうは考えていないとあの人はいったけれど、口調や態度が……。何十年も経ったとは思えなかった。ぼくが五歳のときだったと思う、記憶にあるかぎりで、最初にベンといっしょにディーデラダのところへ行ったのは。彼はベンに餌をあたえたとき、ぼくにはロリポップをくれたけれど、ママに取りあげられた。砂糖は毒だから」

「きっとかわいい男の子だったでしょうね」

「きみに頭がおかしいと思われるんじゃないかと怖かった。自分がそこにいたのでなかったら、ぼくだって自分は頭がおかしいと思っただろう」

シャノンは笑いながら頭を横にふった。「それは奇跡だったのよ。神の賜物《たまもの》」ぼくと目を合わせて、「そのあと試したことは――。なんの話かは――」

「ない。絶対にしない。いちどでじゅうぶんだ。いちどでも、じゅうぶん以上に気味が悪い。ぼくの手には余ることだった。最初は、あの晩、外から戻ってきたのはベンじゃなかったと思いこもうとした。でも、たとえあのときあらわれたのが、ベンそっくりにふるまう瓜《うり》ふたつの猫だったとしても、いまではやはり三十歳ということになる――猫年齢でいえば二百十歳だ」

シャノンは顔をしかめると、ブラジャーのホックを外して袖から脱いで、椅子の背にかけた。「その計算はいまでは変わったはず。それも医学の進歩のうちで、人間の一歳が猫の五歳、のほうが近いわ」

「なら百五十歳でいい。見た目の猫年齢は二十歳。だからどうした？　ベンは老いない。ぼくには説明できないことだ」

「じゃあ、ベンは何十年ものあいだ、まったく変わらないままなの？」

「まったくじゃない。見た目は同じでも、変化はある。新しい体験をし、学び……」進化し、といいかけたが、言葉を飲みこんだ。すでにしゃべりすぎている。

「学ぶって、たとえば？」シャノンは自分のグラスにまたワインを注いだ。ぼくはグラスに手も触れていない。

「うーん、まあいろんなことをだよ」

「ひとつ例をあげて。ベンがいまはしているけれど、十七のときにはしていなかったことをひとつ」

　こまごましたことなら何十でも列挙できたが、思い浮かぶのはそのうちのどれでもなかった。そのすべてに影を落として覆い隠す圧倒的に大きな事柄がひとつあり、だがぼくはそれを口にしたくないのだった。ベンはしゃべる。もしこのときそれを口にしていたら、ぼくは続けてこういっていただろう。ベンは流暢《りゅうちょう》に英語を話し、声は小さくて半ばささやくようで、かすれ声でゴロゴロいう感じだと。体の造りが発話用にできていないので、発話技術の習得には時間がかかった。だが、ぼくに言葉を返すようになる前から、ベンはぼくのいうことを理解していたのだった。

　さらにいえば、ベンは大変な読書家だし、熱心に政治を論じるし、自分の政治的見解をほかに類のないかたちで表明する。うちの町内に駐車するような愚かで燃費の悪い多目的スポーツ車《SUV》のハマーに片っぱしからオシッコやウンチをするというかたちで。

　ぼくはそのとき、シャノンとはじめて会ったあとでベンがぼくに、「彼女はおまえの運命の人だよ、ジェフリー」といったことも、話すべきだったのだろうか？　そんなことをしたらサムの息子法（犯罪加害者が手記の出版・映画化等で利益を得ることを禁じる法律）に引っかかっていたと思うのだけれど、いかがだろう？　ベンがしゃべりはじめた最初から主張していて、ぼくもつねに同意してきたのは、だれが相手だろうとベンの言語能力に少しでも触れるのは、まったくいい考えではないということだ。ベンはぼく以外の人間の前では決して明確な言葉は発せず、例外は空耳だといってあっさり片づけられるひと言ふた言をひょいと漏らすときだけだ。自分がしゃべれるという噂が漏れようものなら、未来永劫《えいごう》、あるいは秘密解明のため最終的に解剖されるまで監禁される、とベンは確信していた。ベンはなにかというと芝居がかる傾向があったが、この件に関しては彼のいうとおりだとぼくも思った。だが、シャノンにいわないでおけるわけがあるだろうか？　まさにそこで、ベンがキッチンに戻ってきた。ベンがぼくにむけた表情は、このすべてのはじまりとなったろくでもない催促状をよこしたドクターなんとかから検査をしたいといわれたときにぼくにむけたのと、同じものだった。

「猫トイレの砂の交換が必要になると、教えてくれる」ぼくは例をあげた。「ええと――特別な鳴きかたでね」

シャノンはベンを持ちあげて、抱きしめた。「ほんとなの、ベンくん？　わたしたちはなんのおかげで、あなたのお仲間になる栄誉に浴しているの？」ゴロゴロいっているベンの頭越しにぼくを見て、「いま気づいたわ。あなたは全生涯にわたってベンといっしょだったのね」シャノンがどういうつもりでそういったのかも、それが彼女にとってどういう意味があるかも、そういうことを説明してくれる気があるかも、よくわからなかった。「わたし、もう寝るわ」ぼくもシャノンのあとについて、寝室に入った。シャノンはベンをいつもの居場所におろすと、手を使わずに脱いだジーンズを床に脱ぎっぱなしにしたまま、ベッドのシーツをめくってベンの隣に這いこんだ。シャノンはすぐに寝ついて、ベンとシャノンはユニゾンで寝息を立てた。

　ぼくはシャノンとはベンを挟んでベッドの反対側に入った。

　明かりを消すと、ベンが平板な小声でぼくを叱った。「あれではバラしたも同然だぞ」

「うるさいベン、犬にでも食われろ《ファック・ユアセルフ》」

「ファックだなんて、去勢ずみなのを忘れたのかぁぁあ？」ベンは静かにくすくす笑った。自分のユーモアに満足して。自分の終わりなき生に満足して。

　ぼくはベッドの中で目ざめたまま、ベンとシャノンが長年連れ添った老夫婦のようにいっしょにいびきをかくのを聞きながら、今日シャノンに明かした事柄がぼくたちの人生をどう変えることになるだろうと考えていたが、やがて眠りに落ちた。夢の中で、シャノンが致命的な事故に遭い、ぼくは彼女を治癒したが、意識を取りもどした彼女はまったくしゃべれなくなっていて、ぼくを非難した。しゃべれなくても目を見ればわかった。孤独で、怒り狂っていて、不安でしかたないことが。

　朝になって、シャノンが用件をずばりと切りだした。「ジェフリー」彼女はいった。「オーブリーを救ってもらえる？」

　ベンはキャットフードの皿の前でむしゃむしゃと幸せな時間をすごして戻ってきたところだったが、ソファに飛び乗ると、尻尾をパタパタした――『用心しろ』

シャノンの弟のオーブリーは、五年前にドラッグ——本人の体と車のトランク、両方の中の——が絡んだカーチェイスの果てに事故を起こし、それ以来ずっと昏睡状態にあった。その朝のその瞬間まで、彼はぼくが知りあう以前のシャノンに関する単なる事実のひとつにすぎなかった。シャノンが子どものころ飼っていた犬の名前や、どこの高校にかよったかと同様の。シャノンはいちども弟に面会しに行かなかった。その男は死んでいるのと変わりがなかった。なんの重要性もない話だった。いまこのときまでは。いまや、それが話の焦点だった。「それって——」

「弟を治癒して。ベンジャミンにやったみたいに」

「ぼくはベンジャミンになにひとつしてはいないよ。あれは気味の悪い、いちどきりのことだったんだ」

「どうしてそういえるの？　二度とふたたびやってみたことがないのに。いちども試したことがないなんて、信じられないわ」

シャノンの目に宿る光が、ぼくを不安にした。ここで問題になっているのは、オーブリーのことだけじゃない。彼女の弟のことなら、せっかくの死ぬ機会だったのにそうする分別を見せないという、いかにもらしいヘマを最後の最後にやらかしたはた迷惑な馬鹿だと、シャノンの家族全員がほぼ同意している。「信じてくれ。いいかいシャノン、これはまったくいい考えじゃない」

「でもわたしの弟のことなのよ。あなたはオーブリーを救える。できるでしょ」

「少し考えさせてくれ、いいだろう？　考えてみなくちゃならない」

「いいわ。考えるのにどれくらい必要？」

以前、自分の性急な気性についてどこかのカウンセラーに相談したシャノンは、もしそれで待つ気が増すのなら、はっきりした期限——デッドライン——を要求するのはかまわないといわれていた。デッドラインがあったほうが、ないときよりもずっとシャノンはこらえていることができる。だが今回は話が違う。三十年かかっても、ぼくはこの件を——それが起きた経緯、理由、それに対する自分の感情、その他なにひとつ——解明できていなかった。なのにシャノンは、必要な時間を知りたがっている。答えは、明らかにぼくに許されるだろう時間よりも長く、だ。「明日。明日夜の夕食後に。料理はぼくがするよ。レイチェル・レイ（アメリカの料理研究家。手間いらずでおいしくできる料理で人気）のレシピをあの鶏で試してみたいんだ」

「あの鶏、まだだいじょうぶだと思う？　だいぶ前から冷蔵庫にあるわ」

「二日前に買ったばかりだよ。悪くなってはいないさ」

「オーブリーを救ってとあなたに頼むわたしを、利己的だと思わない？」

「いや全然。ほかのだれかを救ってと頼むのが、どうして利己的なんだ？」

「それがあなたにとってどんなにつらいことかを、もしわたしが考えていないとしたら。あなたがしたくないことは、なにひとつしてほしくないのよ、ジェフリー。あなたを愛してる。

それはわかってくれる？」

「当たり前だろ」

「それならいいの。明日の夕食後にね」コーヒーをすすって、「毎日レイチェル・レイの番組を観ているの？」

「ぼくが昼食休みを取ると、決まってテレビに出てるんだ。それだけのことだよ。すごい人気だからね。このローストチキン、きっと気に入るよ」

じつのところ、テレビで観たレイチェル・レイのレシピをきちんと覚えてはいなかったが、刻んだハーブとニンニクとオリーブオイルを鶏肉にこってり塗ってから、オーブンで焼くのは確かだった。鶏の胸と腿《もも》を塗りたくるレイチェル・レイの両手のクローズアップが記憶にある。レイチェル・レイはいつも自分の手を使う。ぼくはそこが気に入っていた。ぼくはもともと、鶏は丸焼き派だが、自分の手を使うというのは気に入った。オーブンで焼くというのも、都合がよかった。シャノンとの話し合いのあいだ、火加減を見張っている必要がないからだ。シャノンが本題を持ちだすのを夕食後まで待つとは、ぼくは思っていなかった。うちで栽培しているタラゴンで、鶏一羽分のソースがまかなえそうだ。少量の白ワイン、刻んだマッシュルームを若干、ナツメグ少々、塩適量、黒胡椒《くろこしょう》たっぷりとつぶしたニンニク、そして（もちろん）エクストラバージンオリーブオイル。これでおいしい緑色のドロドロのできあがり。

オーブリーをよみがえらせることができるかどうか試してみて、というシャノンの懇願に対しては、ノーと答えることに決めていた。ぼくの論拠は以下のとおり。ぼくが思うにいちばん重要なのは、ぼくの心の奥底からノーという声がすること。これは当然だ。その声はいままで三十年間、明瞭にそういいつづけてきたのだから——まったく揺らぐことなく。けれど、シャノンに嘆願されて、ぼくはそれに関する自分の考えをすじ道立てて検討すること——言葉を変えれば、心の声の正当性の確証となるなんらかのそれらしい合理的理由を見つけだすこと——を余儀なくされた。そういう風に考えることでいっそう力づけられる人や、合理主義やそういったことを歓迎する人ばかりではないだろうが、ぼくにとって、合理性は心の声の支えになる。今回も、それはいつものごとく説得力があった。

第一に、頼まれたことが自分にできるかどうか疑わしい。ベンが生き返ったとき、ぼくは本気でそうなることを望んでいた。それほど強く願いをかけたのは、それいちどきりだ。オーブリーに関しては、シャノンが望んでいるからという理由でよみがえりを願おうとしてみることは可能かもしれない——もっともシャノンは、ぼくと知りあったときにはもう、弟がいなくても問題なく生きていけたようだが——けれど、じっさいは無理だろう。もしオーブリーの容体が変化することがあるなら、反対方向にであってくれというのがぼくの本心だ。だから、仮にぼくの願いや欲求が、ベンを生き返らせたなんらかのプロセスに関係があったのだとしても、オーブリーに関しては成功するチャンスはほとんどない。

ぼくにオーブリーをこの世界に連れもどすことが可能だと仮定しても、そこからまたさまざまな疑問が生じる。十七歳で死んだベンは、(どこから見ても)四歳になって戻ってきたまま三十年間変化せず、記録更新中だ。二十六歳で事故を起こしたオーブリーは、永遠の六歳児でいることになるのだろうか？　五年間の意識不明は、彼にどんな影響をおよぼすことになるのか？　そして、以前ベンが指摘したように、よみがえりには死が不可欠の前提条件だ。定義上、オーブリーは死んではいない。〝死んだも同然〟という、例の広大な灰色の領域にいるのだ。前夜のデザートの最中に、思慮不足なぼくの父は不用意に、「死んだも同然」と自分のことをいっていた——でも、そんな領域は存在しない、だろう？　処方箋と、治療にはほど遠い心理学的ご託をもらっている状態は、死とはいわない。死に匹敵するものはない。死はほかに類例のないもので、癒しかたも治しかたもまったく知られていない。

だがとりあえず、すべてが理想的にうまくいったとしてみよう。オーブリーは長い眠りから目ざめ、健全な知的能力を持った別人になり、長く実り豊かな人生を送って、ぼくたちほかの人間と同様にまともな年齢で死ぬ。以前はソシオパス的な傾向があったとしても、神の光を見たり、よみがえりを経験した人が秘密にしているなんらかの啓示を得て、その体験によってすっかり生まれ変わり、人類にとって誇れる存在となる。その場合、ぼくは彼を死から呼び戻した男になりたいと本気で思うだろうか？　そんなことをしたらぼくは病院から逃げだす前につかまって、医者たちに検査され、車で墓地に連れていかれて、いったいなにができるか調べられるだろう。願いさげだ。

なぜベンが生き返り、そして生きつづけているのか、ぼくは知らない。手掛かりひとつない。それに答えが得られるまでは、以上が結論だ。神にはなにか計画があるのかもしれず、その場合なんの明確な指示も受けていないぼくは、なにをしようとその計画を台無しにするだろう。だが、もし神になんの計画もないのなら、ぼくは現状以外のことを考えだす義務が自分にあるとは感じない。だれもが死ぬという現状以外のことを。それが世の常というものだ。ベンを例外として。

ぼくがノーと答えるのを聞いたシャノンにむかって、これだけのことを話すチャンスはあるだろうか？　ぼくは彼女を失うのだろうか？　ぼくが気にかかるのは、ただそれだけだ。とにかくシャノンを失いたくない。シャノンの弟のことを気にかけるべきなのはわかっているけれど、ぼくにとって彼は、ジュヌヴィエーヴ・ビュジョルドが出ていた昔の映画のエキストラと変わりがない。それでもぼくは、シャノンを失うことには耐えられなかった。ベンが予言したとおり、彼女はぼくの運命の人だ。問題は、シャノンにはぼくへのほんのささやかなお願いごとがひとつだけあって、ぼくにはそれができないことだ。

そして彼女がやってきた。ワインのボトルを手にキッチンのドアから入ってきたのは、予定の半時間も前だった。そうなることは予想してしかるべきだったのに、ぼくは両手からガーリックとオリーブオイルとタラゴンをぽたぽた垂らして、鶏の隅から隅までそれを塗りたくりながら、考えにふけっていた。理屈づけと味つけに。シャノンが性急にずばりと〈論点〉に切りこむ前に、鶏をなんとかオーブンに突っこみさえすれば、焼きあがるのを待ちながら話ができるのだが。

べとべとの両手を注意深く避けながらぼくの頬にキスすると、シャノンはワインのボトルをあけ、気のない声で今日の出来事を語った。道がいつもよりすいていて、予定より早く来たのはそのせいだとシャノンはいった。ぼくはそれを信じたふりをした。

ベンは、ぼくが冷蔵庫から鶏を出してきた瞬間から姿を見せて、下ごしらえをじっと見ていたが、シャノンのほうにはちらりとも目をやらなかった。スツールの上にすわったベンの目の高さに、本日の彼の分け前があった。ぼくがいつもベンにあげている臓器の袋――肝臓、心臓、砂嚢《さのう》――がまな板の上に並べられて、鶏がオーブンに入れられたあとで料理されるのを待っている。ベンは、それらをバターとニンニクでソテーしてウスターソースをかけたのが好きで、アフリカの草原のライオンのようにガツガツと食べる。ライオンが料理人を雇っていたらだが。ぼくがベンにこんな高級料理をふるまうことは滅多にはない。ベンはドッグフードの〈チャウ〉が好きだといっている。「メーカーがなにかを混ぜているのだと思う」とベンはいう。「非常に中毒性が高い。たぶん猫の乳首からの抽出物だな」ベンはしょっちゅう自分の乳首を夢中でペロペロしている。ぼくたちはだれもが、各人なりの悪癖を持っているものなのだろう。

ワインを注いだシャノンは、ぼくの作業を一心に見つめるベンの姿に笑い声をあげた。そしてベンの頭のてっぺんを掻いてやると、ベンは頭を高くしてシャノンの手に押しつけ、シャノンが手に力をかけたまま背中のほうへずらしていくと、ベンはそれにあわせて背中を弓なりにしたが、視線だけは戦利品から外さなかった。「手を洗っておいてくれたらよかったのに」シャノンはそういって、ぼくの分のグラスをぼくの口もとに運んでひと口すらせてくれたが、このときも緑色にギトギトしたぼくの手と油まみれの鶏は慎重に避けていた。「あなたのグラスはここに置いておく」シャノンは調理台の離れたところにグラスを置くと、ベンの隣にスツールを持ってきた。「それで、オーブリーのことは考えてくれた？」

もうその話かよ。「もちろん。でも、先にこいつをオーブンに入れさせてくれ、いいだろ？　そのあと話をしよう」

「いいわ」シャノンは手持ちぶさたにベンを何度かなでながら、考えに沈んでいった。シャノンがベンの尻尾のまわりに指で筒を作り、ベンはゆっくりとそこから尻尾を引き抜く。ナプキンリングにナプキンを通しているみたいに。「答えはイエスじゃないってことね。もしイエスなら、あなたはごちゃごちゃいわずに、そう答えるはずだもの」

ぼくの記憶では、デッドラインは夕食のあとだ。シャノンが来たときに、夕食の準備に肘までずっぽり突っこんでいるよう、計算していたわけじゃない。「もうちょっとで手が離せる。あとはこのドロドロを手から落として、鶏をオーブンに入れるだけだ」

「じゃあ早くすれば？」

「五分くらい待てるだろ？」

「たぶんね。待って五年になるんだから。家族みんなが。あなたが断るなんて、どうにも信じられ……」

ぼくは鶏をかかえあげて調理台に叩きつけ、オイルとタラゴンがいたるところに飛び散った。「信じろ！　ノー！　答えはノーだ！　自分になにかができるかどうかさえ、わからないんだ！」

「いちどもやってみたことさえないのに！」シャノンは油まみれのぼくの両手に触れた。

それは奇怪な光景だった。象牙色の手をぼくの手に重ねたシャノンは、ぼくの手がべっとりとよごれてなどいないかのようにふるまい、よごれが跳ねてベージュ色の絹のブラウスにべたっと貼りついたのも眼中になかった。ぼくは怪人スワンプシングになった気分だった。あのコミックでも、スワンプシングを愛してくれる人はいたと記憶している。シャノンの目を覗きこんだぼくは、以前と同じものを見た。そこに宿る光を。シャノンは弟を救いたがっている以上に、ぼくに自分の力を試してほしがっている。逃げずに真実を見つめよう。死んでも惜しまれることのない弟というのもいる。だが人は一生のうちいつかは奇跡をこの目で見てみたいと思っているものだ。「要するに、それだけでいいのか？　ぼくがそれをするのを見たいだけなのか？」

「もちろん違うわ」シャノン自身はそれでほぼ納得していたが、ぼくを納得させるにはほど遠かった。まったく正反対だ。もううんざりだった。罪悪感、未解明の謎、化け物のような気分を長年味わってきて、今度はわが人生最愛の人が、イルカの輪くぐりのような芸当をさせたがっている――その横で、救われし者、台風の目、奇跡の猫ちゃんはこちらに注意も払わず、自分好みに料理された死んだ鶏の心臓を食べることしか頭にない。

「いいや、違わないね。見たくてたまらないんだ。正・真・正・銘の奇跡。救世主の能力をさずかったボーイフレンド。すごくクールじゃないか？　いいさ。見たいんだろ？」ぼくはベンが楽しみにしていたソテー待ちの内臓をかき集めると、鶏の体内深くに押しこんで、油まみれの鶏の胸を両手でしっかり握りしめ、それをシャノンの目の前で揺さぶってから高く持ちあげ、目を固く閉じて、五体満足な鶏が聖なるトウモロコシ、だかなんだかをついばみ、コケッと鳴きながら頭を傾《かし》げる光景で、心をいっぱいにした。もしかするとそれは鶏ではなく、ぼくだったかもしれない。シャノンはおびえてあとずさった拍子にスツールをひっくり返した。ぼくはさらに強く手を握りしめ、より鮮明に光景を思い浮かべ、もっと力をこめて願いをかけた。「さあこん畜生め、生きるんだ！　生きよ！　生きよ！」

　すると両手の中に、もぞもぞくねくねとのたくる感触があったかと思うと、握りしめたぼくの手を逃れて鶏が飛びだして調理台に落ち、巨大な下腿《ドラムスティック》が足のない油まみれの先端を激しく上下させながら、合成樹脂塗料《フォーマイカ》の上を目茶苦茶に走りまわった。その馬鹿げた代物は、そんな状態なのにびっくりするほどすばやく動いた。頭のないそれは、思いがけない方向へ矢のように突進し、コーヒーポットからオーブントースターへ行ってフードプロセッサーの次はパン焼き器へと駆けまわり、そうした製品の白い表面にねとねとした緑のすじを跳ね散らかした。ぼくはそいつに飛びかかって、片方の下腿をつかんだが、つかまえたままでいられなかった。そいつはむかつくびちゃっという音を立てて床にぶつかると、走りつづけた。そのとき、出し抜けにベンが宙からそいつの背中に着地して、爪を深く沈めた。ベンにとらわれたら、逃れられるものはない。ベンは口をカッとひらくと、鶏の腿と胸に繰りかえし牙を突きたて、肉塊を何度も大きくむしりとって丸のみしたが、鶏はまだ抵抗していた。そいつが逃げだそうとのたくって、激しい闘いは続いたが、ついにベンは骨を残してすべてをたいらげた。ベンは鶏の胸腔に頭を突っこんで、まだ鼓動している心臓を引っぱりだすと、それをひと口でのみこんだ。

ぼくのうしろでけたたましい音があがり、シャノンがまた絶叫した。シャノンがもう何度も絶叫していたことに、ぼくは気づいた。いまのはスープ鍋の蓋《ふた》が床に落ちた音だった。あの鶏野郎の首が魚のように跳ねて、スープ鍋から逃げだそうとしている。ぼくは長いフォークを鷲《わし》づかみにすると、鶏の首を突き刺し、フォークごとベンのそばの床に放り投げた。ベンはたちまちそれをぺろりと食べた。別にかまわない。スープストックは冷凍庫にたっぷりある。

　ベンは緑色のドロドロに覆われていて、それはぼくもだった。スワンプシングと、彼のスワンプキャット。床はテカテカのエクストラバージンオリーブオイルでぬるぬるしていた。『前略。レイチェル・レイさま。ぼくはあなたのチキン・レシピを試してみましたが、結果は必ずしも満足のいくものではありませんでした……』

　ぼくはしゃがんで、ウェットタオルでベンをぬぐいはじめた。ベンは興奮して、喉をゴロゴロ鳴らしていた。その音は船外モーターのようでもあり、その姿は奇跡的に最終ラウンドまで闘い、あらゆる予想に反してチャンピオンを負かしたプロボクサーのようでもあった。いつもなら、ベンは自分で体をなめるのを好むが、どんな不作法な扱いをされても、本日の戦果の前にはものの数ではなかった。六ポンドの鶏丸ごとに勝利をおさめてひとりで食べ尽くすというのは、ベンにとって毎日あることではない。シャノンとぼくは外に食べに行くしかないだろう、とぼくは思った。テイクアウトという手もある。ぼくはほんの少し、現実から目をそらそうとしていた。

　ぼくはシャノンのほうを見ないようにしていたが、耳に届くすすり泣きは彼女のものに決まっている。妊娠したかのように腹がふくれるほど満腹で、まだ呼吸が荒くて目をぎらつかせたびしょびしょの飼い猫から、ようやくぼくは顔をあげた。シャノンはキッチンのドア近くの隅にいて、コート掛けにぶつかるまであとずさりし、傘を握って野球のバットのようにかまえたままでいた。傘を手に取ったのは、蘇生した鶏がまっすぐ彼女目指して進んできて、ベンが救助に飛びこんでくる前だ。「まだぼくに、弟を治癒してほしい?」ぼくは尋ねた。

いま思えば、そのとき口にする言葉として最適ではなかった。

なぜ自分がそれを握りしめていることになったのか、なにも記憶がないかのように、シャノンは傘を見つめた。じっさいは、顔に浮かんだ恐怖の表情からすると、たったいまの出来事を、たぶんあまりにもありありと覚えているのだろう——自分の足もとで繰りひろげられた異様な激闘を——ふたつの不死の存在が死ぬまで闘ったことを。

ベンがシャノンのほうに一歩踏みだした。「だいじょうぶだ、シャノン」ベンはいった。

「あれはもう死んだ」

シャノンは傘を投げ捨てて、家を飛びだしていった。数秒後、彼女の車のエンジンがかかり、タイヤをきしませ、轟音《ごうおん》を立てて走り去った。シャノンがあんな運転をすることがあるとは、知らなかった。

「心配無用だ」ベンがいった。「彼女は戻ってくる」

「ああ。ぼくたちの魅力に抵抗できる女はいないからね」

タラゴンとニンニクと死のにおいが、部屋にきつく漂っていた。キッチンにモップをかけてにおいを取らなくちゃ、と思ったものの、あの瞬間の記憶を再現することになるかもしれないと考えると、まだとても無理だった。ぼくの運命の人、わが人生最愛の人は、去ってしまった。ベンはうろうろして床をなめている。もしかすると、この惨事の残りカスをなめつくすことで、病気になるつもりかもしれない、とぼくは思った。だが、そのとおり。ベンは決して病気にならないのだ。忘れたのかぁぁあ？　「出かけてくる」ぼくは声に出していった。

ベンは黙っているだけの分別があった。

ぼくはバーベキューの店まで歩いて、鶏を注文した。それはビネガーと煙、火と硫黄《じごくのひ》の味がした。安物のビールを飲んで、延々とカントリー&ウェスタンの泣き言が流れているのに耳を傾ける。どいつもこいつも自分のあやまちを許してほしいと恋人に哀願し、希望にしがみつくことで、スリーコードと、どうしようもないうぬぼれを軸にした耳に残る泣き言をなんとかひねり出している。だがその絶望的な希望にどれひとつとして伝染性はなく、ぼくは希望を失ったままだった。歌の男たちがしたことといえば、道を踏みはずし、嘘をつき、酔っぱらい、などなど――馬鹿男どものお決まりの行為だ。そのうちのだれひとり、理性的な話し合いのまっ最中に、はっきりと敵意を持って、六ポンドの丸焼き用鶏をよみがえらせたりはしていない。それはそうだ。そんなことをしようとしたらどこかの時点で、あまりの不気味さに、人間の根源的なところに存在する非常警報ベルが作動して、逃げだしてふり返るなと告げて当然なのだから。ちょっとした手伝いのつもりで獣医にベンの予約を入れてしまったら、それ以降にシャノンが乗ってしまったような事態の流れを回避することは、だれにもできないだろうと思う。

なんとなく、今回は、もしかして今回だけかもしれないが、ぼくが正しくてベンがまちがっていると、ぼくにはわかった。シャノンが戻ってくることはない。ぼくは声をあげて泣きはじめ、店長がやってきて出ていってくれといった。信じがたい話だ。この店のまずい料理を食べ、店でかけている悲しい歌——その作詞家たちは死《ダイ》と嘘《ライ》と泣きながら《クライ》とさよなら《グッドバイ》が韻を踏んでいなかったら、失業するだろう——を聞いてやったというのに、ちょっと涙したくらいで出ていけだと？　ぼくには、涙どころではない騒ぎを起こしてやることもできた。店の冷凍室を見つけて、材料の全在庫をよみがえらせ、凶悪にマズいソースにまみれたそれを店内に逃がして暴れまわらせてやろうかと、かなり思った。だがもちろん、そんなことはしなかった。する気になれなかった。二度と決して。

ベンジャミンと、鶏一羽——それで全部だ。ぼくは治癒者を廃業した。

シャノンを捜しだす努力は、すべて失敗した。彼女はあの晩のうちに街を出たようで、だれのところにも連絡がなかった。少なくとも、ぼくに教える気になるだろう人のところには。

数年後にパパが死に、その翌年ママが死んだ。ふたりの葬儀にはシャノンが姿を見せるかもしれないとぼくは少し期待を持っていたが、もちろんシャノンは来なかった。オーブリーは死んだ。両親が生命維持装置を止めることにしたらしい。訃報は新聞で見た。ぼくは墓地で近くに隠れていたが、葬儀の場にいたのは両親と牧師だけだった。

　そのあとぼくが帰宅すると、ベンもとうとう、ぼくたちがシャノンと会うことは二度とないだろうと認めた。「すまなかった」ベンがいった。「わたしは絶対に捕食者の本能に屈するべきではなかった」

「きみが悪いんじゃないよ。きみが捕食者なのはどうしようもない。ぼくが悪かったんだ。あの鶏を生き返らせたのは、ひどい愚行だった」

　ベンはうなずいて、重々しく同意した。「そうだな。そうだな」

　シャノンがいなくなってぼくたちはたまらなくさびしかったけれど、ぼくたちは滅多に彼女のことを口にしなかった。ぼくたちのどちらにとっても、つらすぎたから。

　ぼくは両親が遺《のこ》したささやかな財産で株を買った。数週間かけて音声認識ソフトウェアを微調整して、ベンがコンピュータを使えるようにすると、ぼくはベンにポートフォリオを引き渡し、ベンはあっという間にぼくたちを、職を辞して旅行三昧ができるほどに裕福にした。ぼくたちはあらゆるところへ旅した。ある場所についてなにかを読んで知ると、ベンはそこに行きたがり、ベンが行きたがると、ぼくたちは必ずそこへ出かけ、出かけた先で、ぼくは決して残念な思いをすることはなかった。ぼくたちは想像を絶する数々の場所へ出かけた。

ぼくたちはパッとしない場所の数々へ出かけ、そこで出会えるとベンが知っていた驚異によって、そこも想像を絶する場所になった。

まもなくわかったのは、金さえたっぷりあれば、どこへでも飼い猫を連れていけることだった。それも、歳を取れば取るほど。人々は年寄りのすることは我慢する。たぶん、老い先短いと思うからだろう。思いやりのない守衛に望みを却下されたある老人は、生涯最後の機会を逃すことになったのかもしれない。思いやりのないそんな人間は、どんな老後を迎えることになるだろうか。いよいよ自分が、キャリーに入れた老猫を連れて感傷的な気分であちこち旅してまわる番になったとき、『動物は持ち込み禁止』と表示されていたら。なんだと？　こんな無人の建物で？　ホモサピエンスは動物じゃないとでもいうのか？　それならなんなのか、ぜひとも知りたいもんだ！　ああそのとおり、八十四歳のいま、ぼくは飼い猫をどこへでもいっしょに連れていける。

問題は、病気が重くてぼくがどこへも出かけられないことだ。

ぼくたちは、メキシコの美しい湖に面したすばらしい町、カテマコで旅を終わりにした。ここには猫とブルハ——魔女——があふれ、ぼくたちのお気に入りの町でもある。湖を見晴らすバルコニーつきの家を借りた。漁師たちはいまも小さなひとり乗りの小舟から手投げ網で漁をしている。日暮れどき、湖水に網を投げる漁師たちや、磨かれた銅の色の空を眺めるのが好きだ。ニンニク数片を埋めこんで丸ごとフライにした魚はとてもおいしい。

いまのぼくには、それは記憶の中にしか存在しない。食べ物をいっさい受けつけなくなってしまったのだ。もっとも、なにを口にしても灰のような味しかしないのだが。医者が往診に来てくれる。彼によると、ぼくを救う手立てはなにもないそうだ。病院でぼくを受けいれることは可能で、そうすればより心地よくすごせるだろうとのことだが、ここで自分の猫といっしょに漁師たちを眺めていたほうが心地よくすごせそうだとぼくがいうと、医者は、敬老の精神からだと思うが、おじぎをして、わかりましたといった。

　この町で猫たちとも魔女たちとも仲よくなったベンジャミンが、ハーマリンダという女性といっしょに外から戻ってきて、彼女はぼくたちふたりにお茶をいれてくれる。ベンはこの女性に対しては長年の沈黙を破り、彼女はなにか用事がないか見に来てくれることに同意したのだった。「これは効くのか？」ぼくがベンに尋ねたのは、ハーマリンダがいれているお茶のことだ。それのにおいがわかるので、ぼくは驚いていた。まったくにおいがわからなくなってから、もう久しい。自分で料理をするのは、あきらめざるをえなくなっていた。

「歳にはね」ベンが返事をしたが、ぼくはたったいま自分がなにを尋ねたかを忘れている。

「怖いんだ」ぼくは長年の友人に打ちあける。

「わかっている」ベンがいう。「万事うまくいく。わたしもおまえのところに行く。エジプト人歩きで《ウォーク・ライク・アン・エジプシャン》」ベンが自分の猫ユーモアに笑う。とてもおかしそうに。ぼくには笑いどころがわからない。ハーマリンダがベンにいれているお茶はどんなものなのだろう。たぶん猫の乳首のなにかだ。ベンといえば乳首だ。

ハーマリンダがぼくの上半身をベッドから起こして、バルコニー越しに銅色の湖面と、女たちが手にする扇のように漁師たちの網がひらいたり閉じたりして、きらめくしぶきの記憶を残していくのが見えるようにしてくれる。ハーマリンダがぼくの口もとにカップを運ぶ。それはクローブとジュニパーの味がする。ぼくは少しずつお茶をすすり、彼女は辛抱強くカップを飲み干させてくれる。最後のひと口はあまかった、蜂蜜のように、薔薇《ばら》のように。

ハーマリンダはベンのお茶が入った受け皿《ソーサー》を床に置くと、静かにドアを抜けて出ていく。ベンはすぐにそのお茶をなめつくして、変わることのないすばやさでベッドに飛び乗り、ぼくのきゃしゃな両手を押し離してあいだに入りこみ、いまいちどぼくの両手に包まれる。ぼくは紙のように薄い皮膚越しにベンに触れ、力強くしっかりした彼の心臓の鼓動を指先に感じる。「お休み、ジェフリー」ベンが低い声でゴロゴロと喉を鳴らし、するとぼくの両手がチクチクする。ぼくははるか昔の、猫年齢でなら何世紀も前の曲を思いだす。

オールド・ブルーが死んだ、懸命に生きつづけようとした果てに死んだ
裏庭の地面を掘った
銀の鍬で彼の墓を掘った
鎖で彼を穴におろしていった

鎖の輪ひとつごとに名前を呼んだ
ああブルー、きみはすばらしい犬きみは
ああブルー、わたしもきっとそこへ行くよ！

ベンのゴロゴロいう声が止まり、次の瞬間、心臓も止まって、ベンはあっけなく死んだ。彼はぼく相手に悪ふざけをしたのだ――自分が先に行けば、ぼくもあとを追ってそこへ来るのを、彼のいないこの世界の耐えがたい空虚さから逃れて来るのを、知っていて――ベンはぼくにその道すじを示したのだ。いつか、その日がついにやって来たのだった。

だれもが死ぬ。ベンでさえもが。

ぼくのために。

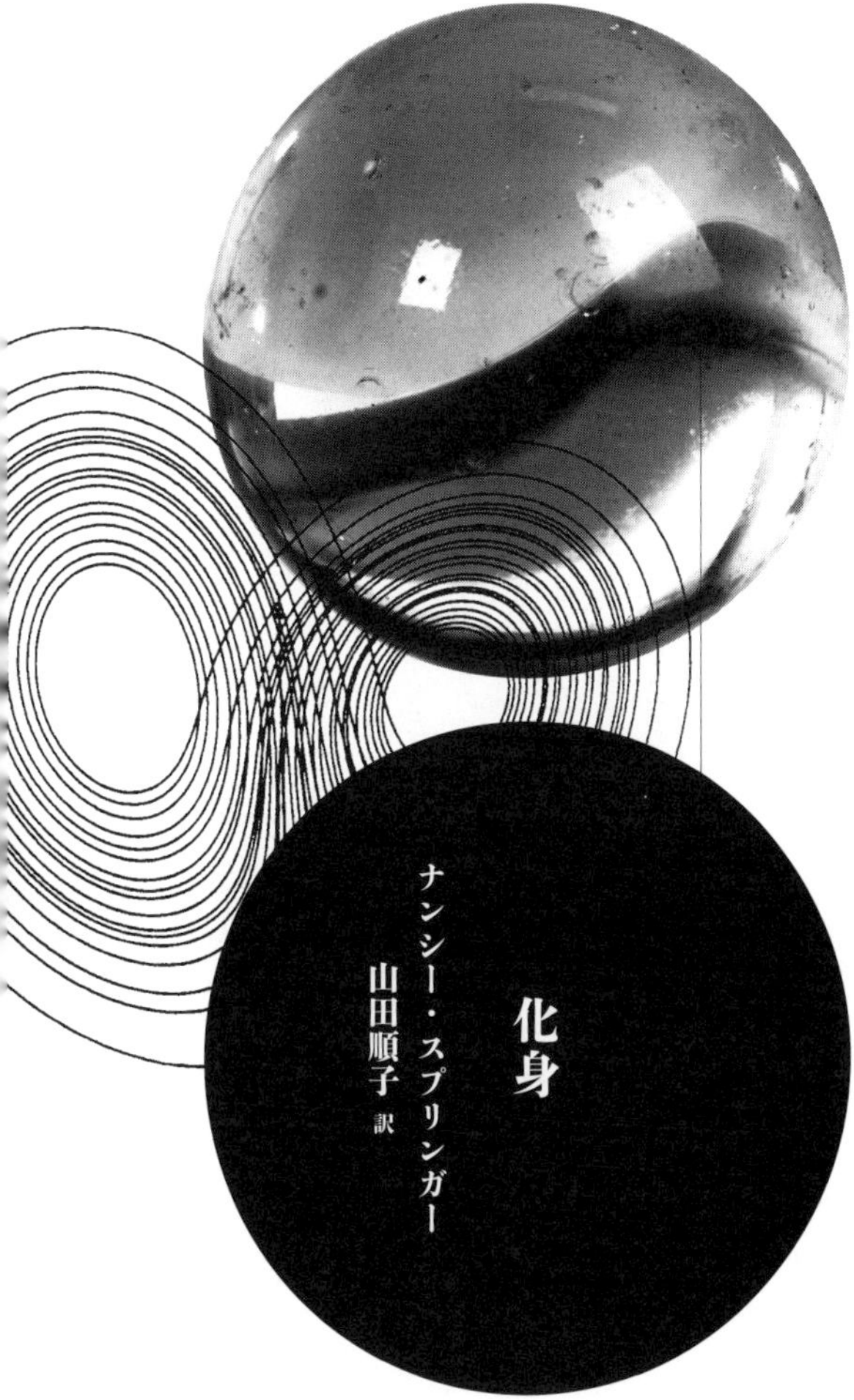

化身

ナンシー・スプリンガー

山田順子 訳

ナンシー・スプリンガー　Nancy Springer（1948-　）

ケルト神話を題材にしたデビュー作《アイルの書》五部作（ハヤカワ文庫FT）の印象が鮮烈だったため、スプリンガーには異世界ファンタシーの作家というイメージがついてまわるが、ある時期を境に作風をがらりと変えた。具体的にいうならば、現代を舞台にしたダークな味わいのファンタシーと、ヤング・アダルト向けのミステリに力を注ぐようになったのだ。前者の好例が、地上に降りた天使がロック・ミュージシャンになる長編『炎の天使』（一九九四／同前）であり、後者の代表が、シャーロック・ホームズの妹を主人公にした《エノーラ・ホームズの事件簿》シリーズ（小学館ルルル文庫）である。このシリーズ以前に、単発のミステリでアメリカ探偵作家クラブ賞を二度受けていることも付記しておこう。いっぽう邦訳のある『赤の魔術師』（一九九〇／現代教養文庫）は、現実世界の少年が魔法の世界へ転移するといった設定の異世界ファンタシーである。

本邦初訳となる本編は、前述したダークな味わいの現代ファンタシー。アンドレ・ノートン&マーティン・H・グリーンバーグ編のオリジナル・アンソロジー*Catfantastic II*（1991）に発表された。余談だが、猫にまつわるミステリを集めた木村仁良編のアンソロジー『子猫探偵ニックとノラ』（二〇〇四／光文社文庫）に作者の短編「アメリカンカール」（二〇〇三）が収録されている。お見逃しなく。

彼女は実体化して、おなじみの肉球のある肢《あし》を踏みしめて立ち、まったくなじみのない場所を見まわした。長い眠りから覚めるたびに世界は変化していて、前の化身が終わって新たな化身を迎えるごとに、前よりも奇怪な生涯を送ることになる。前回はノルウェイの農婦で、幾度もの〝聖なる〟戦いとやらから逃れようと〝新世界〟と呼ばれる場所に向かって長い航海に出たものだ。今回、目覚めた彼女は、ここが地球かどうかすらわからない。肉球が踏んでいるのは、石のような感触だが、石ならば古代のにおいがするのに、これはそんなにおいはしない。ガラスと金属の乗り物が、熱を帯びた悪臭を撒《ま》き散らしながら、信じられないスピードで走っている。いたるところにグロテスクな建物が高くそびえている。彼女には建物の中に人々がいるのが感じとれる。前の世界の人々よりももっと苦しんでいる人々。恐怖や、狭量な考えや、神々への不信感などが蔓延《まんえん》し、諍《いさか》いの絶えない、いわば新しいタイプの人々。

長い眠りから覚めたあとはつねに餓《う》えているのだが、食べるものがほしいわけではない。とはいえ、ここは狩りに向いた場所ではない。そのため、彼女は怯《おび》えた。猫にだけ可能な速さで走りだす。溶けて流れる黄金のように走り、ガラスと金属の乗り物とその悪臭から、グロテスクな高層ビルとその中にいる狭量な人々から逃げて、田舎といってもいい地域にたどりついた。街から離れたそこは、木々や草など、緑が豊かなところだった。

草地には野営をしている人々がいた。彼らの思考や感情は重苦しい雰囲気を醸しだすことなく、カササギのようににぎやかな笑い声を放っている。カササギたちは歌っている。

〝世間がどう見ようと、かまやしない
ここには盗っ人もいれば、伝道者もいる
フリークもいれば、綺羅星《きらぼし》もいる
頭が三つあるやつもいれば、ひとつの頭を使えぬやつもいる
それがどうした、かまやしない
おれたちゃ肩を寄せて生きていく
おれたちゃみんな、カーニヴァルの仲間
女のヒモでも、売春婦でも、女装好きでも、詐欺師でも、
おれたちの仲間なら
世間なんか吹っ飛ばせる〟

彼女も彼らと同じだ。黄金色の彼女は思った――カーニヴァル！　これは願ったりだ。ここでならみつかるかもしれない。
彼女は餓えているし、サーカスのにおいは甘美だ。つまるところ、彼女は肉食で、カーニヴァルとは肉の祭りだ。日が落ちて銀色の薄暮に変わると、カーニヴァルのけばけばしい照明が空に明るく映えた。カササギの鳴き声のような、カーニヴァルのけたたましくもにぎや

かな音楽が鳴り響く。猫はとことことゲートをくぐって、草地を進んだ。草が踏みしだかれて小道ができている。

「さあさあ、石になったピグミーだよ！」呼びこみが叫んでいる。「ジェシー・ジェームズを殺した銃もありますぜ。くにゃくにゃ女にラバ頭の少女、タイパンの鋼鉄男を見てくんな！」

力試《ハイストライカー》し、観覧車、オートバイの曲乗り、鏡の迷路——彼女にとってはなにもかも目新しいが、賞賛すべきなじみぶかいにおいも混じっている——欲のにおいが。カーニヴァルは謝肉祭で、もともと欲望の解放と浮かれ騒ぎの祭りなのだ。地面にはフライドポテト、ソーセージの端っこ、シナモンケーキのかけらなどが落ちているが、彼女はそんなものには目もくれない。小道を進み、ピエロのボゾのパフォーマンス、電気自動車《バンパーカー》のぶつけあい、運命の車輪、輪投げなどを眺めながら、男を探した。若くて、たくましくて、醜くない男なら誰でもいい。そういう男を誘惑して、充分に堪能したら捨ててしまう。これは彼女の聖なる習慣なので、今回もそれをないがしろにするつもりはない。何度目かの前世では、自分を偽って結婚したあげく、あれこれと命令したがる男に唯々諾々と従っていたものだ。もう二度とあんなまねはしないと固く決意している。この猫の九つの生命のうち、八つはもう使ってしまった。残っているのはひとつきり。後悔のない使いかたをするつもりだ。

彼女が獲物を物色しているうちに、カーニヴァル会場は客でごったがえしてきたが、これという獲物を選ぶのがむずかしくなってきた。なにしろ、男も女も同じようなかっこうなのだ。ズボンにコットンシャツ、型くずれした布靴に革のジャケット。髪は短くてつんつん突ったっているか、長髪か、くるくるの巻き毛。彼女は困惑し、腹が立ってきた。もちろん、ひとめで男だと見分けのつく者もいるし、そのなかには若者もいるのだが、そういう若い男の歩きかたは猿のようだし、ぷんぷんと化学物資のにおいを撒き散らしている。とうてい彼女の好みではない。

「そこの仔ネコちゃん！　歳は？　体重は？　誕生日は？　あててみようか？」

彼女はたじろぎ、思わずその場にうずくまった。彼女にとって新しい世界の言語は意味不明なのだが、ことばの基となっている思考は把握できるため、この〝あててみようか男〟に呼びかけられたのは自分だと、一瞬、理不尽な解釈をしてしまったのだ。目を細くせばめて、すぐにも逃げだせるように、体ぜんたいに力をこめて身がまえ、男をみつめる。

「やあ、ママさんか！　おめでとう！」男が呼びかけたのは、丸々とした頰の、腹の大きな妊婦だった。「なにをあててほしい？　名前？　年齢？　結婚記念日？　ん、そうか。わかった。お代は五十セント。おれがあてそこなったら、すてきな陶器の人形をあげる」

男が呼びかけたのは、彼女ではなかった。そんなことがあるはずはないじゃないか、と彼女は自分を笑った。男は通りがかった大勢の人々に、だれかれなく呼びかけているのだ。多くの者がその呼びかけに応えて立ちどまる。男の声に、そこはかとなく詩情がこもっているからかもしれない。あるいは、男が若くて醜くないからかもしれない。ジーンズにブーツというシンプルなかっこうの男は細身で、背筋をのばしているせいか、とても背が高く見えるけれども、じっさいはそれほどではない。だが、ブースの前にしゃっきりと立っているその姿は、城館の中庭で歌う吟遊詩人のようだ。男を見ているうちに、彼女はどうしてもその目を見たくなったが、男は黒いサングラスをかけているので、目は見えない。顔つきはおだやかで、格別にどうという容貌ではないけれども、たくましい筋肉と男っぽい目鼻だちだけではない、なにかをもっているようだ。

彼女には、そのなにかは必要ではなかった。若くて醜くないというだけで充分だ。変身するために、彼女はひと目につかない場所を探した。ほんの一分で用はすむ。何歩もいかないうちに、おなじみの、欲望に満ちた麝香《じゃこう》のにおいが、彼女のヒゲに触れてきた。彼女のデリケートなくちびるがめくれあがり、小さな尖った歯がむきだしになる。彼女はテントの垂れ布の下にもぐりこんだ。そこは〈ヒンクルマンのレビュー　Gストリングの女神〉のテントだった。

ここにしよう。

テントの中には熱気と、蚊の群れと、薄暗い照明と、男たちの汗のにおいとが充満していた。四十人ほどの男たちが、狭いステージで踊るストリッパーを見守っている。黄金色の小さな新客はひょいと椅子の背に跳びあがって、男たちと同じようにステージを見守った。誰も彼女には気づかない。彼女はほっそりした尻に長い尻尾《しっぽ》をくるりと巻きつけてすわった。目に映るものに対する嫌悪感で、やわらかい毛につつまれた尻尾の先がむずむずする。

愚かで単純な雌牛。あの女は自分の体を棍棒《こんぼう》のように扱っている。歩きかたも、体の動かしかたも、じらしかたも、なってない。乳房はメロンみたいに大きいが、女が自慢にしているのはそれだけだ。

男たちの思念が蚊の群れよりもうるさく渦巻いている。おかげで、彼女にも理解できた——ストリッパーたちは〝クーチガール〟、あるいは〝セクシーガール〟と呼ばれ、カモの男たちの欲望を刺激することだけを目的としているのだ。この手のストリッパーはダンスの才能があるわけではなく、ダンスのレパートリーは限られている。そのために、Gストリング（バタフライ）をはずすことで、最大の効果を狙うのだ。客席のカモのなかには、〝観客参加〟ということばを思い浮かべている者もいる。五十ドル払えば、ショウが終わったあと、テントの裏のトレイラーで、ストリッパーとふたりだけの親密なつきあいができるかもしれないのだ。

男たちが吠《ほ》えた。ストリッパーはGストリングをはずし、ちらちらと秘所を見せている。彼女は椅子から跳びおりると、軽蔑と怒りに燃えて、ステージの裏に走りこんだ。

今日びはあれを女というのだろうか？　女とはどうあるべきか、教えてやる者はいないのだろうか？

ステージの裏にはふたりのストリッパーが、半裸の体に蚊よけの防虫スプレーをかけあっていた。興行主のヒンクルマンもいた。傾けた椅子にどっかとすわり、呼びこみ係のしゃがれた声を聞きながら、退屈そうにジンを飲んでいる。わきのほうにブースがある。薄っぺらなカーテンが掛かっていて、ストリッパーたちの楽屋として用意されているのだろうが、どちらにしろ、女たちは観客の前で衣装をぬいでしまうため、その設備はほとんど利用されていないようだ。黄金色の猫はそのブースに入った。と思うと、黄金色の女が出てきた。

「ひえっ！」二十三年もの長きにわたってカーニヴァルで興行をしてきたヒンクルマンだが、彼女を見たとたん、だらしなく傾けていた椅子の脚を地面につけ、背筋をしゃんとのばした。

「なんとね！　どこから来たんだい、かわいこちゃん？」

彼女はかすかな笑みを浮かべた。かつて、完璧に人間を模倣できたころには、彼女も人間の声で話ができた。しかし、千年と四度の生涯を終えたときに、その能力は失われた。それを彼女は残念だとは思っていない。生まれ変わるたびに、話をしたい相手がなかなかみつからなくなっているからだ。彼女にとって話をするというのは、嘘《うそ》をつくことだ。しかし思考は真実を語れとせっつく。

「名前はなんていうんだい？」ヒンクルマンは訊いた。

彼女に冷静な目を向けられたとたん、ヒンクルマンはもう何年も忘れていた母親のしつけを、恨めしさ抜きに思い出した。立ちあがり、全裸の訪問者に丁重なあいさつをする。

「初めまして、ええっと、こんなところにようこそ。わたしはフレッド・ヒンクルマン」さしだした片手をうろうろと動かしたあげく、頭にもっていく。見えない帽子をぬいで彼女に敬意を表わそうとでもいうように。「なにかご用でも？　うちのショウに出演したいとか？」

「貧弱なおっぱいじゃないか」ストリッパーのひとりが嘲笑するようにいった。出番が終わって、裏に引っこんできた巨乳女だ。ヒンクルマンの三人の女神は、豹《ひょう》のにおいを嗅ぎとった鹿のように、ひしと身を寄せあって立っている。

「その女の体みたいにどこもかしこもつややかに見せる方法、知ってるよ」肌の色が浅黒いストリッパーが不満そうにいった。宣伝ポスターには〝ワイルドなインディアン娘〟と謳《うた》われている女だ。「ニンジンばっかり食べるんだよ。それだけのことさ。誰にでもできる。尻の穴からニンジンが出てくるほど、しこたまニンジンを食べるのさ」

ストリッパーたちの声はヒンクルマンの耳に届いていないようだ。目は新来者に釘づけだ。

「どうしたいんだね？　ステージに立って、歓声をあびたいかい？　なら、すぐにでもステージに立たせてあげるよ。で、あんたをなんて呼べばいい？」

ほほえんだまま、彼女は声を出さずにミャーオとくちびるを動かした。

「キャットか？　いいね。あんたにぴったりだ」ヒンクルマンはそそくさとテントに入った。すぐにカモたちに口上を述べている声が聞こえてきた。「男性たちを慰労するショウビジネス界に、ゴージャスな新星が誕生しました。しなやかな雌ネコ、ミス・キャット、エキゾチックなミス・キャット！」

「ただの新人じゃん」ストリッパーのひとりがつぶやいた。

彼女は全裸のままステージにあがった。〝徐々に着衣をぬいでいく《ストリップ》〟ということばの意味とは裏腹に、じっさいは演技をするためにわざわざ衣装を着ける必要などないのだ。彼女は一糸もまとっていないが、全裸だからといって、女の裸にはすでに堪能していたカモたちを熱狂させ、跳びあがらせ、もっとよく見ようと、椅子の座席の上に立ちあがらせたわけではない。男たちが夢中になったのは、彼女の身のこなしだった。

彼女は尻をつきだしたり、腰をくねらせたり、秘所をちらつかせたりはしなかった。歩き、立ちどまってポーズをとり、カモたちにそれとなく期待をいだかせ、彼女がかつて世界を自分のものにしたように、ステージを我がものとしただけだ。黄金のローブをまとっているかのように、彼女は威厳をまとった。カモたちの誰ひとりとして、彼女に食指をのばそうとは思わなかった。ショウのあと彼女とプライベートなつきあいをするだけの金額は、とても出せないことがわかっていたからだ。

客席を見ながら、彼女は選《よ》りどり見どりだと思った——客のほとんどが若くてがっしりしている。あのサングラス男よりも筋肉たくましい男ばかりだ。だが、だめだ。彼女がほしいのはあのサングラス男だ。あの男の立ち姿にはなにかがあった。そう、彼も威厳をまとっていたのだ。

観客が満足したとみると、彼女はステージから引っこみ、少し苦労しながら服を着た。胸元にぐるりと幅の狭いレースの縁取りのある、肩ひものない赤いドレスで、裾の短いスカートはフレア。それに飾りのついたつば広い帽子《ピクチャーハット》。ヒンクルマンのGストリングの女神たちは止めようともせずに、黙って彼女を見守った。彼女はステージで、ストリッパーたちの仲間であることを証明したのだ。ステージ裏の雰囲気から、仲間が彼女を冷静に受け容れたことがわかる。それは彼女を驚かせた。総スカンをくうか、敵視されると予想していたからだ。だが、この女神たちは芸人なのだ。ヘビ使いや剣呑み男などといっしょに朝食をとり、バケツの水で体を洗い、ぬかるんだ土地で野営し、毎日、観客に魔法をかけ、埃《ほこり》だらけの空間にあざやかな芸をくりひろげて、観客の目と心を奪う。そこにもうひとり、いっぷう変わった芸人が加わったとしても、それがなんだというのか。どこからともなく見知らぬ者がやってきて、興行に加わりたいというなら、それでいい。彼らはどんな嵐にも負けずに乗り越えてきたのだから。

「かわいこちゃん、あんたは歩く看板だ」ヒンクルマンは彼女にいった。「さあさ、行ってきな、この野っぱらを歩きまわって宣伝してきてくれ。楽しんできな」

巨乳女が彼女についてきた——彼女といっしょにいれば目立つのは確かだ。彼女は巨乳女の打算を嗅ぎとったが、飛びまわる蚊の群れと同じだとみなし、ほとんど気にしなかった。巨乳女は目立つチャンスを逃したくないだけだ。打算といっても、その程度だ。

「回転木馬のまわりを一周か二周してみない、ハニー？」巨乳女はかんだかい声でいった。仲良くしようといっているらしい。彼女は巨乳女を無視した。そしてまっすぐに、〝あてみようか男〟のブースに向かった。いまの彼女は人間の女の姿なので、あの男の目を惹《ひ》くことができるはずだ。経験からいって、それがなによりも必要なことだと知っている。かすかにほほえんで、これと決めた男の目をのぞきこむ。すると、彼女が歩きだせば、見えない黄金の鎖につながれているかのように、男は彼女のあとをついてくる。

〝あててみようか男〟のブースのあたりには、人だかりができていた。人気があるのだ。年齢や体重など、ごく標準的な質問をされると、男は客におもねる立場をとって少なめに答えてはあてそこね、気前よく賞品を渡した。しかし、もっとむずかしい質問——誕生日とか、軍での階級とか、子どもや孫の人数とか、どこに住んでいるかとか、ハイスクールや看護学校や刑務所の場所とか——は、神秘的なほどぴたりとあてた。男は静かなカリスマといった雰囲気をまとっている。人々は男に魅せられ、一度ならず何度もお代を払った。

人ごみのはしっこで、彼女は軽いいらだちを抑えながら、自分の番がくるのを待った。男からそれほど遠いところにいるわけではない。彼女の姿は見えているはずだ……。男の反応を楽しみたくて、男の意識を探ってみると、あっさりとタッチできた。じつをいえば、男は待ちかまえていたのだ。そう、確かに男は彼女に注目していたが、彼女がいまだ経験したことのない注目のしかただった。欲望などかけらもない認識。しなやかな肢体、素足、赤い服の美人――男の意識には、そういった彼女の外観はいっさい影響を与えていなかった。これっぽっちも。

「さあ、お次は？」男は客から受けとったお代を、ブースの中の少年に渡した。ハンサムな男の子だ。その瞬間、少年の意識にタッチした彼女は、それが男の息子だとわかった。母親はずっと前に死んだが、少年はまだ母親を恋しがっている。男はひとりで息子を育ててきたのだ。

少年が釣り銭を渡すと、男は客の年齢と体重を推測した。両方ともはずれると、笑顔で安っぽい陶器の人形をさしだした。あたたかくて、どこか不思議な笑み。心底楽しそうな笑み。〝すてきな陶器の人形〟はガラクタ同然で、客にくれてやっても決して損にはならない。しかし、そこが肝心なのではない。男は人々を幸福な気分にしてやりたいのだ。ふいに、彼女は男の笑顔が好きになった。

「さあ、お次は？」

「ここよ、オリー」巨乳女は彼女をこづいて前に進ませた。「こんばんは、オリー、この娘《こ》はキャット」

「知ってる。さっき会った」オリーと呼ばれた男は彼女に顔を向けた。すてきな笑顔だが、もう夜も更けてきたというのに黒いサングラスをかけたままなので、彼女には彼の目が見えない。「やあ、キャット。いらっしゃい」

巨乳女はいった。「この娘、歳をあててほしいんだと思う。たぶんね。どうやら話せないみたいだから、よくわからないんだけど。なにせキャットはおしゃべりでさ」巨乳女はあごをあげ、大きな胸を揺らして、自分のつまらない冗談に自分で笑った。オリーはほほえんだが、声をあげて笑ったりはしなかった。

「そうしてほしいなら、あとであててあげよう」オリーはいった。「いまじゃなくて、あとでね。どっちみち、あててほしいのは歳なんかじゃないと思う。そうだろう、キャット?」やさしくて親しみのこもった口調だ。ふざけたところはみじんもない。

彼女は不満に思った。

——あんたの目を隠しているものをはずしてほしい。あんたの目をのぞきこみ、あたしについてこさせたい。あんたの肉体を知りたいし、あんたがどんなだか知りたい。

——だめだ。

オリーの思考が直接、彼女の脳裏に届いた。

——だめだ。それはできない。レディ・キャット、たとえきみのためであっても、それはできない。

一時間後、ストリップテントの裏で、彼女はショックによる震えがおさまらずにいた。オリーに素裸にされ、無防備な状態にされた。服を着ているのに着ていない気にさせられた。

オリーが誰であれ、あるいはなにであれ、彼は彼女の意識にタッチできるのだ。おそらく、彼女がなになのか――正体はなになのか――見破ったにちがいない。

彼女は怒りを覚えていた。屈辱感と口惜《くや》しさ。いつものように、彼女は男がほしかった。オリーがほしかった。だが、いつもの男たちとちがい、オリーは当然そうあるべき反応をしなかった。豊穣と多産の女神がみずからの欲望を御しにくくなっているときに、これはゆゆしい問題だ。

しかし彼女は怒りとともに恐怖も感じていた。古い宗教の神々は、つねに新しい宗教の悪魔として貶《おとし》められる。三つ目の生命を得ていたとき、猫の姿だったというのに、彼女は捕えられて火あぶりにされた。賢い猫の肉体が生皮のひもでぐるぐる巻きにされたうえに、燃えあがる貪欲《どんよく》な炎の舌にからめとられ、皮膚も毛も悪臭を放っているのに、なにもできずに焼かれるしかなかったときの恐ろしい苦痛は、いまだに忘れられない。あんな死にかたは二度としたくない。

二度目のステージで、裸体をひけらかし、ポーズを決めながら、彼女は客席を物色した。肩幅の広い、ハンサムな若い男を選んで、目で彼に命令した。彼女の無言の命令に従い、ショウが終わると、男はテントの裏で彼女を待った。自分がなぜそうしているのかわけがわからないというようすで、あかんぼうのようにやわらかいくちびるを、自信なさそうに開け閉めしている。彼女はその男をカーニヴァル会場から離れた暗がりに連れていった。男は彼女のなすがまま、彼女のいうとおりにした。彼女の望みどおりの獲物だった。用がすむと、彼女はするどい爪を使って男を追いはらった。それ以上、痛めつける必要はなかった。今後何日も、男が狂ったように彼女に恋焦がれるのはわかりきっていたからだ。

これで満足すべきだった。以前の彼女なら、このシンプルで新鮮な欲望の充足行為に満足したはずだ。しかし、いまの彼女は、自分が満足していないことに気づいた。

ほんとうならば、誰かに正体を見破られないうちに、四本の自由な肢を駆使して、さっさと危険な場所から離れるべきだ。だが、彼女にはその気がなかった。

オリーには困惑させられた。あの男のせいで、あたしは屈辱を味わい、恐怖を覚えたが、完敗したわけではない。最後に嘲笑するのはどっちか、見てやろうじゃないか。

〝嘲笑〟というのはいいすぎかもしれない。というのは、獲物を帰してから、彼女がカーニヴァル会場にもどったとき、ヒンクルマンのトレイラーのそばでオリーが待っていたからだ。

「きみに嫌な思いをさせたんじゃないかと、それをあやまりたくてね、キャット」オリーは声に出していった。「そんなつもりはなかったんだよ」

彼女にとって、ことばはなんの意味ももたない。しかし、ことばの裏にこもっている悲しみは、はっきりと伝わってきた。

オリーの気持は明らかだ。

――きみを怒らせるつもりはなかった。敵を作りたくはない。おれは悲しみにくれながら、息子と暮らしていたいだけなんだ。

感傷は彼女をいらだたせる。彼女は歯をむきだして、威嚇めいた音を発し、オリーのそばを素通りしてトレイラーに入り、ストリッパー仲間が彼女のために空けておいてくれた寝棚で横になった。数分後、興行主の権利の行使は暗黙の了解ずみとばかりに、ヒンクルマンが彼女と寝棚を共有しようとしのびこんでくると、彼女はヒンクルマンの顔に四本の長く赤い傷をつけて撃退した。ヒンクルマンがインディアン女とよろしくやって、彼女に振られた埋め合わせをしているのを、彼女は嫌悪の思いで聞いていた。ヒンクルマンは歳をとっているし、腹は出ているし、息はくさいときているから、彼女はいとわしさしか感じない。こんな男がこれほど好色なのに、あの男、彼女を魅了したオリーは、なぜちがうのだろう？

男ども。肉欲だけの男ども。オリーはかまわないでほしいと思っている。だからといって、あたしの心が破れるわけではない。

翌日、日が暮れて、カーニヴァルの照明がともると、彼女はまず最初に花屋に行き、花を一輪買った。イタリア人の老婆がにっこり笑って花を渡してくれた。カーニヴァルの仲間同士ならではの微笑。彼女が買ったのは、たっぷりと襞《ひだ》があり、縁取りのあるペチコートのような、白い花だった。白いなかに赤い血のような斑が入っていて、水の通り道に沿って、萼《がく》のつけ根から花弁の先端にまで広がっている。美しい。彼女はそれを黄金色の髪にさした。そして昨日と同じ赤いドレス姿で、めざすブースに向かった。そしてオリーのブースの前に立つと、じっとオリーをみつめた。好奇心だ、と彼女は自分にいいきかせた。好奇心が彼女をまたオリーのもとに導いたのだ、と。自分でも、ある程度はそれが真実だと承知している。

——やあ、キャット。

オリーは声も出さず、彼女を見もせずにいった。

——こんばんは。

——きみはこんなふうに話せる唯一の相手だよ。

——あたしにとっては、どんなふうにしろ、話せる相手はあんただけよ。

短い沈黙のあと、オリーは彼女にやさしく思念を伝えた。

——うん。わかるよ。考えもしなかったけど、長いことひとりぼっちでいるとそういうこともあるだろうね。

——いえ、そうじゃない。あたしはひとりぼっちが好き。

——そうか……きみが話したくなったら、いつでもこんなふうに話ができるよ。

おそらく、オリーが彼女のことをどれぐらい知っているかを知るには、こうして思念で話をするのもひとつの方法だろう。オリーへの別の望みに関しては……彼女はまだオリーに強い欲望を感じているが、彼からの反応はない。今度も彼女は、オリーを冷たい地獄に誘いこむことはできないのか。髪にさした花で、誘惑は万全だったはずなのに。花と、目にこめた抵抗しがたい誘いだけで。

彼女は宮廷の女主《おんなあるじ》が廷臣と軽いおしゃべりをするように、できるだけさりげなく思念の会話をつづけた。

――あんたは思念を読めるのね。お客に質問されたら、あんたはお客の思念を読んで答をみつけるの?

――そうだ。ほかの、おれには知られたくないいろいろなこともね。とても美しい思念もあれば、ひどく醜い思念もある。

彼女はオリーの思念の声に詩人のあこがれを聞きとった。オリーは人々の思いを知り、詩を作りたいのだ。聞いたこと、学んだことをすべて盛りこんだ、すばらしい物語《サーガ》を織りなしたいのだ。だが彼女は、オリーのサーガのなかに組みこまれるのはごめんこうむりたい。

彼女はオリーに、どれぐらい自分のことを知っているのか、単刀直入に訊くわけにはいかない。訊いても真実を話すかどうか、それは疑問だ。オリーは嘘つきなのだから。

――それじゃあ、お客がなにを質問しても、あんたは正しい答をいえるんだ。

――うん。

――なのに、どうしてしょっちゅうまちがった答をいうの?

――みんなを喜ばせるためさ。誰だって自分が勝つほうが好きだからね。だからお客に勝たせてやる。そうしたら、お客はまたおれに挑戦しようとやってくるのさ。

彼女はくるっと背を向けて歩きだした。背後で、オリーが呼びこみを始めた。「さあさあ、年齢、体重、職業をあててみせるよ！　みなさん、おれの才能に挑戦してみてくれ！　どんな質問でも受けるよ。おれが答えられるかどうか、とくとごろうじろ」

　彼女はオリーのブースから遠く離れた、カーニヴァル会場のなかほどにまで来たことを確信してから、ようやく思考をめぐらせた。

　彼は客が再度、来たくなるようにあやつっている。あたしが再度、来たくなるようにあやつっている。

　さらに考える。

　もしあたしが勝っても、それは彼があたしに勝たせようとするからか？

　さらに考える。

　彼は何者？　正体は？

　疑問はつのるが、彼女の恐怖はいくぶんかやわらいだ。オリーの意識にタッチして彼の内面を深く探らないかぎり、彼女のことをよく知っていると決めつけるわけにはいかない。

　その夜、彼女はまた別の獲物と寝たが、獲物は軽蔑の対象でしかなく、そんな男と寝た自分をも軽蔑せざるをえなかった。

「金をもらわなくちゃだめだよ」彼女の獲物が去ると、巨乳女がなじった。「金をもらわないなんてばかげてる。あんたがそうしないのは、あたしたちみんなをばかにしてることになる」

彼女は巨乳女をにらんだ。神聖な行為を金と引き替えるなど、ぜったいに嫌だった。たとえ、寝ることと引き替えに相手を狂気に追いこむことになるのだと思っても、彼女の心は晴れなかった。

翌朝、彼女はオリーが息子と暮らしているトレイラーを訪ねた。そしてキッチンスペースに数時間いすわって、オリーと無言の会話をかわし、とれたての鱒《ます》をフライにした朝食をごちそうになった。息子は夜間にブースで釣り銭を父親に渡す役目に専念しているときと同じように、父親のために食事のしたくをした。どちらも熱心にやっている理由は同じだろう。〝あててみようか男〟は、自分ではどちらもできないのだ。

オリーは盲目だった。

――盲目？　でも……あたしは気づかなかった！

――たいていのひとは気づかないんだよ。きみも黙っていてくれ、いいね？

オリーの微笑は、このたのみはささやかな冗談だよといっている。彼女がしゃべれないことを承知しているからだ。しかし、冗談ではないのだ。〝あててみようか男〟は目が見える、と客には思われている。知るはずのない質問に対し、オリーは客の目を見て手がかりをつかみ、推測して、答を口にするのだと思われている。そうではないとわかれば、客に恐れられるはずだ。客が真実を知れば、オリーの商売はあがったりだろう。

――もちろん。

彼女はうなずいた。同時に、愚かしくも奇妙なことに、心が軽くなった。オリーには赤いドレス姿の彼女は見えないのだし、カーニヴァルの照明に映えて輝く彼女の黄金色の髪も見えないし、彼女のこめかみのあたりでやさしく揺れるカーネーションの花も見えないのだ。彼女がどれほど美しいか、オリーにはわからないのだ。しかもオリーは彼女を傷つけたことをあやまった。最初に彼女がブースに近づいたとき、オリーはそれを感知して、彼女にあいさつした。

——あんたの目だけど、なにがあったの？

——事故でね。

火事のせいで、オリーは妻と視力を失った。その後、オリーは家を売り、仕事をやめ、カーニヴァルとともに各地を回る旅に出たのだ。新しい暮らしは気に入っている。客を勝たせてやる、客を喜ばせてやる、客の意識にタッチして隠されている真実を知ったうえでわざと嘘をいう。

思念の会話が途切れた。しばらくして、彼女はやさしくたのんだ。

——あんたの目を見せてもらえる？

オリーは一瞬ためらったあと、手をあげて黒いサングラスをはずした。決して醜い目ではなかった。醜い目であるはずがないと、彼女にはわかっていた。灰色で、瞳孔がぼうっとかすんでいて、予言者のように遠くを見ている目。サングラスという遮蔽物《しゃへいぶつ》のない、オリーの顔——なぜ彼女は平凡な顔にちがいないと思いこんでいたのだろう？　高い頬骨、秀でた額。美しい顔だ。

——あんた、すごくきれいね。

——きみも、みんながきれいだといってるよ。キャット。それに、きみの意識、おれにはとてもきれいに思える。黄金のように、沈みいく太陽のように、誇り高い。

——あんたにはなんでもわかってたんだ。出会ったときから。

返事はなかった。しばらくすると、オリーは声に出していった。「うん。そうだ」

——あたしはこの世界の奇妙で粗野な言語を理解できない。でも、あんたの意識に浮かぶ思いは理解できる。いま、あんたの意識は深い悲しみに満ちている。あたしがあんたをほしがっていることは、あんたにもわかってるよね。でも、あんたはまだ、亡くなった連れあいを愛している。

——そうだなあ。おれは妻の思い出に恋してるだけだと思う。

——なら、あんたは怖がってるんだ。ほかの男たちと同じように、あたしに懲《こ》らしめられると思って。

——ちがう、おれは怖がってなんかいない。危険だからこそきみは美しいんだろうな。美しいものはすべて、危険なんだ。

——でも、あたしが誘っても、あんたは応じなかった。あたしをほしくなかったんだ。

──うーん……おれは偏屈でね。きみの誘惑のしかたが気に入らなかったんだよ。

──あんたはあたしをほしがらなかった。

──いまは、ほしい。

彼女の勝ちだ。いや、オリーが勝たせてくれたのか？

皿を洗い終えた息子は、父親によく似た魅力的な笑みを浮かべて、トレイラーを出ていった。カーニヴァル会場を回って、新型ハーレーを乗りこなす命知らずの男たちのショウに感嘆したり、ポーカーゲームのいかさまを見守ったり、ヒゲをはやした女や、乳房のある男や、ボルネオの密林で育った女や、驚異の鰐娘《わにむすめ》とおしゃべりをするために。

彼女はオリーの彫りの深い顔に手をのばした。オリーは身をのりだし、顔を存分にさわらせてから、彼女にキスした。

そのあと、彼女はオリーの肉体が顔と同じぐらい美しいことを知った。また若者にもどったかのように、オリーの肉体は熱く燃え、ぎごちない動きをした。もう何年も女と寝ていないというのはほんとうで、彼女にとって、その真実はなによりも貴重な贈り物となった。彼女はオリーを抱きしめ、頭を胸に抱いてやさしく揺すり、キスし、ぎごちなさを愛《いと》しんだ。オリーへの愛で、自分のハートが赤い花のように開くのを感じた。

そして彼女は怖くなった。そう、恐れが生じたのだ。恐怖で愛が砕け散る。もう二度と、男にハートを捧げるようなまねはしないと誓ったのに。

オリーが小声でいった。「カーニヴァルは明日、旅立つ」

——そう。

「カーニヴァルは、いろんな者を受け容れる。犯罪者、売春婦、フリーク、ヘビ使い、伝道者、いかさま賭博師。どんなやつだってかまわない。おれたちはみんなカーニヴァルの芸人なんだ。みんな仲間なんだ。きみもね」

——そうね。

彼女の思念の声にはせつない思いがこもっている。

——いいわね。

「けど、おれたち芸人は、野生のガチョウみたいなものだ。季節とともに移動し、すべてがつねに変化する。なじんだ土地や人々だけではなく、自分自身のかけらをあちこちに置き去りにすることに慣れてしまう。おれの問題は、過去をふりかえりすぎること。そろそろ、そうしないことを学ばなければならない」

オリーに勝たせてもらったかどうかなど、彼女はもうどうでもよくなった。オリーは贈り物をくれた。選択という贈り物を。オリーは知っている——猫は自分で自分の進む道を決めなければならないことを。

そしておそらく、オリーは彼女にまた来てほしいと思っている。

だが彼女は、いますぐにオリーと別れる気はない。彼女は赤いドレスを着てから、ふたたびベッドに横になった。しおれた花が髪から落ちる。オリーの指に指をからませ、静かにオリーのことを想《おも》う。

――あたしの名前と歳をあてられる？

――なぜだい、キャット？

――あとであててやるといったじゃない。

――オーケー。きみが望むなら。

オリーは深く息を吸った。いや、ため息をついたのかもしれない。

――きみの名前はフレイヤ。北欧の古い神々のひとりだ。きみは豊穣と多産の女神。さまざまな場所で、さまざまな名で呼ばれている。

――そう。

――年齢？　想像もつかないな。四千歳ぐらい？

――そう。でも、その間《かん》は、ほとんど眠っていたけど。

――猫のように。

オリーの思念にやさしい笑いがまじっている。オリーが彼女を裏切ることはないだろう。

――そう。

彼女はしばらく沈黙してから、オリーに訊いた。

――ねえ、教えて。あんたはなんなの？

——ああ、キャット。

オリーはなかば哀《かな》しそうに、なかばおもしろそうにいった。

——きみに賞品をあげなくちゃ。小さな陶器の人形を。いまの質問には、おれは答えられなくて困惑するだけだから。

そういうことだ。オリーがすんなりと答えられるぐらいなら、彼女はとっくにオリーの意識を探って答をみつけていたはずだ。

——自分でわからないの？

——レディ・キャット、おれには、とうに忘れてしまった夢があるらしい。詩《うた》を作りたくてことばをみつけようとしているのに、ことばはどこかに消えてしまった。どんな夢なのか、ほんとうにわからないんだ。

オリーは彼女の肩に頭をあずけている。彼女はオリーの頰を、こめかみを、うなじをなでた。彼女の情愛と寛容さのこもった手の動きに、オリーはうっとりしている。彼女の望みどおり、オリーはうとうとしはじめた。オリーが眠ってしまうと、彼女はそっとオリーから離れ、変身した。ベッドの上には赤いドレスが残っている。彼女、すなわち、太古の女神フレイヤの化身である黄金色の猫は、恋人の枕もとに立った。

猫のしなやかで自在に動く、やわらかい尻尾の先端には魔法の力がある。昔気質《むかしかたぎ》の田舎の人々はそれを知っているので、ときどき猫の尻尾を切断して呪《まじな》いに使ったりする。忌まわしい行為だ。

黄金の女神が猫に化身したときは危険そのものだという、聖なる教えを、世界はもはや忘れている。

フレイヤは尻尾の先端を丸めた。その形は、彼女の象徴である熟れた小麦の穂によく似ている。その丸めた尻尾の先端で、彼女は眠っているオリーのまぶたにそっと触れた。

オリーは深く眠っているので、フレイヤの思念は届かない。フレイヤは心の内でつぶやいた。

——ああ、オリー、あなたはオーディンなのね。あなたは知識の泉の水を飲むためなら、片目を失うことすらためらわなかった。いまは自分が誰だったかを忘れているけど、やっぱりことばを探している。おお、オーディン、あたしのつれない恋人よ、目が覚めたら、また目が見えるようになっているわ。でもおねがい、あなたの詩《うた》にあたしを入れないで、あたしを思い出さないで。美しい恋人よ、いつまでも嘆きの木にしがみついていてはいけない。どうか、幸福になって。

わりに近くから、音楽が聞こえてきた。回転木馬が動きだしたのだ。猫はベッドから跳びおりて、肉球のついた肢で、音もなく床に立った。

——考え直すだけの時間はまだある。これきり彼と別れたら後悔するかしら?

とはいえ、後悔しない生涯など、なにほどのものだ。この奇妙な新しい世界は、彼女の探索を待っている。キッチンスペースに開いている窓の、ゆるんだ網戸を押し開けて静かに地面に跳びおりると、彼女は走りだした。

オリーは彼女の祝福につつまれて長生きするだろう。奇妙なことに、彼女はようやく充足感に満たされていた。

彼女は黄金の影となって、銀色の薄闇のなかに溶けていった。背後から、カーニヴァルの音楽が空気をかき乱しているのが伝わってくる。騒がしく浮かれるカササギの音楽。

〝世間がどう思おうと、かまやしない〟フリークや呼びこみや露店商人たちが、声に出さずに頭のなかで歌っている。

〝はるかなむかしから、おれたちゃ世界をほっつき歩いてきた
正真正銘の、あの聖十字架のかけらを見においで！
氷から生まれた巨人イミルの塩漬けの脳を見においで！
ナポレオンの小指を見においで！
エデンの園に咲いていた花の押し花を、
生命の樹に咲いていた花の押し花を、
さあさ、見においで！〟

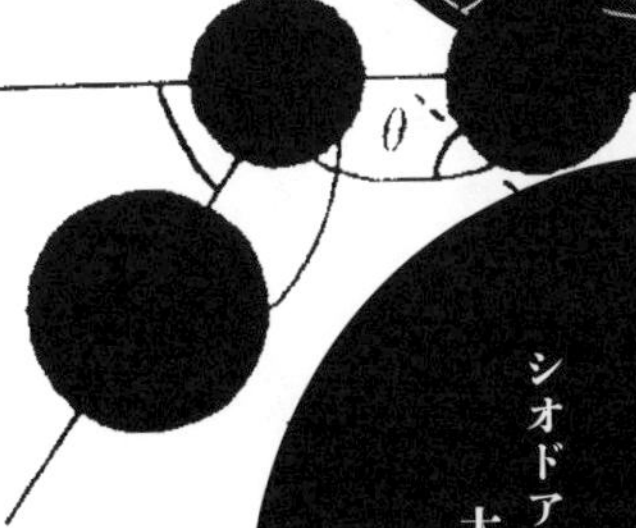

ヘリックス・ザ・キャット

シオドア・スタージョン

大森望 訳

シオドア・スタージョン　Theodore Sturgeon（1918-1985）

スタージョンは一応SF作家ということになっているが、じっさいはどのジャンルにもおさまり切らない作風の持ち主だ。その点がいまは高く評価されているのだが、むかしは仇《あだ》になることも多かった。たとえば、この小説は執筆当時（一九三八年か三九年）、編集者に気に入られながらも、SFとファンタシーの「どまんなかすぎる」という理由で没にされたという。細分化されたジャンル小説の専門誌には載せにくかったわけだ。その後、原稿は長らく行方不明だったが、三十数年ぶりに発見され、前述の編集者で、スタージョンを育てた名伯楽ジョン・W・キャンベル・ジュニアを追悼したハリイ・ハリスン編のオリジナル・アンソロジー *Astounding*（1973）に収録されて陽の目を見た。

ちなみに、題名は猫のフィリックス（Felix the Cat）のもじり。一九一九年に登場した漫画映画のキャラクターで、いつも腹をすかせている黒猫である。

作者についていまさら説明の要はないだろう。もともとミュータント・テーマSFの古典『人間以上』（一九五三／ハヤカワ文庫SF）の作者として知られていたが、近年わが国で急速に再評価が進み、ジャンルを超越した短編の名手として広く認められるようになった。主な短編集に『一角獣・多角獣』（一九五三／早川書房）、『海を失った男』（二〇〇三／河出文庫）、『輝く断片』（二〇〇五／同前）などがある。

この新聞記事をごらんになっただろうか？


強盗は猫!?

警官と夜警、「金庫破り」を射殺

今日未明、株式仲買会社勤務のジョージ・マーフィー警備員とパット・ライリー巡査は、奇妙な事件に遭遇した。

二人の話を総合すると、マーフィー警備員の通報で、付近をパトロール中だったライリー巡査が現場に急行した。マーフィー警備員は興奮した口調で、「だれかがオフィスの金庫をこじあけようとしている」と告げた。ライリー巡査は警備員のあとについてビルの中に入り、二人は足音を忍ばせてオフィスに続く階段を上がった。

「聞こえるでしょ？」とマーフィーは警官にたずねた。ライリー巡査は、このとき、古い金庫のタンブラーがかちりと回る音をたしかに聞いたと証言している。二人が戸口にたどりついたとき、なにかが床を這うような、ガサガサという物音が響き、闇の中から、

「動くな、さもないとぶん殴るぞ！」と声が呼びかけてきた。

巡査は腰のピストルを抜き、声の方向に六発の銃弾を発射した。猫のような動物の鳴き声と、またガサガサという音がした。それから、警備員が電気のスイッチを見つけた。しかし、

明かりがついたときに二人が目にしたのは、床の上でのたうちまわる一匹の猫だけ——ライリー巡査が発射した銃弾のうち、二発が猫の体に命中していた。金庫破りの姿は影もかたちもなかった。犯人はいったいどうやって現場を脱出したのか？　この謎は、永遠に解けないだろう。ライリーが発砲したときに立っていた戸口をべつにすれば、オフィスにはいかなる脱出口も存在しない。

この報告に関しては、現在、警察本部で調査中である。

この謎を、ぼくが解いてみせよう。

はじまりは一年以上も前、ぼくが新しい柔軟ガラスを開発しているときのこと。このガラスはぼくを金持ちにしてくれるはずだったが——ま、ぼくは貧乏でもしあわせなほうがいい。このガラスは、じっさいすごい発明だった。ある種の岩塩——具体的な名前は伏せる。だれかがぼくみたいにのっぴきならない立場に追い込まれるような事態は避けたいから——をいじりまわしている最中、偶然思いついたもので、要するにこういうこと。ある特定の硫化シリコン化合物を、ある一定の温度でこの塩と化合させ、生成物を焼き鈍《なま》すと、このガラスができる。安価で耐酸性があり、きわめて柔軟。すばらしい。しかし、その特性のひとつに——おっと、それについては話のつづきを聞いていただこう。

すべてがはじまったその日は、ちょうど第一号の柔軟ガラス瓶が完成したばかりだった。

その瓶が焼き鈍し器――ぼくが自分で設計したこの装置は、回転台に覆いつきで、ブンゼン・バーナーのリングに載せてある――の上でゆっくり冷えていくあいだに、ぼくはおなじ柔軟ガラス素材の栓を旋盤にかけていた。このガラスを切断するには旋盤の回転を二万二千回転にまで上げなければならず、ヘリックスは旋盤のかん高い響きにうっとり聞き惚《ほ》れていた。とにかく彼は、ぼくの仕事を見物するのが大好きなのだ。ヘリックスはぼくの飼い猫で、たんなるペット以上の存在だった。親友。ヘリックスに対しては、どんな秘密もなかった。

そう、ヘリックスは猫だ。大きな牡の黒猫で、のどと足の先だけが白く、尻尾《しっぽ》はふつうの猫の倍の長さがある。らせん《ヘリックス》はその尻尾を優雅な螺旋《らせん》のかたちに――まるまる三周――巻いて歩くので、この名前がついた。頭のまわりを二周させてから、尻尾の先にちょこんとすわることもできる。そう、彼は猫だった。

ぼくは旋盤から栓をはずし、焼き鈍し器のてっぺんを持ち上げ、瓶の口に栓をはめようとした。そしてそのとき――ひゅっ！

銃弾が耳もとをかすめる音を聞いたことはおありだろうか？　ちょうどそんな感じだった。その音が聞こえたかと思うと、手に持っていた栓が勝手にぴょんと飛び出して、焼き鈍し器の上で回転している瓶の口にきゅっとおさまった。そして、バーナーの火が消えた――吹き消されたみたいに。ぼくは茫然《ぼうぜん》とそこに突っ立ったままヘリックスを見つめ、もうひとつべつのことに気がついた。

ヘリックスが動いてない！

あなたもぼくも知っているとおり、猫は——どんな猫でも——笛を吹くような短い音には抵抗できない。猫を飼っているならためしてみるといい。四つん這いになり、大きな黄色い目をまんまるに見開いて、音の正体をつきとめようとしていて当然なのに、ヘリックスは前足を体の下に折り畳んでスフィンクスのようなかっこうでうずくまり、目を閉じてひげをかすかにひくつかせている。おかしい。ヘリックスの五感は信じられないくらい鋭い——それはわかっている。テストしたことがあるんだから。だとすれば——

ぼくはヘリックスが持っていない感覚でその音を聞いたか、そもそもそんな音は聞いていないのか、ふたつにひとつ。もし聞いていないのだとしたら、ぼくの頭がおかしいということになる。好きこのんで自分の頭がおかしいと思いたがる人間はいない。だから、あれは第六感だったのだとぼくが自分を納得させようとしたとしても、責められないと思う。

ヘリックスのくしゃみでわれに返った。それを合図にバーナーのガスを止める。

「なあ、ヘリックス」と、ようやくまともに頭が働くようになってから、ぼくは言った。「おまえはどう思う？　なあったら」

ヘリックスは問いかけるような声を出し、それからこっちにやってきてぼくのシャツの袖に頭をこすりつけた。

「いったいどうなってるんだろう。おまえもへんだと思うだろ？」

耳のうしろをかいてやると、ヘリックスの尻尾の先が気持ちよさそうにぼくの手首に巻きついた。

「さて、と。ぼくはへんな音を聞いた。おまえは聞いてない。なにかが手から栓をひったくり、吹くわけのない風がどこからともなく吹いてきてバーナーの火を消した。これで筋が通るか？」ヘリックスがあくびをした。「通らないよな。なあ、ヘリックス、いったいどうしたらいいと思う？　なあってば」

ヘリックスはなんの提案もしなかった。きれいに忘れる準備ができてたんじゃないかと思う。いまとなってはぼくも、あのとき忘れてしまえばよかったと思う。

肩をすくめて仕事にもどった。まず右手に耐熱手袋をはめて、回転台から瓶を下ろした。ヘリックスはぼくの腕の下に潜り込み、柔軟ガラスのにおいを嗅ごうとするようなしぐさをした。ぼくはヘリックスが鼻をやけどしないようにあわてて右手で猫の体をひっつかんだ。その拍子に左手を瓶にぶつけてしまい、それが床に落ちるのを阻止すべく、またひっつかもうとした。二度目のひっつかみ作戦は失敗し――瓶は鈍い音をたてて床にぶつかり、はねかえって――作業台の上に着地した？　ただ台の上に載っただけじゃない、ぼくが倒してしまう前にあったのと正確におなじ位置にもどっている！

そして――今度はこれだ――どんなひどいやけどをしただろうと左手に目を向けると、やけどなんかなかった！　瓶は冷えている――もう何時間も熱しつづけていたはずなのに。ぼくの新しいガラスは熱伝導率がきわめて低いにちがいない。思わず声をあげて笑い出しそうになった。考えてみれば、ヘリックスが赤熱した瓶にピンクの鼻をつきつけたりするわけがないじゃないか。

ヘリックスとぼくは実験室を出た。ドアをばたんと閉めて奇天烈な瓶におさらばすると、ベッドに身を投げ出した。もうたくさん。大声をあげて泣き出しているところだ――もう何年も前に泣き方を忘れていなかったら。

神経が多少落ち着いてから、実験室の中をのぞいてみた。瓶はまだそこにあった――が、ジャンプしている！　ガラス瓶は一カ所でゆっくり飛び跳ねていた。

「こっちに来いよ、このとんま。話がある」

だれがしゃべった？　疑惑の視線をヘリックスに投げた。猫は無邪気な顔でぼくのとまどい顔に答えた。とにかく、ぼくはしゃべってない。ヘリックスもしゃべってない。ぼくは例の瓶に対する疑念を深めた。

「それで？」

間延びしたその口調に、好戦的なところはみじんもなかった。ヘリックスに目をやった。ヘリックスは優雅に顔を洗っている。しかし――ヘリックスはかつて存在した猫族の中では最高の番犬なのだ。もし実験室の中にだれかほかの人間がいたら――もし彼がだれかほかの人間の声を聞いたら――ぼくに知らせたはずだ。ということは、彼は声を聞いていない。そして、ぼくは聞いた。

「ヘリックス」とぼくはささやき――すると彼は顔を上げてまっすぐこちらを見た。つまり、ヘリックスの聴覚に問題はない。「ぼくらはふたりとも頭がおかしくなったらしい」

「いや、そうじゃない」と声が言った。「ぶっ倒れる前にすわれよ。わたしはおまえの瓶の中だ。ここにいさせてもらうよ。追い出そうとしたら、殺すことになる――しかしここだけの話、追い出せるとは思えない。とにかく、ためそうなんてしないでくれ……いったいどうした？　目ん玉飛び出させるのはやめてくれよ、まったく！」

「おお」とぼくはヒステリーじみた声で言った。「いや、ぼくはなんともないよ。いやいやいや。気が狂っただけでね。百パーセントまじりけなし、完全無欠の精神異常、イカれ頭の自律神経失調男、でなきゃ情緒不安定の神経症患者だ。譫妄《せんもう》に冒された狂人。声が聞こえる。いったいぼくはどうなっちゃったんだ、ジャンヌ・ダルクか？　なあ、ヘリックス。ぼくを見てくれ。ぼくはジャンヌ・ダルクだよ。おまえはきっとブケパロス（アレクサンダー大王の軍馬）かペガサスか、でなきゃパンの大神だ。最初はからっぽの瓶だったのに、次に気がついたら魔神が入ってる。なあヘリックス、魔神《ジン》を軽く一杯やらないか……」

へなへなと床にすわりこみ、ヘリックスがぼくのそばにうずくまった。ぼくのことを哀れんでいたんだと思う。ぼく自身はたしかに哀れな気分だった――ひどく哀れな気分。

「大笑いだな」と瓶が――あるいは、瓶の中にいると主張する声が――言った。「説明するチャンスさえ与えてくれれば、ちゃんと――」

「おい」とぼく。「まあとにかく、声はいるんだろう。それ以上のことはもうなにも信じないぞ――ヘリックス、例外はおまえだけだよ。わかってる。もしおまえにもあいつの声が聞こえるんなら、ぼくは正気だ。そうでなきゃ、ぼくは気が狂ってる。おい、声！」

「で？」

「なあ、ひとつ頼みがある。『ヘリックス』と二、三回、大声で呼んでみてくれないか。猫にあんたの声が聞こえたら、ぼくは正気だ」

「わかったよ」と声が疲れたように言った。「ヘリックス！　おーい、ヘリックス！」

ヘリックスはじっとうずくまったままぼくを見ている。ひげ一本動かず、声が聞こえた気配はまったくない。ぼくは深く息を吸って、静かに呼んだ。「ヘリックス！　おいで、ヘリックス！」

ヘリックスが胸にとびついてきて、両の前足を肩にかけ、カーブした尻尾の先でぼくの鼻をくすぐった。ぼくはヘリックスを抱いてそっと立ち上がった。

「どうやらおまえとの仲もこれまでみたいだ。ぼくは頭がおかしくなった。警察に電話したほうがいいぞ」

ヘリックスはゴロゴロとのどを鳴らした。ぼくが悲しい気持ちでいるのは察しているけれど、その原因についてはまるで気にしていないようだ。ぼくが狂人だからといって嫌いになったりするもんかという顔でこちらを見ている。しかし、おもしろがってはいるようだ。きらきら光る瞳には、なんというか、いたずらっぽい表情がある。このままなりゆきにまかせてほしがっているような。ま、いいさ、こいつが警察を呼ばないと言うんなら、ぼくも呼ばない。もう責任能力なんかないんだから。

「さて、もういいかげんに口を閉じてくれるかな」と瓶は言った。「きみに迷惑をかけたくはない。気づいてないかもしれんが、きみはわたしの命を救ってくれたんだからな。そうこわがらんでいい。ほら、わたしは魂なんだよ。グレゴリーという男だった――ウォレス・グレゴリー。二時間前、交通事故で死んだ――」

「あんたは二時間前に死んだ。そしてぼくがあんたの命を救った。なあグレゴリー、まったく最高だよ。ぼくの頭に宝石細工のターバンが見えるだろ。いまのぼくはマイソール王国のマハラジャだ。うんうん。そうだよ。それにドジ。ぼくは――」

「きみは完璧に正気だよ。つまり、いまこの瞬間には正気だ。気をしっかり持てばだいじょうぶだ」と瓶は言った。「ああ、わたしは死んだ。わたしの肉体は死んだ。いまのわたしは魂でね。クルマに魂は殺せない。だが、〈彼ら〉には殺せる」

「〈彼ら〉？」

「ああ。きみの瓶に飛び込んだとき、わたしを追いかけていた連中」

「何者なんだ？」

「〈彼ら〉に名前はない。魂を食べる。そこらへんをうろうろしている魂を見つけると、追いかけて捕まえる」

「つまり――いつかだれかが死ぬと、その魂がさまよいだして、〈彼ら〉から逃げる、と？　で、遅かれ早かれ捕まってしまう？」

「いや、捕まるのはある種の魂だけだよ。もうすぐ自分は死ぬとさとったとき、人間の魂にはなにかが起きる。いま生きてる人間の中には、人生のある時点で自分が死にかけていることを知り、そのあとなにかの偶然で死なずに生き延びた人間がいる。こういう連中は、その前とあとでは変わってしまっている。その〝なにか〟が起きたせいでね。さしせまった死に直面することで、魂は保護カバーとでも呼べるようなものを身につける。もっとも、形態の変化と言ったほうがまだしも近いだろう。それから先、その魂は〈彼ら〉にとって食用に適さず、追われることもない」

「じゃあ、その保護された魂はどうなる？」

「さあな。おかしな話じゃないか……千年も前から、もしもだれかが死から生還できさえすれば、その人間はどんなに奇妙な物語を語ることだろうと言われつづけてきたが……ま、いまのわたしは、こうしてその物語を語ってるわけだよ、きみのおかげで。しかし、わたしがきみよりよけいに知っていることなど、ほんのわずかしかない。ああ、たしかにわたしは死んで、魂は肉体を離れた。しかし、そこから先へはほとんど進んでない。保護された魂は、たぶん一歩一歩先へ進んでいくんだろう……どうかな。いや、これはただの推測だ」

「どうしてあんたの魂は〝保護〟されてないんだ？」

「まったくの不意打ちだったからね――自分が死にかけているという認識はなかった。あっという間の出来事だった。それに、とくに信心深いたちでもなかったし。信心深い人間、教会の権威は信じていなくても思索の深い自由思想家たち、哲学者全般、それに深遠で偉大ななにかに触れるような仕事をしている人々――こういう連中はみんな、〈彼ら〉に対する免疫を持っている。死ぬずっと前から」

「なぜだ？」

「自明の理じゃないか。深く思索をめぐらしていけば、いずれは必ず、死の力を実感することになる。〝実感〟という言葉があいまいなのはわかってる。聡明な人間なら、自分のテーマを――どんなテーマでも――とことん追究しないかぎり、その実感にはけっして到達できない。探求をつづける魂にとっては、ある種のデッドエンド――極点だな。それに自分をぶつける、そして痛みを感じる。その苦痛によって、死の実感に到達するんだ。愚かな人間なら、はるかに簡単にそこにたどりつける――痛みが深い分だけ、免疫ができるのが簡単になるわけだ。しかしどのみち、人間はそんなものがなくても生きていけるし、死の直前の数秒間にもなお、免疫をつくる変化を体験する時間的な余裕がある。わたしにはその数秒間がなかった」

ぼくはポケットからハンカチをとりだして顔の汗をぬぐった。いくらなんでもちょっと信じがたい。

「なあ。こいつは——いやその、とにかくぼくは初心者なんだ。ひとつだけ教えてくれ。魂ってなんなんだ？」

「基本的には物質だよ、この宇宙にある他のすべてのものとおなじように。質量と体積もちゃんとある。もっとも地上的な基準では計測できないがね。現在の科学は、それに似たものに遭遇していない。通常、魂は松果体《しょうかたい》に集中しているが、体の中を意のままに動きまわることができる。じゅうぶんな刺激さえあればね。たとえばこんなふうに——」

彼は実例を示してくれた。そのおかげで、彼の言わんとするところがわかった。

「それに怒りも」と瓶が話をつづける。「かっとなった瞬間、魂は一時的に副腎に移動して、必要とされていることをする。わかるだろ？」

ぼくはヘリックスのほうを向いた。

「ヘリックス、今日はほんとに勉強になるな」

ヘリックスは爪を出して注意深く点検している。ふとわれに返り、自分が実験室の床に腰を下ろして、からっぽのガラス瓶と会話していることに気がついた。ヘリックスはぼくのひざの上で毛づくろいをしながら、なんの関心もなくぼくの言葉を聞き、その一方、瓶の言葉はまったく聞こえていない。また気持ちがぐらついた。どうあっても、白黒をはっきりさせないと。

「瓶」とかすれた声で呼びかける。「どうしてヘリックスにはあんたの声が聞こえないんだ？」

「ああ、そのことか」と瓶が言った。「そりゃ、音がしてないからだよ」

「じゃあどうしてぼくに聞こえる？」

「直接的なテレパシー接触。厳密に言うと、わたしはきみに話しかけてるんじゃなくて、きみの魂に話しかけてるんだ。きみの魂がわたしのメッセージをきみに転送する。きみの魂は現在、聴覚を支配している神経中枢上で仕事をしている――だからきみはメッセージを音に翻訳して聞いているんだよ。それがいちばん理解しやすいコミュニケーション方法だからね」

「だったら――だったらヘリックスにはどうしておなじメッセージが伝わらないんだ？」

「それは彼の、ええっと、周波数がちがうからだ。まあ、そういう言い方をしてもいいだろう、思考波は電子的なものじゃないが。やろうと思えば、猫に思考を向けることもできる――と思うよ。やってみたことはないが。要は慣れの問題だ」

呼吸がずいぶん楽になった。合理的な説明がもたらす安心感はびっくりするほどだ。しかし、まだひとつふたつ問題が残っている――

「瓶」とぼくは言った。「ぼくがあんたの命を救ったっていう話はなんなんだ？　それに、

「柔軟ガラスがどう関係する？」

「はっきりとはわからないが」と瓶が答えた。「まったくの偶然で、きみはこの地上で唯一の特殊な物質――すなわち、〈彼ら〉を排除できる物質をつくりだしたらしいね。一種の絶縁体だ。わたしはきみのガラスがどういう物質なのかを感じとった――それに〈彼ら〉も。いや、じっさい勝負の行方は五分五分だったよ、しばらくのあいだは。〈彼ら〉は、そうしたいと思えばほんとうに動ける。しかし、知ってのとおり、わたしのほうが勝った。危なかったよ。ああそう、きみの手から栓をひったくったのはわたしだ。瓶の中を真空状態にしてね。瓶の口からいちばん近くにあったのがこの栓だったし、きみはあんまりしっかり握っていなかったから」

「真空？　中の空気はいったいどうなったんだ？」

「簡単なことだよ。ガラスの分子構造にちょっと手を加えてすきまをつくり、そこから空気を押し出したのさ」

「それで〈彼ら〉は？」

「ああ、もちろん追いかけてきたさ。しかし、間近で見ればわかるだろうが、栓はいま、瓶と一体化している。おかげで命が助かった。ふう――ああ、ところで、瓶の温度がどうしてあんなにはやく下がったのか不思議に思っているのなら、それは真空のせいだよ。空気は膨張すると熱量を失う。真空状態になれば、もちろん、極低温状態が生まれる。このガラスはいいね。熱膨張率は事実上ゼロに等しい」

「だんだんうれしくなってきたな、こうなってしまった以上は。あんたにはあいにくかもしれないけど……その瓶の中でこれから一生暮らすことになるんだろう？」

「これからの一生というのは、つまり永遠を意味する」

　ぼくは目をぱちくりさせた。

「そりゃあんまり楽しくないだろうね。つまりその——おなかがすいたり——とかなんとかしないの？」

「いや、栄養は足りてる——らしい。どこか外から補給されてるんだ。どこかにエネルギーを放射する供給源があって、それで生きているみたいだ。しかし、こういう人生はいささか退屈だろうな。どうかな——ひょっとしたらいつか、べつの肉体を手に入れる方法を発見できるかもしれない」

「外に出てってだれかの肉体を占有するってわけにいかないのかい？」

「無理だ」と瓶は言った。「肉体の中にいるかぎり、魂は無敵なんだ。唯一の方法は、どこかの魂を説得して、肉体を離れてわたしのために場所を空けたほうが利益になると思わせることだね」

「ううむ……なるほど。しかし瓶、あんただって、いまはもう、さっき話してた〝死の実感〟をすませてるわけだろ。だったらどうして〈彼ら〉に対する免疫ができてないんだ？」

「そこがポイントでね。魂は、その時点で宿っていた肉体からしか免疫を獲得できない。わたしが肉体に入り込んで、ほんの一秒でもそれを占有することができれば、それで免疫をつくって先へ進める。でなきゃ、そのままとどまって、肉体が死ぬまで人生を楽しむこともできる。ところで、わたしのことを瓶と呼ぶのはやめてくれないか。わたしの名前はグレゴリー——ウォレス・グレゴリーだ」

「これは失礼。わかったよ。ぼくはピート・トロンティ。あーっと——今後ともよろしく」

「よろしく」瓶は二度ばかりはねた。「いまのを握手だと思ってくれていいよ」

「どうやったんだい、いまの？」と笑いながらたずねた。

「簡単さ。分子の隙間をちょっと広げて、配列をかげんしてやれば、瓶ははねる」

「すごいな。さて——ちょっと食い物を調達してくるよ。なにか買ってくるものはあるかい？」

「いや、ないよ。ありがとう、トロンティ。またあとで」

かくして、肉体を失った魂、ウォリー・グレゴリーとのつきあいがはじまった。彼はじつに知的な人間だった。新発明のガラスに関しては、彼のせいでせっかくの計画がふいになってしまったが——ガラス瓶に魂を蒐集するのを趣味にする気はない——ぼくらは親友になった。ぼくほど運のいい人間はそうはいないだろう——あんなに人好きのする、あんなにトラブルを起こさない下宿人に恵まれるなんて。初期投資は大きかったが――けっきょく、もうちょっとで頭がおかしくなりかけたんだから――維持費は無視できる程度。ウォリーは酔っぱらって帰ってくることも、引き出しの現金をくすねることも、友だちを連れてくることもなかった。食事の時間にはぜったい遅れないし、汚いソックスをそのへんに脱ぎ散らかすこともない。ルームメイトとしては理想的で、友だちとしてはヘリックスに次いでトップのランク。

それから八カ月ほどたったある晩、ぼくは仕事をしながらウォリーとおしゃべりしていた。彼は、仕事の面でもおおいに役に立ってくれていた。この時期のぼくは人工ゴムを使っていろいろ試していたのだが、ウォリーは化学反応の最中の物質について、どれがなにかを正確に言い当てる不気味な能力があった。こんな有能なアドバイザーはめったにいない。そしてそのおかげで、ぼくは彼の現状について考えはじめた。

「なあ、ウォリー――あんたの体を手に入れることをぼちぼち考えはじめてもいいんじゃないか？」

ウォリーは鼻を鳴らすような声を出した。

「それ以上の高望みはないいな――考えてみろ。いったいぜんたい、そんな移転にうんという魂が見つかるとでも思ってるのか？」

「どうかな――だまされるやつが見つかるかもしれない。ほら――うまくひっかけてやるんだよ」

「まさか。心に浮かぶ思考すべてを読む能力がある相手をひっかける？　無理だね」

「おいおい、この宇宙の魂がひとつ残らず、ぜったいにだませないってわけじゃないだろ。けっきょく、魂だって人間の一部なんだから」

「魂が驚異的に利口だというわけじゃないんだよ、ピート。しかし、魂は感情に邪魔されず、つねに論理的に考えることができる。どんなバカでも、問題の根っこをはっきり見ることができれば、それなりの天才だ。そしてそれは、どんな魂にも可能なことなんだ。つまり、人間の魂くらい高度に発達したものなら、どんな魂でも」

「ふうん。じゃあそれほど高度に発達してない魂なら？　それは名案かもだな。たとえば犬の体に宿るとか、でなきゃ――」

「猫？」

ぼくはビーカーの乳濁液を攪拌《かくはん》していた手を休め、テーブルのところまで歩いていって、瓶の正面で足を止めた。

「ウォリー――ヘリックスはだめだよ。あの猫だけはお断わりだ！　だってあいつは――あいつは友だちなんだから。ぼくのことを信じてる。そんなことはぜったいできない。とんでもないよ、まったく――」

「感情的になっているな」とウォリーが軽蔑するように言った。「まともな価値観があれば、選択の余地はない。猫一匹の命を犠牲にするだけで、わたしの不死の魂を救えるんだぞ。こんな願ってもないチャンスを、そんな値段で買える人間はめったにいない。たしかにギャンブルにはなるだろう。きみにはまだ話していなかったが、この二カ月のあいだ、わたしはヘリックスの精神を覗いてきた。猫にしてはすばらしい心を持っている。それに、べつに彼を傷つけようというわけじゃない。この世に存在しなくなるだけだ――わかるだろう。しかし、ヘリックスの魂は原始的で、子猫のころから〈彼ら〉に対する免疫がある。たぶん、原始的な精神を持つ動物の場合は、みんなそうなんだろうな。人間は死の恐怖からはるばる遠くまで進化してきたから、魂に免疫をつけるためには強力な刺激が必要になる――しかし、猫は違う。猫の根本的な哲学は、野生のご先祖様のころとほとんど変わっていない。ヘリックスならだいじょうぶだよ。わたしが中に入り、かわりに彼が出ていって、善良な猫が死んだときに赴く場所へと赴く、それだけだ。猫の体はいまとおなじようにきみのもとに残る。ただし、ヘリックス自身の魂のかわりに、わたしの魂に動かされることになるわけだが。ピート、やるしかない」

「頼むよ、ウォリー……なあ、べつの猫を調達してくる。それとも……そうだ！　猿はどうだ？」

「そのへんのことは、あらゆる可能性を考えた。第一に、猿はひとりでそのへんを歩きまわるには目立ちすぎる。いつでも好きなときにどこでも好きなところへ行けるような肉体を手に入れなきゃ意味がない。第二に、相手がヘリックスなら、ゼロからはじめないですむ。あの猫をわたしの必要に合わせて改良していくのは長い仕事になるが、それは可能だ。これまで彼の心を探ってきたし、いまではもうかなりくわしくわかっている。第三に、きみは彼を知っているし、きみはわたしを知っている――そして、いまではヘリックスもわたしのことを多少は知っている。論理的に言って、ヘリックスこそ最高の被験体だよ――すべてを忘れてのめりこめる実験のね」

ウォリーの説得術には感心するしかない。これほど論理的な思考ができるのは、感情の呪縛から無縁でいられるおかげにちがいない。彼はぼくのほうから会話をはじめるように仕向け、自分が答えを用意してある反対意見を言わせるように誘導したのだろう。そう考えるとちょっと腹が立ってきた――が、ほんのちょっとだけ。ウォリーの最後の論点が決め手だった。たしかに、すべてを忘れてのめり込める最高の実験になるだろう――猫の肉体と精神を用意し、そこに人間の魂を宿らせる。魂が、ほとんどノーマルな生活を送れるように……。

「イエスともノーとも言うつもりはないよ、ウォリー」とぼくは答えた。「もうちょっと議論をつくしてからにしたい……。それはともかく、もしイエスと言った場合、いったいどういう手順で進めることになる？」

「そうだな……」ウォリーはしばし黙り込んだ。「まず最初に、彼の体にいくつか小さな変更を加える必要がある。ふつうの猫にはできないことができるようにするためにね。読んだり書いたり、しゃべったり記憶したり。抽象的な概念を理解できるように、脳に手を加えなければならないし、前足も、せめて鉛筆くらい持てるように、もうちょっと動かしやすくしないと」

「うーん。それだけのことをぜんぶやってのけるくらいなら、忘れてしまったほうがいいんじゃないか。ぼくは化学者で、獣医じゃない。そんな冗談みたいな仕事を頼める人間なんかいるわけないし。どうして――」

「それは心配ない。わたしは最近、独学でその分野を勉強してね。ヘリックスの脳に入ることさえできれば、彼の代謝を自由にいじれる。体のどんな箇所でも、まあとにかくある程度までは、刺激して成長をうながせる。たとえば、足指のあいだの皮膚を退化させて、爪に肉と関節をつける。はい、便利な手のできあがり、だ。それに――」

「そりゃけっこう。でもどうやって中に入る？　ヘリックスの同意がないかぎり、彼の魂と入れ替わることはできないんじゃなかったのか？　それに――〈彼ら〉のことは？」

「ああ、それならだいじょうぶ。わたしが中に入って作業をしているあいだは、彼の魂が守ってくれる。ヘリックスの魂とは、これまでずっと接触を保っていたんだよ。猫の精神的肉体的パワーを増強する仕事をしているかぎり、魂も反対はしない。中に入る問題については、すばやく移動すればなんとかやれると思う。〈彼ら〉がひとりも近くにいないときだってあるからね。そういうタイミングを選んで瓶から抜け出し、さっと猫の中に入れば、百パーセント安全だろう。ひとつ大きな危険要素があるとすれば、それはむしろ、ヘリックスの魂だな。魂がわたしを追い払う気になれば、とてつもない精神的な力を発揮できる――月の彼方《かなた》まで吹っ飛ばしてしまえるんだ。もしそんなことになったら――わたしは一巻の終わりだ。〈彼ら〉はそういうチャンスをぜったい見逃さない」

「まいったな……なあ相棒、そんな危ない橋はわたらないほうがいい。たしかに名案だけど、それだけの危険をおかす価値はないよ。いまのままなら、これから永遠に安全なんだし。もしなにかまずいことが起きたら――」

「価値がない？　自分がなにを言ってるかわかってるのか？　わたしに残された道はふたつにひとつ。この瓶の中に永遠にとどまるか――死ぬことのできない魂にとっては、こいつはすさまじく長い時間なんだよ――それともヘリックスを改造して、猫が死ぬまでそれなりに人間的な存在として生きられるようにするか。そしてヘリックスの肉体が死ねば、わたしは保護された魂として、どこだか知らないがわたしが行くべき場所に行くことができる。頼むよ、ピート。きみの助けなしではどうしようもない」

「どうして？」

「わかるだろ？　あの猫は教育する必要がある。そう、教化しなければならない。きみにはそれができる。彼はきみのことを知ってるし、それが最上のやりかたなんだ。彼に言葉を教え込める段階まで来たとき、きみなら口でしゃべって教えてやれる。そうすれば、わたしときみとは精神的コミュニケーションを維持できるが、ヘリックスはそれにはまるで気づかないだろう。もっと重要なのは、彼の魂も気づかないってことだ。ピート、それがわたしにとってどんな意味があるかわかるだろう?」

「ああ。ウォリー、卑劣なやりかたでヘリックスをひっかけるんだな。まったく最低の策だよ。気に入らない――一から十まで気に入らない。でも、あんたの話にも一理ある……わかったよ。あんたは恥知らずだ。そしてぼくも。でもやるよ。やらなかったら、二度と安眠できそうもないし。最初はどうする?」

「感謝するよ、ピート。いくら感謝してもしきれないくらいだ……まず最初に、彼の脳の中に入らなければならない。きみにやってもらうことを説明しよう。ええっと、この瓶の表面をヘリックスに舐めさせることはできると思うか?」

　ぼくはちょっと考えた。

「ああ。マタタビの抽出液を瓶に塗りつければいい――どこかそのへんにあったはずだ。そうしたら喜んで舐めるだろう……なんのために?」

「そりゃよかった。ほら、そうすれば距離を最小にできるんだよ。ガラスから抜け出してヘリックスの脳に入り込むまでのあいだ、〈彼ら〉に捕まる危険がなくなる」

　ぼくはマタタビ抽出液の小瓶をさがしだし、ハンカチのへりにちょっとしみこませた。ヘリックスがにおいを嗅ぎつけて走ってきた。人間のクズになったような気分――ウォリーを説得してやめさせようかと本気で思ったくらいだった。しかし、その考えを無理やり押さえつけた。この大きな黒猫をいくら愛していても、ウォリーの不滅の魂のほうがもっと重要だ。

「ちょっと待て」とウォリーが言った。「〈彼ら〉のひとりがそのへんを嗅ぎまわっている」

神経を張りつめさせて、次の指示を待った。ヘリックスはぼくが右手に持っているハンカチのほうへ懸命に首をのばしている。左手でヘリックスの体を抱いたまま、ぼくは罪悪感にさいなまれた。ヘリックスはぼくのことを信じてくれているのに！

「よし放せ！」ウォリーが鋭く命じた。ぼくはハンカチを瓶の横腹にさっとこすりつけた。ヘリックスが飛び出していって、狂ったように瓶を舐めはじめる。泣きたい気持ちだった。

「ヘリックスの魂に安らぎあれ……」と、ひとり言のような言葉が口をつく。

「ようし、いい子だ！」とウォリー。「やったぞ」

それから長い間があって、

「ピート！　もうちょっとマタタビをやってくれ！　猫の脳のどの部分が快感を記録するのかつきとめないと。まずそこからはじめる。そうすれば、ヘリックスは一秒一秒ずっと楽しんでいられるからな」

ぼくはマタタビを瓶に塗りつけた。ヘリックス、許してくれ。

また長い間があり、それから、

「ピート、猫をつねってみてくれないか？　それともピンで刺すか」

ぼくは前者を選び、そっとヘリックスの体をつねった。が、ウォリーはだまされなかった。

「鳴かせるんだ、ピート！　本物の反応が必要なんだから」

歯を食いしばって、螺旋を描く尻尾の先をぎゅっとつねった。ヘリックスがギャッと鳴き声をあげた。尾部の痛み以上に、感情を傷つけられたんじゃないかと思う。

ともかく、こんな具合にしてプロジェクトがスタートした。ぼくはありとあらゆる肉体的精神的刺激をヘリックスに与えた——空腹、悲しみ、恐怖、怒り（これはむずかしかった。老ヘリックスはとにかくめったなことでは腹を立てないのだ）、暑さ、寒さ、喜び、失望、のどの渇き、侮辱。憎しみを感じさせるのはほとんど不可能だった。そして、猫の精神の奥深くに潜っているウォリーは、何度も何度もチェックを重ねた。部位をつきとめ、推論し、試行錯誤をくりかえした。ウォリーは疲れを知らず、目的から目をそらせる誘惑とも無縁だったから、完璧な調査官になった。ようやくウォリーがヘリックスの精神から離脱するころには、ぼくもヘリックスも疲労のあまり半分死んだようになっていた。ウォリーはと言えば、その口振りを聞くかぎり、いよいよ本格的にはじめる用意がととのったと言わんばかり。ぼくは最初のときとおなじ手順でウォリーをつつがなく瓶の中にもどし、こうして第一日目の仕事が終わった。猫とぼくとが多少の睡眠をとらないかぎり、もうこれ以上はつづけないと断固宣言してやったおかげだ。ウォリーはしばらくぶつぶつ文句を言っていたが、やがておとなしくなった。

こうして、心理学と物理学の歴史上でもっとも驚くべき実験が幕を開けた。ぼくたちは猫を改造した。そして彼がどんなふうに改造されたかというと……。

ものの一週間で、ヘリックスは言葉をしゃべりはじめた。ぼくは子煩悩で心配性の父親さながら、ヘリックスの最初の一言をじりじり待ち受けていた。その一言は偶然にも、「パパ」ではなく、「マタタビ」だった。それがあんまりおかしくて、ついマタタビを好きなだけ舐めさせてやったものだから、ヘリックスはすっかり酔っぱらってご機嫌になってしまった。

それからあとは楽勝だった。まず名詞、それから動詞。「マタタビ」と第一声を発した三時間後には、「もうちょっとマタタビどうかな?」とねだるまでになっていた。

ウォリーはヘリックスの声帯の「口調制御」をつかさどる場所を発見した。耳障りな大声でしゃべらせることが可能なのはわかったが、音量を犠牲にして音質を上げることで、ウォリーの声(とぼくの耳に「聞こえる」もの)に多少なりとも近い声を出させることができるようになった。もの静かでやわらかな、表現力豊かな声だった。

ヘリックスの脳の前頭葉で多大な時間を費やしたあげく、ぼくらは実質的に完璧な記憶力をつくりだした。平均的な猫は、ほとんど百パーセント現在だけに生きている。はっきり記憶しているのはおそらく過去十分間程度だし、未来の概念はまったく存在しない。猫の学習能力は、人間の小学生と同様、耳や口や目の記憶より、筋肉や神経の記憶に頼っている。ぼくらはそれを修整した。ヘリックスにはドリルや練習問題の必要はない。一度言ってきかせればそれでじゅうぶん。

　ひとつ、思わぬ障害につきあたった。ぼくはこれまで、ほかの人間に話しかけるのとおなじようにウォリーに話しかけてきた。しかし、声に出してしゃべることについて理解しはじめると、ヘリックスはぼくが目に見えない相手に向かって長々としゃべるせいでとまどい、混乱するようになった。ウォリーと話をするときは口を閉じたままでいるように努力したけれど、それがようやくうまくいくようになったのは、口をテープでふさぐことを思いついてからだった。ヘリックスはそれにちょっとびっくりしたようだったけれど、そのうち慣れた。

　そして、字を読むことを教えた。ヘリックスがどんな天才かを示す証拠としては、ＡＢＣを読めるようになってから一カ月もしないうちに、聖書、フレイザー『金枝篇』の簡約版、『不思議の国のアリス』、地理の本四冊を読破したと言えばじゅうぶんだろう。二カ月後には、幾何学と微積分の教科書、輪廻転生の基礎理論十四本を読み、今週のヒットチャートに入っている歌を全曲覚えた。そう、ヘリックスはメロディとリズムに関してずばぬけたセンスを持っていた。日曜日の昼下がり、ラジオの前に長々と寝そべって、流れてくる交響楽に耳を傾け、しばらくすると、演奏中の曲目や作曲家のみならず、指揮者まで当てられるようになった。

　ちょっとやりすぎたんじゃないかという気がだんだんしてきた。地上でもっとも独立心旺盛な動物である以上、ヘリックスは貴族的な生き物だった。彼はぼくの相対的な無知――そう、無知だ――について、まったくと言っていいほど容赦がなかった。ぼくは自分の教養のありったけをヘリックスに与えたけれど、彼のほうには最新の教育と完璧な記憶力という二重の利点がある。いいかげんなことを場当たり的に言おうものなら――これは、昔からつきまとうぼくの悪癖だ――ヘリックスは鼻で笑い、一音節の中傷で粉砕する。彼自身には悪気はない。でも、ひげごしにちらっとこっちを見上げて、あの慇懃《いんぎん》無礼な口調で、「じつはそう物知りというわけでもないんだな」と言われると、こっちは頭に来る。一度など、怒りにまかせて、もう餌をやらないぞと脅迫したくらいだった。食糧問題は、つねにヘリックスに対抗する武器になる。

ウォリーはときおり突拍子もないことをやってぼくを驚かせた。煙草に対する嗜好《しこう》を植えつけたりとか、そういうこと。その結果、ヘリックスはこの家の中の煙草を一本残らず吸いつくしてしまった。が、ぼくの頭に天啓がひらめいて、自分で自分用の煙草を巻くことを教え込んでからは、そこまでひどい事態は避けられるようになった。しかしヘリックスの頭には、「自分のもの」と「他人のもの」の区別がほとんどなかった。ぼくの煙草はヘリックスの前でも安全は安全だ――彼があんまり煙草を吸いたい気分でないときなら。

それがきっかけで、あらためて考えはじめた。あれだけの思考能力があるというのに、ヘリックスはどうして、ぼくの煙草の最後の一本を吸ってはいけないということを学習しないんだろう？　あるいは、じっさいに一度あったことだけれど、ぼくが電話しているあいだにテーブルの上にある食べものすべて――彼の夕食であると同時に、ぼくの夕食でもある――を食べつくしてしまうのか？　そんなことをしてはいけないと、ぼくは彼に言い聞かせた。だが、ヘリックスは納得しなかった。「だってそこにあったじゃないか」と答えるだけ。

ウォリーにたずねてみて、彼の答えが正しいという気がした。

「わたしが考えるに」とウォリーは言った。「ヘリックスの頭には寛容という概念がないんじゃないかな。あるいは慈悲の概念も。たぶん、その種の特性はすべて欠落している。彼には良心というものがまったくないんだ」

「つまり、ぼくに対してなんの感情も持ってないってこと？　彼を育て、餌をやり、教育してきた、それだけのことがみんな無駄だったと――」

ウォリーはおもしろがるような口調で、

「いやいや、もちろん彼はきみのことが好きだろうよ――つきあうのが楽な相手だし。それに、いまきみが言ったとおり、食糧切符でもある。忘れちゃいけないよ、トロンティ、ヘリックスは猫なんだ。そしてわたしが入れ替わるまでは、この先もずっと猫のままだ。どんな猫が相手でも絶対的な服従は期待できない。どんなに博識の猫だろうと、自分から進んで従おうと思わないかぎり、猫は猫のやりかたを貫くだけだ。彼はこの作業全体に興味を持っている――それを楽しんでると言ってもいいだろう。でも、それだけだ」

「従順な性質をいくらかヘリックスに与えることはできないだろうか？」

「無理だね。その件については、わたしも多少気にはなってる。ヘリックスはいろんなことについて、利口でずるい彼なりの流儀を持っている。いったいどんなふうに彼が――彼の魂が――この入れ替わりに対処するのか、わたしにも確信がない。ひょっとしたら協力を拒むかもしれない。かといって、いままでやってきた以上のことなど、たいしてできはしない。いままでヘリックスに与えてきた性質はすべて、未発達もしくは退化した状態で、もともと彼の中にあったものだ。もしヘリックスが牝だったら、たとえば慈悲の性質を付与することもできたかもしれない。しかし、いまここにいる小さな虎の中には、そういう性質はまったく存在しない。とっかかりになるものがないんだよ」

ウォリーはしばし口をつぐんだ。

「ピート、じつを言うと、ちょっと不安なんだ。これまでにずいぶんいろいろとやってきたが、これでじゅうぶんなのかどうかがわからない。もう少ししたら最終段階に進む準備ができる――彼の心の中にわたしが入ることになる。前に言ったとおり、もし彼の魂が抵抗したら、わたしは太陽系の外まで吹っ飛ばされかねない。そうなったら、もどってくるチャンスはゼロ。それに、もうひとつべつの問題がある。われわれがなぜこんなことをやってるのか、その理由を彼が知らずにいると確信できないんだ。もし彼が知っていたら――ピート、こんなことは言いたくないが、隠しごとはしてないだろうな？　ヘリックスにはなにもしゃべってないな?」

「ぼくが?」と思わず叫んだ。「なにを言ってるんだ、この——この恩知らず! どうしてそんなことができる? ぼくが猫に向かって言うせりふは一言残らず聞いてるじゃないか。きみは眠らない。外に出ていかない。まったく、下司の勘ぐりもたいがいに——」

「わかった、わかったよ」とウォリーはなだめるようにいった。「ちょっと聞いてみただけさ。おちついて。悪かったよ。しかし——はっきり確信できさえすればなあ! ヘリックスの心の中に、わたしも入り込めないところがあって……まあいい。最善を祈るとしよう。失うものは大きいが、得るものもたっぷりある——すべてと言ってもいいくらいだ。それと、頼むからそんなふうにどならないでくれ、いまはテープで口を閉じてるわけじゃないんだから」

「ああ——悪かった。とにかく、なんにも洩《も》らしていない——と思うよ」とぼくは声に出さずに言った。「しかし、気をつけろよ、グレゴリー。ぼくを怒らせないほうがいい。今度さっきみたいなごたくを口にしたら、その瓶ごと海に投げ込んでやる。きみはこれから永遠に魚を教育して過ごすことになるぞ。デーヴェ・エセーレ・コージ」

「言い換えると、バカな真似はするな、と。こう見えてもわたしは、ハイスクール時代、イタリア語の授業をとってたんだよ」と瓶の中から冷笑的な声がした。「わかったよ、ピート。あんなことを言ったのは悪かった。しかし、わたしの立場になってみれば、そう言いたくなる気持ちもわかるんじゃないか」

こういうなりゆきのおかげで、ぼくはますますナーバスになっていった。ときどき、朝目を覚まして、しゃべる瓶や猫の優等生と毎日を過ごすのはいささか常軌を逸してるんじゃないかと思うことがある。そして今度はウォリーとの口論。ヘリックスはますます傲慢《ごうまん》になり――いったいどっちの側につけばいいのか自分でもわからない。ウォリーの側か、ヘリックスの側か、それともぼく自身の側か。けっきょく、ぼくはこの一件に首までどっぷり浸かっている。この時期は、どう見てもしあわせな日々とは言えなかった。

ある晩のこと、ぼくは安楽椅子にむっつり腰を下ろして、夕刊を読むことで人生に多少の理性を注入しようと努力していた。ウォリーは瓶の中でふさぎこみ、ヘリックスはと言えばラジオの前のラグに寝そべり、猫だけにしか許されていないあの超完璧なリラックス状態で、いかめしく煙草をふかしながら、そのへんを飛ぶ蝿にときたまちょっかいを出している。空気には目に見えるほど重く緊張がはりつめ、ぼくはそれが気に入らなかった。

「ヘリックス」と、新聞を部屋の向こうに投げつけて、唐突に言った。「なんでそう不機嫌なんだ、猫の大将?」

「べつに」とヘリックスは嘘をついた。「それと、猫の大将と呼ぶのはやめてくれないか。威厳にかかわる」

「ほお。なんと、我が家には紳士様がいると見える! ヘリックス、おまえの態度にはほとほとうんざりだよ。そもそもおまえにものを教えたのがまちがいだったと思うことがある。昔のおまえは多少の敬意を払ってくれたのにな。おまえに脳みそができる前は」

「その種の発言は」と猫がゆったりした口調で答えた。「人間に典型的なものだな。吾輩《わがはい》がどこからなにを手に入れようと、それになんの関係がある？　吾輩の才能が吾輩に属するものである以上、それを誇る権利も、それだけの才能を持たない相手を軽蔑する権利も、当然吾輩のものだ。そう言うきみはいったい何者だ？　自分ではひとかどの存在のつもりでいるんだろう？　そしてその理由はといえばただひとつ。うぬぼれ屋のホモ・サピエンスとやらの一員ということだけだ」ヘリックスの口調には、最高に侮蔑的な響きがあった。

無視するのがいちばんだということはわかっていた。ヘリックスは猫族に伝わる最古の娯楽——人間に愚か者の気分を味わわせること——に興じているだけなのだ。いかなる劣等感も、猫族にはアレルギーのもと。猫好きの自信家は少ない。この猫は、絶対的な孤高のシンボルだ。そして人間すべてを頭からバカにしている。

「そんな口をきいてると自分のためにならないぞ、ヘリックス」と冷たく言った。「おまえを始末するのがどんなに簡単かわからないのか？　おまえに食べものとすみかを提供してやるだけの理由があると、昔は思っていた。いい相棒だったからな。しかし、いまのおまえがそうじゃないのははっきりしている」

「わかっているだろうが」ヘリックスはひとつのびをしてから、煙草をじゅうたんにこすりつけて消した。ぼくがそれをいやがるのを承知のうえで。「人生でひとつだけ、吾輩がひどく後悔していることがある。それは、ささやかなわがルネッサンス以前の吾輩のことを、きみに知られているということだよ。当時のことはほとんどなにも覚えていないがね。しかし、このテーマに関してはかなりたくさん読みあさった。猫族は、愚かなきみたち種族を長年にわたってまちがった方向に導いてきたようだね。そのすべてが、このろくでもない詩に結実している（以下の引用は、ジェイン・テイラーの詩 *I Like Little Pussy* のもじり）。

わたしの愛《いと》しいにゃんこ、毛皮はぽっかぽか
怒らせなければ、ひっかかれたりするものか

さあ、わが友人にして恩人よ」とフェリックスは鼻で笑った。「これがわれわれの基本的な哲学だよ。わが知性に対するきみたちの思いがけない介入以前の吾輩の行動は、きみが当然示すべき敬意を欠いているこの悲しむべき現状の遠因となっているようだね。もしその盲目の時期に、吾輩が愚かさを見せていなかったとしたら——もっとも、その愚かさは吾輩の責任ではない。避けがたいことだったからね——吾輩は至高の種族の才能豊かな一員として、それにふさわしい扱いを受けていただろうに。

ま、きみが愚かなのはしかたがないが、それ以上愚かになることはないよ、ピート。吾輩

が変わったと思っているようだが、それは違うね。きみにとっては、そのことをはやく理解するにこしたことがない。それと、頼むから吾輩に対して感情的になるのはよしてくれないか。退屈だ」

「感情的？」ぼくは叫んだ。「くそったれ、たまにちょっとくらい感情を表に出すのがなぜいけない？　とにかくいったいどうなってるんだ？　この家の主人はいったいだれだ？　だれが家賃を払ってる？」

「そりゃあきみだよ」とヘリックスは穏やかに言った。「おかげでますますきみがバカに見えるがね。吾輩なら徹底的に楽しめることでないかぎり、なにひとつしないのに。さあ、もういいかげんにしたまえ、ピートくん。子どもじみたふるまいをする年じゃなかろう」

ぼくは重い灰皿をひっつかみ、猫に向かって投げつけた。ヘリックスは優雅に身を伏せて灰皿をかわした。「おやおや！　そこまでしてバカの実例を見せてくれなくても」

帽子をひっつかむと足音も荒く家を出た。背中から猫の嘲笑が聞こえる。

生まれてこのかた、これほど完璧に、やり場のない怒りに支配されたことはなかった。ぼくはだれかに善行を施そうとした、そしたらどうなった？　その相手から命令されはじめた。その返礼として、ぼくは相手にもっと大きな善行をほどこしてやった。そしたらどうなった？　そいつはぼくの猫をめちゃくちゃにした。そして今度は、その猫からも命令される始末。

いまとなってはもうどうでもいいことだが、ぼくはあの猫を愛していた。笑いたければ笑うがいい。しかしぼくみたいな人間、人生の九割を試験管と電子化学反応に捧《ささ》げてきた人間にとって、あの猫は心の隙間を埋めてくれる存在だった。たしかに自分をあざむいていたことは認めよう――ヘリックスは良心のない寄生虫だし、その点に関しては昔から変わっていない。しかし、それでもぼくは愛していた。まちがいだった。相手の性格について判断を誤っていたと思い知らされるくらい悲惨なことはない。ヘリックスが死ぬまで彼を愛しつづけ、そのあとは記憶を懐かしむこともできたはずだ。彼が持っていない性質を勝手に与えて幻想を愛していたとしても、そんなことは問題にならなかったはずだ。

で、それがこうなったのはいったいだれのせいだ？　ぼくのせいか？　ある意味ではそのとおりだろう。ウォリーの説得に負けて、彼が利用できるように自分の猫を改造することに同意したのだから。しかし、ウォリーのほうにもっと大きな責任がある。ああくそ、ぼくの家に来てあの瓶に入ってくれと頼んだ覚えはないぞ。いったい何様のつもりなんだ、気楽で単純だったぼくの人生をこんなふうにぶちこわすなんて……。ということは、憎しみをぶつけるべき相手はちゃんと存在するわけだ。ウォレス・グレゴリー、あのドブネズミめ。

ちくしょう、グレゴリーと出会う前の状態にすべてをもどすことができるなら、なんだってするのに！　いまはもう、未来になんの期待も持てない。もしウォリーが入れ替わりに成功したとしても、あの耐えがたい猫がいなくなるわけじゃない。あの驚くべき自我には、ウォリーが持っているかもしれない、もっとやさしい人間的な性質を表現する手段がない。ウォリーが自分と猫とを融合させるなり、ヘリックスは彼の生命力だけをとって宇宙の彼方に消え去り、あとには唾棄《だき》すべき特徴すべてが残される――ああ、そういう性質ならヘリックスはたっぷり持っている。一方、もしウォリーが失敗すれば、〈彼ら〉が彼を捕まえ、ぼくはあの耐えがたいけだものとふたりきりで残される。八方ふさがりだ！

もしぼくがヘリックスを殺したら？　それもひとつの方法だ……しかし、そうしたらウォリーはどうなる？　はかりしれない潜在能力が彼にあることはわかっている。そして、瓶ごと海に投げ込むぞという脅しは一度は功を奏したけれど、だからと言って自信満々でいられるわけじゃない。彼はすばらしい頭脳の持ち主だし、もし憎しみを買ったら、なにをやらかすかわかったものではない。そのときはじめて、ウォリー・グレゴリーの魂が脅威となりうることに気がついた。だれかべつの男の魂があの世で待ち伏せしていると知りながら生きることを想像してみてほしい。

ぼくは何時間も何マイルもほっつき歩き、ひたすら考えをめぐらした。そしてついに、完璧な解決策を思いついた。愛するヘリックスを殺すことになるが、いまとなってはたいした損失とも思えない。それに、この方法ならウォレス・グレゴリーを解放できる。つまり、まずウォリーに猫の魂を乗っ取らせて、それから猫を殺すのだ。こうすればどちらの魂も保護される。そしてぼくはひとりになる。そして、やれやれ、平和な生活がもどってくる。

午前四時をまわるころ、ようやく我が家に帰り着き、死体のように眠った。くたくたに疲れていたから、放っておいたらまるまる二十四時間でも眠りつづけただろう。しかしヘリックスがそんなことを許すわけがない。午前七時半、コップ一杯の冷たい水を顔にぶちまけられて、ぼくは荒々しく悪態をついた。

「さっさと起きたまえ、怠け者！」とヘリックスは礼儀正しく言った。「朝食を用意する時間だ」

怒りで目の前が真っ赤になり、寝返りを打ってベッドから出ると、ヘリックスの前に立った。猫はじっと動かず、にやにやしながらこちらを見上げている。不安の色はみじんもないが、もしぼくがなにか動きを見せればいつでも前後左右にさっと動けるようにうしろ足をふんばっている。こっちは指一本触れることもできないだろうし、この畜生はそれをちゃんとわかっている。

それからヘリックスを殺す決意をかためたことを思い出して、のどがぎゅっと締めつけられた。潤みかけた目を背けて、

「わかったよ、ヘリックス」とやっとの思いで声を出した。「こっちに来い」

ヘリックスはあとについて台所にやってきて椅子にすわり、ぼくは卵をゆでた。慎重に時間を計り――ヘリックスはかっきり二分四十五秒ゆでた卵でないと受けつけない――それからヘリックスの分をとりだして、彼の好みに合わせて賽《さい》の目切りにした。マタタビの抽出液

をその上に振りかけ、皿に盛って出してやる。ヘリックスはそれを見て眉を上げた。もう何週間もマタタビは与えていない。前は彼がなにかをとてもうまくやってのけたときのご褒美《ほうび》としてマタタビを使っていたのだが、最近は褒美を与える気分ではなかった。

「おやおや！」と優雅に口もとを拭ってから、ヘリックスは言った。「ゆうべの爆発のあとできみが耽溺《たんでき》したささやかな内省的散策には、それなりの効果があったようだね。きみがいまのように行儀よくふるまってさえいれば、われわれのあいだに摩擦が生じる気づかいはない。愛撫以外なら、吾輩もたいていのことには目をつぶってやろう」

トーストの切れっぱしがのどにつまりそうになった。図々しいにもほどがある！　こいつはぼくに教訓を与えたつもりでいやがる！　一瞬、いまここでヘリックスを絞め殺してやりたい誘惑にかられたが、なんとかその衝動をおさえつけた。ヘリックスに疑いを抱かせてはならない。

とつぜん、ヘリックスがテーブルからコーヒーカップを払い落とした。

「これがコーヒーのつもりか！」と鋭い口調で言う。「いますぐ新しいコーヒーを淹《い》れたまえ。今度はもうちょっと気をつけろ」

「気をつけるのはおまえの口のききかただ」とぼくは言った。「他人になにかを頼むときは最後に『ください』をつけろと教えたはずだぞ」

「くださいもヘチマもあるか」とわが愛しのペットは答えた。「吾輩のコーヒーの好みぐらい、もういいかげんにわきまえていていいはずだ。そういうことまでいちいち口に出して説明しなければならないとは」ヘリックスはテーブル越しに前足をのばし、ぼくのコーヒーカップまで床に払い落とした。「さあ、これで新しいコーヒーを淹れるしかないだろう。言っておくが、これ以上きみのナンセンスには耐えられない。この唾棄すべき民主主義には、たったいまピリオドを打つ。なにもかも吾輩の言うとおりにやってもらうよ。きみの無礼にはほとほとうんざりだ。見ているといらいらする。食事の仕方はだらしないし、その体臭にも閉口する。今後は、呼ばないかぎりそばに寄らないでくれ。それと、話しかけられるまで口をきかないこと」

ぼくは深く息を吸って、ゆっくりゆっくり十まで数を数えた。それから新しいカップをクローゼットから二個とりだし、新しいコーヒーを淹れて、カップに注いだ。そしてヘリックスが朝食をたいらげているあいだに外出して、リボルバーを買ってきた。

家にもどると、ヘリックスは眠っていた。抜き足さし足で台所に入り、皿を洗おうとしたが、一枚残らず割れていた。ヘリックスの気まぐれの新たな表現方法。歯を食いしばり、惨状のあとかたづけをした。それから実験室に入ってドアに錠を下ろした。

「ウォリー!」と呼びかける。

「なんだね?」

「なあ相棒、いいかげんこいつにケリをつけなきゃいけない——今日のうちに。ヘリックスは、ぼくまで含めてこの家の所有者気どりだ。もう我慢できない！　けさ、もうちょっとであいつを殺すところだったし、このめちゃくちゃな状態がつづくんなら、いつほんとうに殺してしまってもおかしくない。ウォリー、もう準備万端整ってるんだろう？」

ウォリーはちょっと緊張した口調で答えた。

「ああ……ピート、そうなったら最高だよ！　そうか、また歩きまわれるんだな！　マンガを読んだり映画を見たり、野球観戦に出かけたり！　ようし――やっつけよう。ヘリックスのほうはどうなんだ？　彼はちょっと――その――手に負えないとか言ってなかったか？」

ぼくは鼻を鳴らした。

「そんな言葉で足りるもんか。あいつは自分が主人だと思いこんでる。ぼくはたんなる使用人だ」

「ピート、彼はなにか――なにかわたしについて言ってなかったか？　気を悪くしないでほしいんだが――ほんとに安全だと思うか？　きみの言うことがほんとうなら、彼は自我を主張しはじめている。それがあんまり行き過ぎるとうまくない。〈彼ら〉はなにかあるんじゃないかと感づいている。この前ヘリックスの心の中に入ったときは、〈彼ら〉の大群がそのへんに集まっていた。ところが、わたしが猫の脳に改造を加えようとしていることを知ると、どうぞやってくれと言わんばかりに、さーっと引き下がった。ピート、〈彼ら〉もなにか企んでいる」

「〈彼ら〉も、とはどういう意味だ？」とぼくは間髪を入れずにたずねた。

「べつになんでもないさ。ヘリックスもそうだし、〈彼ら〉もそう。それがどうした？」

安心はできなかった。ウォリーはたぶん、魂の転移が完了するなりぼくが猫を殺すつもりでいることを知っている。そうなれば彼は、地上的な楽しみにふけるつもりでいた数年間を奪われることになる。しかし、それでもなにも言わないだろう。ウォリーには失うものが大きすぎる。

ぼくは実験室の瓶を台所へ持っていって、流しで洗った。そうやって時間を稼ぎ、瓶を流しに置いて、自分の部屋からとってきた銃に実弾を込め、作業台の引き出しに入れた。それから瓶を作業台の上にもどして——ウォリーが銃のことに気づいていないのはたぶんまちがいないし、気づかれたくなかった——ヘリックスをさがしにいった。

ヘリックスはいなかった。

さっきヘリックスが寝ていたクッションはまだあたたかい。いったい今度はなにをする気だ？

アパートメントのそこらじゅうを必死にさがしまわったが、どこにもいない。よりにもよってこのタイミングを選んで雲隠れするとは！　絶望のためいきをつき、ウォリーに報告するために実験室へと引き返した。

ヘリックスは作業台の上、瓶のとなりにうずくまり、おもしろがるような顔つきで、右の前足でひげを撫でつけていた。

「おやおや、うちの善人様だ」とヘリックスがあいさつする。「なにか悩みごとでも？」

「この性悪猫め」ぼくはむっとした声で言った。「いままでどこにいた？」

「そのへんだ」とヘリックスが簡潔に答える。「頭だけじゃなくて目も悪いのか。それと、言葉遣いに気をつけたまえ」

ぼくはごくりと唾を呑《の》んで怒りを押さえつけた。もっとだいじなことがほかにある。どう言いくるめて瓶を舐めさせるか？　マタタビだけでは、いまのヘリックスには役に立たない。ということは――

「どうやら」とヘリックスが口を開いた。「またあの懐かしの瓶舐め儀式をやらせたいらしいね」

「ああ、まあそういうことだ」とぼくは驚きを表に出さないようにしながら答えた。「おまえのためになることだからな」

「もちろん」と猫が言った。「最初からわかっていたよ。なにか利益がなければ、ずっと前にやめている」

筋は通っているが、どうも気に入らない。

「よし」とぼくは言った。「じゃあやるか」

「ピート！」とウォリーが呼びかけてきた。「今回は、ヘリックスの体を両手でしっかり握っていてくれ。できるだけてのひらを大きく広げて、前腕で猫を両側からはさみつけるように。きっときみもなにか——おもしろい経験ができるよ」

ちょっととまどったが、言われたとおりにした。ヘリックスは予想に反して抵抗しなかった。ウォリーが言った。

「よし。〈彼ら〉が引きはじめた。猫に瓶を舐めさせろ」

「よし、ヘリックス」と、ぼくはささやくような声で言った。

ピンク色の舌がちろちろと口から出たり入ったりする。瓶がほんのわずか傾いた。それから、張りつめた沈黙が降りた。

「よし……これで……なんとか……やってのけたぞ……」

ぼくとヘリックスはじっと待った。

とつぜん、体の奥深くのなにかがぎゅっと不快にねじれた。その衝撃であやうく倒れてしまいそうになる。そして、脳の奥底で貫くようなかん高い悲鳴があがった——ウォリーの悲鳴だ。その声がしだいに小さくなり、彼方へと消えていく。そして、ごくかすかな、なにかがちぎれるような音。おぞましい音だった。

よろよろとあとずさり、息をあえがせながら旋盤によりかかった。ヘリックスはさっきとおなじ場所でじっとうずくまっている。脇腹が激しく上下していた。

ヘリックスは一回ぶるっと体をふるわせてから、ぼくのところにやってきた。

「やれやれ」とまっすぐぼくの目を見て言う。「〈彼ら〉がきみの友だちを手に入れたよ」

「ヘリックス！　どうしてそれがわかった？」

「ピート、よくもまあ、そういつもいつもバカでいられるな。最初からずっと知っていたに決まってるじゃないか。お望みなら、ちょっと説明してあげよう。そうすれば、人間がいかに愚鈍な生物であるかの証明になるだろう」

「つづけろ」と、怒りを抑えて言った。

「きみと吾輩は、じつに巧妙で愉快な複合的裏切りの一部でしかなかったのさ」ヘリックスは満足そうにくすりと笑った。「きみとの会話が吾輩には聞こえないというグレゴリーの仮定は正しかった――じっさい、その点はじつに不愉快だった。なにかうさんくさい企みがあるのはわかっていた――きみたちがたんなる善意から吾輩の知性をここまで向上させてくれたとは思えないからね。しかし――きみたちの会話を盗み聞きして、すべてを知っている者が、ほかにも存在した」

「ほかにも？」

「もちろん。〈彼ら〉のことを忘れたのか？　〈彼ら〉はわれわれ共通の友人であるグレゴリー氏の魂を手に入れる可能性に、多大なる関心を持っていた。〈彼ら〉にとって、下位の魂である吾輩とコミュニケーションをとることは簡単だった。そして〈彼ら〉は、グレゴリー氏の魂をこっちに投げてくれないかと頼んできた」

ヘリックスは胸くその悪い笑い声をあげた。

「しかし吾輩は、きみたちとの関係から多大の利益を得ていたからね。いまの吾輩がいかに優秀な生物であるかを見るがいい！　〈彼ら〉にはしばらく待機しろと言った。グレゴリーの利用価値がなくなったら、そのときにはチャンスをやるから、と。向こうはおとなしく言うことをきいたよ、〈彼ら〉が望むものが手に入るかどうかは、吾輩にかかってるんだからな。だから転移のあいだ、〈彼ら〉は邪魔しなかった」

「なんて卑劣なやつだ！」とぼくはどなった。「ウォリーにあれだけのことをしてもらっておいて、平気で裏切る気だったのか？」

「吾輩がきみの立場だったら、彼の弁護はしないね」と猫は言った。「彼はきみも裏切ってたんだよ。きみたちの魂交換計画のことなら、一部始終を知ってる。隠そうとする必要はないよ。グレゴリーも最初は本気で吾輩の体を使うつもりだった。しかし、きみの体のほうがずっと目的にかなっていると考えずにはいられなかったわけだ。もっとも、きみの体のほうが吾輩の体よりすぐれているという彼の見解については――まあそれはいいとしよう。ともあれグレゴリーは、自分自身を瓶から吾輩に、吾輩からきみに転移させる計画だった。だから吾輩の体をしっかり押さえていろときみに指示したのさ――接触面積はなるべく大きいほうが安全だからね」

「いったい――いったいどうしておまえがそんなことまで知ってるんだ？」

「彼が自分で話したんだ。満足すべき発達段階にまで達したあとで、吾輩は自分が利口だということを彼に告げた。そう、それからグレゴリーをだまして、吾輩の脳の中に彼とのコミュニケーション基盤をつくらせたというわけだ！　彼は、アルコールを味わう能力を吾輩に与えているつもりだったがな！　しかし、賢明にも途中で気がついて、グレゴリーは作業を中止した。が、そのときにはもう、グレゴリーとのコミュニケーションが可能になっていた。もしあのままもうちょっと先まで進めてくれていたら、きみともそのやりかたで直接コミュニケートできたんだが。ともあれ、吾輩の態度のおかげで、彼はすっかり意気阻喪した。吾輩の体を占有する見込みは万にひとつもないと気がついたのさ。そこで吾輩は、ふたりで協力すれば、彼がきみにとりつくことは可能だ、と進言した」

「ぼくに！」ぼくはそろそろと作業台の引き出しのほうに近づいた。「つづけろ、ヘリックス」

「どうしてこういうやりかたをしたのか、これでわかっただろう？」ヘリックスは遠い声で言った。「グレゴリーが自由な魂としていつまでもそのへんに居座ることになったら、あまり具合がいいとは言えない。ひょっとすると、吾輩の脳に加えた変更をなにもかも消去するような真似をしないとも限らないからね。もし彼がきみにとりつけば、きみはその体からはじき出されて——あとは〈彼ら〉が面倒を見るだろう——彼は望みのものを手に入れる。理想的な取引きだよ。きみは計画になんの疑いも持っていないし、彼にはきみの魂の不意をついて体から追い出すチャンスがじゅうぶんにある。どうやればいいかはわかっていた。彼にとっては不幸なことに、きみの魂は反応が素早すぎた。最終的にウォレス・グレゴリーを殺したのは、吾輩じゃなくてきみなんだよ。上出来だろ？」

「ああ」とゆっくり言いながら、引き出しから銃をとりだし、銃身をヘリックスの目と目のあいだにまっすぐつきつけた。「上出来だよ。こんなことをしたらあとで悲しむだろうと思ったこともあったが、いまは違う」

深く息を吸いこむ。ヘリックスは動かなかった。ぼくは四度引き金を引き、それから作業台にぐったりとよりかかった。緊張で神経が参りかけている。

ヘリックスはひとつのびをして、それからあくびをした。

「なにかそういう愚かな真似をするんじゃないかと思っていた。だから実験の前にわざわざその銃から弾を抜いておいたわけだ。きみという人物を知っていて、もっけのさいわいだったな！」

猫に向かって銃を投げつけたが、遅すぎた。一瞬のうちにヘリックスは実験室を飛び出し、黒い稲妻のように玄関へ走っていった。ノブに前足をかけてドアをあけ、ぼくが二歩も歩かないうちに姿を消していた。

そのあとしばらくは不安な時間がつづいた。だれでもするようなヒステリックな行動――外に飛び出し、右へ走り、左へ走り、あたりを見まわす――をとった。しかし、追いかけている相手は猫だ。たとえふつうの猫でも、向こうが捕まえられたいと思っていないかぎり、猫を捕まえることはできない。

それにしても、いったいどうして金庫破りなんかする気になったんだろう。

いや、わかる気がする。彼の頭がどんなふうに働くか——働いたか——は想像がつく。ヘリックスには自分のための計画があった——これはたしかな話だし、ぼくが完璧にまちがっていないかぎり、彼の計画は、究極的にはわれわれ全員を巻き込む計画だった。人類の歴史には、猫とおなじ、現在だけを生きる、冷酷で自己中心的な態度の持ち主が何人かいる。そして人類は、彼らから苦い教訓をたっぷり学んでいる。しかし、そのうちのだれひとりとして猫ではなかった。

ヘリックスは、だれか人間の代理人を使うことを一度か二度ためしてみたかもしれない——事実かどうかは知る由《よし》もないが。しかし、彼ほど頭が回る存在なら、うまく利用できる道具がひとつあることに気がついたはずだ。すなわち、金。金さえ手に入れば、ヘリックスにはどんなことでも可能だっただろう。字が書けるし、電話も使える。あなたやぼくには想像もつかないほどおそろしい、死をまきちらす効率的な組織を運営することになっていたかもしれない。

ふむ……まあ、いまとなってはそれもかなわぬこと。ぼくに関して言えば、また研究生活にもどることにしよう。柔軟ガラスの特許はいい収入をもたらす楽しいものになるだろうが、いやけっこう、その権利は喜んでパスする。

しかしヘリックスは……ああくそ、いまでもふっとさびしくなることがある。

〈宇宙編〉

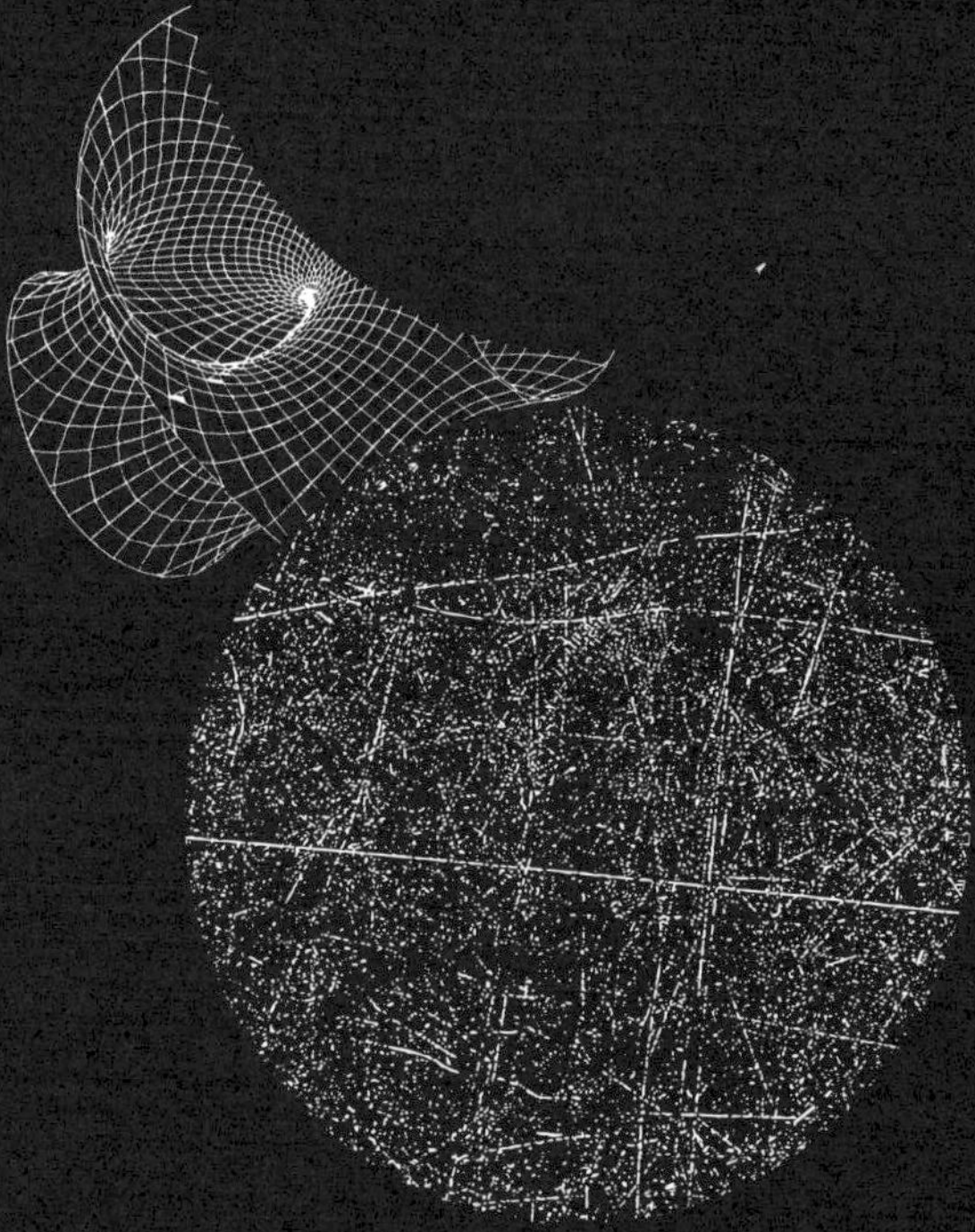

宇宙に猫パンチ

ジョディ・リン・ナイ
山田順子 訳

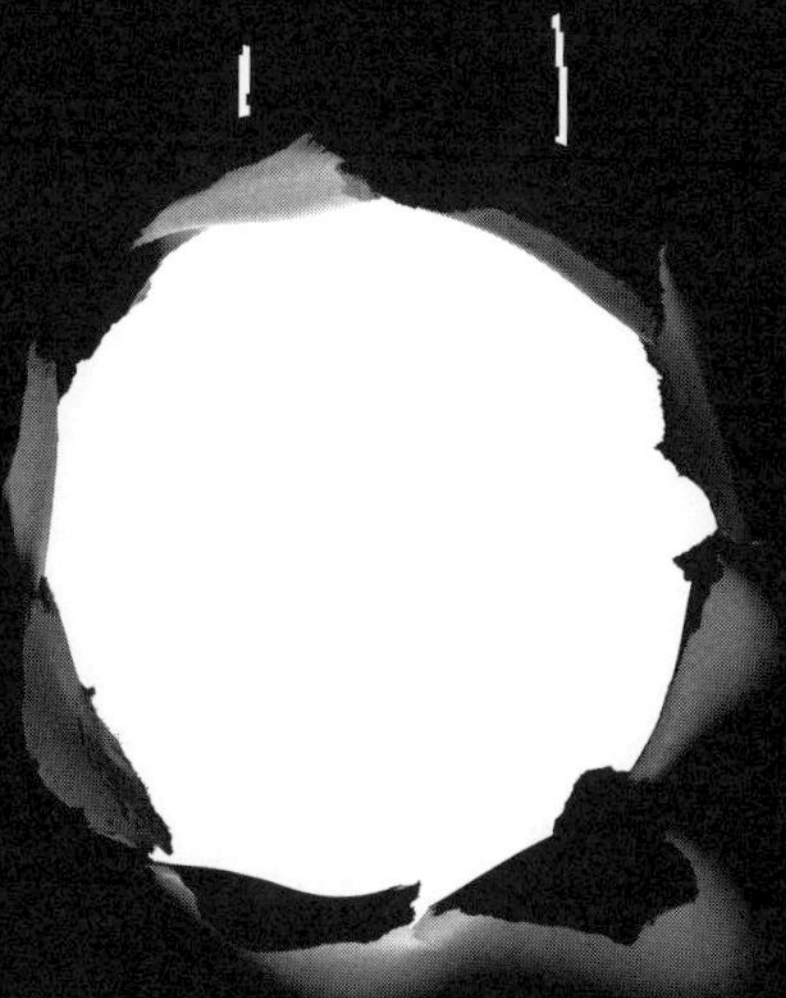

ジョディ・リン・ナイ　Jody Lynn Nye（1957-　）

むかしから航海には猫がつきものだった。猫はネズミをとるので、船乗りにはことのほか喜ばれたのだ。では、星の海を行き交う船に猫は乗っているだろうか？　その可能性は大きい――と編者は考える。ペット以上の働きを見せ、「乗せる価値は十二分にあり」（本編の原題“Well Worth the Money”の直訳）と証明するにちがいない。

作者はアメリカの作家。本業は「猫を甘やかすこと」であり、その暇をぬって執筆しているのだと公言してはばからない。根っからのファン気質らしく、四十冊ほどの著書のうち、三分の一はほかの作家のコンセプトに基づくもの。たとえば、最初の著書*Dragon Harper*（1987）は、アン・マキャフリイの《パーンの竜騎士》シリーズに基づくゲームブックであり、のちに同シリーズのガイドブックを刊行した。マキャフリイとの関係は深く、わが国には宇宙SF《歌う船》シリーズに属す共作『魔法の船』（一九九四／創元SF文庫）が紹介されている。いっぽう、続編の『伝説の船』（一九九六／同前）は、ナイ単独の著作である。ほかにロバート・アスプリンと共作したファンタシー《マジカルランド》シリーズ（ハヤカワ文庫FT）の邦訳が四冊ある。

本邦初訳となる本編は、ビル・フォーセット編の猫SFアンソロジー*Cats in Space*（1992）に書き下ろしで収録された。ちなみに、フォーセットはナイのご主人である。

「志願者を募集する」銀河連合認定総合商社（通称カンパニー）の従業員専用カフェテリアに、ビデオメッセージが響きわたった。「最新のドレブ星／地球《テラ》テクノロジーを駆使する、刺激的だが危険をはらんだ、だが、それだけの価値のある遠征に赴く隊員が必要。少数精鋭の勇敢な一員にならんとする者よ、内線六五〇八に連絡されたし」

この短いメッセージが、ベイリン・ジャーゲンフスキーにとって、目のくらむような冒険の始まりとなった。ジャーゲンフスキーは、カンパニーのフラジウム基地に赴任して、まだ五年四カ月しかたっていない。彼の夢は交易船の船長になることだが、これまでは一笑に付されるばかりで、実現には至っていない。男女を問わず、彼の勤続年数の四倍ものキャリアを誇る先輩たちですら、いまだに本部の指令に従う身なのだ。誰もが船長になってパワフルな宇宙船の船長席《コマンドチエア》にどっかとすわり、星々の海を航海したいと望んでいる。さもなければ、せめて〝補助輪〟のない船に乗りたい。

とはいうものの。いまのメッセージの〝危険をはらんだ〟ということばは、〝それだけの価値のある〟ということばの魅力にはかなわない。自分が〝それだけの価値のある〟人物だと認めてもらえるのかどうか、それを確かめても損はない。ジャーゲンフスキーは任務に応募した。

担当管理部長によると、予備選考を通過した者はほかにふたりいた。ジャーゲンフスキーは内心で、応募者はそのふたりと自分との三人だけなのではないかと思った。地球人のいちばん新しい同盟者であり交易パートナーである、ぶよぶよした塊のようなドレブ星人は、テラ政府からさまざまな恩恵を受けたため、そのお返しとして、テラの物流星域から遠く離れた星域にまで飛べる宇宙航行テクノロジーを提供するという申し出をしてきたのだ。ドレブ星のこの申し出に、当然ながら、すでに宇宙進出をしているテラの独立企業はどこも、強い関心をもった。テラ政府は、この新しい交易権をオープンにして、オークションにかけることにした。

　カンパニーはドレブ星の宇宙航行の電子工学技術を獲得して製品化するために封印入札し、権利を勝ちとったのだ。ぶよぶよの塊であるドレブ星政府代表が契約書に正式署名をして（というか、ドレブ星のシンボルマークを押して）、契約は正式に成立した。このニュースは数カ月にわたってほかのあらゆるニュースを凌駕《りょうが》しつづけた。そしてついに、第一号のマシンが完成し、テスト航行の段階に入った。ジャーゲンフスキーが受けた最初の指令は、新装なった宇宙船〈パンドラ〉で往復する、テスト航行ということになるだろう。

というのは、知識・情報は取り替えがきかないが、船は取り替え可能だからだ。カンパニーはテスト航行の志願者を三名、募ったが、志願資格を二等航宙士級《ジュニアオフィサー》の者のみに限定した。急遽《きゅうきょ》決定したテスト航行は、獅子座《レオ》星域の、織物《テキスタイル》の製産地である青白い星、アーガイレニアまで行って帰ってくるというものだった。

　初めは、新しい超高速推進装置のテストだけのためにアーガイレニアに航行させる予定だったが、カンパニーの重役たちは、土壇場になって、〈パンドラ〉に、ドレブ星の双方向コンピュータ電子システムを導入することを追加決定したのだ。ジャーゲンフスキーの知るかぎりでは、これはメディアには漏れなかったし、カンパニーの従業員たちにも知らされなかった。

もし片道航行となる危険性があるのなら、なぜ志願するのか？　ジャーゲンフスキーにとって、その答は明白だ。すなわち、金と名声。その航行で金が稼げる。それも莫大《ばくだい》な額の特別支給金と危険手当が。十年程度の航行経験しかない若いクルーにとっては、異例の昇進をして責任ある地位につき、〈パンドラ〉を無事に帰還させ、多額のクレジットや配当金を稼ぐというのは、並大抵のことではない。少なくともジャーゲンフスキーは、暫定的にせよ、船長代理の地位に就けるかもしれない――全権をもつ指揮官ではないにしても。もし、ジャーゲンフスキー、クルー、そして〈パンドラ〉が、一体となれば。

「惑星コンピュータシステムがメルトダウンするのを防ぐために、できるだけすみやかに、積み荷のスタリウラリニウム106をアーガイレレニアに運ぶのが緊急の使命だ」カンパニーの副社長がいった。「一一〇日の半分の期間で。早ければ早いほどいい。新しい推進装置のおかげで、〈パンドラ〉は我が社で最速の船となった。いうまでもないが、一週間で出航できる準備が整う唯一の船でもある。諸君は運命共同体でもある。試験航行の船であっても、早急にアーガイレレニアに到着することが緊急の使命なのだ。航行日数を一日短縮するごとに、一〇パーセントのボーナスを出す」

「喜んで努力します」ジャーゲンフスキーはきっぱりと請け合った。

内部を改造された〈パンドラ〉は並はずれていた。コントロール装置類は標準規格のものだが、新しいコンピュータシステムは、ドレブ星人のおかげでらくらくと操作できるものになっている。三人のクルーは、スカイブルーとピンクのぶよぶよした塊のドレブ星人の科学者たちに、コントロールユニットの左側に付属している折りたたみ式のブースに案内された。

「ここであなたがたのパーソナリティと知性を読みとります」通訳器を通して、ドレブ星の主任科学者がぶよぶよ声でいった。「それによって、指令と実行のタイムラグがなくなります。特に、危機的状況のさいには役に立ちます」

昇進したばかりの新船長ジャーゲンフスキーは、まっさきにブースに入った。二十六歳のジャーゲンフスキーは、三人のクルーのなかでは最年少だ。ブースのなかでは、目に点滅する多数のライトをあてられ、耳に探針をさしこまれて頭蓋《ずがい》にまで達したが、見当識が損なわれることもなく、格別どうという感覚はなかった。ジャーゲンフスキーはブースを出ると、ふたりのクルーに肩をすくめてみせた。次に、油断のない表情を浮かべたダイアニ・マリウスがブースに入った。操舵《そうだ》およびナビゲーション・オフィサーだ。最後はオカベ・トーマス。三十四歳のトーマスは最年長で、エンジニアとしての優れた資質もさることながら、交易と外交のスペシャリストとして知られている。三人のクルーのなかには、カンパニーに七年以上在職している者はいないし、家族持ちもいない。カンパニーはクルーの不慮の死によって、遺族に慰謝料を払ったり、訴訟にもちこまれたりしないように配慮したといえる。

ドレブ星人と地球人とが相互に協力の精神を称《たた》えあった出航式のあいだ、三人のクルーはまじめくさった態度をくずさなかった。カンパニーは伝統的に、すべての船に幸運のマスコットを乗せることにしている。今回もマスコットの船猫が連れてこられた。白と黒の雑種の雌猫だ。クルーが一列になって〈パンドラ〉のハッチに向かう光景を、メディア陣のまばゆいばかりの投光照明が追う。三人のクルーはメディアとカンパニーの重役たちに手を振って別れのあいさつをした。ジャーゲンフスキーは気持が沈んでいくのを感じた。このフラジウム基地は最高とはいえないまでも、何年間も彼のホームだった場所だ。もう二度と目にすることはないかもしれない。改装された〈パンドラ〉船内で、ジャーゲンフスキーは初めて、少しばかり孤独を感じて心が乱れた。

ほかのクルーは、ジャーゲンフスキーのように不安を覚えているようすはなかった。白いエナメル塗りのハッチが閉まると、トーマスがワーオと歓声をあげ、両手をパンと打ち鳴らした。

「さあ、友人たちよ、パーティを始めようか！」トーマスはクルー仲間に抱きつき、三回半、ハグをした。抱きしめられた雌猫のケルヴィンはもがき、床に下ろせと命じた。

マリウスはトーマスにつぶされそうになったケルヴィンを救いだし、床に下ろしてやった。

「トーマス、なんでそんなに興奮してるの？　この船、爆発するかもしれない。そうなったら、あたしたちは全員死ぬのよ！」

「ありえないね、舵手くんよ。さて、船よ」トーマスは空中に呼びかけた。「きみをパンドラと呼んでもいいかい？」

［同意します］コンピュータは平板だが、明るい声で答えた。

「このくそったれエンジンを始動させて、出発しよう」

［目的地は？］

マリウスが受け持ちのコンソールにとんでいき、アーガイレニアの座標を計算した。「二七度五〇分、星位マイナス一五」声にだして読みあげる。

［了解。指令は？］

マリウスはジャーゲンフスキーを見た。

「発進」ジャーゲンフスキーはいささか驚きのまじった口調でいった。

コンソールのライトが赤から緑に変わり、徐々に緑が薄れていって白になった。船が動きだしたが、ごく静かな動きなので、〈パンドラ〉が加速しないうちに、クルーはすみやかに緩衝シートに収まることができた。ジャーゲンフスキーはケルヴィンを捕まえ、コンソールの下に設置されている猫専用の緩衝ボックスに押しこんでから、自分も緩衝シートに収まった。パイロットシートのまん前の巨大なメインスクリーンには、フラジウムの太陽を囲む星々が映しだされている。

「目的地には三十七日以内に到着します」クルーが緩衝シートにおさまってベルトを締めると、パンドラが請け合った。

ジャーゲンフスキーはほかのふたりににんまりと満面の笑みを見せ、頭のうしろで両手を組んだ。「この船が好きになりそうだ。彼女のために支払った大金の一クレジットに至るまで、その価値があるよ。二十五日も早く着ける。つまり、二五〇パーセントのボーナスがもらえるってことだ」

「それは不可能」マリウスが異議を唱えた。「最大加速しても、少なくとも六十二日はかかるはずよ」

トーマスが空中にウィンクした。「彼女はわれわれの貪欲《どんよく》な意識を読みとって、速く着きたいという願望を知ったのさ。かわいいパンドラ、疑りぶかいクルーに、くわしい旅程を教えてやってくれ」

すぐさまドレブ製のパーソナリティ読み取り装置のセンサーが赤くなり、マリウス専用のモニターが作動した。モニターいっぱいに数式と星図が表われ、その光が彼女の顔を照らしだしている。マリウスの表情がゆっくりと明るくなった。

「すごい。このサイズの船にこんなことができるなんて、思いもしなかった」マリウスはジャーゲンフスキーとトーマスに目を向けた。「あたしがすべきことって、これだけ？　うう、感激！」

「いいぞいいぞ！」ジャーゲンフスキーはマリウスに声援を送った。「帰還したら、ぼくも自分の船を買えるかもしれない」

巨大なメインスクリーンの上で銀河が白い筋になったかと思うと、船が最初のジャンプをおこない、すべての光が消えた。見るべきものがなにもなくなり、ジャーゲンフスキーはこほんと咳払《せきばら》いした。

「えぇっと、その、五週間余りも時間があるのだから、この船の特徴を徹底的に知りたいと思う。本部に定期的に報告を送らなくてはならないけど、なにからなにまで報告する必要はないんじゃないかな」そういって、濃紺のカバーオールの肩についている船長の記章《キャプテンマーク》をとんとんとたたく。「帰還したら、こいつを本物にしたいんだ」

「帰還できたら、ね」マリウスの顔が急に暗くなった。

「なにをいってるんだね？」トーマスの陽気な口調はくずれない。「〈パンドラ〉はわたしたちのめんどうをきっちりみてくれるよ。そうだろう、かわいこちゃん？」空中に呼びかける。

［同意します］コンピュータが答えた。［全面的に肯定しますよ、愛しいひと《ハニーケーキ》］

ジャーゲンフスキーはスピーカーのひとつを指さした。「あんた、彼女にあんな呼びかけかたを教えたのかい？」

「いや。だが、わたしがいつも使うフレーズを読みとって使ってるんだろうな」そういってから、トーマスは一瞬、考えこんだ。「とはいえ、コンピュータの前で〝ハニーケーキ〟なんてことばを使った憶《おぼ》えはないぞ。ドレブ星人たちがこれは意識を読みとるボックスだといったのは、ほんとうだったんだ」

「この船はまだ試作の段階よ」マリウスが前の論議をむしかえした。

「だからこそ〈パンドラ〉のすべてを知りたいんだよ」ジャーゲンフスキーはマリウスの意見に同意した。「エンジンの性能、危険の回避機能、防護装備……」

「うーん、なぜこの船は武装してるのかねえ」トーマスが疑問を口にした。「アーガイレニアまで行くだけじゃないか。あの星までの航路はすでに確立し、巡回監視もきちんとおこなわれているのに」

「今回はちがう」マリウスはトーマスに、彼女専用のモニターを見せた。「パンドラが変更したの。この船はスムート星域の端っこを通過することになってる。コンピュータ、この情報をスクリーンに出して」

　巨大なメインスクリーンに、拡大された航路図が表われた。〈パンドラ〉の航路が赤い点々で示されている。問題のスムート星人は、ドレブ星人と同じく、ぶよぶよの塊にしか見えない種族だ。しかし地球人は、スムート星人とは友好関係を結べないことがわかった。スムート星人たちは、宇宙のあらゆる脊柱生物種族を敵視しているといわれているからだ。脊柱生物の存在そのものを彼らの創造主に対する侮辱とみなし、根絶して然《しか》るべきだと考えているらしい。

トーマスのくすんだ顔色が灰色と化した。唾をごくりと呑《の》みこむ。「迂回《うかい》できないのかい？」エンジニアは訊いた。

「二五〇パーセントのボーナスがかかってるんだよ」ジャーゲンフスキーは誘惑するようにいった。

トーマスは深いため息をついた。「もしかすると、遭遇しなくてすむかもしれないな」

［検索します］パンドラがいった。トーマス専用モニターがふいに明るくなり、ずらずらと数式が並んだ。船の両舷に搭載されている二基のパワフルなレーザー砲と、船首に備えられたプラズマ魚雷発射管の概略図だ。そして、画面がいったん空白になったあと、新たにパンドラの実行可能な回避行動のリストが並んだ。カーソルが点滅し、活字体の質問が付加されている。いわく――［選択は？］

「ヒューッ！」トーマスは口笛を吹き、コンソールを軽くたたいた。「ハニー、きみは男心をそそる手管を熟知してるんだね」

コントロールパネルのすぐ下から、不満そうな鳴き声があがった。

「トーマス、猫を出してやれば？」マリウスがいった。

たった一週間で、ジャーゲンフスキーは、ドレブ星人たちが期待にそむかぬ天才的な仕事をしたことを認めた。コンピュータの読心機能は完璧というだけではなく、きわめて繊細だ。毎朝、ジャーゲンフスキーが目を開けると、寝棚の上方にあるスクリーンが明るくなり、彼の肘の横の小さなハッチが開いて、湯気のたつコーヒーカップがするすると上昇してくる。スクリーンにはパンドラからのメッセージが表われる。船の現状報告に、ジャーゲンフスキーが寝ているあいだにどれぐらいの距離を進んだかを示すちっぽけな図表のついた完璧なものだ。異常はなく、進路を毛ほどもそれていない。システムにも異状なし。ジャーゲンフスキーはほっと吐息をもらし、コーヒーカップに手をのばした。八歳の子どもでもこの船を動かし、なおかつ同時に、ビデオゲームや宿題ができるだろう。しかも、コーヒーは申し分ない。苦すぎず、つねにジャーゲンフスキーの好みの、熱すぎて舌を灼《や》くことのない、ほどよい温度になっている。コーヒーを飲みほすと、カップの底に溶けた砂糖が溜まっていた。パンドラは、ジャーゲンフスキーが砂糖をかきまぜずに、八分の七ほどの上澄み部分にかすかな甘みのあるコーヒーが好みだと知っていて、砂糖を入れてもかきまぜずに底に沈ませているようだ。コンピュータがそういうささいな点まで熟知して、それを活用しているのは、いささか気味が悪いともいえる。ジャーゲンフスキーは少しばかり不安だった――もしパンドラがなにからなにまで仕事を引き受け、すべてを処理すると決めたら、いったいどうなる？　カンパニー本部の面々には、〈パンドラ〉のクルーがさぞ無能に見えるだろう。

ジャーゲンフスキーの思考が結論に至る前に、スクリーンに今日の仕事のリストが表われた。パンドラが、予定どおりにシステムテストを実行するか、パーソナルメールの送付と、日課の本部への報告をするか、パーソナルシステムのメンテナンスをしてもいいか、船長の許可を求めている。スクリーンの底部に活字体の質問が表われた。

［選択は？］

ジャーゲンフスキーはにやりと笑ってカップを置いた。「ありがとう、ハニー。ぼくがこの船を預かっていることを自覚させてくれるとは、きみはなんてすてきなんだ」

ジャーゲンフスキーが朝食をとろうと狭い調理室に行くと、マリウスとトーマスがすでに席についていた。からっぽの胃袋を満たすには、スクランブルドエッグのホット・サンドイッチか、それともブルーベリー入りのパンケーキかと迷ったあげく、ジャーゲンフスキーはパンドラに任せることにした。

「おはよう、おふたりさん」ジャーゲンフスキーは三つ目の椅子にすわった。目の前のハッチがさっと開き、皿が上昇してきた。ジャーゲンフスキーは皿に手をのばしながら、内心で感嘆した。ブルーベリーをたっぷりとくるみこんだふたつ折りのパンケーキだ——これはアイディアあふれる折衷案だ。ジャーゲンフスキーは内心で船のコンピュータに礼をいった。湯気のたつパンケーキをフォークで切り分けて口に運んでいるうちに、ジャーゲンフスキーは仲間のふたりが黙りこくっていることに気づいた。ふたりとも深刻な顔でコーヒーカップの中をみつめている。

「どうしたんだい？」ジャーゲンフスキーは訊いた。

「ジャーギー」マリウスはそれがトラブルの原因だとでもいうように、手にしたカップをみつめたまま口を開いた。「あなた……自分が無能だって気がしない？」

「いいや」ジャーゲンフスキーは驚いてフォークを置いた。これは反乱の始まりか？　自分がなにかまちがったことをしたのだろうか？　「こんなに楽しい旅は初めてといっていいぐらいだよ」

「ジャーギー、まじめな話、あたしたちにはすることがなにもないじゃない」

「まあ、簡単にいえば、そういうことだ」トーマスはため息まじりにいった。「船は新品同様だから、ボルト一本ゆるんでないし、就航前に徹底的に掃除されてほこりひとつないし、オイルもさされて、どこもかしこもぴかぴかだ。わたしたちはコンピュータがすべてを取り仕切るのをただ見ているだけ。最初はそれもおもしろいと思っていたんだが、ちょっと飽きてきた」

「そういうこと」マリウスはいった。「あたしたちがしなきゃならないのは、報告を提出することと、ケルヴィンに餌をやることだけ」

自分の名前を耳にしたせいか、ケルヴィンがゆったりと歩いてきて、マリウスの膝に顔をこすりつけた。マリウスは手をのばして猫の頭のてっぺんをなでた。

ジャーゲンフスキーはうなずいた。「わかった。そのうちなにかすることを思いつくさ。

それはともかく、乾ドックで爆発が起こるかもしれないと危惧されていたこの船で、丸々一週間を無事に生きのびたんだ。今夜、それを祝ってパーティをしないか?」

マリウスもトーマスも活気づいた。

「それはいい」トーマスはうれしそうにいった。

パーティは第三シフト時に始まった。三人の人間と一匹の猫とがコントロールルームに集まり、特別料理と娯楽を楽しむことになったのだ。〈パンドラ〉のコンピュータは多彩な機能を有しているが、そのなかに、これまで披露する機会のなかった隠し技があった。メモリーバンクに、バーテンダーが書き記したあらゆるレシピが保存されていたのだ。

「ハニーケーキ、わたしに……そう、〝ヴァイキングの肘〟をこしらえてくれ」プラズマ魚雷発射席に陣取ったトーマスは、コンピュータに注文した。すでに足どりがおぼつかなくなっていたトーマスは、デッキがぐるぐる回りはじめたといいはって、その席がいちばん安定していると主張し、やっとのことでその席によじのぼったのだ。

「まだアルファベット順にメニューを攻略してるのかい?」ジャーゲンフスキーはパンドラがスクリーンに映しだしているビデオゲームを攻略しようと、コントローラーを自在にあやつりながら、トーマスに訊いた。ジャーゲンフスキーが夢中になっているのは、かつて何年もかけて挑戦し、ようやく攻略に成功した市販のゲームだ。ちっぽけな戦闘機が渦を巻くように編隊を組み、たった一機の赤い宇宙船を攻撃するのだが、赤い宇宙船はひらりひらりと攻撃をかわしては、戦闘機を一機、また一機と撃ち落としていく。高さ三メートルのスクリーンの隅に、ジャーゲンフスキーのスコアが表示されている。すでに数百万点をゲットしているが、ジャーゲンフスキーの熱意は冷めることがない。

「いいや。もう二巡目に入ったとこだ。今度はZから始めたんだよ」トーマスはいった。彼の肘のところにあるハッチから、カクテルの名前に合ったヴァイキング様式のジョッキが上昇してきた。ジョッキにはドラゴン頭のマドラーが突っ立っている。トーマスはマドラーをどけて、ジョッキの中身を大きくあおった。

「このバナナムースを食べてみた？」マリウスはスプーンを振りながら、ふたりの男に訊いた。「すんばらよ！」

猫のケルヴィンがマリウスの膝に跳びのり、味見をさせろとせがんだ。マリウスは指先でバナナムースをすくって、ケルヴィンに食べさせてやった。

「猫のために特別なメニューを用意しないとは、パンドラも気が利かないな」トーマスは〝葬儀屋の友人〟を注文してから、パンドラにいった。「なあ、ベイビー、猫もちゃんともてなしてあげなよ」

［了解です。具体的な指示をどうぞ］

「猫だよ」トーマスはくりかえした。「猫にマグロのスシをひと皿。でなきゃ、なんでもいいから、猫がパーティ気分になれるものを」

［検索中。メモリー回路に、〝ねこ〟という登録事項はありません］

「ケルヴィンは船猫だ。彼女はちゃんとここにいるよ」トーマスは、うまそうにバナナムースを舐めているケルヴィンを指さした。

不審そうなブーンという音が聞こえてきた。三人のクルーはたがいに目を見交わした。ジャーゲンフスキーはゲームコントローラーとビールのグラスを下ろした。いくぶんかふらつきながら立ちあがる。「ぼくたちは望めばなんでも手に入るというのに、ぼくたちの小さな友人には魚風味のキャットフードしかないのは、不公平だ。彼女を読み取り装置にかけよう。そうすれば、彼女がなにをほしがっているか、パンドラにも推測できるはずだ」

「すてきなアイディアね」マリウスが拍手した。ケルヴィンは居心地のいいマリウスの膝から引き離されて、折りたたみ式ブースに運ばれるあいだ、いかにも不快そうな声をあげていた。ジャーゲンフスキーとトーマスはブースを広げ、四隅の固定金具を留めた。マリウスはケルヴィンをブースの中に入れ、困惑し、怯《おび》えているケルヴィンが逃げ出さないうちに、さっとカーテンを閉めた。

［読み取り中］パンドラはいった。

ケルヴィンの鳴き声は怒りの咆哮《ほうこう》になった。と思うと、ぴたりと止んだ。三人は透明なパネル越しにブースの中を見守った。ベンチに尻を落としてすわっているケルヴィンの瞳孔は細くせばめられている。探針を挿入された耳は頭にぴたりとはりついている。ライトが消え、探針が引っこむと、マリウスはケルヴィンを抱きあげてブースから出し、毛の逆立った背中をなでてやった。

「よしよし、猫ちゃん、よくがまんしたわね」マリウスは猫なで声でなだめた。逆立った毛が平らになり、ケルヴィンは喉をごろごろ鳴らしはじめた。マリウスはケルヴィンをぎゅっと抱きしめた。「おまえはなにがほしいの？　ムース？　あら、ムースってマウスみたいに聞こえるわね」

パンドラの解答が出た。床のサービスハッチのひとつが開き、皿がするすると上昇してきたのだ。ケルヴィンはマリウスの腕からするりと抜け出し、皿に向かった。

「マグロのスシだ」ジャーゲンフスキーはしたり顔でうなずくと、ゲームにもどった。

「バーテンダー」トーマスは手を高くあげて指をぱちりと鳴らした。「次は〝びっくりトマト〟をこしらえてくれ」

トーマスは目やにをこすり落として、ようやく目を開けてから、朝のコーヒーを所望した。耳から脳が抜け落ちてしまわないように、カフェインというボルトで頭蓋内に留めおいておけるまで、無理に起きあがったりはしなかった。「濃いコーヒーがほしいな、ベイビー」パンドラに注文する。「昨夜は呑みすぎた」

注文どおりコーヒーは濃くて強かった。トーマスは自覚もないまま、いつのまにか寝棚からおりてバスルームに向かっていた。顔を洗うと、腹が減っていることに気づいた。昨夜は腹にたまるものを食べなかったのだ。

「ありゃ、しまった！」トーマスは額をぴしゃりとたたいた。

カバーオールを着ると、急いで調理室に行く。調理室にはすでにマリウスが来ていて、ブラックコーヒーをすすっていた。トーマスが駆けつけると、マリウスはちらっと目をあげた。トーマスはマリウスにではなく、壁ぎわにうずくまってボウルの中身をがつがつと食べているケルヴィンに目をやった。

「猫に餌をやってくれてありがとう。わたしは寝坊してしまった」

「あたしじゃないわ」マリウスはことばを口にするたびに頭が痛む、というようすだ。「たぶん、ジャーギーでしょ」

目が赤く、まぶたが半分閉じた状態のジャーゲンフスキーがやってきて椅子にすわると、サービスハッチからオレンジジュースの入った、水差しほど大きなグラスが上昇してきた。

「ぼくじゃないよ」

「なら、誰が？」

三人はたがいに目を見交わした。

「昨夜は三人とも、わたしの記憶どおりのことをしたんだよな？」トーマスは慎重ないいまわしで訊いた。ジャーゲンフスキーとマリウスはゆっくりとうなずいた。頭のなかに靄《もや》がかかった状態ながらも、昨夜の自分たちの行動がリアルによみがえってきた。

三人はいっせいに顔をあげ、食事を終えて毛づくろいに余念のないケルヴィンをみつめた。


その日から、人間のクルーは、猫が近づくと扉がすっと開くのを見ることになった。ケルヴィンはもはや早く食事をくれとうるさくせっつく必要はなくなったし、ときには、人間のクルー三人がそれぞれ持ちこんだごちそうにありつくこともあった。

「パンドラ」ジャーゲンフスキーは文句をいった。「あのスパイスソーセージは特製なんだよ！　あれを手に入れるのに何年も待ったんだ」

［クルーメンバーのケルヴィンの健康のために、あれが必要だったのです］パンドラは謝罪も後悔もまじえない平坦な声でいった。ジャーゲンフスキーは呻《うめ》いた。

「あたしのコーンウォール製バターも彼女にとられちゃった」マリウスが愚痴をこぼす。

「姉からもらった薫製のターキーも」とトーマス。

「そういうことだ。パンドラ、猫に人間の食べものを与えるプログラムを停止してくれないか」ジャーゲンフスキーはいった。「ケルヴィンには不向きだ。おそらく、彼女の健康によくない」

［検索中。テラのクルー一員と、他のクルー三人との必要性のあいだの差違を判断するための公式を求めます］

「ドレブ星人ときたら！」ジャーゲンフスキーは小声でののしった。「彼らから見れば、猫もぼくたちもみんな同じテラのクルーなんだ。だが、職務に関してはどうだ？　ぼくは船長で、こっちはナビゲーター、あっちはエンジニア。猫はペットにすぎない」

［この船の乗員資格に、ペットという職務はありません。よって、クルーメンバーの一員とみなします］パンドラは説明した。

ジャーゲンフスキーは肩をすくめ、なにか助言はないかとばかりに、マリウスとトーマスを見てから、もう一度パンドラにいった。「彼女は船猫なんだ」

［乗員名簿に〝船ねこ〟の記載はありません］

トーマスの顔が明るくなった。「彼女を保全士とみなしたらどうだろう。彼女はネズミなんか見たことがないだろうが、本能的に有害生物を撃滅できるはずだよ」

ジャーゲンフスキーには、パンドラが情報を消化しているカチカチブンブンという金属音が、聞こえるような気がした。

［了解です。クルーメンバーのケルヴィンを保全士として登録し、出航時点までさかのぼって、週給三百六十クレジットを支払うほか、出張手当、危険手当……］

二日酔いの頭のなかを衝撃が走り、ジャーゲンフスキーは反射的に後悔した。「友人たちよ、ぼくらは怪物をこしらえてしまったようだ。だが、また変更させるのはちょっと怖いんだが」

「わたしもそう思う」トーマスはうなずいた。「へたをすると、猫を提督と呼ぶ羽目になるかもしれない」

「帰還するさいには、この件を白紙にもどしておかないと」マリウスがいった。「なんだか、あたしたちがなにかするたびに、どんどん悪いほうにいくみたい」

「フラジウム基地に無事に帰還して、猫がなぜ給料をもらうことになったのか、お偉がたに説明するチャンスがあるかどうか、疑問だな」特別昇進による暫定的な新米船長は、オレンジジュースを飲みほし、からのグラスをサービスハッチにもどした。グラスはするすると下降して、見えなくなった。「昇進路線よ、さようなら」

「バイバイ、年功権」マリウスがつぶやく。

「薫製ターキーよ、さらば」そういってから、トーマスはつけくわえた。「あんたたちふたりがまんできるのなら、わたしもできる」

数日後、ジャーゲンフスキーは夜中に息苦しくなって目を覚まし、思わず悲鳴をあげそうになったが、その口はなにかでふさがれていた。手をのばして明かりをつける。寝棚の端にマリウスが腰かけ、ジャーゲンフスキーが大声をださないように彼の口を手のひらでおおっていた。ジャーゲンフスキーがうなずくと、マリウスは手を離した。

「コントロールルームで妙な音がするの」マリウスは小声でいった。

「異常事態か？」ジャーゲンフスキーは起きあがった。

「ちがう。いっしょに来て」

好奇心をそそられ、ジャーゲンフスキーはマリウスのあとから、エナメル塗りの狭い通路をコントロールルームに向かった。マリウスはコントロールルームの扉の前で立ちどまり、ジャーゲンフスキーに中をのぞくよう、手振りでうながした。

巨大なメインスクリーンの上を、ちっぽけでカラフルな、ネズミのような形態のものがちょこまかと動いては、下方の蜘蛛《くも》の群れのようなもののほうに落下していく。ネズミもどきが一匹死ぬと、すぐに新たな一匹が現われた。ケルヴィンが推進エンジンさながらに大きな唸り声をあげながら部屋じゅうを跳びまわり、スクリーンにとびかかっては、前肢で映像のネズミもどきをばしっとたたいている。スクリーンの片隅には、おそらくパンドラ自身が楽しむために設定したのだろう、スコア表示欄があり、どんどん赤い数字が加算されている。猫はあとからあとから出現する獲物退治に夢中で、至福のときをすごしている。扉の陰から人間たちがのぞいていることには、まったく気づいていない。

ジャーゲンフスキーがマリウスに目を向けると、彼女は必死で笑いをこらえていた。

「こういう芸を、コンピュータはどうしてぼくたちに見せてくれないんだろう?」ジャーゲンフスキーはひそひそとマリウスにいった。「すごいじゃないか! あれを見ろよ、あれは市販のビデオゲームだ!」

「猫たちにもいろいろな欲求がある。でも、それをむきだしにするのを恥とは思っていないのね」マリウスは小声でいった。「あたしは船が順応してるのがうれしい。でもねえ、コンピュータがケルヴィンの意向を汲《く》んで、雄猫をみつけようと決めたら、こっちが急いでるのも無視して、勝手にどこかの宙港に立ち寄るなんてことになるかもしれないと思わない？　雄猫を求めて、こっちの惑星あっちの惑星と、あちこちの宙港めぐりをすることになるかも」

「カンパニーは気に入らないだろうね」

「ね、これはテスト航行でしょ」マリウスはその点をジャーゲンフスキーに思い出させた。「あなたがいったように、あたしたちが無事に帰還したら、異星人のプログラマーにプログラムから猫のデータを削除してもらえるわ。そうでしょ？　なら、いまから帰還するまでのおよそ二カ月ぐらい、このままでも、どうってことないんじゃない？」

出航してから二十日目、〈パンドラ〉はスムート星人たちが自分たちの星域だと主張しているエリアに入った。〈パンドラ〉が踏み切りポイントとして恒星を使うために、スムートの星がまばらな星系を二度突っ切ってジャンプするあいだ、トーマスは神経をとがらせていた。幸いなことに、スムート星人たちに妨害されることもなく、警告ビーコンが作動することもなかった。〈パンドラ〉の三人のクルーは全員が危機除《よ》けに指を交差させていたが、なにごとも起こらなかった。

スムート星域の心臓部である三つ目の星系を突っ切るとき、ジャンプがまだ完了しないうちに、〈パンドラ〉が揺れだした。ジャーゲンフスキーはコマンドチェアにしがみついた。

「なにごとだ？」金属類がうるさい音をたてるなか、ジャーゲンフスキーは大声をはりあげた。

トーマスは専用スクリーンに駆けよった。「スムートだ！　糞だめに入りこんじまった！」

「牽引ビームにロックされた？」マリウスが訊く。逆三角形の顔が恐怖で青ざめている。

「わからない」トーマスが答える。

「武器の行使か？」ジャーゲンフスキーはそう訊いたつもりだったが、質問はことばになっていなかった。喉の奥から唸り声が洩《も》れただけだ。またなにかいおうとしても、ことばが出てこない。この変調の原因を考えようとしても、膝と背中が伸びきって、強い圧に押しつぶされそうになった。

「なんだなんだ？」ジャーゲンフスキーは叫ぼうとした。自分の肉体をコントロールできず、コマンドチェアの側面に押しつけられている。トーマスは恐怖に目をみひらき、ハンガーに掛けられたカーテンのように、二つ折りになった体が椅子の肘掛けに引っかかっている。

ジャーゲンフスキーは自分の体の状態を完璧に自覚していた。片足が椅子の側面にぶつかり、ひどく痛い。金属の台座に脛《すね》をぶつけたさいに骨が折れたようだ。脳の命令に従って体じゅうの筋肉が無理に動こうとしているらしく、ジャーゲンフスキーは悲鳴をあげた。動かせるのは目の周囲の筋肉だけだ。左目の隅で、捨てられたぬいぐるみの人形さながら、両手を大きくひろげたマリウスが壁に貼りついている姿をとらえることができた。

船の振動が止まった。〈パンドラ〉の巨大なメインスクリーンが明るくなり、赤と白の宇宙船が映った。ヘビのように長くて、しなやかに動く宇宙船だ。スムートの戦艦。ジャーゲンフスキーは恐怖におののいた。スムートの戦艦が装備している陰険な武器のせいで、ジャーゲンフスキーの頭脳は高度な働きを阻止され、機能が低下してしまったのだ。考えることはできるが、その考えを実行に移すことはできない。

数分もすれば、戦艦が接近し、スムート星人たちが〈パンドラ〉に乗りこんできて、ジャーゲンフスキーたちを一掃するはずだ。脊椎のない怪物たちは、脊椎のあるテラのスペースマンたちを拷問《ごうもん》にかけるという。捕虜の骨を一本ずつ肉体から引き抜いて、耐えがたい苦痛のうちに死なせるという伝説的な噂があるのだ。仲間ふたりも同じ噂を思い出しているのは明らかで、ふたりの顔が汗で濡れているのがジャーゲンフスキーにも見えた。スムート星人たちに捕まってしまえば、三人とも、ただただ、苦痛が早く終わるのを願うことしかできないのだ。

ジャーゲンフスキーの背後、彼の視界には入らないところから、恐怖の鳴き声が転じて、絶叫のような咆哮があがった。かわいそうなケルヴィン。ジャーゲンフスキーは猫に同情した。ケルヴィンは船猫にすぎないのに、死ぬことになるのだ。

ジャーゲンフスキーの周辺視野にケルヴィンが入ってきた。戦闘態勢にあるケルヴィンの背中の毛が逆立ち、尻尾は瓶洗い用のブラシさながらに太くふくらんでいる。ちっぽけな生きものが自分の千倍も大きな敵を威嚇するために、せいいっぱい自分を大きくみせようとしている姿に、ジャーゲンフスキーは心を打たれた。

「ふんぎゃあぁぁぁぁぁ！」ケルヴィンはわめいた。その声は怒りの度合いを示すかのように高く低く響き渡った。目は巨大なメインスクリーン上の赤い、ヘビのような戦艦をしっかと見据え、ふくらんだ尻尾が前にうしろに揺れている。

なるようになれ――ジャーゲンフスキーはまぶたを閉じて目玉が眼窩《がんか》にひっこむがままに任せた。声は出ないが、声をかぎりに叫んでいるような気分だ。あと一分もすれば、スムートの戦艦はレーザーで〈パンドラ〉のシステム装置を徹底的に破壊するだろうが、生命維持装置は無傷で残すだろう。そして、彼らのお楽しみが始まるのだ。ジャーゲンフスキーは弛《し》緩《かん》した筋肉が反応してくれることを、ぴくりとでも動いてくれることを願った。だが、彼の口の端からは涎《よだれ》が垂れ、膝を濡らしている。ジャーゲンフスキーは自分の顎がぽかんと開いているとわかった。なんとも威厳のない死にかただ。

スムートの戦艦が射撃を開始した。ヘビの頭部の上の旋回砲塔から火の玉が続々と発射されたかと思うと、スクリーン上をぐんぐん迫ってきて、〈パンドラ〉の舷側に命中した。トーマスは緩衝チェアから床に投げだされ、ジャーゲンフスキーはチェアのフレームにいやというほど頭をぶつけた。

ケルヴィンは押しやられるように床を後方にすべっていった。と、唸り声が数デシベル高くなった。倍加した怒りをこめて、ケルヴィンはスクリーンに突進した。

［検索中］ふいにパンドラの声が響いた。［防備システム作動準備完了］ジャーゲンフスキーの限られた視界のいちばん上のところで、船長専用スクリーンに防戦メニューがずらずらと並び、文字が点滅するのが見えた。［選択は？］

ジャーゲンフスキーは選択項目をみつめ、攻撃を開始するよう念じようとしたが、偶発的な発射を阻止する安全装置が邪魔をして、ジャーゲンフスキーの思念は無視された。

「おれたちは無力化されてるんだ、ばかったれコンピュータ!!　おまえがなんとかしろ！」ジャーゲンフスキーは胸の内でわめいた。

なにも起こらない。事態に変化なし。スムートの戦艦がするすると近づいてくるだけだ。

巨大なメインスクリーンの前にケルヴィンがうずくまり、白と黒の尻尾の先をひょんひょんと左右に振って集中力を高めている。ジャンプするタイミングを計っているのだ。その光景は、ジャーゲンフスキーには冗談にしか思えない。人間のクルーは死に直面しているのに、猫はビデオゲームに興じているかのように、スクリーン上の映像を狙っている。

スムートのヘビ戦艦は静止状態を解いて大きな弧を描き、慎重に次の攻撃箇所を選んでいる。スムートは圧倒的に有利な態勢にある。

引き金が絞られたかのように、ケルヴィンがジャンプした。スクリーンに跳びつき、両の前肢で、ヘビの頭にワンツー猫パンチをくらわせる。

［作動中］パンドラがいった。

ケルヴィンは床に落ちたが、ふたたびうずくまって攻撃態勢をととのえた。驚いたことに、ケルヴィンが跳びついた箇所に、すなわちスムートのヘビ戦艦の頭に、〈パンドラ〉の砲台から発射された二発のレーザーが命中した。一発目でヘビの頭は一方にかしぎ、二発目で反対方向にかしいだ。視点が変わり、下方からスムートの破壊力満点の戦艦を見あげる光景になっている。ジャーゲンフスキーは仰天した。これは偶然に決まっている。

スムートのヘビはすぐに態勢を立て直し、ふたたび〈パンドラ〉に突進してきた。無脊椎のスムート星人たちは怒りくるっているにちがいない。獲物は無力化されているはずなのに、なぜ船内にはまだ戦闘可能なクルーがいるのかと、さぞ不審に思っているだろう。その敵を見たら、ふにゃふにゃ星人たちは大混乱に陥るだろう。ジャーゲンフスキーは、笑えるものならここでにんまりと笑みを浮かべたいところだった。

ケルヴィンはスムートのヘビが向きを変えるやいなや、レーザーのまばゆい光で瞳孔が細くなるのを避けながら猫パンチをくりだすと、猛々しい丸い顔をそむけて後方に走り、次いで右に曲がった。パンドラはケルヴィンの動きにしたがって、最大出力のレーザーを発射して敵機のエンジン室に命中させると、船首を右に向けた。おみごと！　ジャーゲンフスキーは内心でケルヴィンに喝采を送った。

スムートのヘビの背中には、六基のレーザー砲台が装備されている。砲台の数では〈パンドラ〉のほうが負けている。しかし、〈パンドラ〉はまだ航行できる。敵戦艦に小さな傷を多数負わせることができれば、スムート星域から脱出して逃げ出すチャンスがあるかもしれない。

ジャーゲンフスキーは当惑の波に呑みこまれた。彼ら人間のクルーは、この戦いに参加できないのだ。彼らの生命は、ジャーゲンフスキーのカバーオールにつつまれた脚で爪をとぐのが好きな、体重五キロの雌猫に委ねられているのだ。とはいえ、それでもチャンスはある。

「猫ちゃん、ぼくたちのために勝ってくれ、そしたら、ぼくのシノシア星スパイスソーセージを全部、きみにあげる」ジャーゲンフスキーは胸の内でケルヴィンに約束した。「それに、トーマスの薫製ターキーもつけるよ。ぼくがトーマスを説得する」

いくぶんかかすんでいる目には、スムートの戦艦が本物のヘビのように見える。ヘビは次の攻撃に備え、向きを変えつつある。ジャーゲンフスキーには、ヘビが目を細くせばめ、尖った尻尾をひくひくと動かしているように見えた。

ヘビの尻尾が動いた。ケルヴィンはそれを見逃さず、片方の前肢で尻尾に猫パンチを一発くらわせたかと思うと、すばやく跳びすさって、こちらを向こうとしているヘビの頭部にワンツー猫パンチをくらわせた。それに呼応して、〈パンドラ〉の砲台からレーザーが三発発射された。

スムートのヘビも撃ちかえしてきたが、ケルヴィンは軽やかに身をかわし、熱くて黄色い光の弾道から離れた。そしてケルヴィンの次の行動を見て、ジャーゲンフスキーは仰天した。ケルヴィンがコンソールの上に跳びのったのだ。スムートのヘビを上方から狙うつもりらしい。〈パンドラ〉はZ軸に沿って動き、スクリーンの底部にヘビが映る位置にまで上昇した。ケルヴィンはコンソールからスクリーン上のヘビの背中に跳びかかり、じっさいには触れることのできない敵に、猫パンチをくらわせ、嚙《か》みついた。ヘビの頭と尻尾がはねあがった。敵の攻撃はつづいていたが、ジャーゲンフスキーにはヘビの内部がなんらかの損傷を受けたかのように見えた。ヘビの反撃の一発目は〈パンドラ〉の舷側に命中したが、二発目は大きくそれて、百万キロのかなたに飛んでいった。三発目は発射されなかった。ケルヴィンの猫パンチは敵艦の動力装置を直撃したにちがいない。敵の戦艦は、スムートのヘビは、内部爆発を起こして胴体がまっぷたつになり、さらに、ふたつに分かれた胴体もそれぞれ爆発した。爆発音は聞こえなかったが、星々の散らばる漆黒《しっこく》の空が、つかのま華々しく明るくなった。

ケルヴィンはスクリーンに背を向け、頭と尻尾を高々とあげて、威風堂々とトーマスの緩衝シートに向かった。緩衝シートにひょいと跳びうつってすわりこむと、片方の後肢をあげて身づくろいを始めた。コンソールのサービスハッチが開き、なまぐさい臭いを放つ魚に、たっぷりソースをかけたものが現われた。ジャーゲンフスキーとしては、自分の手で嬉々としてそれをケルヴィンにさしだしたいところだが、いかんせん、体が動かない。

スムート光線による麻痺《まひ》が解けて身体が動くようになるまで、数時間かかった。舌と口蓋が動くようになったとたん、三人のクルーは堰《せき》を切ったように、その目で見た、信じがたいケルヴィンの妙技について、口々にしゃべりだした。〈パンドラ〉がこうむった損傷はごくわずかだったし、ジャーゲンフスキーの脛には打ち身のあざができていたが、骨折はしていなかった。全体として、奇跡的な結果といえる。

旅の後半では、猫が室内に入ってくると、三人のクルーは彼女をなでてやり、惜しみなく称賛のことばをかけてやった。アーガイレニア星に着くと、三人はケルヴィンを連れて、首都の高級食品店を片端から訪れ、ケルヴィンが興味をもった食品をキロ単位で購入した。

「この猫は英雄なんだよ」トーマスは驚き顔の店主たちに説明した。店主たちは品質も値段も最高級の食品を船のペットに売ることに、めんくらっていたのだ。トーマスはさらにいった。「どうして英雄かという話をしても、あんたたちはぜったいに信じないだろうな。とにかく、彼女がほしがるものをくれ」

アーガイレニア産のテキスタイルを満載して、フラジウム基地の宙港に帰還した〈パンドラ〉をカンパニーのブラスバンドが歓迎した。ジャーゲンフスキーは、メタルウォークの床にキスしたい気分だった。放射線除去装置の向こうに、数十人のメディア陣が待機している。

ジャーゲンフスキーは仲間ふたりと目を見かわした。ケルヴィンはマリウスの腕のなかで丸くなり、目をあげることすらしない。

「なんていうつもりだい？」トーマスは横目でケルヴィンを見ながら、ジャーゲンフスキーに訊いた。

「まだわからない」ジャーゲンフスキーは答えた。

「勇敢なるクルーのご帰還だ！」ジャーゲンフスキーたちの姿を見た副社長が、両手を広げてVIPルームからとびだしてきた。「おめでとう、諸君！」

メディア陣から抗議の声があがったが、副社長は意にも介さず、クルーをラウンジに連れこむと、ドアを閉めてロックした。副社長の勧めにしたがい、三人は椅子にすわった。マリウスはケルヴィンをテーブルにのせた。

「よくやった」副社長は三人にまんべんなくうなずいた。「メディア陣には短い会見を許可するつもりだが、その前に、きみたちの話を聞いておきたい。たとえば、きみたちの報告書には、どうにも理解しがたい箇所がいくつかある。それに、判断に困る支出項目もある。猫に規定のサラリーを払うなど、われわれが認めると思うのか？　その理由を説明したまえ」

「彼女はわたしたちの生命を救ってくれました」ジャーゲンフスキーは副社長のそつのない表情と、不信感のこもったするどい目とをみつめながら答えた。「本部に送った報告書の内容は、すべて真実です。なんなら、航行日誌を確認してください。ですが、問題点はないと思います」

「このケルヴィンはクルーの保全士です。彼女は規定のサラリーを受けとる資格があります」マリウスがつけくわえた。

「ふむ。だが、猫に三百六十クレジットの週給だぞ？　それに、危険手当も？」副社長はくびを振った。

ケルヴィンはまばたきもせずに副社長をみつめているが、尻尾の先っぽがひくひくと動いている。

「こういうふうにお考えになってみてはいかがでしょう」トーマスがやんわりと口をはさんだ。ジャーゲンフスキーはトーマスが外交トレーニングを積んでいることを思い出した。

トーマスは信頼感を示すように身をのりだした。「ケルヴィンが独力でスムートの戦艦を粉砕したという事実は、猫でも使えるという、ドレブ・システムの有用性と簡単な操作技術とを大いに宣伝できる、有効な手段だとお思いになりませんか？　どれほどすばらしい宣伝になるか、考えてみてください！　メディアは大喜びでくいついてくるでしょう！」

「宣伝効果という点では」副社長は指先で顎をなでながらいった。「確かに、金に換算できないほどだろうな」

「それに、メディアには猫の代弁者も提供できますよ」ジャーゲンフスキーはつけくわえた。

ケルヴィンは副社長になでてもらおうとばかりに、ごろりとあおむけになって腹をむきだしにした。

　副社長は笑いだし、手をのばして猫のやわらかい腹をなでてやった。「少しばかり話がそれたな。よし、人間の手本になるのならば、数千クレジットぐらい安いものだ。だが、きみたち三人は？　メディアに、船を操作して窮地を脱したのは猫だったなんて発表したら、きみたちは自分がばかみたいに思えるんじゃないか？」

　ジャーゲンフスキーはほかのふたりと同様にこっくりとうなずき、深いため息をついた。

「そのとおりですが、それがカンパニーのためになるのなら」

　副社長は三人から目をそらし、黙って壁をみつめながら、ケルヴィンの腹をなでた。ケルヴィンは、いかにも気持がよさそうだ。

「船長」ようやく副社長は口を開き、ケルヴィンを抱いて立ちあがった。「きみの忠誠心はよくわかった。きみも会見に立ちあってくれ。きみの船での四人のクルーの冒険を、きみ自身の口から語りたいだろうからね」

〝きみの船〟という語が強調されたのを聞き、ジャーゲンフスキーは思わず息を呑んだ。マリウスとトーマスが期待に目を輝かせている。副社長は彼らの表情を見逃さなかった。

「きみのクルーも同席したほうがいいようだね」副社長はさりげなくいった。

「はい」ジャーゲンフスキーの声には隠しきれないうれしさがこもっていた。そして、感謝をこめてケルヴィンの頭をさっとなでた。「今朝、きみのためにスパイスソーセージを注文しておいたからな」ドアが開く前に、ジャーゲンフスキーはケルヴィンにそっとささやいた。

「なんだね、船長？」副社長が訊きかえす。

「いえ、なんでもありません」ジャーゲンフスキーは大いなる喜びをこめて、マリウスとトーマスの手をぎゅっと握りしめてから、待ちかまえているメディア陣の前に出ていこうと、副社長のあとにつづいてラウンジを出た。

共謀者たち

ジェイムズ・ホワイト

中村融 訳

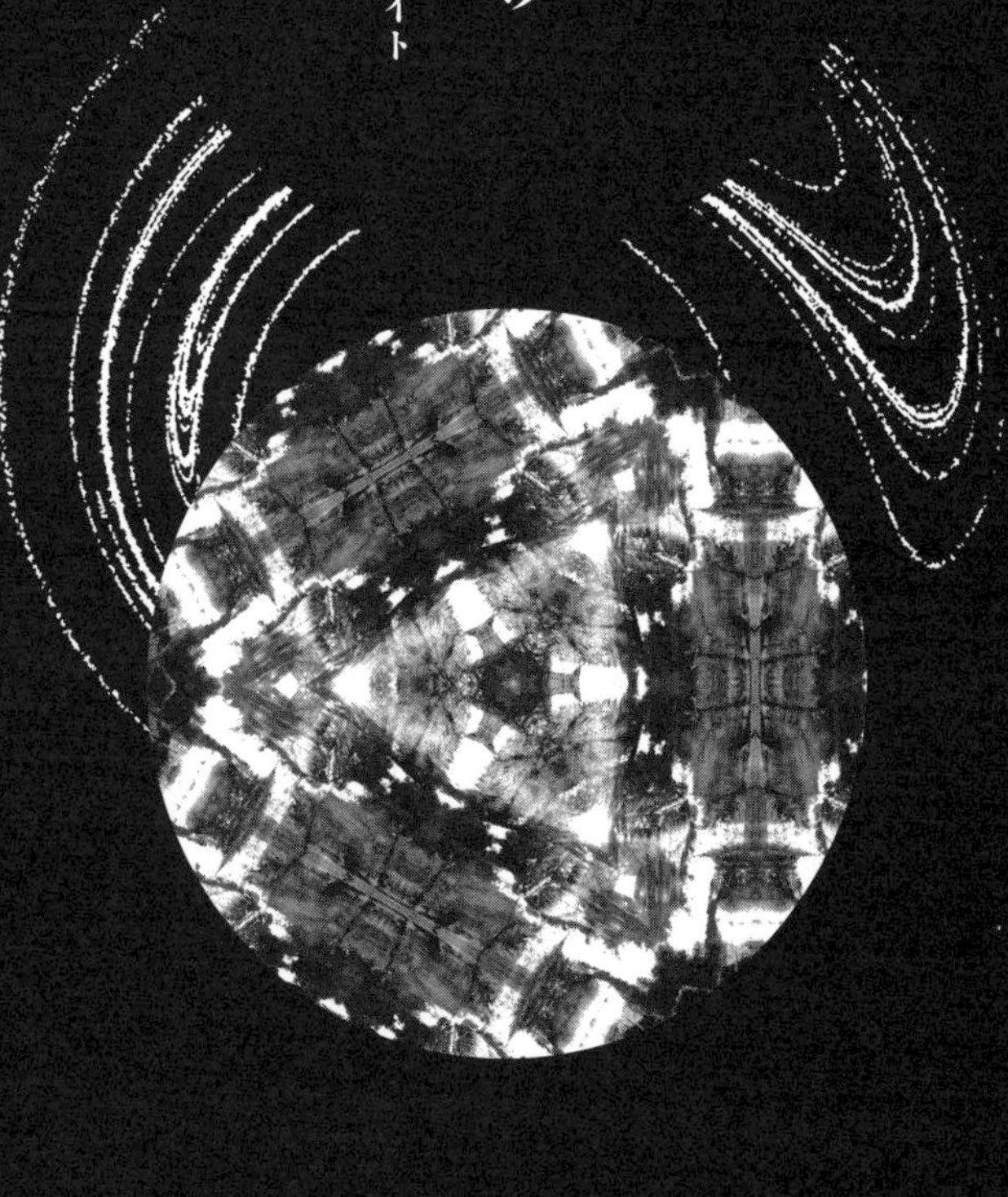

ジェイムズ・ホワイト　James White（1928–1999）

猫が宇宙船に乗り組んでいる話をもうひとつ。もっとも、先行するナイの短編とは対照的な展開を見せるのだが……。

作者は北アイルランド生まれのイギリス作家。幼少期をカナダで過ごしたほかは、人生の大半をベルファストで送り、アイルランドSFファンダムの創設にもかかわった。

イギリスのSF誌〈ニュー・ワールズ〉一九五三年一月号に短編"Assisted Passage"を発表して作家デビュー。一九五七年に最初の長編 *The Secret Visitors* をアメリカの出版社から上梓して、以後も兼業ながら、大西洋を股にかけて活動をつづけた。

代表作は中編「宇宙病院」（一九五八）にはじまる《セクター・ジェネラル》シリーズ。巨大な医療用宇宙ステーションを舞台に、多種多様な異星生物の治療に当たる医師たちの奮闘を描いたもので、医学SFというサブジャンルを成立させた作品として名高い（十二冊の単行本と未収録短編四作がある）。破格の海洋SFともいうべき長編『生存の図式』（一九六六／早川書房）を推す声も多い。二〇〇〇年には、アマチュア作家の短編を対象にしたジェイムズ・ホワイト賞が設けられた。

本編は〈ニュー・ワールズ〉一九五四年六月号に発表された最初期の作品。邦訳は四十五年も前に雑誌に載ったきりだったので、本書のために新訳を起こした。

まずいことが起きた。それは五感の範囲外だったが、起きたとたん、驚愕《きょうがく》と喪失感とパニックの入り混じった支離滅裂な鋭い感覚をフェリックスは捉えた。表向きはのんびりと、生物学セクションへ通じる通廊のまんなかに浮かびながら、彼は線を伝わってくる詳細を待った。

数分後、通廊の端で壁面網《ウォール・ネット》にしがみついている中継役が、事実を送ってよこしはじめた。それはひどく悪い知らせだった。

〈脱出〉にかかわる目的のため、通信室でちっぽけだが重要な、ある回路に損傷を負わせる仕事についていた〈小さな者〉が事故にあったらしい。シンガーが一部始終を見ていた——シンガーだろう、とフェリックスは察しをつけた。三度の中継を経《へ》ていても、その思考パターンはまぎれもない。感情ばかりで事実が足りないのだ——その〈小さな者〉は、乗組員が近づいてくる音を聞きつけ、隠れ処《が》を求めてジャンプし、判断を誤って、通電区間へ降りてしまったのだ。たったの二百ボルトだったが、〈小さな者〉にはすさまじい高圧電流だ——そいつは完全にあの世行きとなった。魂の抜け殻が浮遊して丸見えとなり、シンガーはとっさに自殺行為に走った。乗組員の注意を必死に引きつけておこうとしたのだ。人間がその死体と、そのわきにある切断された電線に気づいたら、疑いをいだくかもしれないのだから。だれかなんとかしてくれ、いますぐ——とシンガーはいっていた。そのメッセージの終わりは、恐怖と切迫感とパニックから成る意味のないたわごとであり、ヒステリーも同然だった。

通廊の逆の端で通気口に隠れている別の〈小さな者〉に向けて、フェリックスは受けとったとおりにメッセージを中継した。だが、加えた思念もあった。こう送ったのだ――「追悼。フェリックスからホワイティへ。なんとかなりそうだ。代わりの者を送ってくれ――おれは通廊5－Cの途中で中継任務についている――これから通信室へ行く」激しく体をくねらせ、なんとか壁面網に接触すると、網の反動で事故現場に通じる交差点に向かって通廊を飛んでいく。

ふだんなら、フェリックスは重要な決定は〈小さな者たち〉にまかせる。彼らには知恵があるのだ。今回なぜ率先して動いたのか、自分でもわからない。ホワイティはご機嫌斜めかもしれないな、と彼は思った。

乗組員に姿を見られず、通信室へはいり、〈小さな者〉の死体まで行くことができた。シンガーは、多くの点で不器用だとはいえ、その気になれば、人の注意をそらすことなど朝飯前なのだ。シンガーはその男の頭すれすれを羽ばたきながらぐるぐるまわっており、その男は彼をつかまえようとむなしい努力を重ねながら、いったいこいつはなににとり憑《つ》かれたのだろう、と盛んに不思議がっていた。彼の目と思考はシンガーにだけ向いている、とフェリックスにはわかった。よし、うまい具合だ。

死体の毛皮はひどく焼け焦げており、その下の肉も一部がこんがりと焼けている、とフェリックスの鼻が教えてくれた。不意に動物そのままの飢えが身内でうごめき、ふくれあがりはじめた。だが、彼はそれを抑えこんだ。〈変化〉がはじまって以来、その性質を満足させることは、性《しょう》に合わなくなっていたのだ。フェリックスはちっぽけな死骸を部屋の反対の隅、重要きわまりない回路から遠く離れたところへ向けてはじき飛ばすと、それを追って自分も飛びだした。

死骸をまたつかまえ、前肢《まえあし》ではさんだとき、彼はシンガーにいった。

「よし、鳥頭。楽にしていいぞ。もう出ていったほうがいい――あんたはおれを怖がることになってるんだ」

あざやかな黄色が一閃《いっせん》し、シンガーがドアから通廊へ飛びだしていった。知覚の範囲外に出る前に、彼はこう返してきた。

「ホントに怖いんだよ……あんたは……野蛮だからな！」

数秒後、乗組員がフェリックスを視界に捉えた。うれしそうに、「フェリックス！　いったいどこに隠れていたんだ？」と彼はいった。片手でフェリックスの首根っこをつかみ、反対の手で自分の体を座席に引き寄せる。クリップで体を固定し、フェリックスを膝に載せると、言葉をつづけた。「ほお、ネズミをつかまえたんだな、フェリックス。でも、そいつでなにをしてたんだ？　バーベキューかなにかやってたのか？」そこでしゃべるのをやめたが、頭は忙しく働いていた。彼はフェリックスの首すじを撫ではじめた。

喉を鳴らす気にはまったくなれなかったが、それを期待されているのはわかっていた。しばらくすると、フェリックスはわれ知らず喉を鳴らすのを楽しみはじめていた。しかし、乗組員の思考を読むことをやめはしなかった。

鋭い明晰《めいせき》な思考――〈小さな者たち〉に特有のものだ――が、不意に彼の注意力を呼びさました。フェリックスには相手が見えなかったが、その〈小さな者〉が三十フィート以内にいることはわかった――彼らのテレパシーの最大有効範囲が三十フィートなのだ――おそらく、はいって来るときに気づいたドアの外に吊されている非常用宇宙服のなかだろう。その思考がいった。

「フェリックス、交代の者が位置についた。ホワイティが報告してほしがっている」

「了解。これを中継してくれ。フェリックスからホワイティへ……」

第三生物研究室――巨大な〈船〉の半分以上も離れたところにある――で〈大きな者たち〉や、中継任務についていない〈小さな者たち〉に囲まれているホワイティを思いうかべたとたん、フェリックスはしばし畏敬《いけい》の念に襲われた。その全員が〈脱出〉のために働いているのだ。そして第三研究室を種子貯蔵庫、中央司令室、機関室のような場所とつなげている別のテレパシー中継役たち……。外の通廊にいる〈小さな者〉からのじれったげな思考を捉えて、フェリックスはあわてて心を報告にもどした。

「……この人間は疑っちゃいない」と思考を送る。「〈小さな者〉はひどく焼け焦げていたんで、研究室のマークは消えちまっていた。だから人間は、種子貯蔵庫セクションから来た〈野生の者〉だろうと思っている。おれがもてあそんでいるうちに、電気の通っている電線へぶつけたんだろう、おれが同じ目にあわなかったのは、じつに運がいいとも思っている——例によって『猫は九生』とかなんとか考えているよ——でも、なぜおれがそいつを食べなかったのかと不思議がっている……」

そのメッセージが線を伝わっていくにつれ、驚愕混じりの嫌悪感があとに残されていくのがわかった。その事故は彼よりも知能が高く、はるかに感受性が豊かな〈小さな者たち〉に深い悲しみをもたらしたが、フェリックスの知ったことではなかった。ときどき彼らにショックをあたえると、彼は天邪鬼《あまのじゃく》な喜びを味わった。向こうにその気がなくても、劣等感にさいなまれ、妬《ねた》ましい気分になるのだ。フェリックスはその感情を誇りには思わなかったが、どうしようもなかった。彼の〈変化〉はひどくゆるやかだった。

「……彼は部屋の機材を点検する気がない」フェリックスは報告をつづけた。「代わりに、天文学セクションに押しかけて、新しい惑星をよく見ようとしている大勢の乗組員に加わりたくてうずうずしている。こんなときにここで当直に立たないといけないとあって、反抗的な気分になっているし、船長は下の惑星の原住民が——いるとすればだが——ちょっと電話をかけてくると思ってるんだろうか、と皮肉なことを考えている。

偵察艇が着陸できないから、心の奥では怒りをおぼえている。でも、彼にしろ、ほかのだれにしろ、その惑星用エンジンのコイルに損傷があったのは、おれたちのせいだとは夢にも思っちゃいない。交換部品も行方不明なのは、母星で機材を積んだときか、点検したときに書類上の誤りがあったせいにしている。おれたちが隠したとは知らないんだ」

その人間はフェリックスを撫でるのをやめ、膝からそっと押しやった。フェリックスは「彼はこれからひと眠りするつもりだ。ここへはだれも来ないと知っているし、とにかく眠りは浅いほうだからな」と報告を終えた。すこし不安げにホワイティの返事を待つ。

「よくやった、フェリックス」

たとえ二十四近い中継役の個性で色がついていても、その思考はあいかわらず温かく、相手を祝福するものだった。それから微妙に変化して、

「ただちに研究室まで来てくれ、フェリックス。輸送に問題が生じた」

「了解」フェリックスは答えた。「でも、行く前にひとつ。人間はいま眠っている。もしだれかを寄越《よこ》して、切断された電線が目視検査に通るような細工をしてくれたら、ここじゃまずいことは起きっこない」

返事を受けとったのは、研究室まですでになかばほど来たときだった。それほど急いでいたのだ。返事はこうだった——

「ありがとう、フェリックス。すでに手は打ってある」

研究室にたどり着くと、〈大きな者たち〉の二匹が通気口の格子をのけておいてくれていた。人間がしっかりと閉じているので、ドアはけっして使われない。開いたら、人間の疑惑をかきたてることになるからだ。フェリックスは体をくねらせて通気口を抜けた。蹴った勢いで研究室本体へ通じる小さな控えの間を渡るあいだ、〈大きな者たち〉が格子を元の位置にもどす音が聞こえた。なにか変だと乗組員に疑わせてはならない、絶対に――とりわけ成功が目前に迫ったいまは。聡明とはいえない〈大きな者たち〉も、それはちゃんとわかっているのだ。

フェリックスは心を〝のばして〟いなかった――テレパシーを使いすぎると、いまだに疲れてしまうのだ――したがって、起きたことはまったくの不意打ちだった。無重力状態で、止まることができない彼は、優雅に滑空して研究室へ飛びこみ――そのどまんなかで激しい体当たりを食らったのだ。

飛んでいる〈大きな者たち〉に五回もぶつけられ、くるくるまわるはめになり、きちんとタイミングを計った急降下がだいなしになった。そして若い〈小さな者たち〉に数えきれないほど衝突した。その場のだれもが――そしているとすれば、その子供も――すばやく動いており、壁から壁、床から天井、さらには隅から隅へと滑空していた。まるで毛むくじゃらの吹雪だ。ようやく壁面網にたどり着くと、彼は部屋の反対側で一匹の〈大きな者〉の毛皮にしがみついている白いネズミに思念を向けた。その思念は言葉になっておらず、支離滅裂で、疑問符にとり巻かれていた。

「避難にそなえて訓練しているのだ、フェリックス」ホワイティが説明した。「そして先ほど触れた問題がそれだ。彼らのなかには——とりわけ子供だが——避難できない者が出るだろう」ホワイティが説明を止め、研究室のまんなかでじたばたしている〈大きな者〉に指示をあたえた。それから思考を再開し、「こっちへ来てくれ、フェリックス。距離が短いほうがうまく〝話せる〟」

途中でフェリックスは、またしても飛んでいる〈大きな者たち〉に何度もぶつかった。しかし、モルモットと衝突しても痛みはなく、面食らうだけだったし、それで傷つくほどの威厳は残っていなかった。ホワイティを背負っている〈大きな者〉のかたわらに降り立ったちょうどそのとき、シンガーが飛びこんできて、仲間に加わった。カナリアは翼をたたみ、エアコンから吹いてくる風に乗ってゆっくりとまわりながら浮かんでいた。フェリックスの鼻からわずか六インチのところに。こいつの頭を嚙《か》みちぎったらどうなるかな、とフェリックスはふと思った。

ショックとパニックを放射しながら、シンガーが必死に羽ばたいて圏外へ逃れた。

「やめろ、フェリックス！」

ホワイティは本気で腹を立てていた。発達の遅い子供が絶えずしでかす不始末にかきたてられた、やり場のない怒りである。恥じいったフェリックスは、シンガーに言葉をかけた。

「悪かった、本気じゃなかったんだ。あんたを傷つけたりしない。もどって来てくれ」

シンガーは不安げにもどってきた。この忌まわしい鈍感なけだもの、ばかでかい毛むくじゃらの肉食獣め、と考えながら。安心しきってはいないのだ。

怒りが湧くのも早ければ冷めるのも早いホワイティが、問題をくわしく述べはじめた。

「ふたりとも知ってのとおり、われわれは全員を避難させるつもりだ。どうやって〈船〉を離れるかも知ってのとおり――無線操縦式テスト・ロケットの一基に乗っていくのだ。しかし、われわれはひどい判断の誤りを犯していた。この研究室から発射台までの距離は五百フィートをわずかに上まわる。いまわかったのだが、全員をロケットまで行かせるには、時間が足りないのだ。

どういうことかというと、子供のために何度か往復しなければならんし、〈大きな者たち〉はのろまで不器用だ。われわれとちがい、無重力での長距離移動を練習する機会に恵まれなかったし、予想よりはるかに動きがぎごちない。しかも呑みこみがあまりにも遅く、なかには……」

呑みこみがあまりにも遅くか、とフェリックスは悲しげに思った。おれとそっくりだ。三体とも〈変化〉のことを考えているのがわかった。それが個々にどう影響したかだけではなく、全体としての種《スピシーズ》にどういうふうに影響したかについて考えているのだ、と。

〈変化〉がなぜ生じたのか、たしかなところはだれにもわからない。だが、仮説はいくつかあった。一般に認められているそれは、〈船〉の増速装置が働くことによって生じた重力の欠如が長引いたこと、あるいは母星の重力から解放されたこと、あるいは母なる太陽の放つ仮説上の放射線がとりのぞかれたこと、それらの要因が単独で、あるいは相まって作用し、〈船〉上の動物の小さく、比較的単純な脳の細胞構造に変化をもたらしたというものだった。その結果、彼らの知能指数が着実に上昇したのである。

とはいえ、〈変化〉の度合いは一様ではなく、関係する脳の大きさによってまちまちだった。脳の小さなネズミがまず影響を受けた。彼らは高度な知能をたちまち発達させ、それにともないテレパシーで意思疎通する能力を身につけた。そして、たがいの思考を読むだけではなく、週にいちど研究室にやってきて、彼らに餌をあたえつづける自動給餌器の補充に当たる乗組員の心を盗み聞きすることもできた。

彼らはその男から多くを学んだ。彼の任務、背景、ほかの乗組員について思っていること、そしてなにより大事なことだが、〈遠征〉の目的。彼が考えを口に出すので、言語も学びとった。おかげで環境に対する理解は深まったが、知らぬこととはいえ、乏しすぎるデータに基づいて、ある重要な思いこみをする結果ともなった。

〈船〉が地球を出て四カ月も経っておらず、恐ろしいまでの倦怠《けんたい》はまだ生じていなかったので、この人間は星々にはじめて乗りだした遠征にまつわる輝かしい考え――新たに発見された惑星に入植できるかもしれない――ではち切れそうになっていたし、万人に対する兄弟愛のような温かな気持ちをいだいていた。しかも、生まれつき動物にやさしかった。動物たちが心を読めるただひとりの人間でもあった――ほかの乗組員は、〈小さな者たち〉のテレパシーが届く半径三十フィート以内にはやって来ないのだ。それゆえ、彼らの思いこみは正当化された。

あらゆる欲求をかなえてくれるサーヴォ機構にかしずかれて、〈小さな者たち〉の共同体は六週にわたり存続した――幸福で、満ち足りて、非常に興奮した状態で。

彼らは自分たちこそ〈船〉の入植者だと考えていた。

そんなある日、シンガーが研究室に押しこまれた。〈小さな者たち〉にとって、シンガーはまったく目新しい種だった。色はあざやかな黄色、〝翼〟のおかげで、無重力状態の〈船〉内でやすやすと動きまわれる。そして耳にたいへん心地よい音響振動を生みだす。〈小さな者たち〉ほど聡明ではなかったものの、〈変化〉のおかげでテレパシーをそなえている。彼は〈船〉や乗組員について、伝えるべき情報をたくさん持ちあわせていた。その情報が〈小さな者たち〉を愕然とさせ、震えあがらせた。シンガーは、〈船〉上における彼らの真の立場を教えることができた。新しい惑星の大気、植物、バクテリアをテストするときが来たら、実験動物の身に降りかかる運命について教えることができた。シンガーは、人間が

〝フェリックス〟と呼ぶ、〈船〉内を徘徊する獰猛《どうもう》な黒い怪物についても語った。そのけだものに彼を殺させないようにするため、人間が彼をここに閉じこめたのだという。

生きることは突如としてつらい仕事になった。もちろん、脱出を試みてもいいが、その機会がどれほど乏しいか理解できるほど、〈小さな者たち〉はいまや〈船〉の営みに通じていた。しかもフェリックスと呼ばれる怪物のせいで、研究室さえ出られないのだ。もし出られたら、破壊工作かほかの手段を用いて、脱出の機会を作れたかもしれない。だが、彼らにできるのは待つこと、そして、やはり研究室に住んでいる〈大きな者たち〉が、さらに知能を発達させて、〝フェリックス〟を始末できるようになるのを願うことだけだった。

しかし、〈大きな者たち〉は発達が遅かったし、大きいといっても比較の上での話にすぎない、とフェリックスは知っていた。彼らがフェリックスを始末しようとしなくてさいわいだった。一匹のモルモット――あるいは、数匹のモルモットであっても――が成長しきった猫と格闘したのでは、まったく勝負にならなかっただろう。

〝生きている〟餌がつかまらないかと思って、ある日フェリックスが研究室の外を嗅ぎまわっていたときのこと。なかの動物たちが自分に〝話しかけて〟いることに彼はふと気づいた。人間の考えを――口に出していないときでさえ――理解できるという不思議な能力が自分のなかにあるのは気づいていたが、それが生まれた理由が説明され、間もなく〈小さな者たち〉を貪《むさぼ》り食いたいという欲望よりも大事なことで頭がいっぱいになった。すぐさま彼は重要な個体、かけがえのない個体となった。〈小さな者たち〉の説明によれば、〈船〉と乗組員に関する彼の広範な知識が、ある種の要所へ彼らを案内するという助力と相まって、脱出を可能にするだけではなく、成功まちがいなしにするのだという……。

「ぼんやりするな、フェリックス！」ホワイティが鋭い思考を放射した。フェリックスはあわてて白昼夢からさめた。もし人間だったら、顔が真っ赤になっていただろう。

「わたしがいっていたのは」とホワイティが思考をつづけた。「〈大きな者たち〉は呑みこみが遅く、不器用だということだ。研究室の外へあまり出してやらなかったせいでもある。彼らはあまりにも簡単に見つかってしまうのだ。しかし、いまそれが問題となった。彼らを迅速に移動させることが。

さしあたり解決策は見当たらない。だが、おまえたちふたりは〝ペット〟で、船内を自由に動きまわれるから、なにか策があるかもしれん」ホワイティはいったん思考を切った。すると三体ともいやというほど知っている身の毛のよだつイメージが、彼の心の奥から湧きあがってきた。実験、生体解剖、殺戮。いかめしい調子で彼は思考をつづけた。「だれも置き去りにしたくはない、あんな目にあわせるわけには――」

その思考が途切れたのは、巨大な〈船〉の両端からほぼ同時にふたつの報告が届いたからだった。

「補助機関室より中継。三分間の四分の一G減速が発令された」

「司令室より中継。船長が四分の一G減速を発令……」実質的に二重唱だった。

〈船〉じゅうの要所から研究室へ張られているテレパシーの通信網は迅速で、効率的で、正確だ。しかし、〈船〉の船内通話システムよりはわずかに遅い。動物たちのなかには、減速がはじまる前に、その情報に基づいて行動し、なにかにしがみつけた者もいた。それ以外の者は、灰色と褐色のでこぼこした重なりとなってもがきながら、前部隔壁へ落下した。

フェリックスはいつもどおり、体を丸めて足から降り立った。不幸にも、降りたところは、八匹の幼い〈小さな者たち〉から成る集団の上でもあった。結果として、彼らの未発達な心から恐怖と抑制のきかない怒りがほとばしり、危うく脳を焼かれそうになったが、なんとか逃げだせた。と思うと、こんどは怒り狂った親の罵声を浴びるはめとなった。たとえおとなの〈小さな者〉は、いまのがフェリックスのせいではないと理解できるほど知能が高いとしても。知能には左右されないものもある。そのうちのひとつが母の愛だ、とフェリックスは悟った。

唐突にフェリックスは自分が恐ろしくなった。おれはこの辺でいちばん力が強いのだ――そんなふうに考えたことははじめてだった。だが、その感情はあっというまに消えた。

減速がつづくあいだ、フェリックスはその〈小さな者〉のわめき声に耳をすまし、面白がっている気持ちをあまり心にのぞかせないように努めた。もちろん、彼は子供たちを傷つけなかった。怖がらせただけだ。彼らは体の大きさの割に途方もなく強いし、軽すぎて、フェリックスだったら命とりになりそうな衝撃にも耐えられる。彼らの頑健さ、そして避難の問題に思いをめぐらせはじめる。たとえば……。

〈小さな者〉が、彼のできかけの思考を捉え、震えあがって否定の念を放射した。フェリックスは彼女をなだめようとしたが、ちょうどそのとき無重力状態がもどってきて、彼はまたホワイティのほうへ飛びだした。

フェリックスがまだ空中にいるうちに、ホワイティが思考を送ってきた。

「わたしにも一部が聞こえた、フェリックス。子供をロケットまで運んでいくというその考えを敷衍《ふえん》してもらえないかな」

フェリックスは心中で深いため息をついた。〈小さな者たち〉のそれとくらべれば、自分の思考がのろく、ときには矛盾していることは痛いほどわかっているのだ。しかし、彼は最善をつくした。

「こういうことだ。おとなと同時ではなく、おとなが行く前に子供を発射台まで運んだらどうだろう。それなら〈大きな者たち〉は一回の移動ですむし、どれほど経験不足でも関係ない。移動の時間はたっぷりあるはずだ。シンガーが見張りになって助けてくれれば、おれはいちどに六匹から八匹をテスト・ロケットまで運んでいける。たとえ乗組員に見られても

——」

ホワイティが思考をはさんだ。

「いったいどうやって彼らを移動させるのだ、フェリックス？」部屋じゅうの精神が、いま彼に注目していた。

「遊んでいるふりをするんだ」とフェリックスは答えた。ためらいがちに説明をはじめる。「そのむかし、〈変化〉について知らなかったころ、乗組員によくおもちゃをもらった。すごく楽しかった……」彼は不意に思考を切った。いましたばかりの告白が恥ずかしくなり、きまり悪かったのだ。あわてて先をつづける。「もちろん、あんたたちに会う前の話だ。おれがいいたいのは、そのおもちゃのありかを知っているってことだ。そいつはやわらかくて、丸くて、布は簡単に開けられる。おれが押していくあいだ、子供はそのなかに隠れていられる。

猫が古いボロ切れのボールで遊んでいたって、人間は怪しまないさ」

その思考を終えないうちに、反論が矢継ぎ早に飛んできた。怖いもんだな、とフェリックスは気づいた。こんなふうに、これほど多くの思考をいっせいに向けられたことは、はじめてだったのだ。しかし、最初の数分が過ぎると、どういうわけか、もう怖くなくなった。妙な気持ちだった。はるかに優れた彼らの知能にはいまだに畏怖をおぼえるが、以前ほどではない。いま彼は〈小さな者たち〉を尊敬していた——好意さえいだいていた——同等の者として。ひょっとしたら、彼のなかでその変化を引き起こしたのは、彼らの思考の性質かもしれない。フェリックスは彼らの感情を理解できた。だが、その思考に傷ついた。痺《しび》れを切らして、彼は絶え間ない抗議の流れをさえぎった。同じことのくり返しになりはじめていたのだ。

「ホワイティ！　おれはおもちゃを食べたりしないといってやってくれ……」

彼らは信じなかった。

ああ、おれが本気でいってると〈小さな者たち〉にはわかっている。でも、信じられないのだ、おれの——衝動を、とフェリックスは悟った。知能の劣る〈大きな者たち〉は、いまだにおれのことを半分野生の肉食動物だと思っているから、自分たちの目の届かないところで、おれに子供たちを託そうとしないだろう。でも、おれの計画がうまくいくと〈小さな者たち〉を納得させられれば、彼らが〈大きな者たち〉を説得してくれるだろう。

ホワイティは議論のどちら側につくかまだ決めていないから、あとは自分しだいだ。フェリックスは鋭い合図を送って注意を促し、すぐに注目が集まったことに快い驚きをおぼえた。彼は説得をはじめた。

「いま現在の状況は、おれにはこう見える」と彼は思考を送った。「〈船〉は最初に発見された居住可能とおぼしい惑星を八時間で一周する軌道に乗ろうとしている。まだ名前のないその惑星は、乗組員に馭者《ぎょしゃ》座イプシロンⅦと呼ばれていて、三年におよぶ探検航宙がはじまって七カ月目に見つかって、彼らはひどく興奮している。

〈船〉の司令センターまでつながったテレパシーの中継線から、この軌道運動があと三時間足らずで完了することがわかっている。そのあと大部分の乗組員は、惑星表面のマッピングや気象の研究に従事するか、望遠鏡ごしにひたすらそれを眺めるだろう。〈船〉が軌道に乗っておよそ一時間後、二基の大型テスト・ロケットが遠隔操縦で地表へ送りこまれる。その目的は、惑星上のできるだけ離れればなれの地点で空気、土壌、液体のサンプルを採取することだ。このロケットは自動誘導だから、なにもかもが計画どおりに進めば、おれたちはその片方に乗っているはずだ」

フェリックスはいったん思考を切った。つい最近、通信室で命を落とした〈小さな者〉を思い浮かべていたのだ。

「〈船〉の警報回路に細工ができた」と彼は思考をつづけた。「だから、おれたちを乗せたロケットは、一見正常にふるまうだろう。もっとも、じっさいは、おれたちが降りられるよう、最初のおあつらえ向きの着陸地点で故障させるわけだが。でも、一時間しかない——いや、一時間もない——人の目を盗める時間、乗組員が忙しすぎて、おれたちの動きに気づかない時間は。このあいだに、すべての動物がテスト・ロケットに乗りこまなきゃいけない。つまり、ここにいる全員、種子貯蔵庫にいる〈小さな者たち〉、〈船〉じゅうに散らばっている中継役全員が、その短い時間に発射台へたどり着き、乗りこむ場所を見つけなけりゃいけないんだ。しかも、そのうちの大部分は子供のために何往復もしなけりゃならない。あるいは……」フェリックスは、訓練不足で不器用な〈大きな者たち〉を見やった。「……無重力での移動を練習できなかった者たちのために。

ホワイティにいわせれば、そんなことは不可能だそうだ」

〈小さな者たち〉はなにもかも知っているし、〈大きな者たち〉も知っているはずだ、とフェリックスは思った。だが、〈大きな者たち〉に何度も説明する癖をだれもが身につけていた——彼らはまだあまり利口じゃない……。フェリックスはすばやく自分を抑えた。いまの最後の思考は不作法だった。〈大きな者たち〉が自分の考えに没頭していて、いまの失言に気づかないでいてくれますように。

「さて、おれの考えだが、まず両方の種の子供を避難させる、それも軌道運動が完了する前に、というものだ。これならいちばん不器用な——」もっときつくない言葉を使いたかったが、心で嘘《うそ》をつくことはできなかった。「——〈大きな者たち〉でさえ、テスト・ロケットが出発するまでに残っている時間で発射台まで行き着けるだろう。しかも、全員がいちどの移動ですむから、乗組員に見つかる危険は実質的にゼロになる。なんとかやれると思うが、たくさんの助けが必要だ」

はじめから終わりまで自分は彼らの監視下にあるのだ、という考えをフェリックスは伝えようとしていた。たとえその気を起こしても、なにもできないのだ、と。自分の計画に合意をとりつけるにはそれしかない――と彼にはそれがわかっていた。

「線の両端に〈小さな者たち〉についてもらって、子供をボールに出し入れしてもらわないといけない。それに乗組員がふらりとやってきたら、シンガーに気をそらしてもらって、おれと遊びたい気持ちにさせてもらわないと。ほかにもいろいろと助けが必要だ……」

なぜ彼らのためにこんな苦労をしているのだろう、と不意に疑問が湧いた。すこし前なら、気にもかけなかっただろう。おれの身になにが起きているんだ？

彼は簡潔に締めくくった。

「これ以外に間に合う方法は見当たらない」


のちほど、モルモットの赤ん坊八匹がなかでもがいている色あざやかな、でこぼこしたボールを押しながらロケットのほうへ向かっているとき、じつにきわどかったな、とフェリックスは思った。ホワイティが計画に賛成してくれたとき、一件落着だとフェリックスは思ったのだ――けっきょく、彼は〈小さな者たち〉のリーダーなのだから。しかし、そうは問屋がおろさなかった。最終的に彼の計画に賛同が得られる前に、あわや内乱というところまで行き、その議論で三十分以上が無駄になったのだった。彼らはどうしてもフェリックスを信用できないらしい。

発射台へ通じる交差点で、フェリックスはボールを壁面網にぶつけ、その上に前肢を降ろして、網の弾力ではね返らないようにした。乗客はすぐさま「殺される」と泣き叫び、母親を呼んだ。テレパシーの周波数でさいわいだった、とフェリックスは思った。耳に聞こえていたら、〈船〉じゅうから人間が駆けつけてきただろう。あわてて彼は、蛍光灯のように懸念を放射している、その通廊で中継任務についている〈小さな者〉をなだめた。通廊の逆の端で、シンガーがゆるやかな環《わ》を描きながら飛んでいた。万事異状なしの合図だ。フェリックスはボールを前肢と胸でしっかりとはさみこむと、ふたたび空中へ飛びだした。

信用してもらえないのは身から出た錆《さび》だ、と通廊の壁の前をゆっくりと漂っていきながら、フェリックスは思った。彼のなかにはいまだに野蛮なところがたっぷり残っている。多くは〈変化〉がゆるやかなせいだが、〈船〉のマスコットとして彼を乗船させた乗組員たちのせいでもある。彼らは〈船〉の非専門職だ。雑用の大部分をこなし、穏当ないい方をすれば、無骨もいいところだ。〈小さな者たち〉と出会う前に知った実質的にすべてのことを、フェリックスは彼らの心から学んだ。結果として、彼は以前の〝飼い主たち〟のように考え、行動しがちだった。考えをいい表そうとするときに使う言葉や、タフで冷笑的な雰囲気全般のせいで、ほかの者たちは彼を信用しきれなくなるのだ。考えが変わった、と彼らを納得させるのは至難の業だった。

それでも、たとえ気のいいやつでなくても、おれがいて〈小さな者たち〉はさいわいだったのだ。彼らには知性がある、とフェリックスは知っていた。〈船〉でもっとも知性があり、高度に文明化された存在だ——それも乗組員をふくめて。せめて彼らに手があれば、そして問題を解決するときもっと実践的な手段をとれば、何カ月も前に〈船〉の全権を掌握《しょうあく》し、人間を排除していただろう。しかし、彼らはそこまでタフでもなければ、実践的でもない。暇さえあれば、その高い知能を使って、哲学的な議論にふけっているのだ。そして彼らは恐ろしいほど非現実的だ、とフェリックスは哀《あわ》れみをこめて思った——軟弱でさえある。多くの点で、シンガーのように。

なにしろ、〈脱出〉の計画を練りはじめたとき、ホワイティがフェリックスにこういったのだ——だれも傷つけてはならない、乗組員さえ、と。

えらくおかしなことをいうもんだ、とフェリックスは思ったのだった。

通廊の端で隔壁に接触する寸前、いきなり加速が生じて、彼はすべるように壁にぶつかった。壁面網にしがみつきながら、ボールが数ヤードころがってから、荒っぽく隅にはまりこむのを目で追った。乗客たちのあげる精神的な叫喚《きょうかん》に、どこか近くにいる中継役からのメッセージが呑みこまれそうになった。「船長が三秒間の半G加速を発令した」という報告だった。

いまごろ教えてもらっても、とフェリックスはうんざりした思いに駆られた。

半Gに合わせてゆっくりと羽ばたいているシンガーが、数ヤード先に浮かんでいた。不安げに、彼は尋ねた。

「あと何匹だ、フェリックス？　あまり時間が残っていない……」

「〈小さな者〉が十匹ちょっと、〈大きな者〉が五匹くらいだ」フェリックスが答えると同時にエンジンが停止し、彼はボールを押して、テスト・ロケット格納庫の開いているエアロックをくぐらせた。「気を楽にしろよ。あと二回の移動ですむはずだ」

だが、シンガーは心配性だった。運悪く通廊の端でフェリックスが急加速につかまったらどうなる。四分の一Gであっても、百フィートも落下したら、乗客はただではすまないだろう……。

それに、おれだってただではすまない、とフェリックスはぞっとした。ひょっとしたら命とりになるかもしれない。彼はシンガーに「黙っていろ」ときつく命じた。自分の身に降りかかりそうな不愉快な事態をいちいち教えてもらいたくなかったのだ。

テスト・ロケットは両方とも発射台に載っていた。ずんぐりした灰色の魚雷。アクセス・パネルは開いており、アンテナがピンとのびているので、全長二十フィートの甲虫に似ていた。流線型でなくてもいいのだ。そのしろものは速度記録を破るためではなく、敏感なテスト装置や——かなうものなら——ときおり採取する、さらに繊細なサンプルに損傷をあたえない速度で、調査する惑星の大気圏を巡航するために設計されたのだから。〈脱出〉が可能になったのは、この低速という要因があったからだ。五十から六十Gの加速をするふつうの飛翔体では――あるいはメッセージ・ロケットであっても――発進から五秒後に乗客は薄いシチューになってしまう。最初の最初から、なにもかも運まかせだったのだ、とフェリックスは思った。通信室で死亡したやつのような奇妙な例を別にすれば、動物たちはツキに恵まれているようだ。

フェリックスはそれが気に入らなかった。幸運つづきというものを信用できないのだ。

近いほうのロケットに向けてボールをそっと押しやる。ロケットはだれも乗っておらず、異状なしに見えるが、内部には蜂の巣のように活発な動きがある、とフェリックスは知っていた。近くの種子貯蔵庫セクションから来た〈小さな者たち〉――研究室にいるネズミの〝野生の〟同胞で、その仕事はロケットに食料を備蓄することだ――の大部分は、すでに所定の位置についている。それ以外の者は、開いたアクセス・パネルに隠れて、フェリックスの乗客の世話をしようと待っている。

「ほら、またひと組だ」がらんとして見える船体に向けてフェリックスは思念を送った。軽い調子でつけ加える。「壊れものだ。慎重にあつかってくれ」

「了解」と、そっけない返事があった。「まかせておけ」

フェリックスがかかわると、この〈小さな者たち〉はユーモアのセンスとはまったく無縁になる。それも無理はない。〈変化〉のおかげで頭がよくなり、彼らがつかまらなくなる前、その同じ〈変化〉がフェリックスを、生きた肉のいるところでいやいや菜食主義者に変える前、彼は〈小さな者たち〉をたくさん狩ったのだから。航宙がはじまったばかりのころ、種子貯蔵庫での大虐殺は目をおおうものだった。彼らはけっして忘れないし、けっして彼を許さない。ときどきフェリックスは思った、〈小さな者たち〉とのあいだであんなことがあったからには、彼らといっしょに惑星上で暮らすのは、あまり楽しくはないだろう——彼は自分の血塗られた過去について奇妙なほど敏感になりつつあった——だが、人間の心がときにどうなるかを思えば……。

なぜか自分に腹が立ち、フェリックスは壁を蹴って、研究室への帰路についた。〈小さな者たち〉にどう思われようとかまわない、と自分にいい聞かせつづける。ちっともかまわない。だが、それは大嘘だ、と彼にはわかっていた。

残っている子供たちをテスト・ロケットまで輸送するのは、仮に骨が折れるとしても、単純な仕事だ。途中、危険な地点はひとつしかない——司令室の出入口に立っていれば、だれにでも見通せる交差点だ。しかし、司令室は多忙をきわめていて、ドアのあたりをうろうろしている者はいないので、これまでのところ見つかっていない。あいかわらず自分たちにはツキがある。

フェリックスはホワイティと並んで待機していた。感じるか感じないかの重力が、彼らを壁に押しつけている。周囲では、やはり動物たちが待機していた。意思疎通はせずに、自分だけのもの思いにふけっている。フェリックスは、見おさめに研究室をぐるっと見まわした。そうしたいと思ったのだ。布のボールのひとつには、自動給餌器からとってきた食料が詰めこまれている――たとえ種子貯蔵庫の連中が食料備蓄の役目を果たすことになっていても。万が一にそなえてのことだ。すべての檻があけられ、ドアの上の通気口は、ふたつとも格子がはずされている。見ているうちに、そのドアがいきなり外側へ開き、自分の重みで開いたままになった。掛け金をいじっていた〈小さな者〉が飛び降り、部屋を横切ってゆっくりと落ちてきた。出発準備はととのった。

いま人間がここをのぞいたとしたら、間が悪いなんてものじゃないな、とフェリックスは思った。

ゆるやかな加速がやむと同時に、ふたたび重力が消失した。数秒後、緊張して待っている群衆のなかで、ある〈小さな者〉が知らせた。

「司令室より中継。船長がエンジン停止を発令した。軌道運動は完了」

部屋の全員に向けてホワイティが思念を送った。

「手順は知ってのとおりだ。慎重にやれば、そして冷静でいれば、失敗しようがない。乗組員がわれわれの脱出経路に近づきすぎる気配があれば、到着する数分前に中継役が警告してくれる」明らかに〈大きな者たち〉のことを念頭に置きながら、ホワイティが先をつづけた。「人間がやってきても、隠れる場所は途中にたくさんある――たとえば、乗組員の宇宙服のなかだ――だから、パニックにおちいらなければ、本当の危険はない。できるだけ早くロケットまで行け。そして忘れるな、頼りになるのは自分だけだ、と。

いま道は開けている。出発だ！」

彼はつけ加えた。

「おまえが先頭だ、フェリックス」

フェリックスはあざやかな跳躍で研究室のドアを抜けると、通廊の壁面網を捉え、反動でまた飛びだした。ひとかたまりになった灰褐色の動物たちが背後から飛んできて、ドアに面した壁ぎわに積みあがりはじめた。ホワイティの鋭い明晰な思考が、大きくなる混乱を切り裂くのをフェリックスは捉えた。混乱を収拾し、また移動させようとしている。フェリックスは、彼の仕事を羨《うらや》ましいとは思わなかった。

フェリックスは所定の位置についた――司令室の見える交差点だ――そして待った。そこには人間がいた――低い声が聞こえた――しかし、距離がありすぎて、彼らの思考を捉えられなかった。とにかく、その思考が重要なはずがない。さもなければ、そこにいる中継役が伝えてよこしただろう。調べるべき新しい惑星が丸ごとひとつあるのだから、乗組員たちは目がまわるほど忙しく、研究室の動物のことなど考えていられないのだ――いまのところは。

十一匹の〈小さな者たち〉が通廊を滑空してきた。ほぼいっせいに壁面ネットに足を降ろすと、緊密な編隊を組んだまま、つぎの行程へと飛びだしていく。じつにみごとだ、とフェリックスは思った。だが、〈小さな者たち〉は、無重力下での運動をたっぷり練習してきたのだ。おまけに、心の音楽に合わせて複雑きわまりないアクロバットを演じることが、なにより楽しみときている。彼らは自分だけの生真面目な思考に没頭していた。だが、〈大きな者たち〉はどうしているとフェリックスに訊かれると、一匹がもの思いからさめて、心のなかで鼻を鳴らすような侮蔑の念を送ってきた。

フェリックスが通廊をふり返ると、相手のいおうとしたことがわかった。狂ったようにじたばたしている〈大きな者たち〉の集団が、通廊の端に着いたところだった。結果としてできあがった小山を数匹の〈小さな者たち〉が整理しようとしているが、あまり成果はあがっていない。まるでおびただしい数の枯れ葉が、つむじ風に吹かれてゆっくりと通廊を進んでくるみたいだ、とフェリックスは畏怖の念をおぼえた。〈大きな者たち〉はすばやく動いているが、方向感覚がまったくない――壁と壁とのあいだを急速にはね返りつづけていて、その激しさにフェリックスはたじろいだ。一フィート前進するごとに、数ヤード横へそれている。しかも、この距離でさえ、パニックにおちいった金切り声が聞こえた。なかには動転しきった者もいる。急に心配になって、フェリックスは近くの中継役に思考を送った。

「あの騒ぎをやめるようにいってくれ。さもないと、人間に聞こえてしまうぞ」

もちろん、まだたいした危険はない。彼の耳はどんな人間の耳よりも鋭敏だ。しかし、フェリックスはすこしの危険も冒したくなかった。

〈大きな者たち〉の一匹が、判断よくというよりは運に恵まれて、通廊のまんなかを滑空してきて、フェリックスの反対側の壁に降り立った。フェリックスは満足げにお世辞を放射しはじめた。そのとき、相手の考えを捉えた。

「よせ！」彼は必死に警告した。「そっちじゃない——」

だが、手遅れだった。いまの飛行で方向がわからなくなり、怯《おび》えた〈大きな者〉は、すでに壁から飛び立っていた。そして、司令室へ通じる通廊をまっしぐらに進んでいたのだ！　フェリックスは方向と速度を急いで計算し、答えが正しいことを心から願って、そいつを追って飛び立った。

より強い筋肉から生みだされる、より大きな勢いをもってしても、フェリックスが相手に追いついたのは、司令室のドアまで半分ほど来たときだった——そのとき、このままでは追い越してしまうと気づいた。しかし、背骨が折れそうになるほど体をつづけざまに伸び縮みさせ、毛深い脚をくわえられる距離まで近づいた。二匹の質量と速度が異なるため、共通の重心をめぐってくるくる回転をはじめたが、フェリックスはなんとか脚を放さないでいた。二匹は激しく壁にたたきつけられた。司令室からほんの数ヤードのところだ。脚を嚙みちぎられると確信した〈大きな者〉が死にもの狂いでもがくのを無視して、フェリックスはくわえる場所を相手の首すじの毛皮に移し、来た道をもどった。交差点でしっかりと体をつなぎ

な者〉を発射台に通じる通廊へ放りこんだ。

「あっちだよ、まぬけ」彼は腹立ちの思念を送り、首をぐいっとひとふりして、その〈大きな者〉を発射台に通じる通廊へ放りこんだ。

唐突に、申しわけない気がした。もちろん、やさしくしている暇はなかった。しかし、あそこで不運な〈大きな者〉を手荒にあつかうのが楽しくなかったといえば嘘になる。あいつは迷って、混乱していたし、これまで研究室の外に出たことがなかったのだ。してはならなかった……。なにをしてはならなかったのか、フェリックスにはよくわからなかった。

「そう考えるとは感心だ、フェリックス」

ホワイティは、沸騰《ふっとう》しながら交差点を通過している褐色の大渦巻きを離れており、フェリックスの隣で網にしがみついていた。先ほどまで、その大渦巻きの中心で〈大きな者たち〉を進ませつづけようとしていたのだ――かなうものなら、正しい方向に――そして明らかにいらだっていた。生命のない壁と生命のありすぎる動物たちの両方に数えきれないほど衝突し、彼の神経もささくれだちはじめていたのだ。ホワイティが思考をつづける前の短い間《ま》に、フェリックスは彼の心からこれだけのことを読みとった。

「さっきのは迅速で正確な思考だった、フェリックス」彼は誉《ほ》めた。「よくやった――誇りに思っていい。そして惑星に着いたら、おまえはもっとうまくやるだろう……」

相手の思考の裏にある形の定まらない意味を察して急に居心地が悪くなり、なんとなく怖くなって、フェリックスはあわてて思考をはさんだ。

「あれで全員か？」ロケット発射室に通じる通廊でもたついている数匹の落伍者《らくごしゃ》を示す。

「そうだ、〈大きな者たち〉はこれで全員だ」ホワイティが答えた。「だが、ほかの者にはすこし待てといってある。じっさい混雑がひどいし、〈小さな者たち〉のほうが、見つかってもすばやく動けるし、隠れやすい。〈大きな者たち〉が無事に乗船するまで、彼らは研究室で待つだろう」

しかし、ホワイティは質問にはぐらかされはしなかった。フェリックスを誉めることにもどり、

「居心地悪い思いをしなくてもいい、フェリックス。あるいは、怖がらなくても……だが、教えてくれ、おまえは〈大きな者たち〉をどう思う？　そしておまえの意見では、どうして彼らはあのように考え、ふるまうのだろう？」

こんなときに哲学的議論をはじめるなんて、とフェリックスは思ったが、ホワイティがその思考を聞き流したので、のろまで、信じられないほど不器用だが、なぜか憎めない〈大きな者たち〉について思うところを説明しはじめた。じつは彼らについてろくに考えたことがなかったので、長くはかからなかった。

「彼らについて考えておくべきだったな、フェリックス。まちがっている、完璧にまちがっている、おまえが彼らについて考えているなにもかもが――」ホワイティが思考を中断した

のは、かたわらの壁に落伍者が激突したからだった。彼は怯えている〈大きな者〉をなだめ、気を楽にしろと命じ、ふたたび旅路に送りだした。それからフェリックスに注意をもどし、「彼らはけっして愚鈍というわけではない、フェリックス。発達が遅いだけだ」と説明した。「彼らの〈変化〉は非常にゆるやかだ。われわれ〈小さな者たち〉の場合はちがった――あっというまに変化し、頂点に達した――じっさい、数カ月のうちに。だが、〈大きな者たち〉がわれわれよりもはるかに大きな知能を秘めている兆候が、いまや見つかっている――彼らはいまだに変わりつづけているのだ。あと数カ月のうちに、フェリックス、彼らはわれわれと同等の知能をそなえるようになり、そのあとわれわれを凌駕するだろう」その思考に恨みがましいところは微塵《みじん》もなかった――ホワイティは恨みをいだくには知能が高すぎるし、文明化されすぎているのだ――焼けつくような興奮があるだけだった。「それが意味するものを考えてみろ、フェリックス。脳の大きさをわれわれとくらべれば……」

「そうじゃない！」フェリックスは怯え、すくみあがった。そのことを考えたくなかった。

「だが、そうなのだ、フェリックス」ホワイティが反駁《はんばく》した。厳粛な調子で、「自明の理を避けるわけにはいかん。いまわたしは確信している、不測の事態がなければ、最後にはおまえがわれわれ全員を追い抜くだろう、と。おまえがリーダーになるのだ」

ホワイティは残念そうに思考を終えた。

「せめて、おまえの種がおまえひとりでなければ……」

脳が煮えたぎる粥《かゆ》に変わり、耳から絞りだされそうだ――フェリックスは不意にそんな気分に襲われた。恐怖と不信がしだいに信じる気持ちに席をゆずり、いっそう大きな恐怖――責任を負うという恐怖が生まれた。しかし、筋の通った返事をする暇もなく、別の思考が割ってはいって、彼の心からほかのすべてを追いやった。

「観測室からホワイティへ」通廊の中継役が報告した。「人間がひとり、たったいまここを出た。発射台の方向へ向かうつもりだ。これといった目的はない――専門職の乗組員らしい考えごとをしている」その〈小さな者〉が報告を終え、指示を待つ。

長い、苦悶《くもん》に満ちた三秒後、あいかわらず待っていた。

こんなふうにふるまうホワイティをフェリックスはこれまで知らなかった。ホワイティの心では、恐怖とパニックがもつれにもつれていた。こういう成り行きは予見できないし、悲劇になりかねない――まったく、ツイてないとしかいいようがない。だが、ホワイティのふるまいはモルモットも同然だ、と不意に哀れみをこめてフェリックスは思った。

フェリックスは唐突にあることを思いだした。彼は率先して動きはじめた。

「シンガー！　シンガーはどこだ？」

「ここだ、フェリックス」シンガーはすぐそばにいた。通廊の角をまわってほんの数ヤードのところだ。

「いまの報告は聞こえたな」それは質問ではなく、事実の表明だった。「あんたにその人間を足止めしてもらわないといけない。今朝、通信室でやったのと同じことをするんだ——でも、いますぐそいつのもとへ行ってくれ。観測室まで中継線をたどれば、そいつの動きは逐一教えてもらえる。

いいか、シンガー、あんたがこれほど大事な仕事をまかされるのははじめてだ。なにもかもがそれにかかってる。その人間がここへ来るのを防いでくれ。まだロケットに乗りこんでいない〈大きな者たち〉が残っているし、〈小さな者たち〉の半分は〈船〉じゅうに散らばって、中継任務についている」いかめしい調子で締めくくる。「そいつを止めろ、シンガー、そいつの目をつつきだすはめになっても」

「フェリックス！」シンガーはふたたび愕然としたが、行動に移った。フェリックスはホワイティに思考を向けた——

「中継役を呼びもどしたほうがいい。シンガーはその人間を止められないかもしれない。でも、全員が発射室へ行けるだけ時間稼ぎをしてくれれば……」

かたわらの中継役にホワイティが命じた。

「これを送ってくれ。中継任務についているあらゆる〈小さな者たち〉、並びに研究室で待機している者たちへ。できるだけ早く発射室へ移動せよ——いますぐに。この命令は、先立つあらゆる指示に優先する」いったん思考を切り、それからフェリックスにだけ向けて先をつづける。「いまのは本気だったのか？　人間の目をつぶすことだが」恐怖と大いなる悲しみが、その思考には宿っていた。「それを許すわけにはいかん、フェリックス、なにが起きようとだ」

「許すわけにはいかないって！」フェリックスは激昂《げっこう》した。腹を立てながら、なぜか哀れみをおぼえながら、彼は思考をつづけた。「よく聞け。最後にはおれがボスになるとあんたはいう。いいだろう、いま引き継いでやる――一時的にな。これにせよ、ほかのなんにせよ、あんたたちは闘って道を切り開くようにできちゃいない。土着の生物が議論を吹っかけてきたら――つまり、脳がすべてじゃないっていってきたら、どうやって惑星上で生きのびられるんだ。あんたたちは文明化されすぎていて、かえって損をしている。あんたたちは蠅《はえ》も傷つけないだろう、たとえ傷つけないことが命とりになっても」つづけるうちに、フェリックスはだんだん興奮してきた。「おれはちがう。あんたたちにはおれみたいな用心棒がいるんだ。人間をよく知っていて、やつらと闘える者が。人間がほんのちょっと怪我《けが》をするのを防ぐためだけに、おれたちの友だちがみんなつかまって、いろいろな不愉快な方法で殺されてもいいのか？

　そんなことが起きるくらいだったら、おれはその人間を殺す」獰猛に締めくくる。「頭がよくて、信用されてる猫には、そうする方法がいくらでもあるんだ」

「フェリックス、やめてくれ……命を奪ってはならん――人間の命であっても――そんなふうには」ホワイティの思考には恐怖、嫌悪、動揺しきった切迫感が宿っていた。「頼むからそんな考えは捨ててくれ、フェリックス。彼を傷つけることさえ……」

一匹ずつ、二匹ずつ、〈小さな者たち〉が彼らのわきを通り過ぎ、壁に降り立って、ロケット発射室へ向かって跳んでいた。彼らは〈船〉じゅうに散らばっていた中継役で、安全な場所へ脱出しているのだった。その議論に注意を払う者はなかった。自分自身の考えを追うのに忙しすぎたのだ。

「……そんなものを心にかかえては生きられんぞ」ホワイティが必死にいいつのった。「いまはできると考える。だが、あとになり、もっと知力が増し感受性が豊かになったとき……。おまえはまだ赤ん坊なのだ、フェリックス、若くて野蛮だ、たとえ――」

通りかかった〈小さな者たち〉の一匹が、切迫したようすで割ってはいった。

「ホワイティ、シンガーが困ったことになった。くわしいことはわからない。中継線が急速に分断されている。でも、人間が怯えて、彼をひっぱたいたらしい。翼が折れた。いまその人間は、手当をしようと彼を医務室へ連れていくところだ」

その〈小さな者〉は急いで先へ進んだ。

フェリックスは、以前の〝飼い主〟にさえ羨まれるような思考の発声練習をおこなった。それから――

「これが聞こえるすべての〈小さな者たち〉に」と、できるだけ強く思考を送る。「一分以内にロケットまで行き着けるなら、移動しろ！　無理なら、隠れろ！」

　医務室は発射台の隣にあるのだ。

　通廊は突如として殺風景になった。〈小さな者たち〉が隠れ処か発射室へ急行したのだ。ロケットが発進するまであと十五分も残っていない、とフェリックスは知っていた。そして発進の数秒前に、アクセス・パネルが閉じて、内側のエアロックがひとりでに密閉され、船体の一部がふりだされる――すべて自動的に、秒単位で定められていたタイミングで。そのときまでに乗船していない者がいれば、お気の毒というほかない。この最新の危機が降りかかってきたせいで、自分が乗船する見込みがいまどうなったか、フェリックスは知っていた。だが、だれかがテスト・ロケットのところで状況を掌握しなければならないのもわかっていた。知恵のまわるだれかが――さもなければ、混乱のなかで、逃げられる者はほんのひと握りということに……。

　その思考を終わらせるまでもなかった。ホワイティは求められる役目を自覚していた。

「わたしが行く、フェリックス。だが、おまえも乗るのをあきらめるな。われわれには、おまえが必要になる」ホワイティは命令口調にしようとしたが、念を押したとき、その思考には不安が混じっていた。「そして忘れるな、フェリックス。だれも傷つけてはならない」

「そう心がけるよ」フェリックスはあわてて答えた。「必要がないかぎり、荒っぽい真似はしない。行ってくれ、ホワイティ。幸運を」

サンダルが壁に当たるパタパタという音がして、通廊の端に人間がやってきたことを知らせた。その男は、淡い灰色の塗料を背にすばやく移動するホワイティに気づかず、なにも疑わないまま、滑空して近づいてきた。相手が自分と平行する位置に来たとたん、フェリックスは、並んで飛んでいけるだけの強さでその隣へ飛びだした。彼にはある考えがあった。

その男の反応は予想どおりだった。

「おっと、フェリックス」その人間が耳障りな声でいった。「さわるなよ」そして気絶しているシンガーを、あわてて手から安全な上着の懐へ移した。もしフェリックスが負傷したカナリアにちょっかいをだそうとしたら、〈船〉の反対側まで蹴りとばしてやると考えている。その男は猫嫌いだった。

そうすると、この男はおれが鳥を狙ってると思っているわけだ。よし。そう考えてほしいと思ったとおりだ。

滑空しながら発射室へ近づいていたとき、ホワイティから切迫した思念が届いて、ロケットの外では依然としてたくさんの動物が右往左往しているとわかった。フェリックスはそれを予想していた。壁面網に接触し、人間が発射室の開いているエアロックに迫ったちょうどそのとき、人間の胸めがけて猛然と飛びだした。

かなりの勢いで、不運なシンガーを示すふくらみのかたわらに降り立ち、布地に鉤爪《かぎづめ》を食いこませる。そして、ありったけの力でギャーギャーわめきはじめた。ぎょっとすると同時に腹を立てた人間が、彼をたたき落とそうとした。そのあいだずっと、卑劣で信用のならない猫が、無防備で哀れな鳥を食べようとしていると考えていた。フェリックスが相手の袖に——そして腕の一部にも——歯を突き立てたとき、人間は乱暴になりはじめた。すさまじい取っ組み合いになった。

痛烈な平手打ちでフェリックスがドサッと壁にたたきつけられ、危うく歯をもぎとられそうになって格闘は終わった。しかし、目的は達成していた。人間が発射室内部で起きていることを目にしないまま、開いているエアロックの前を通り過ぎたのだ。

半死半生となったフェリックスの目に、医務室のドアの前であざやかに停止する乗組員が映った。たとえ発射台が数ヤードしか離れていなくても、男がなかにはいってしまえば、動物たちは安全だ、とフェリックスにはわかった。なぜなら、人間はしばらくシンガーの手当にかかりきりになるつもりだからだ。ひょっとしたら、けっきょくおれもロケットまで行き着けるかもしれない。シンガーや、まだ〈船〉じゅうに隠れている〈小さな者たち〉は無理だろうと思うと、せっかく高まった士気に水がさされた形になった。でも、それはどうしようもない、と彼は自分にいい聞かせた。

人間はドアに隙間を作り、フェリックスが忍びこんでこないかと肩ごしに見張っていた。と、いきなり通廊の先に目をこらした。顎がガクンと下がる。

フェリックスの背中の毛が逆立った。仰天した乗組員の視線をたどるまでもない――相手の心のなかに、ぎょっとするほど鮮明に、起きていることが見えたのだ。

二十四匹ほどの〈小さな者たち〉が、通廊の反対端で交差点に降りていた。フェリックスは彼らのことを忘れていた。研究室にとどまれとホワイティに命じられた者たちだ。中継役が呼びもどされたので、シンガーが人間を足止めしそこなったとは知らなかったのだ。驚愕した乗組員の目の前で、彼らは着地と同時に離陸した――幾何学的に正確な編隊を密に組んで――発射室のエアロックの方向へ。跳躍するや否や、出入口になかば隠れている人間を目にしたにちがいない。だが、無重力飛行で通廊の中央を突進しているとあっては、どうしようもないのだ。

間が悪いにもほどがある。ほんの一秒あとだったら、人間は無事に医務室にはいっていただろう。だが、そうはならなかった。あと一歩で脱出できたのだと思ったとたん、絶望から生まれた苦い憤怒《ふんぬ》が、フェリックスのなかでメラメラと燃えあがった――やさしくて、不器用で、頭のよすぎる〈小さな者たち〉、のろまで、一見まぬけだが、なぜか憎めないその大きな兄弟たち。だが、まだ救える者がいる――すでにロケットに乗りこんでいる者たちだ――もしフェリックスが、とっさに行動できさえすれば。

乗組員の心のなかで、当初の驚きが強烈な好奇心に席をゆずっていた。そしてゆっくりと疑惑も芽生えつつあった。すみやかに行動しなければならない、とフェリックスにはわかった。わざと憤怒が心に根を張り、育つようにする。最初は抑えこめたかもしれない。だが、代わりに記憶を火にくべた。苦痛に満ちた屈辱的な出来事や、その火をあおりたてるものを片っ端から。というのも、しなければならないことをするには、それにふさわしい気分でなければならないからだ。彼はもはや自分を信用できなかった――あるいは、近ごろ考えるようになっていた軟弱で感傷的な考え方を。

発射室の内部からホワイティの思念が襲いかかってきた。やめろ、考えなおせと必死に訴えている。だが、それは山火事にコップの水をかけるようなものだった。彼の憤怒がふくれあがった。一団の〈小さな者たち〉がエアロックに降り立っており、ホワイティが彼らに命令しているのがぼんやりとわかった。しかし、その思考は心に刻まれなかった。憤怒が白熱する激怒にまで燃えあがり、彼の目は乗組員から片時も離れなかった。

その人間は十ヤードほど離れたところに浮かんでいた。片手でドアをささえ、反対の手を懐に入れた無防備な姿勢で。いますべての〈小さな者たち〉が自分に思念を向けている、とフェリックスにはぼんやりとわかった。だが、その効果はまったくない、と。

一瞬、跳躍にそなえて筋肉を引き締める。計算し、人間の顔を見つめながら。つぎの瞬間、真っ黒い殺意を胸にいだいて、彼は人間の目を狙って跳んだ。

そこまで行き着かなかった。

動いている〈小さな者〉一匹の質量と慣性はとるに足りない。しかし、二十匹がいっせいに跳んで体当たりしたとなれば、人間めがけて跳んだ彼の方向をそらすにはお釣りが来るほどだった。フェリックスは〈小さな者たち〉の群れに囲まれて壁面網にたたきつけられた。乗組員から二フィート離れたところに。ことの成り行きに愕然とするあまり、彼は身動きできなかったが、人間はちがった。壁を蹴って出入口から飛びだすと、通廊を滑空していく。いますぐここから出なければ、生きているネズミに生き埋めにされると思いながら。やがてその考えが変わった。ネズミがあんな真似をするわけがない、フェリックスがあんな真似を……。

人間の思考が急に跳ねまわりはじめた。一見関連のない出来事が、心のなかでつながっていく。噛み切られた電線、行方不明になった小さな部品、破損したちっぽけだが重要な装置。ひょっとして……。ちょうどそのとき、彼は跳躍の勢いで発射室の開いているエアロックの前を通過した。なかで起きていることが人間の目に映った。

緊急警報が鳴りひびくまで、どれほど静かだったか、フェリックスはわかっていなかった。絶望で鈍った感覚で、乗組員が壁の通話器に怒鳴り散らし、警報ボタンを掌《てのひら》で押しっぱなしにしているのを見ていた。〈船〉じゅうから声が近づいてきはじめた。興奮した怯え混じりの声だ。船内通話器についている乗組員が疑惑を放送するなか、つづいて思考がやってきた——百獣のうちでもっとも獰猛で、もっとも恐ろしいけだもの——人間——の頭脳に生まれた油断のない、冷徹な思考が。

しかし、このけだものは論理的だ、とフェリックスは知っていた。惑星が見つかったときのために、実験動物がまだ必要だと悟るだろう。おれの友だちをいますぐみな殺しにしませんように、と彼は心の底から願った。

しかし、もし怒りが大きすぎたら、彼らは論理的にふるまわないだろう。


肉眼用の観測円窓ごしに、エリクソン船長は、散乱する銀の塵《ちり》を背景に絢爛《けんらん》たるサファイアのように輝いている星を見つめた。故郷。近づいてくるそれが見えるようだった。口もとをほころばせて、彼は肩に載って、おだやかに彼の視線をたどっている猫を撫でた。

「あの最初の惑星で友だちが降りなくてよかったな、フェリックス」彼は追憶にふける口調でいった。「あのウイルス……。一週間と保《も》たなかっただろう。だが、われわれが選んでやった星でなら、うまくやっているはずだ。語るに足るほどの動物はいないが、ちょっと知性のある植物が、怠惰になりすぎることを防いでくれる。もっとも……」

もっとも、新しい惑星の重力が、宇宙空間で起きた〈変化〉を逆転させないかぎりは、と彼は考えていた。それを引き起こしたのが長引く重力の不在なのか、それとも母なる太陽ソルが放つ謎めいた放射線が消えたせいなのか、たしかなところは船長にもわからない。だからフェリックスは〈船〉に残ることにしたのだ。ハツカネズミとモルモットの入植地に猫が一匹、しかも全員が退化したら……。ぞっとしない考えだ。

部屋にいるほかの者たちに話しかけるとき、かつてエリクソン船長だった途方もない存在は、口にだす言葉を使った。あと三日で地球軌道に乗るから、テレパシーによらない意思疎通にもういちど慣れておきたいのだ。彼はいった。

「われわれは地球を好きになれないだろう。たとえ故郷であっても。われわれは……それより大きくなってしまった。より大きく、より複雑な頭脳構造をそなえたわれわれ人類における〈変化〉は、まさに遅々としたものだった――発達が最大に達するまで二年近くかかった。しかし、われわれを神に近いものとして崇《あが》めているこのフェリックスでさえ、われわれがどれほど成熟したのか、理解できないでいる」いったん言葉を切り、重々しくかぶりをふって、

「いや。見つかった居住可能な惑星、宇宙空間で起きた〈変化〉、いっさいがっさいを報告するのがわれわれの義務だ。彼らは、われわれの数名を心理テストにかけたがるだろう。だが、われわれは地球を好きになれないだろう。地球上で彼らは争い、憎み、暴力をふるう。彼らは……殺すのだ。

きっとわれわれは、できるだけ早くまた飛び立ちたくなるだろう」

チックタックとわたし

ジェイムズ・H・シュミッツ

中村融 訳

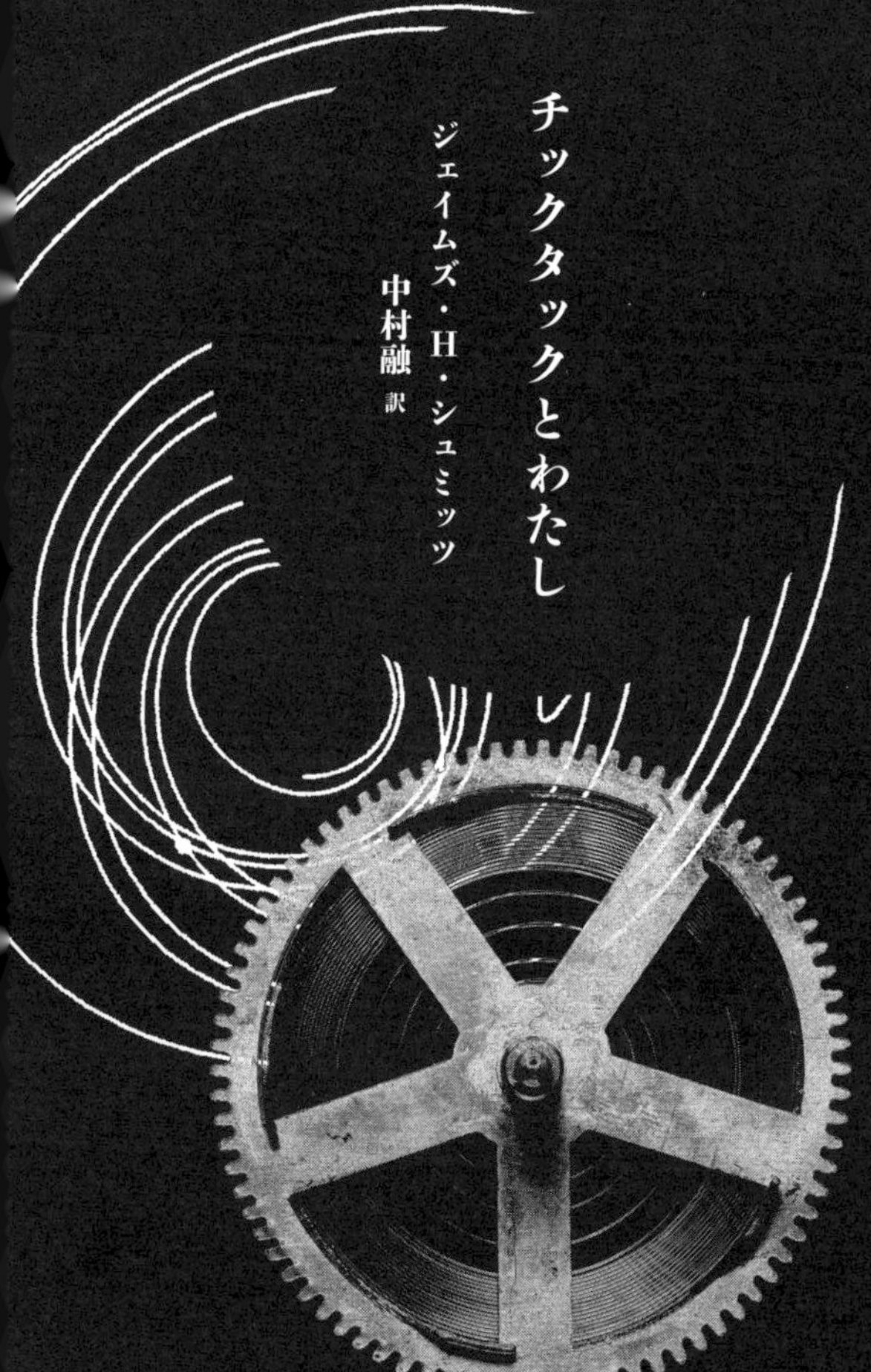

ジェイムズ・H・シュミッツ　James H. Schmitz（1911-1981）

本書を編むに当たっていちばん頭を痛めたのは、どこまでを猫と認めるかだった。家猫以外のネコ科動物はいうまでもなく、猫型のエイリアンや、猫型のロボットや、猫から進化した亜人間をどうするかという問題だ。範囲を広げると収拾がつかなくなるので、原則として地球産の家猫にかぎったが、本編は例外。ここに登場するカンムリネコが、魅力たっぷりのエイリアンであると同時に、猫そのものだったからである。

作者は一九四三年にデビューしたアメリカの作家。動物学の造詣を活かして風変わりな生態系を創造し、そのなかで年若い主人公を活躍させるという作風で知られる。作品の多くは、宇宙に進出した人類が築いた文明圏である〈ハブ連邦〉という共通の背景を持ち、ゆるやかにつながっている。代表作は本編を嚆矢《こうし》とする《テルジー・アンバーダン》シリーズ、『惑星カレスの魔女』（一九六六／創元SF文庫）、『悪鬼の種族』（一九六八／ハヤカワ文庫SF）など。わが国で独自に編纂《へんさん》された短編集『ライオン　ルース』（一九八六／青心社）も出ており、主要作にはひととおり触れられる。

本編の初出はハードSFの牙城だったSF誌〈アナログ〉一九六二年六月号。のちに連作長編『テルジーの冒険』（一九六四／新潮文庫）に組みこまれた。二種類の既訳があるが、本書では新訳でお目にかける。

この庭にはＴＴ《チックタック》とあたし以外にだれかいる、とテルジー・アンバーダンは思った。もちろん、ハレット叔母さんじゃない。叔母さんは家のなかで、朝早くからやって来るお客さんを待っている。使用人のひとりでもない。それ以外のだれか、あるいはなにかが、テルジーのまわりで絢爛《けんらん》と花を咲かせた、ジョンタロウ土着の灌木《かんぼく》の茂みに潜んでいるにちがいない。

そうとでも考えなければ、今朝これといった原因もないのに、チックタックがそわそわと落ち着かない理由――いや、正直にいえば、彼女自身の神経がピリピリしている理由――に説明がつかないのだ。

テルジーは草の葉をむしり、端をくわえて、そっと嚙《か》んだ。その顔にはとまどいと懸念が浮かんでいた。ふだんの彼女は神経質とはほど遠い。年齢は十五、知能は天才レヴェル。ベリーのような褐色の肌で、ショートパンツ姿はなかなかのものだ。オラドきっての名門一族に連なる最年少のメンバーであり、ハブ連邦随一の難関校の法科に通う二年生である。肉体的、精神的、感情的健康は申し分ない、とつねづね聞かされている。天才レヴェルの人間は生まれつき情緒不安定だと、ハレット叔母にたびたび皮肉をいわれるが、それは無視してかまわない。ハレット自身の情緒安定性が、ひいき目に見ても怪しいのだ。

しかし、だからといって、いまの妙な居心地悪さが和らぐわけではない……。

おかしなことは夜中にはじまったのかもしれない、とテルジーは思った。ジョンタロウで休暇を過ごすため、ハレットがポート・ニチャイに借りておいたゲスト・ハウスに宇宙港から着いて一時間もしないうちに。テルジーは二階の寝室にチックタックを連れてすぐに引っこんだ。しかし、寝入りばなを起こされた。寝返りを打つと、ＴＴが窓の前にうしろ脚で立ち、前肢《まえあし》を下枠にかけて、庭を一心に見つめていた。大きな猫の頭が、星がぼんやりと見える夜空を背景に黒々と浮かびあがっていた。

その時点では好奇心をいだいただけのテルジーは、ベッドから出て、窓辺のＴＴと並んだ。とりたてて見るべきものはなく、庭からただよってくる香りや、聞こえてくるかすかな物音が慣れているものとはちがうとしても、けっきょくジョンタロウはなじみのない惑星なのだ。不慣れであって当然ではないか。

しかし、テルジーが腕をかけると、チックタックのたくましい背中は堅くこわばっていた。そしてうわの空でテルジーの肩に額をこすりつけたのをのぞけば、なにを夢中になって見ているにしろ、ＴＴは注意をそらそうとしなかった。ときおり低い、不気味な音が彼女の毛深い喉から漏れる。怒りと問いかけの入り混じった音だ。テルジーはちょっとだけ落ち着かない気分になってきた。ようやくチックタックをなだめすかして窓辺から離したものの、夜が明けるまで両者ともよく眠れなかった。朝食の席でハレット叔母が、いかにも彼女らしい親切めかした嫌みをいった。

「あら、すごく疲れた顔をしてるわね――ひどい精神的ストレスにさらされたみたい……もちろん、そうであって不思議はないわ」ハレットは考えこむようにつけ加えた。ゴールド・

ブロンドの髪を高く結いあげ、桃とクリームの肌色をしたハレット自身は、ヒナギクのように溌剌《はつらつ》として見えた……毒のあるヒナギクだが。「ほら、わたしがジェサマインにいったとおりでしょう、あなたは休みをとって、あのガリ勉学校から離れなくちゃいけないって」彼女は口もとをほころばせた。

「そのとおりだわ」卵の黄身をスプーンですくって父親の妹に投げつけてやりたいという衝動を抑えながら、テルジーは同意した。ハレット叔母にはしょっちゅうそういう衝動をおぼえるが、ジョンタロウ旅行では——できれば——じっさいの諍《いさか》いは避ける、と母親と約束していたのだ。朝食後、テルジーはチックタックを連れて裏庭へ出た。チックタックはすぐ藪《やぶ》のなかへはいり、風景にまぎれこんで、視界から消えた。それはなにかを意味するように思えた。でも、なにを意味するのだろう？

ジョンタロウの花々や、色とりどりの昆虫にそれなりの興味があるようなふりをして、テルジーはしばらく庭を歩きまわった。ときおり奇妙きわまりない悪寒に襲われたが、侵入者が潜んでいる気配もなければ、ＴＴの影も形もない。三十分ほど経つと、彼女は草むらにあぐらをかいてすわりこみ、チックタックが自分から姿をあらわすのを静かに待った。図体のでかいうすのろは、いっこうに出てこなかった。

テルジーは日焼けした膝小僧をかきむしり、庭の塀の彼方《かなた》に見えているポート・ニチャイの公園の木々をにらみつけた。怖がるものがあるのかどうかもわからないときに、怖がるなんてばかもいいところよ！　それはさておき、また別の理屈に合わない感情が、いまや刻一刻と強まっていた。だれにいわれたわけでもないのに、特定のことをしなければいけないような気がする……。

じつは、チックタックが、あたしに特定のことをさせたがっているのだ！

ばかばかしいにもほどがある！

テルジーはいきなり目を閉じ、「チックタック？」と鋭く思念を送ると――空想にここまで屈した自分に急にひどく腹を立てながら――なにが起きるかと待った。

象徴的《シンボリック》な精神絵画を描くようにすれば、ＴＴの考えや気持ちが短い白日夢のようにおおよそ読みとれる、と彼女はなんとなく思っていた。五年前、オラドにあるアンバーダン家の夏別荘に近い森で――当時は見かけが奇妙で、行動はもっと奇妙な野良の子猫だった――チックタックを見つけたときは読みとれると思った。しかし、旺盛な想像力のたわむれにすぎないのかもしれなかった。そして彼女が法科に進み、しだいに勉学に熱中するようになると、その問題はほとんど忘れられた。

今日は、チックタックのふるまいに心を乱されたせいで、当たり前のことにも過敏に反応してしまうのだろう。閉じたまぶたを透かしてまぶしく感じられる、暖かな陽射しがすーっと消えていき、内側の闇にとって代わられた。その暗闇のなかに、やがてチックタックのイメージがあらわれた。すこし離れたところで、古い石塀に開いている扉のかたわらにすわり、緑の目をひたとテルジーに据えている。ＴＴはその扉を抜けるよう自分を促しているのだ――そういう印象をテルジーは受け、そう思うとなぜか恐ろしくなった。

またしても、即座に反応があった。チックタックと扉の情景がかき消えた。テルジーは漆《しっ》黒《こく》の部屋に立っているような気がした。一歩でも踏みだせば、そこで音もなく待ちかまえているなにかが、手をのばして、つかまえに来るのだとわかった。

当然ながら、彼女はあとずさりし……ふと気がつくと、ゲスト・ハウスの草むらに目を閉じたまますわっていて、まぶたに陽光を浴びていた。

目をあけて、あたりを見まわす。心臓が早鐘のように打っていた。いまの経験はつづいたとしてもせいぜい四、五秒だった。しかし、途方もなく鮮明で、完全で、簡潔な悪夢だった。これまでＴＴと精神で意思疎通しようと実験したことはあったが、こんなのははじめてだった。

当然の報いだわ、とテルジーは思った。こんなときにこんな子供っぽい真似をしようとするからよ！　すぐにやらなくちゃいけなかったのは、あの愚かなけものを順序立てて捜索し――ＴＴは近くのどこかにいるはずなのだ――カモフラージュを見破って、庭でのこのばかげたふるまいに説明がつくまで、離さないでおくことだったのだ！　チックタックには姿をくらます才能がある。だが、影のパターンに注意すれば、たいてい居場所を突き止められる。

テルジーは、花を咲かせている周囲の茂みをこっそり調べはじめた。

三分後、彼女の右手、庭のテラスに設けられた幅六フィートの段の下で地面が傾斜しているところで、チックタックの輪郭が不意に目を捉えた。腹這いになり、前肢の上で頭をもたげ、ぴくりともしないでいるTTは、テラスにそって体をのばした透明な生き霊のようだった。じかに目をこらしても、かろうじて見分けられるだけなのだ。真に迫った幻影というしかない。生き霊の輪郭を透かして見える岩や、植物の葉や、陽射しでまだらになった地面に思えるものは、TTがいま表皮に浮かべている迷彩パターンにすぎない。彼女は一瞬にしてそれを完全に変化させ、ちがう背景に溶けこめるのだ。

テルジーは非難するように指を突きつけた。

「見つけた！」そう宣言すると、安堵《あんど》の念がこみあげてきたが、不安と同じくらいわけのわからない感情に思えた。

生き霊はわかったというしるしに片耳をぴくつかせた。カモフラージュされた顔がテルジーのほうに向くにつれ、頭の輪郭が変化する。と、内側はカモフラージュされていない、ひどく生々しく見える口がゆっくりと開き、チックタックの赤い舌と反りかえった白い牙をのぞかせた。その口は横にのびて大きなあくびをし、歯の嚙みあうカチンという音をたてて閉まると、また周囲と見分けがつかなくなった。つぎに、カモフラージュされた一対のまぶたがせりあがって、TTの丸い、きらきら光る緑の目があらわれた。その目が芝生をへだててテルジーを見つめた。

テルジーはいらだたしげに、「ふざけるのはやめて、ＴＴ！」といった。

チックタックがまばたきし、彼女本来の体色である黄褐色がかった灰色がいきなり頭に広がって、首へ流れこみ、胴体を横切って脚や尻尾《しっぽ》に伝わった。まるでその瞬間に実体化したかのように、体重二百ポンドのしなやかで、四肢が長く痩せ形で、尻尾の長い猫がテラスの側面を背にして姿をあらわした……あるいは猫に似た生きものだ。ＴＴの素性はいまもってわからない。いちばんありそうな線は、五年前、森のなかで遊んでいるところをテルジーが見つけたものは、オラドの私的な研究機関から逃げだした生物学的実験の産物か、どこかの宇宙船乗りが、ハブの彼方にある辺境入植地のひとつから首都惑星へ連れてきたペットが迷子になったもののどちらかだろう。ＴＴの頭のてっぺんには白い毛の大きなふわふわした飾り房があり、ほかの動物についていたらばかげて見えたかもしれないが、ＴＴの場合はそうではなかった。太った子猫だったころ、前肢の幅広い吸盤で壁から逆さまにぶらさがっていても、彼女はとても威厳があったのだ。

テルジーはＴＴをしげしげと見た。安堵感がふたたび薄れていった。ふだんならなにごとにも動じない相棒であるチックタックが、依然としてなにかに神経をとがらせているのだ。ついさっきの、のんきそうな大あくびや、気持ちよさそうに体をのばした姿勢は……なにもかも見せかけだったのだ！

「いったいなにをいらついているの？」腹立たしげにテルジーは尋ねた。

緑の目がおごそかに、油断なく彼女を見つめた。ほんの一瞬、それはまったく異質に思えた。それに、なんでいまごろチックタックの正体なんて古い疑問が脳裏をかすめなきゃいけないの、とテルジーは思った。ＴＴのびっくりするような成長の度合いが昨年鈍りはじめたあとは、だれもそんなものは気にしなくなったのに。

この状況に対する答えがもうすこしでつかめる——そういう不可思議な確信を一瞬テルジーはいだいた。その答えには惑星ジョンタロウ、チックタック、そしてよりによって——ハレット叔母がかかわっているらしい。

彼女はかぶりをふった。ＴＴが表情の読めない緑の目をしばたたかせた。

ジョンタロウですって？　その惑星はテルジーの個人的な関心の埒外《らちがい》にあったが、オラドからここへ来る途中で調べておいた。ハブのあらゆる世界のなかで、ジョンタロウは動物学者と狩猟家の楽園そのもの、広大な動物保護区であり、その大陸と海にはすばらしい獲物がひしめいていた。連邦法のもと、発見されたときの未開状態にわざと保たれているのだ。ジョンタロウで唯一の都市であり、実質的に唯一の居住地であるポート・ニチャイは風光明媚《めいび》で閑静なところで、巨大だがすらりと優美な高層建築が模様を織りなしている。それぞれが四、五マイルの間隔で広大な公園地帯に建ち並び、透明な空中道路の糸で結ばれているのだ。地平線の近く、この庭からかろうじて見えるところに、ひときわ高い塔がそびえている。猟人《シカーリ》クラブの緑と黄金の尖塔群、連邦の業務と社交の中心である。昨夜、自分たちを乗せてポート・ニチャイを横断したエアカーから、テルジーは点々と連なるゲスト・ハウスを目にしていた。ハレットが借りたのとよく似た家が、公園地帯の斜面に立っていた。

ポート・ニチャイや緑なすジョンタロウに邪悪なところなどあるはずがない！

ハレットは？　あの陰険なマキャヴェリスト志望の金髪美人は？　いくらなんでも――

テルジーは目を細くして考えこんだ。昨夜、旅客宇宙船が入港する前に些細《ささい》な――とにかく、些細に思えた――出来事があった。ニュース放送局のひとつに所属する若い女性が、連邦議長ジェサマイン・アンバーダンの娘にインタヴューを申しこんできたのだ。これはたまにあることで、テルジーにも異存はなかったが、それも彼女がポート・ニチャイへ連れてきている「ふつうではないペット」について女性記者が根掘り葉掘り訊くので、うるさく思えてくるまでだった。TTは多少ふつうではないかもしれないが、一般人の関心を惹《ひ》くような問題ではない。やがてハレットがするっとインタヴューに割りこんで、チックタックの外見や、習性や、謎めいた素性について微に入り細に入り語ったのだった。

ハレットはいつもながら故意に意地悪をしているだけだ、とテルジーは決めてかかっていた。とはいえ、あの出来事をふり返ると、叔母と女性記者とのおしゃべりが、妙に型にはまったものに思えてきた――まるでふたりがリハーサルをしていたかのように。

なんのためにリハーサルをしたのだろう？　チックタック……ジョンタロウ。

テルジーは下唇をそっと噛んだ。自分たちふたりとTTがジョンタロウで休暇を過ごすというのはハレットの思いつきだった。そしてハレットがあまりにも熱心なので、とうとうテルジーの母親が娘を説得したのだった。ジェサマインがひそかにテルジーに説明したところによると、ハレットはふたりをアンバーダン家への侵入者だと感じており、ジェサマインでの政界での活躍を苦々しく思ってきたし、最近は、テルジーの将来が有望なのを恨んでいる。こんどの誘いはハレットなりに心変わりしたことを示す手段なのよ。テルジーも、ここは折れてもらえないかしら？

そういうわけで、テルジーは折れたのだった。もっとも、ハレットが心変わりしたという話は怪しいと思っていた。じつをいえば、ジョンタロウへのこの旅で叔母は汚い罠を仕掛けるくらいはやりかねないと思っていた。ハレットの頭はそういうふうに働くのだ。

これまでのところ、じっさいに意図的な嫌がらせを受けたわけではない。しかし、理詰めで考えれば、ここでのさまざまな不可解な出来事にはつながりがあるようなのだ……女性記者が無理にチックタックに興味を寄せているように見えたこと――ハレットなら金を払ってあのインタヴューをさせることなど朝飯前だったはずだ。それからポート・ニチャイでの最初の夜にTTが見せた心乱されるふるまい。そしてゲスト・ハウスの庭と関連するテルジー自身の漠然とした懸念と空想。

最後の点はいまでも説明しにくい。だが、チックタック……そしてハレットは……ジョンタロウについて自分の知らないことを知っているのかもしれない。

テルジーは、チックタックがなにかを「自分にしてもらいたがっている」のかどうか、半分本気で突き止めようとした結果に心をもどした。開いた扉？ 一歩でも踏みだしたら、何者かがあたしをつかまえようと待ちかまえている暗闇？ 意味があるわけない。それとも、あるのだろうか？

じゃあ、あんたは魔法を試したいのね、とテルジーは自分を嘲《あざけ》った。子供の遊び……問題を解くのを手伝ってとTTに頼むなんて、大学の法科でなにを学んできたの？

それなら、どうしてまたそのことを考えていたんだろう？

彼女はぶるっと身震いした。不気味な静寂が庭に垂れこめたように思えたからだ。テラスの横から、TTの緑色の目がこちらを見つめている。

テルジーは陽射しのなかで白日夢に、法科の問題とはかけ離れたものにすこしずつ沈みこんでいく気がした。

「扉を抜けろっていうのね？」と、ささやき声でいう。

黄褐色の猫の形が、ゆっくりと頭をもたげた。TTが喉を鳴らしはじめた。

チックタックという名前は、子猫だったころの喉の鳴らし方に由来する――高域から低域へと移り変わりながら、一定の間隔で振幅する音は、古い柱時計の控え目な脈動と同じくらい心地よく、延々とつづくこともしばしばだ。ジョンタロウに着いて以来、その音を聞くのはははじめてだ、とテルジーはいま悟った。それは十秒あまりつづいてから止まった。ＴＴはあいかわらずこちらを見ている。

あれはどう見ても肯定している表情だ……。

夢のような感覚が高まり、テルジーの頭がぼんやりしてきた。もしこの精神による意思疎通なるものが無意味だとしたら、シンボルを基礎にした思考のどこが危ないのだろう？　こんどは、びっくりするつもりはない。もしなにか意味があるのなら……。

彼女は目を閉じた。

戸外の陽光がたちまち消え失せた。テルジーは塀に設けられた扉の像をちらっと捉えたが、同時にもう通りぬけてしまったことがわかった。

こんどは暗い部屋のなかではなく、これといった特徴もなく、果てもないように思える――ちょうど「海」か「空」のような感じで、周囲に広がっている――輝きの縁に浮かんでいた。しかし、そこは静穏ではなかった。四方に見えないものがいて、こちらを見つめ、待ちかまえているような気配があった。

これは暗い部屋が別の形をとったもの――あたしの心のなかに仕掛けられた罠だろうか？テルジーの注意がすばやく移った。彼女はまた草むらにすわっていた。閉じたまぶたの向こうで、陽射しが薔薇《ばら》色のカーテンを透かして静かに輝いているように思える。おそるおそる、彼女はあの輝きの領域に意識がもどるようにまかせた。すると、それはまだあった。彼女はつかのま有頂天になった。あたしはこれをコントロールしているんだ！　そうに決まってる、と内心で思う。けっきょく、これはあたしの頭のなかで起きていることなのだ！

どういう意味か突き止めてやる。でも、あせりは禁物だ……。

背後にある印象があった。まるでＴＴが「これでまたあなたを助けられる」と考えたかのような。

と、さっとさらいあげられ、どうしようもなく前へ運ばれ、乱暴に放りだされたような感覚があった。周囲ではじける色彩のなかで、まばゆい光が炸裂《さくれつ》した。震えあがって、彼女はパッと目をあけ、庭へもどろうとした。だが、こんどはうまくいかなかった。色彩が周囲で吼《ほ》えつづけた。興奮した声、笑い声、勝ち誇った声が入り混じったかのように。テルジーはそのまんなかで捉えられ、目に見えない蜘蛛《くも》の巣にからめとられた気がした。チックタックは近くのどこかにいて、こちらを見ているようだった。薄情で裏切り者のＴＴめ！

テルジーの心がまたしてももがく。すると変化があった。庭へもどったわけではなかったが、騒々しい渦巻く色彩が消え、いまはすばやく動いているマイクロテープを読んでいるような感じがあった。もっとも、じっさいにテープが見えるわけではなかったが。

そのテープは起きていることを表す別のシンボルなのだ、とテルジーは悟った。先ほどのシンボルよりも彼女には理解しやすいシンボル。声、あるいは声であっても不思議のないものが周囲にあり、それがいっていることをテープの上に読みとっているようだ。

たくさんの話者が、彼女をどうするかについて喧々囂々《けんけんごうごう》の議論をしているらしい。印象がひらめいては消える……。


なぜこの娘に時間を無駄遣いするんだ？　子猫の片言しかしゃべれないのは歴然としてるじゃないか！……かならずしもそうじゃない、あれはふつうの第一歩だ。すこしだけ時間をやれ！……だけど――激昂《げっこう》して――こんなチビ助になにがわかるっていうんだ、ただでさえ大事なことなのに！

ゆっくりと、ぼんやりした口調で、ぎごちなく口をはさんだ者がいるようだった。話の内容はテルジーにはチンプンカンプンだったが、まぎれもなくチックタックの思念だとわかった。

TTが討論になにを投げこんだにしろ、周囲の話者たちがそれを考慮する間《ま》があった。

それから別の印象……それが重々しく意識にせりあがってきたとき、テルジーの体を不安のショックが走りぬけた。その強烈無比な印象は、テープを読むというシンボルをつかのま追い払った。野蛮な声がとどろいたように思えた――

「そのやわらかそうなチビ助をおれに放ってくれ」――悪意をたぎらせた赤い目が、さほど遠くないどこかからテルジーにひたと据えられた――「そうすれば一件落着だ！」愕然《がくぜん》としたチックタックが、しどろもどろに抗議すると、周囲の話者たちがいっせいに笑い声をあげた。この連中はたいしたユーモアの持ち主だ、とテルジーは苦々しく思った。あの赤い目の怪物は、まったく冗談をいっていなかったのに！

周囲の話者たちがその思考を捉えたとたん、さらに笑い声があがった。と、多数意見らしきものが不意に形をとった――

「チビ助は学んでいるぞ！　待っても害はない――すぐにわかるだろう――ここはひとつ……」

テープが終わった。声が尾を引くように消えていき、色彩が空白になった。その時点で彼女がどんなごた混ぜの印象を受けていたにしろ――テルジーには説明をはじめることもできなかった――なにもかもがいきなり停止した。

気がつくと、怯《おび》えて震えながら草むらにすわっていた。目はあいていた。チックタックがテラスのかたわらに立ち、こちらを見つめている。霞《かすみ》のかかったような非現実的な雰囲気が、いまも庭に立ちこめていた。

頭がどうかしたのかもしれない！　自分ではそう思わないが、その可能性があるのはたしかだ！　さもなければ……テルジーは起きたことを整理しようとした。

なにかが庭にいたのだ！　なにかがあたしの頭のなかにいた。ジョンタロウを故郷とするなにかが。

五十から六十くらいはいたような気がする……そう、存在が。警戒心をいだかせる存在だ！　向こう見ずで、荒々しく、強情で……それにあの赤い目をした悪魔！　テルジーは身震いした。

彼らは夜のうちにまずチックタックと接触した。ＴＴのほうが、あたしよりも彼らをよく理解できるのだ。なぜだろう？　テルジーはさしあたり答えを思いつかなかった。

そのあとチックタックが仕組んで、あたしの心のなかに彼らを侵入させた。それにはちゃんとした理由があったにちがいない。

彼女はチックタックに目をやった。ＴＴが見返してきた。テルジーの頭のなかでうごめくものはなかった。あたしたちのあいだには、あいかわらず直接の意思疎通はないのだ。

それなら、どうやってあの存在は、あたしに意思を伝えられたのだろう？

テルジーは鼻に皺《しわ》を寄せた。いまのが現実だとすれば、あたしとＴＴとでこしらえたシンボルを使ったゲームが、きっかけになったのはまちがいない。ついさっきの経験全体がシンボルの形をとっていて、なにがあったにしろ、あたしが意識的に捉えられるものに翻訳されていた。

あの存在たちは、シンボルの使用を「子猫のおしゃべり」と表現した。それを蔑《さげす》んでいるようだ。気にしなくていいわ、とテルジーは自分にいい聞かせた。あたしが学んでいることは、彼らも認めているのだ。

草むらの上の空気がちらついたように見えた。ふたたび、すばやく動いている、はっきりとは見えないテープから言葉を読みとっているような印象を受けた。

「おまえは教わっているし、学んでいる」と書いてあるようだ。「問題は、おまえの友だちがいうように、部分的にでも理解できるかどうかだった。できたからには、これ以外のことも、すぐにできるようになるだろう」

いったん言葉が途切れ、称賛が混じる。「おまえの心はよくできているな、チビ助！　奇妙だし、わけがわからないが、よくできている――」

存在のひとつ、それもかなり友好的なやつだ――すくなくとも、非友好的ではない。テルジーはおずおずと頭のなかで疑問を発した。

「あなたたちは何者なの？」

「すぐにわかる」

ちらつきが止まった。自分のことも、いまの質問も棚上げにされたのだ、とテルジーは悟った。もういちどチックタックに目をやる。

「いまは話しかけてこられないの、ＴＴ？」と彼女は無言で尋ねた。

ためらう気配。

「子猫のおしゃべり！」という印象が、苦労の末にできあがった。ぎごちなく、手探りしているようだ。しかし、まぎれもなくTTから来たものだった。「こっちもまだ学んでいるのよ、テルジー！」TTの感情には不安と腹立ちが入り混じっているようだった。「あたしたちは――」ビーッという音がテルジーの耳に届き、手探りしている思考の印象をぬぐい消した。彼女はちょっと跳びあがり、ちらっと視線を落とした。手首の通話器が信号を発していた。つかのま彼女は、目に見えない、危険なひびきのする存在が自分をチビ助と呼び、TTが話し方を学んでいる世界と、手首の通話器がさも当然といいたげに周期的にビービー鳴る慣れ親しんだ別の世界とのあいだにふらふらと立っているように思えた。慣れているほうの世界へもどると、通話器のスイッチを入れる。

「はい？」その声はかすれて聞こえた。

「ねえ、テルジー」ハレットの甘ったるい声が通話器からささやいた。「お願いだから、家へもどってもらえないかしら。居間まで――お客さまが、どうしてもあなたに会いたいっておっしゃるの」

テルジーはためらい、目を細くした。ハレットのお客が、このあたしに会いたがるですって？

「どうして？」彼女は尋ねた。

「いいえ、とっても興味深い話をあなたに聞かせたいんですって」一瞬、勝ち誇ったような悪意の片《へん》鱗《りん》がのぞいたが、甘ったるいささやき声のなかにまた消えた。「だから、急いでちょうだい！」

「わかったわ」テルジーは立ちあがった。「いま行きます」

「よろしくね」通話器が沈黙した。

テルジーは通話器のスイッチを切り、そのあいだにチックタックが姿を消す気になったことに気づいた。

頭がイカレたのだろうか？　家へ向かって歩きだしながら、彼女は疑問に思った。ハレット叔母が、なにか不愉快な不意打ちを仕掛けようとしているのはまちがいない。ハレットにすれば、ふだんのふるまいと変わらない。ほかのことはどうだろう？　どうもよくわからない。ＴＴの奇妙な行動――けっきょく、それにはいろいろな理由があるのかもしれない――を別にすれば、一連の出来事全体が、あたしの頭のなかで作られたとしても不思議はない。いまのところ、それに反する証拠はない。

でも、起きたと思われることを素直に受けとっても害はないだろう。このあたりでは、ものすごく現実的な形で、ひどく気味の悪い出来事が起きつつあるのだと……。

「おまえの頭は論理的に働くな！」こんどの印象は、話しかけてくる声のそれだった。耳に聞こえる音をたてない声だ。一、二分前に話しかけてきたのと同じ存在だった。

テルジーがそのあいだで宙ぶらりんになった気がしたふたつの世界が、徐々にくっつき合って、ひとつになったように思えた。

「あたしは法科に通っているの」気もそぞろに、彼女はその存在に説明した。

面白がるように認める調子で、「そう聞いている」

「あたしにどうしてほしいの？」とテルジー。

「じきにわかる」

「どうしていま教えてくれないの？」テルジーは食いさがった。そいつはまた彼女との話を終えようとしているらしかった。

いらだちが彼女に向かってさっと燃えあがった。

「子猫の映像！　子猫の思考！　子猫のおしゃべり！　遅すぎる、のろますぎる！　**おまえの映像**——もうたくさんだ！　ちょっと待っていろ……」

回路がつながり……チャンネルが開いて……障害がとりのぞかれる、だろうか？　そいつはなんといったのだろう？　繊細で細心の注意を要するが、ごく当たり前の技術的作業の漠然としたイメージがあるだけだった。

「……もうじきだ！」声が終わった。いったん間があり、別の思考が無造作に彼女に投げられた。「これはわれわれよりおまえたちにとって大事なことなんだぞ、チビ助！」まるで通話器がプツンと途切れたかのように、その声の印象が唐突に終わった。

あんまり友好的じゃないわね！　テルジーは家へ向かって歩きつづけた。新しい不安が身内にふくれあがってくる……嵐の前の静けさに似た不安だ……静まりかえっているが、いまにもなにかが起きそうな。

「子猫の映像だ！」遠くで嘲りの声がしたようだった。庭の塀の向こうにある公園地帯の木立のなかでささやく声が。

ハレットの頬はほんのりとピンクに染まり、青い瞳はキラキラと輝いていた。恐ろしくきれいだ。つまり、彼女を知る者にとっては、ハレットの性質のうち最悪の側面が、また表へ出てこようとしているということだ。とはいえ、そうとは知らない男性には目くらましの効果を発揮する。だから居間にはいったとき、お客がうっとりした表情を浮かべているのを目にしても、テルジーは驚かなかった。お客は長身で野外活動の得意そうな男で、陽に焼けた骨張った顔、きれいに撫でつけられた口髭《くちひげ》、片方の頬に走る傷跡の持ち主だった。惚《ほう》けた顔をしていなければ、その傷跡は颯爽《さっそう》として見えただろう。彼の椅子のかたわらに、テレカメラの一種であっても不思議のない、大きくて不格好な装置が立っていた。

ハレットが紹介の労をとった。訪問客は動物学者のドルーン博士。前夜、テルジーが旅客船上でインタヴューされるのをニュース放送で見て、チックタックについて話しあえないかと思ったのだという。

「率直にいって、しません」とテルジー。

ドルーン博士はわれに返って、驚いた目でテルジーを見た。ハレットが気安げに笑みを浮かべて、

「姪《めい》は無礼を働くつもりはありませんのよ、博士」と説明した。

「もちろん、そうでしょう」動物学者は疑わしげに同意した。

「ただ」とハレットが言葉をつづける。「チックタックに関することだと、テルジーはちょっと、あー、敏感になりますの。この子なりに、あの動物に愛着があるんです。そうよね？」

「そうよ」テルジーは感情を表に出さずに答えた。

「それなら、この話であまり心を乱されないといいのだけれど」ハレットが意味ありげにドルーン博士をちらりと見た。「わかってちょうだい、ドルーン博士は、ただ……その、これからあなたに話さなくてはいけない、とても大事な用件があるのよ」

テルジーは視線を動物学者にもどした。ドルーン博士が咳払いして、

「あー、ミス・アンバーダン、あなたはあなたの、あー、チックタックがどんな種類の生きものかご存じないそうですね」

テルジーはしゃべりだそうとして、眉間《みけん》に皺を寄せて思いとどまった。ＴＴがどんな種類の生きものかはよく知っているといおうとしたのだが……もちろん、知らないのだ！　それとも、知っているのだろうか？　あたしは……。

彼女はうわの空でドルーン博士に向かって顔をしかめ、唇を噛んだ。

「テルジー！」ハレットがおだやかにたしなめた。

「えっ？」とテルジー。「ああ……お話をつづけてください、博士！」

ドルーン博士が指先を合わせて尖塔を形作った。

「ええと、彼女……あなたのペットは……あー、若いカンムリネコなのです。どうやら、いまは成熟一歩手前で──」

「そうよ、そうに決まってる！」テルジーが叫んだ。

動物学者が彼女を見て、

「ご存じでしたか──」

「いいえ、本当のところは」テルジーは認めた。「まあ、知っていたようなものです」頬を赤く染めて、笑い声をあげる。「これほど……どうか、お話をつづけてください！　話の腰を折って申しわけありませんでした」恍惚《こうこつ》とした表情を浮かべて、ドルーン博士の向こう側の壁に目をこらす。

動物学者とハレットが目配せを交わした。それからドルーン博士が慎重に話を再開した。

博士によると、カンムリネコはジョンタロウに土着の種《スピシーズ》だ。彼らの存在が確認されてから、まだ八年しか経っていない。その種はかなり限定された生息範囲しか持たなかったらしい──つまり、ポート・ニチャイが建設された広大な大陸の反対側にあるバルート山脈で……。

テルジーはろくに聞いていなかった。なんとも奇妙なことが起きていたのだ。ドルーン博士がひとつの文章を口にするたびに、十あまりのほかの文章が頭に浮かんでくる。もっと正確にいえば、彼がなにをいっても、それに関連する情報がたちまち滔々《とうとう》と流れだし、彼女自身の記憶も同然に思えるが、そうではないものから絶え間なく湧きあがってくるようなのだ。一、二分のうちに、ジョンタロウのカンムリネコについてドルーン博士が何時間もかけて教えられるよりも多くのことを彼女は知っていた……彼の知らないことまでを。

ふと気がつくと、博士は話をやめて、彼女にあることを訊いていた。「ミス・アンバーダン？」心もとなげな口調でもういちどくり返す。

「ヤー・ルルル・**リー！**」テルジーは小声で彼にいった。「おまえの血を飲んでやる！」

「えっ？」

テルジーは目をしばたたき、ドルーン博士に注意を集中した。バルート山脈の霧にけぶる青い峰々の絶景から心をもぎ離しながら。

「ごめんなさい」彼女はきびきびといった。「ただの冗談です！」にっこり笑って、「で、なんのお話でしたっけ？」

動物学者はつかのま妙な目つきで彼女を見つめた。

「わたしがお尋ねしていたのは」やがて彼はいった。「狩猟記念品を獲得することに関して、ハブ連邦のさまざまな狩猟協会が定めている規則にあなたが親しんでおられるかどうかです」

テルジーはかぶりをふった。

「いいえ、聞いたこともありません」

ドルーン博士の説明によれば、その規則は狩猟家が特定の獲物を追いかける場合、合法的に使用できる機材の形式を定めているのだという……武器、発見と追跡用の装置、勢子《せこ》の数、などなど……。

「発見されて一年が経つころには」と彼は言葉をつづけた。「バルート・カンムリネコは、最高機材クラスに指定されていました」

「最高機材クラスってなんですか？」とテルジー。

「そうですね」ドルーン博士は考えこんだ。「戦闘装具一式を使用するところまでは行きません……それに近いところまでです！　もちろん、そのクラスが相手でも、相互に接近できるという狩猟の原則は守らなければなりません」

「相互に……ああ、なるほど！」またしても音のない情報の波が意識にせりあがってきて、テルジーはいったん間を置いた。言葉をつづける。「獲物のほうも狩猟家を倒せるようでなければならないということですね？」

「そのとおりです。たとえば、さまざまなクラスの飛行生物を追いかける場合をのぞいて、猟人は単純な輸送手段として以外にエアカーの使用が許されません。こうした条件のもとで、狩猟家が追いかけたカンムリネコを仕留める確率は、すぐに一貫して一対一に落ち着きました」

テルジーは目を丸くした。別の情報源から似たような数字を教えられていたが、半信半疑だったのだ。

「猫一頭につき、ハンターひとりが殺されたんですか？　それはかなり荒っぽいスポーツじゃありませんか？」

「とんでもなく荒っぽいスポーツですよ！」ドルーン博士がそっけなく同意した。「じっさい、この統計が発表されると、バルートネコを仕留めようという狩猟的な関心は、一気に衰退したように見えます。いっぽう、このすばらしい動物に対する、もっと科学的な関心が同時に生まれ、博物館、大学、公的および私的コレクションの代理人による捕獲の許可が、数多く申請されました。もちろん、この活動には狩猟規則は適用されません」

テルジーはうわの空でうなずいた。

「わかりました！　エアカーを使ったんですね？　強力な麻酔銃のたぐいも――」

「エアカー、長距離探知器、麻痺銃《スタンガン》が、そうした仕事における標準装備です」ドルーン博士が認めた。「もちろん、状況しだいで、ガスや毒物も使用されます。捕獲人は、しばらくのあいだ比較的安全でした。

やがて妙なことが起きました。存在が知られてから二年も経たないうちに、バルート山脈のカンムリネコが絶滅したのです！　人間のせいで数が減ったというのは、理由の一端にもなりません。したがって、突発的な伝染病によって一掃されたと仮定するしかありません。ともあれ、その種の生きている個体は、昨夜あなたがペットを連れて着陸するまで、ジョンタロウでは目撃されなかったのです」

テルジーはしばらく無言だった。博士のいったことが原因ではなく、いまだに別の知識が頭に流れこんでいたからだ。ある非常に重要な一点で、それは動物学者の発言と食いちがっていた。そこから、ある冷徹な論理パターンが築かれつつあった。テルジーにはまだそのパターンの細かいところまでは読みとれなかったが、目にしたものを前にすると、信じがたいほどの恐怖で体が震えた。

注意深く言葉を形作りながらも、じっさいに口にしていることには注意力のごく一部しか向けずに彼女は訊いた。

「それがチックタックと、いったいどんな関係があるんですか、ドルーン博士？」

ドルーン博士はハレットをちらっと見て、視線をテルジーにもどした。ひどくいいにくそうに、だが断固とした口調で彼はテルジーに告げた。

「ミス・アンバーダン、ある種が絶滅の危機に瀕《ひん》しているとき、すべての生存個体は大学連盟の生命バンクへ移送され、無期限の保護を受けなければならないという連邦法があります。

いまの状況において、この法が適用されるのです、あー、チックタックに！」

なるほど、これがハレットのたくらみだったのだ。彼女はカンムリネコの正体に気づき、TTの出身地がジョンタロウだとわかったら残念な結果になるよう、何カ月もかけてお膳立てしてきたのだろう――だれにも予見もできず、防ぐこともできなかった事態だ。テルジーの聞いた話だと、生命バンクに送られたら、TTは意識のある個体ではなくなり、いっぽう科学者たちが、種を再興する可能性をいじくりまわすのだという。

同情の表情を注意深く浮かべている叔母の顔に一瞬目をこらしてから、テルジーはドルーン博士に尋ねた。

「ここで絶滅する前に捕獲されたとおっしゃった、ほかのカンムリネコはどうしたんですか？　生命バンクには、それだけじゃ足りないんですか？」

博士はかぶりをふった。

「二頭の未成熟雄の生存が知られており、現在は生命バンクにはいっています。当時生け捕りにされたほかの個体は殺処分されました……しばしば、災厄に近い状況下で。彼らは途方もなく狡猾《こうかつ》で、途方もなく凶暴な生きものなのです、ミス・アンバーダン！　さらにいえば、計器を使わないかぎり、実質的に探知できなくなるところまで身を隠せるという事実が、彼らを既知の動物のなかでもっとも危険なもののひとつにしているのです。あなたがペットとして育てた若い雌は……これまでのところ……おとなしいので、信じられないかもしれませんが」

「信じられるかもしれません」とテルジー。博士の椅子のかたわらに立つ、見るからにごつい装置を顎で示し、「するとあれが――？」

「麻痺銃を組みこんだ生命探知器です、ミス・アンバーダン。あなたのペットに危害を加えるつもりはありませんが、あの手の動物が相手では、どんな危険も冒せません。銃の放電で動物は何分か意識を失います――それだけあれば、麻酔ベルトで確保できます」

「あなたは生命バンクの捕獲係なんですか、ドルーン博士？」

「そのとおりです」

「ドルーン博士は」とハレットが口をはさんだ。「惑星調停官の許可を得ていらっしゃるのよ、チックタックを大学連盟のものにして、この惑星から連れだしてもいいことになっているの。だから、わかるでしょう、この件でわたしたちにできることはなにもないの！　わたしたちが法律の邪魔をするような真似をしたら、お母さんはお気に召さないんじゃないかしら？」いったん言葉を切り、「許可証にはあなたの署名がいるけれど、なんだったら、わたしが代わりにサインしてもいいわ」

ジョンタロウの惑星調停官に訴えても無駄だ、とハレットなりにいっているのだ。この件に関して、まず前もって彼の同意をとりつけたのだろう。

「だから、あなたがチックタックを呼んでくれさえすれば……」ハレットが言葉をつづける。

テルジーは最後の言葉をろくに聞いていなかった。ゆっくりと体がこわばるいっぽう、居間が視界からすーっと消えていくのを感じた。ひょっとしたら、その瞬間、追加された新しい回路が心のなかでつながったか、追加された新しいチャンネルが開いたのかもしれない。というのも、ＴＴが彼女を騙《だま》してまで、外にいる向こう見ずで尊大な存在と接触させようとした目的が、不意に痺《しび》れるほどはっきりしたからだ。

だとすれば、だれにも見とがめられず家から出て、三十分ほど邪魔のはいらない場所へ行かなければならない。

気がつくと、ハレットと動物学者の両方が彼女をじっと見つめていた。

「具合でも悪いの？」

「いいえ」テルジーは立ちあがった。このふたりになにをいっても無駄どころか、事態を悪化させるだろう！　いま自分の顔はかなり青白くなっているにちがいない――それは感じでわかる――だが、もちろん、ＴＴを失うというショックが、ようやく頭にしみこんだのだと、ふたりは決めてかかるだろう。

「あなたがおっしゃられた法律を確認しなければ、サインはできません」と彼女はドルーン博士に告げた。

「ええ、当然ですね……」彼は椅子から腰を浮かせた。「手配できると思いますよ、ミス・アンバーダン！」

「調停官のオフィスに電話されるまでもありません」とテルジー。「自分の法律ライブラリを持ってきました。自分で探します」部屋を出ていこうと向きを変える。

「姪は」とまどった顔をしはじめているドルーン博士にハレットが説明した。「法科に通っています。いつも勉強のことで頭がいっぱいで……テルジー？」

「なあに、ハレット？」テルジーはドアの前で足を止めた。

「この件でわがままをいわないでくれて、とてもうれしいわ。でも、あまり時間をかけないでね。ドルーン博士のお時間を無駄にさせたくないでしょう」

「せいぜい五分か十分よ」テルジーはおとなしく答えた。ドアを閉め、まっすぐ二階の寝室へ行く。ふたつあるスーツケースの片方は、まだ荷ほどきもしていなかった。彼女はドアをロックし、荷ほどきしていないスーツケースをあけると、ポケット版の法律ライブラリをとりだし、それを手にしたままテーブルについた。

ライブラリのヴュースクリーンをクリックし、消去と索引のボタンを軽くたたく。スクリーンの裏で、何列にもなった極細のテープの一本がわずかに移動し、索引がさっと読みとり位置についた。三十秒後、彼女はドルーン博士の主張の根拠となった法文に目を通していた。ライブラリは、彼のいい分を裏書きしていた。

うまくやったわね、ハレット、とテルジーは思った。すごく卑劣で……肝心なところで間が抜けている！　チックタックを生命バンクに引き渡すという問題が焦眉の急になるまで、こういうケースを連邦の法廷で二十年も引きのばす方法なら、法科の二年生でさえ、ふたつや三つは即座に思いつけるのだ。

まあ、ハレットが本当は知能犯にはなれないだけの話だ。それにTTを拉致するという陰謀も、いまでは枝葉末節の案件ですらなくなってしまった。

テルジーは小型のライブラリをパチンと閉じ、ショートパンツのベルトに留めると、開いている窓まで行った。幅二フィートの張り出しが窓の下を通って、右手にあるパティオの屋根に通じている。パティオの五十ヤード向こうで、庭は自然石の塀となって終わっていた。その裏にあるのは、ポート・ニチャイの地上部分の大半を形作る、広大な樹林公園地区のひとつだ。

チックタックの姿はなかった。左手の地上階の窓から人の声が聞こえてくる。ハレットはメイドと運転手を連れてきていた。そして市営ゲスト・ハウスのサーヴィスの一環として、今朝は料理人が時間を見計らって出勤してきて、朝食をこしらえたのだった。テルジーはからのスーツケースを窓辺へ運び、窓枠の左側に立てかけると、窓の下端がスーツケースに載るまで窓を下げた。ドアのわきにある家の防犯スクリーン・パネルのところへ引き返し、施錠ボタンに指を当てて、押す。

下の階から聞こえていた人の声が途切れた。外に面したドアと窓が、家じゅうで音もなく閉じたのだ。テルジーはちらっと窓をふり返った。防犯フィールドが窓枠を押し下げるので、スーツケースはすこしきしんだが、その圧力に耐えていた。彼女は窓辺へ引き返し、足から先に隙間へ潜りこむと、体をひねって、張り出しに足を載せた。

ほどなくして、彼女は蔦《つた》のからまるパティオの菱形《ひしがた》格子伝いに音もなく地上へ降りようとしていた。彼女がいなくなったとわかったあとでさえ、防犯スクリーンがしばらくのあいだ全員を家に閉じこめておくだろう。スクリーンのメイン機構を解除して、つつきまわすはめになるか、彼女の寝室のドアをこじあけて、錠を解くはめになるかのどちらかだ。いずれにしろ、混乱と癇癪《かんしゃく》を引き起こし、組織的な追跡を遅らせるだろう。

テルジーはパティオをまわりこみ、塀に向かって歩きだした。窓から見られないように、家の側面に張りついたままだ。植えこみを縫って進んでいると、カサカサと小さな音がした……と、それとは異なる小刻みな動き。背後の茂みを空気がゆっくりと流れつづけているのとあまり変わらない。彼女は思わず身震いしたが、ふり返らなかった。

塀に行きあたると、そこに立って塀の高さを目測し、跳びついて片腕をかけ、膝をふりあげ、体をくねらせて乗り越えた。小さなドサッという音とともに反対側の草むらに足から降り、いちどゲスト・ハウスにちらっと目をもどすと、小道を渡り、公園の木立のなかへはいっていった。

数百ヤードも進まないうちに、お供がいると判明した。それを探してあたりを見まわしはしなかったが、散兵線のように左右に広がって彼女と平行を保っており、陽射しを浴びた開けた地面をときおり影が音もなくよぎって、ふたたび木の下に消えるのだった。それ以外には、人っ子ひとり見当たらない。ポート・ニチャイの人類居住者は、高層アパートメントの下に広がる広大な公園地帯を歩きまわることはないらしい。人は空中道路――地面からは高層階のあいだで空を二分する虹色のリボンにしか見えない――を伝って行き来している。ときおり自家用エアカーが頭上を通り過ぎた。

音をたてない影の線が、彼女とともに公園の奥へ進むにつれ、彼女自身のものではない思考の断片が、ときおりテルジーの脳裏をかすめ過ぎた。自分はふたたび評価され、判断され、値踏みされているのだ、と彼女は悟った。もはや情報はやって来ない。必要な情報はたっぷりあたえられているのだ。おおむね、いまは好奇心をいだいているだけなのだろう。彼らにすれば、これは頭と尻尾の区別がついたはじめての人類の精神なのだ。そして彼らの意思疎通の形式に対して、耳も聞こえ、口もきけるらしいはじめての人類精神だ。彼らは時間をかけてそれを調べている。自分たちに伝えたい、とても大事なことが彼女にはあるのだろう、と確信していたが、そこには多少の嘲りも混じっていた。しかし、すこしくらいなら待って、成り行きを見るつもりだった。彼らは好奇心が強く、ゲーム好きだった。その瞬間、テルジーと、彼らの計画を変えようとして彼女がしそうなことは、彼らの注意を釘づけにするゲームだった。

十二分が経過したとき、テルジーの手首の通話器がビービー鳴りはじめた。さらに何分か断続的に鳴りつづけたが、やがて止まった。ゲスト・ハウスでは、彼女が部屋に鍵をかけて閉じこもり、応答しないだけなのかどうか、まだ決めかねているのだろう。しかし、テルジーは足どりを速めた。

公園の木々がしだいにどっしりしてきて、彼女の頭より高くなり、生えている間隔も広がってきた。ゲスト・ハウスにいちばん近い居住タワーの午前中の影を通りぬけると、じきに小さな湖のほとりに出た。湖の対岸では、たくさんの首の長い、背の高い馬に似た斑《まだら》模様の動物が草を食《は》んでいたが、頭をもたげて彼女を見つめた。しばらくは軽い好奇心をいだいているだけのように思えたが、やがてそよ風が湖を渡り、水面にさざ波を立てた。その風が対岸に達したとたん、草食動物のあいだでいきなりパニックが発生した。彼らは身をひるがえし、二十フィートの歩幅で軽々と走り去ると、木立のなかに姿を消した。

テルジーの背すじに悪寒が走った。湖まで連れてきたお供の性質について、はじめて客観的な証拠を突きつけられたのだ。予想していなかったわけではないが、一瞬、草食動物の真似をしたくてたまらなくなった。

「チックタック?」不意にかすれた声でささやく。

右手にある茂みから、ゴロゴロと上下するひとつながりの音が返ってきた。TTはまだそばにいるのだ、それがなんの役に立つにしろ。深刻な事態になったら、あまり役に立たないだろう、とテルジーは思った。しかし、TTがいるとわかっただけでも心強い……そのいっぽう、ゲスト・ハウスからこれだけ離れればいいと判断した。エアカーを使った捜索がじきにはじまるだろうが、彼女がまずどちらへ向かったか、彼らにわかりっこないのだ。

彼女は湖の岸を登り、密生した緑の灌木と、ぽつんと生えている大木の樹冠の両方によって空から姿の見えない場所まで行き、乾いた苔《こけ》の上に腰を降ろすと、ベルトから法律ライブラリをとりはずし、開いて、膝の上に置いた。ぼんやりと動くものがあり、お供も不規則な円を描いて彼女のまわりに身を落ち着けたのがわかった。心細くなったテルジーは、また身をわななかせた。彼らの態度に敵意があるわけではない。ただただ威圧的なのだ。そして彼らがつぎにどうするか、だれにも予想がつかない。顔をあげずに、テルジーは心のなかで問いを発した。

「準備はいい？」

多数が承認する感覚。色合いはさまざまだ——冷笑的なもの、お手並み拝見といいたそうなもの。気遣わしげなもの、疑わしげなもの。じれったげなものも混じっており、かろうじて抑えこまれているようだ。テルジーの額に汗が噴きだした。ここで行われることに反対を表明しようとしている者もいるのだ……。

彼女の指がすばやく索引テープを操作すると、周囲のザワザワした感じがおさまり、彼らの注意力がとりあえずまた集中した。彼女の思考はある程度まで超然としたものとなり、慣れたやり方で別の問題を吟味し、回答を提出するかまえをとった。本質的にはさほど複雑な問題ではないが、今回は学校の課題ではない。同行者たちがうしろに控え、無言で、いまいちど超然とした態度で待っている。いっぽう索引がぼやけ、確認され、ぼやけ、確認される。一分半のうちに、彼女は十あまりの参照記号をメモしていた。別の極細のテープを軽くたたき、二、三の段落に目を通すと、塩辛い汗を唇からなめとり、誤解が生じないよう、条文それぞれの細かな意味を強調しながらひとりごとをいう。「この連邦法は、当該惑星に本来存在する状況に適用され……」

彼女が条文をひとつひとつ当たっていくあいだ、遮《さえぎ》る者も、ひとことという思考も、口をはさむ者もなかった。十分あまりが経ったころ、最後の条文の終わりに行き当たり、彼女は読むのを終えた。たちまち、周囲で議論が勃発した。

テルジーはその議論に加わらなかった。じつをいうと、その断片しか理解できなかったのだ。彼らがわざとテルジーを締めだしているのか、それともやりとりが早すぎたり、熟練されすぎていたり、多彩すぎたりしてついていけないのか。しかし、その激しさは勇気づけられるものではなかった。こういう精神に連邦法が意味を持つと考えるのは、理にかなっているだろうか？　テルジーは震えはじめていた指でライブラリをパチンと閉じ、地面に置いた。そのとき体がこわばった。周囲に打ち寄せる感覚のなかで、特別な興奮がにわかに盛りあがり、上機嫌といいえそうな荒々しさがこみあげて、息が詰まったのだ。つづいて悪意をたぎらせた一対の深紅の目が、こちらをひたと見据え、じりじりと迫ってくる感覚。悪夢めいた麻痺《まひ》がテルジーを捉えた――彼らはあの赤い目をした恐怖にあたしを引き渡したのだ！　ネズミの大きさに縮んだように感じながら、彼女はじっとしていた。

背後の茂みからバキバキと音をたてて、なにかが飛びだした。テルジーの筋肉がこわばった。しかし、彼女の肩に堅い頭をこすりつけたのはTTで、緊張した足どりでさらに三歩踏みだし、背中をこわばらせ、首の毛を逆立て、尻尾をぴくつかせながら、テルジーと右手にある茂みとのあいだで止まった。

期待に満ちた静寂が周囲に垂れこめた。彼らをとり巻いた者たちは待っていた。右手の青葉のあいだで、なにかがゆっくりと、重々しく身じろぎした。

TTの唇がまくれあがり、歯がむきだしになった。耳を伏せた頭が、その動きのほうへさっと向けられる。口が耳まで裂けたその顔は、悪鬼の仮面さながらだ。彼女の肺から長い叫喚《きょうかん》がほとばしった。生の憤怒《ふんぬ》と、血の渇きと、挑戦の咆哮《ほうこう》だった。

その音が消えていった。周囲の張りつめた雰囲気は、しばらくそのままだった。やがてしだいに緊張がほぐれていく感覚に交じって、面白がるような賛嘆の声があがった。テルジーはブルブル震えていた。いまのは意図的なテストだったのだ……と彼女は自分にいい聞かせていた。もちろん、あたしのテストではなく、TTのテストだ。そしてチックタックは優秀な成績で合格した。その過程であたしの神経がズタズタになろうと、この粗暴な連中にすれば、知ったことではないのだろう……。

つぎに彼女が悟ったのは、この場にいるだれかが自分にじかに話しかけてきているということだった。

昂《たか》ぶった神経を静め、それよりもはっきりした印象を得られるようになるまで、しばらくかかった。いま話しているのは、これまで気づいていなかった環《サークル》の一員だ、とそのとき彼女は気づいた。その思考の印象は鉄のように硬く、冷たかった——主要な決断をくだし、それが実行に移されるのを目にすることに慣れているのが歴然としている個体。気晴らしが終わった一同は、信服しきって耳をすましている。チックタックは気を許すことからはほど遠く、いまだに緑の目を怒らせていたが、それでも腰を降ろして耳をかたむけていた。

テルジーにもだんだんわかってきた。

おまえのいうことは、ここにいるたくさんの愚か者たちには無価値に見えるかもしれない、と〈鉄の思考〉が彼女に教えた。だが、自分は試しにやってみるつもりだ。ひょっとして異論はあるかな、と背骨がへし折れ、切り裂かれた毛深い喉から血が噴きだす、身の毛のよだつほど鮮明な印象をさりげなく投げながら、彼は隣にいる環の一員に問いかけた。

あたりは死んだように静まりかえった。異論などあるわけがない！　チックタックが、満足した子猫のように、にんまりと笑いはじめた。

これでその点については一件落着だ、と〈鉄の思考〉が冷静な思考をテルジーに向けてつづけた。おまえはわれわれに具体的にどうしろというのだ？

二十分後、ハレットの長大なパールグレーのスポーツカーが、公園の木々の上に姿をあらわした。膝の上で開いた法律ライブラリのほうに顔を向けていたテルジーは、目の隅でエアカーを追いかけた。湖畔《こはん》にすわり、法律の調査に没頭しているらしい彼女は、どこからも丸見えの状態にあった。岸を三十フィートほど登ったところで茂みにまぎれているチックタックが、彼女より一瞬先にエアカーを見つけ、喉を鳴らすのを三秒間中断して、その事実を知らせてくれた。どちらも、それ以外の動きはしなかった。

エアカーは湖に近づいていたが、まだかなり距離があった。キャノピーが開いていたので、なかの三人の頭はなんとか見分けられた。ハレットの運転手デルクォスがエアカーを飛ばしており、いっぽうハレットとドルーン博士は、両側からテルジーを探している。三百ヤード離れたところで、エアカーが右旋回をはじめた。デルクォスは雇い主をあまり好いてはいない。おそらく、テルジーを見つけて、逃げろと警告しようとしているのだろう。

テルジーはライブラリを閉じて下に置くと、ひと握りの小石を拾い、暢気《のんき》にひとつずつ水中に投げこみはじめた。エアカーが左手に姿を消した。

三分後、エアカーの影が湖面を渡って近づいてくるのが見えた。心臓が耳に聞こえそうなほど高鳴りはじめたが、彼女は顔をあげなかった。チックタックが喉を鳴らす音は、悠揚迫らぬ調子で規則正しくつづいた。エアカーがほぼ真上で停止する。二秒後、カチリという音がした。喉を鳴らす音がプツンと途絶えた。

テルジーが立ちあがるのと、デルクォスがエアカーを湖畔へ降ろすのが同時だった。運転手は残念そうに口もとをゆがめた。側面のドアが開いており、ハレットとドルーン博士がその裏に立っていた。ハレットは微笑を浮かべてテルジーを見つめ、いっぽう動物学者は生命探知器に麻痺銃を組みこんだ重そうな装置を注意深く床に降ろした。

「チックタックを探しているんなら」とテルジーはいった。「ここにはいないわ」

ハレットは悲しげにかぶりをふった。

「嘘をついても無駄よ！　ドルーン博士がいま麻痺させたのだから」

TTは生まれつきの色にもどって、灌木のあいだで横倒しになっていた。目は閉じられ、胸は呼吸に合わせてゆっくりと上下している。申しわけなさそうな顔をしたドルーン博士が、あなたのペットは苦痛を感じていない、麻痺銃は彼女を心地よい眠りにつかせただけなのだ、とテルジーに指摘した。彼はふた組をTTの脚に巻きつけた、蜘蛛の巣状の麻酔ベルトの用法も説明した。麻痺放電の効果はじきに消えるが、そのあともエネルギー・ベルトの内面と接触しているので、ベルトがはずされるまでTTの麻痺はつづき、動けないでいるだろう。その過程を通じてTTは苦痛を感じないだろう、と博士はくり返した。

テルジーはなにもいわなかった。デルクォスが、ドルーン博士のものである重力吊りあげ機《ホイスト》でTTのぐったりした体を茂みより上の高さまで浮かばせ、エアカーまで運んでいく。ほかの者たちがあとにつづいた。デルクォスがまずエアカーに乗りこみ、後部の大きなトランク室をあけた。TTがなかへおさまり、トランク室が施錠された。

「どこへ連れていくの？」デルクォスがエアカーを空中へ浮かばせたとき、テルジーがすねたように尋ねた。

「宇宙港よ」とハレット。「ドルーン博士もわたしも、さっさとことを片づけて、あなたの気持ちを傷つけないほうがいいと思ったのよ」

テルジーは蔑むように鼻に皺を寄せ、エアカーの前へ歩いて、デルクォスの席のうしろに立った。一瞬、その席の背もたれに寄りかかる。脚が震えるのがわかった。

運転手は横目で控え目なウインクをした。

「まんまとハメられましたね、ミス・テルジー！」と、つぶやき声でいう。「警告しようとしたんです」

「わかってるわ」テルジーは深呼吸した。「ねえ、デルクォス、もうじきなにかが起きるのよ！　危険に見えるけれど、そんなことはないの。とり乱したりしないでね……わかったかしら？」

「えっ？」デルクォスはぎょっとしたようだが、声は潜めたままだった。「いったいなにが起きるんです？」

「話している暇がないの。いまいったことを忘れないで」

テルジーは運転席から数歩さがり、まわれ右して、心もとなげにいった。

「ハレット……ドルーン博士――」

ハレットは小声でドルーン博士と話をしていた。ふたりとも顔をあげた。

「動いたり、ばかな真似をしたりしなければ」テルジーは早口にいった。「危害は加えられません。もしそういうことをしたら……さあ、どうなるでしょうね！　いいですか、この車のなかにもう一頭カンムリネコがいるんです……」心のなかでつけ加える。「いまよ！」

エアカーのどこに〈鉄の思考〉が潜んでいたのか、見当もつかなかった。後部座席のカーペットが、一瞬ぼやけたように思えた。つぎの瞬間、彼がそこにいた。迷彩を解いて、動物学者とハレットから五フィート離れた床にすわっている。

ハレットが口を大きくあけた。悲鳴をあげようとしたのだが、代わりに気絶した。ドルーン博士の右手が、座席のわきにある大きな麻痺銃のほうへ動きかけた。そこで彼は自分を抑え、真っ青な顔でじっとしていた。

博士の心変わりをテルジーは非難しなかった。動こうとしたのだから、彼はとても勇敢にちがいない。背中の幅がチックタックの二倍、体つきのたくましさも二倍の〈鉄の思考〉は、彼女にさえ悪魔のけもののように見えたのだ。斑点の散った濃緑色の毛皮には、古傷が縦横に走っている。揺れている深紅の冠毛の半分は、引きちぎられたようだ。いま彼は液体のようになめらかな動きで音もなく前肢をのばし、麻痺銃の下にかけると、それをはねあげた。大きな装置はいろいろな部品を飛び散らせながら、信じられない速さで鋭い弧を描いて八十フィートも舞いあがり、エアカーの下にある樹冠に向かって下降曲線を描きはじめた。〈鉄の思考〉はものうげに首をめぐらせ、燃えるような黄色い目でテルジーを見た。

「ミス・テルジー！　ミス・テルジー！」デルクォスが背後でつぶやいていた。「たしかなんでしょうね、そいつが……」

テルジーはごくりと唾を飲みこんだ。そのときは、またネズミの大きさに縮んだ気がした。

「落ち着いて！」彼女は震える声でデロクォスにいった。「本当にお、お、お、おとなしいのよ」

〈鉄の思考〉が、耳障りだが無愛想というわけでもないクスクス笑いを彼女の頭のなかで発した。

いまは流線型のキャノピーで覆われているパール・グレーのスポーツカーが、ほどなくして猟人《シカーリ》クラブ・タワーの十四階、ジョンタロウの惑星調停官のオフィスの外にある駐車プラットフォームへ降りてきた。係員が手をふって、あいている区画へ誘導する。

エアカーのなかでは、デルクォスがブレーキをかけ、エンジンを切ると、「さて、どうします？」と尋ねた。

「そうね」テルジーは考えながらいった。「あたしが調整官と話をするあいだ、あなたも叔母さんやドルーン博士といっしょにトランクに閉じこめられていたほうがいいわね」

運転手は肩をすくめた。公園地帯をのんびりと渡ってくるあいだに、彼は落ち着きをとりもどしていた。〈鉄の思考〉は目を半閉じにし、エアカーの中心にすわっているだけで、威厳たっぷりの居眠りを楽しみながら急死をとげたように見えた。ときおり鋸《のこぎり》を挽《ひ》くような音をたてるのは、彼なりに喉を鳴らすか、いびきをかいているかのどちらかかもしれない。テルジーの指示を受けたデルクォスに脚の麻酔ベルトをはずしてもらうと、チックタックはいつもの控え目な愛想のよさで〈鉄の思考〉に挨拶した。このとき運転手は強烈な好奇心にさいなまれていたが、テルジーはそれを和らげるようなことをいっさいしなかった。

「仰せのとおりに、ミス・テルジー」デルクォスが同意した。「あなたがここですることを見逃したくはありませんが、いま閉じこめられなかったら、わたしがあなたを助けたことがミス・ハレットに知られるでしょう。そうしたら、あなたに解放されたとたん、彼女はわたしをクビにしますよ」

テルジーはうなずくと、後部隔室のほうへ頭をもたげた。そのドアごしにかすかな物音が聞こえてきて、ハレットが意識をとりもどし、ヒステリーを起こしているのだと察せられた。「叔母さんにこういってやるといいわ」とテルジー。「トランクのドアの外におとなのカンムリネコがすわっているって」それは真実ではなかったが、デルクォスもハレットもそうとは知らないのだ。「あたしがもどる前にあんまり騒ぐと、そのカンムリネコがいらついて……」

すこしあと、彼女はエアカーのドアを両方ともロックし、外へ出た。こんな普段着で来なければよかった、と思いながら。ショートパンツとサンダル姿では子供っぽく見えてしまう。チックタックと並んで近づいていくと、駐車場の係員はぎょっとしたようすで、「そいつといっしょだとオフィスへ入れてもらえませんよ、お嬢さん」と教えた。「おやおや、首輪さえしていないじゃないですか！」

「心配いりません」テルジーはよそよそしい口調で答えた。

ハレットの財布からとってきた二クレジット硬貨を係員に渡し、ビルの入口に向かって歩きつづける。係員は目をすがめて彼女を見送った。少女と並んでいる大きな猫に似た動物が、二重の影を落としているという奇妙な印象を追い払おうとしたが果たせなかった。

調整官の主任受付係もTTに疑いをいだいた。ひょっとすると、ショートパンツにも疑いをいだいたのかもしれない。だが、テルジーの識別タグを調べ、相手が連邦議長ジェサマイン・アンバーダンの娘だとわかると、掌《てのひら》を返すように愛想がよくなった。

「この……緊急事態は……調整官本人としか話しあえないとおっしゃるのですね、ミス・アンバーダン？」彼女は重ねて訊いた。

「そのとおりです」テルジーはきっぱりといった。彼女がしゃべっているとき、ブザーが鳴った。受付係は断りを入れて、イアフォンをとりあげた。しばらく耳をかたむけていたが、「はい……もちろんです……、はい、わかりました」と、おだやかにいい、イアフォンを置くと、テルジーにほほえみかけながら立ちあがった。「同行願えますか、ミス・アンバーダン？　調整官がすぐお目にかかりたいそうです……」

テルジーは考えこんで唇を噛みながら、受付係のあとについていった。思ったよりも簡単だ――じっさい、簡単すぎる！　ハレットの差し金だろうか？　おそらくは。チックタックを生命バンクへ移送する件で調整官のオフィスの認可が下りるよう働きかけているあいだに、「想像力過多で……興奮しやすい子供」とかなんとか吹きこみ、テルジーが結果として引き起こしそうな混乱を未然に防げば、ジェサマイン・アンバーダンの覚えがめでたくなるといったのだろう。

いかにもハレットがやりそうなことだ――

優雅な調度のそなわったオフィスや廊下をつぎつぎと抜けていった。テルジーは引き綱代わりにTTの首の毛皮をつかんでいた。彼らの姿は、如才なく抑えた驚きの波を秘書や書記のあいだに走らせた。調整官を訪問する者のあとについて廊下を歩いている大きなけものが一頭ではなく二頭だ、という奇怪な印象をつかのま受けて困惑した者があちこちにいたとしても、一時的な目の錯覚にすぎないと思われるものを口に出しはしなかった。とうとう、前方で両開きのドアが分かれて開き、受付係はテルジーを大きなビルの日陰側にある大きくて涼しいバルコニー式庭園へ招きいれた。長身でごま塩頭の男性が、執務中のデスクから立ちあがり、テルジーに会釈した。受付係が引きさがった。

「ようこそ、ミス・アンバーダン」ジョンタロウの惑星調整官がいった。「どうぞ、おかけください」テルジーが椅子に腰を降ろすあいだ、彼は格別の関心を寄せてチックタックをしげしげと見た。そして「わたしと、わたしのオフィスにどのようなご用ですか?」と、つけ加えた。

テルジーはためらった。オラドで母親を囲む友人知己のあいだに彼のようなタイプは見たことがある――老練な外交官、そう簡単には心を動かせない男だ。バルコニー式のオフィスに連れてこられたのも、アンバーダン家の問題児の居場所をハレットにひそかに伝え、引きとりに来てくれと頼むあいだ、彼女を引きとめておくためだけだろう――そう考えるのが無難だ。

これからいわなければならないことは、責任のあるおとながいったとしても、かなり突飛に聞こえるはずだ。証拠は出せるが、調整官が話を信じる気配を見せるまで、そうしないほうがいいだろう。老〈鉄の思考〉が応援してくれているが、彼女の計画がうまくいきそうにないとなれば、喜んで悪魔の群れを引き連れて……。

ここは単刀直入に行ったほうがいい、とテルジーは判断した。調整官の思い描いている彼女の像は、ペットの動物を失いかけて混乱している、甘やかされた神経症の子供といったところにちがいない。彼女がすぐにチックタックについて議論をはじめるものと思っているだろう。

「バルート・カンムリネコを絶滅から救うことに個人的な関心はおありですか？」と彼女はいった。

調整官の目に一瞬驚きがひらめいた。と思うと、彼はにっこりして、

「ありますとも、ミス・アンバーダン」と愉快そうにいった。「その種がふたたび繁栄するところを見たいものです。伝染病でこの惑星から一掃される前に、あのすばらしい野獣を二頭仕留める機会を得た自分を、わたしはこの上なく幸運な人間だと思っております」

最後の部分は、いまはさほど幸運な言葉とは思えなかった。テルジーは警戒心がさっと湧くのを感じたが、彼女の心から調整官の言葉の意味を読みとっている精神のなかでは、ちょっと興味がうごめいただけだった。

彼女は咳払いして、

「肝心な点は、彼らが伝染病で一掃されたわけではないことです」

調整官はとまどい顔を彼女に向けた。話がどこへ行こうとしているのかと首をひねっているのだろう。テルジーは勇気をかき集めて、先をつづけた。

「なにがあったのか、お聞きになりたいですか?」

「ぜひお聞かせ願いたいですね、ミス・アンバーダン」調整官が顔色ひとつ変えずにいった。「しかし、その前にちょっと失礼して……」

テルジーは気づかなかったが、デスクから信号があったのだろう。なぜなら、いま彼は小型通話器をとりあげ、「はい」といったからだ。しばらくして、「それはなんとも妙な話だな。……そうか、やってみる……いや、そこまでしなくていい——ああ、お願いする。ありがとう」とつづけた。ひどく生真面目な顔で通話器を置く。それから、一瞬TTに視線を走らせ、デスクの上のほうの引き出しを数インチあけ、テルジーに向きなおった。

「さて、ミス・アンバーダン」彼は愛想よくいった。「たしか、カンムリネコのお話でしたね……」

テルジーはごくりと唾を飲みこんだ。会話の相手方の声は聞こえなかったが、内容は察しがついた。調整官のオフィスがゲスト・ハウスに電話して、ハレットと運転手とドルーン博士はミス・テルジーとペットを探しに出ているとハレットのメイドに教えられたのだ。調整官のオフィスは、つぎにスポーツカーの通話器の番号を調べ、呼びだそうとした。だが、もちろん、返事はなかった。

ハレットに吹きこまれたことを考えれば、それは調整官にとって、いま自分が話をしている頭のおかしな若い娘が、追いかけてきた叔母とふたりの男性を、四分の三ほど成長したカンムリネコに虐殺させた恐ろしい可能性を意味するにちがいない！　オフィスはいま警察に通報して、行方不明のエアカーをただちに捜索させるようにしているのだろう。

調整官の駐車テラスの捜索を警察がいつ思いつくのか、テルジーには見当もつかなかった。しかし、彼女なりに起きたことを説明し、調整官に受けいれてもらう前にハレットとドルーン博士が解放され、ポート・ニチャイに野生のカンムリネコがいるとふたりが報告したら、状況が手に負えなくなることは目に見えている。ばかな真似をする人もいるだろうし、そうなったら火に油を注ぐようなもので……。

こちらに有利な点がふたつありそうだ。調整官は、二頭のバルート・カンムリネコを仕留めた男ならではの剛胆な神経の持ち主と思われる。かたわらの部分的に開いている引き出しには、銃がはいっているにちがいない。ＴＴの襲撃に対する予防措置はそれで足りると考えているようだ。あわてふためいた反応はしそうにない。しかも、テルジーに殺人の傾向があると疑っているのなら、彼女のいうことにますます注意を集中するだろう。もちろん、それを信じるか信じないかは別問題だ。

すこし元気が出たテルジーは話をはじめた。最初から終わりまで途方もない話に聞こえたが、調整官は強い興味を惹かれたように耳をかたむけていた。とりあえず信じてもらえそうな部分を話しおえると、調整官が考えこんだようにいった。

「そうすると彼らは一掃されなかった――身を隠したのですね！　狩られるのを避けるため

にそうしたとおっしゃるのですね？」

テルジーは眉間に皺を寄せながら唇を噛み、それから答えた。

「そこのところはよくわかりません」と認め、「もちろん、あなたが……二度も……狩りに行きたがる理由もよくわかりませんが……自分のほうが仕留められるかもしれないのに！」

「まあ、それは、あー、統計上の確率にすぎません」調整官が弁解した。「自信さえあれば、おわかりでしょう――」

「本当をいうとわかりません。でも、カンムリネコも同じように感じていたようです――最初のうちは。猫が一頭撃たれるたびに、ハンターをひとり倒していました。人類ほど刺激的な獲物に出会ったのは、はじめてだったんです。

でも、やがてそれは終わりました。人間は、彼らには手の届かないエアカーから麻痺銃で彼らを気絶させ、無力でいるうちに運び去るようになりました。それがしばらくつづいたあと、彼らは身を隠すことに決めました。

でも、彼らはいまもいるんです……何千、何万頭も！　彼らについてだれも知らないことが、もうひとつあります。彼らはバルート山脈にしかいないわけではありません。大陸の反対側に広がる大森林には、いたるところにカンムリネコがいるんです」

「とても興味深い」調整官が感想を述べた。「たしかに、とても興味深い！」通話器のほうをちらっと見てから、デスクの天板を指でトントンたたきながら、テルジーに視線をもどす。

いまのところ調整官の表情からはなにも読みとれないが、必死に考えをめぐらせているのだろう、と彼女は推察した。ジョンタロウに法的な意味での原住知的生物はいない。そして彼女としても、バルート・カンムリネコがたんなる例外的に頭のいい動物ではないとにおわせることは、これまでのところ注意深く口にしてこなかった。つぎの――かなり大きな――疑問は、どうやって彼女がそのような情報を得たかになるだろう。

調整官にそれを訊かれたら、話全部を受けいれてもらう糸口ができたようなものだろう、とテルジーは思った。

「なるほど」唐突に調整官がいった。「もしカンムリネコが絶滅もしていなければ、絶滅の危機に瀕してもいないとなれば、生命バンクがあなたのペットに権利を主張できないことは明白ですな」彼女を信頼するように笑みを見せ、「それがここへいらっしゃった理由なんですね」

「いえ、ちがいます」テルジーはがっかりしていいかけた。「あたしは――」

「いや、ちっともかまいませんよ、ミス・アンバーダン！　その目的のために出した許可をとり消すだけの話です。もう心配はいりません」いったん言葉を切り、「ところで、ひとつお尋ねしますが……叔母上がいまどこにおられるか、たまたまご存じではありませんか？」

テルジーは意気消沈した。すると、調整官はあたしのいったことをひとことも信じていないのだ。エアカーが見つかるまで、時間稼ぎをしているのだ。

彼女は深呼吸した。

「話は最後まで聞いたほうがいいですよ」

「ほう、つづきがあるのですか?」調整官が礼儀正しく尋ねる。

「ええ。肝心の部分が!　彼らはああいう生きものですから、狙われているというだけでは、いつまでも身を隠してはいないんです」

調整官の顔をさっとかすめたのは、たんなる用心深さにとどまらない表情だったのだろうか?

「彼らはどうするんですか、ミス・アンバーダン?」彼は静かな声で尋ねた。

「エアカーに乗っている人間に手が届かず、意思疎通もできないとあれば」――また顔をかすめた!――「彼らは人間がどこから来たか探しはじめるのではないでしょうか?　大陸を横断し、ここポート・ニチャイにいるのを突き止めるには、何年もかかったかもしれません。でも、とうとう見つけだして、いまこのとき、下の公園に何千頭もすわっているとしたらどうですか?　彼らは山腹を登るのと同じくらいやすやすと高層ビルの側面を登れます。そして問題を処理するには、ポート・ニチャイの人類を一掃するしかないと判断したとしたら?」

調整官はしばらく無言で彼女を見つめた。

「あなたがおっしゃっているのは」やがて彼が口を開いた。「彼らが理性的な存在であり

――臨界IQ水準を超えているということですね」

「そうです」とテルジー。「法的に彼らは理性的存在です。その点は調べました。たぶん、あたしたちと同じくらい理性的でしょう」

「どうしてそれを知ることになったのか、話していただけますか？」

「彼らが教えてくれました」

調整官はふたたび黙りこみ、彼女の顔をしげしげと見た。

「ミス・アンバーダン、彼らはほかの人類とは意思疎通できないとおっしゃいましたね。それはつまり、あなたが異種間《ゼノ》テレパスということに……」

「あたしがですか？」その言葉は初耳だった。「もし猫の考えていることがあたしにわかって、あたしの考えていることが猫にわかるという意味なら、たぶんその言葉が当てはまるんでしょう」テルジーは彼の表情をうかがい、もうすこしで信じてもらえると判断して、急いで言葉をつづけた。

「法律を調べたところ、彼らは連邦と条約を締結できるとわかりました。それにより、彼らは加盟種族としての地位を確立し……彼らのおさめたがっている形で、なにもかもが丸くおさまることになります。彼らのなかには、あたしを信じてくれる者もいます。あたしがあなたと話をするまで、待ってくれることになりました。うまくいけば、一件落着！　そうでなければ」――一瞬、自分の声が震えるのがわかった――「彼らは襲ってくるでしょう！」

調整官は顔色ひとつ変えなかった。

「わたしはどうすればいいんですか？」

「あなたがオラドの連邦議会と連絡をとる、と彼らに伝えました」

「議会と連絡をとるですって？」彼は冷静にくり返した。「この話の証拠となるものが、あなたの言葉しかないのにですか、ミス・アンバーダン？」

周囲で突如として怒りがうごめきはじめる気配があり、テルジーは顔が青ざめるのがわかった。

「わかりました。証拠をお見せします！　いまはそうしなければなりません。でも、たいへんなことになりますよ。いったん彼らが手の内をさらしたら、あなたが正しい行いをする時間は三十秒しか残されていません。どうかそれをお忘れなく！」

調整官が咳払いした。

「わたしは――」

「**いまよ！**」テルジーがいった。

バルコニー式庭園の塀ぎわに、装飾過多の花台のわきに、石造りの池の縁を背にして、カンムリネコたちが姿をあらわした。三十頭ほどだろうか。調整官のすぐそばに立っている〈鉄の思考〉ほど印象的な体格のものはいなかった。しかし、それほど引けをとっているわけではない。岩のようにじっとしていて、怪物像《ガーゴイル》のように恐ろしい彼らは、目を爛々と輝かせて待っていた。

「ほら、これが彼らの評議会です」テルジーの耳にそういう自分の声が届いた。

調整官の顔も真っ青になっていた。しかし、けっきょく彼は老練な猟人《シカーリ》であり、海千山千の外交官だった。あわてず騒がず自分をとり巻く者たちを見まわすと、静かな声で、「お言葉を疑って申しわけありませんでした、ミス・アンバーダン！」といい、デスクの通話器に手をのばした。

〈鉄の思考〉が悪鬼のような頭をテルジーのほうに向けた。彼女の心が一瞬捉えたのは、獰《どう》猛《もう》な黄色い目が賞賛のウインクをしたような印象だった。

「……オラドへの通信回線を開いてくれ」調整官が通話器にいっていた。「議会につないでくれ。大至急だ！　非常に重要なお客さまが待っておられるんだ……」

ジョンタロウの惑星調整官のオフィスは、そのあと多忙をきわめる、きわめて興味深い場所となった。叔母の居場所をもういちどテルジーに尋ねることをだれかが思いつくまで、優に二時間が経っていた。

テルジーは額をピシャリとたたいた。

「すっかり忘れてた！」そういうと、ショートパンツのポケットからスポーツカーのキーを引っ張りだす。「外の駐車プラットフォームにいるわ……」

ハブ連邦と惑星ジョンタロウの新しい加盟種属とのあいだで交わされた仮条約は、二週間後正式に批准され、式典がジョンタロウの猟人《シカーリ》クラブのシャンペン・ホールでとり行われた。

テルジーは船室のニュース・ヴュワーでしか出来事を追えなかった。そのころにはハレットとともにオラドへの帰路についていたのだ。条約の詳細にはあまり興味がなかった――公園で〈鉄の思考〉や仲間たちに読んでやったのとほぼ一致した。彼女の注意を惹いたのは、列を成す通訳マシンと、ひと握りの人類ゼノテレパスのおかげで、条約の当事者同士のあいだに存在する広い言語のへだたりにあっさりと橋が架け渡されたことだった。

ヴュワーのスイッチを切ると同時に、ハレットが隣の船室からぶらりとやってきた。

「わたしも見ていたわ！」ハレットがいった。にっこり笑って、「チックタックが見られるかと思って」

テルジーは叔母に目をやった。

「まあ、TTがポート・ニチャイに姿を見せることはなさそうだけど。バルート山脈での暮らしがどんなものかを知ろうとして、いまはご機嫌なときを過ごしているはずだから」

「きっとそうね」ハレットは疑わしげに同意し、クッションに腰を降ろした。「でも、何年かしたら、また連絡するって約束してくれてうれしいわ」

テルジーは眉間に皺を寄せて、考えこみながら叔母を見つめた。もちろん、ハレットは心の底からそういっているのだ。過去二週間のうちに、彼女は深甚な心変わりをしていた。だが、テレパシーを使って引き起こした心変わりの本当の価値について、テルジーには多少の疑いがないわけではなかった。カンムリネコたちが彼女の頭のなかではじめた学習プロセスは、荒っぽい教師たちがじっさいに意図したよりも何日か長く、ひとりでにつづいたらしい。その時期の終わりごろには、カンムリネコたちが聞いたこともない、それに関連する潜在能力が発達したと信じる理由がテルジーにはあった。まだ整理をはじめたにすぎないが……たとえば……ハレットの不快な態度を実質的に逆転させるのは、驚くほど簡単だとわかった。叔母の個人的なシンボル体系を理解するのに二日かかったが、そのあとはなんの問題もなかった。

いまのところ法律は破っていない――それはまずたしかだ。もっとも、サイオニック能力の使用と濫用《らんよう》を規制する法律ライブラリの条文は、複雑怪奇で曖昧模糊《あいまいもこ》とした言葉遣いでわかりにくくなっており――わざとそうなっているのではないか、とテルジーはにらんでいた――どういう意味なのか理解するのは本当にむずかしかった。しかし、それを別にしても、いくら用心してもしたりないような議論がたくさんある。

一例をあげれば、ハレットが現在の精神状態でオラドにあらわれたら、アンバーダン家の雰囲気がはるかに好ましくなるとしても、ジェサマインは義理の妹の健康を案じはじめるだろう。

「ハレット」テルジーは内心で問いかけた。「自分がどんな鼻つまみ者だったか憶えてる？」

「もちろんよ」ハレットは声に出していった。「どれほど後悔してるか、ジェサマインに話すのが待ちきれないわ……」

「ねえ」あいかわらず無言で言葉を形作りながら、テルジーは先をつづけた。「いってみれば、むかしの卑劣なあなたと、いまの胸が悪くなるくらいのお人好しのあなたとの中間くらいになったら、もっと人生を楽しめると思うんだけど」

「まあ、テルジー！」ハレットがぼうっとして愛想よく叫んだ。「なんてすてきな思いつきでしょう！」

「じゃあ、やってみましょう」とテルジー。

そのあと船室は二十分ほど静まりかえり、そのあいだテルジーはもういちどハレットの性格特徴をたくさん作りなおす作業に精を出した。それに対する疑いはいまも消えなかった。しかし、必要になれば、いつでもむかしのハレットを丸ごと修復できるのだ。

これはたしかにとりあつかい注意の能力だわ、とテルジーは自分にいい聞かせた。まずは法科を卒業したほうがいい。そのあとなら、大手をふって、連邦内を探してまわれるようになる、天才レヴェルの初心者にサイオニック能力のきちんとしたあつかいを教える資格のある者を……。

猫の世界は灰色

アンドレ・ノートン

山田順子 訳

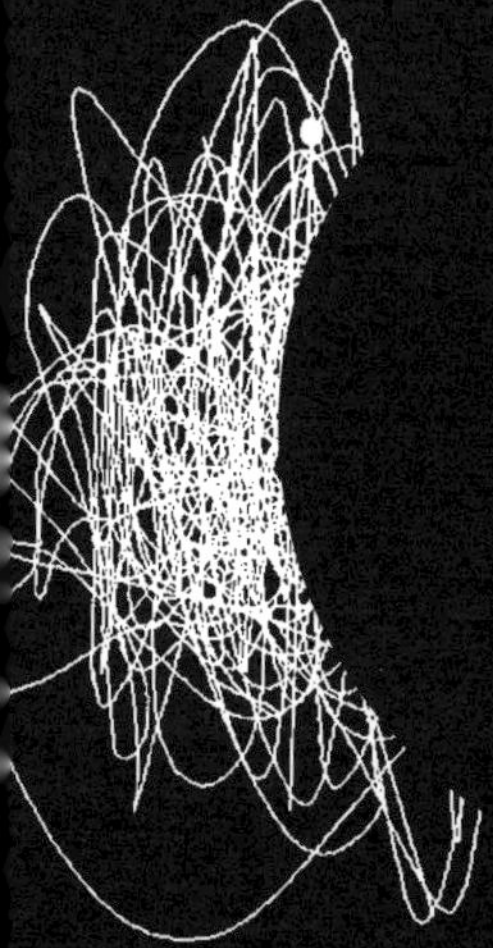

アンドレ・ノートン　Andre Norton（1912-2005）

　世に猫好きのSF作家は数あれど、猫SFのプロモートに尽力した者はすくない。その希有《けう》な作家のひとりが本編の作者だ。猫が活躍するSF——たとえば、黒猫のシンバと青猫のサビバの登場する『猫と狐と洗い熊』（一九六一／創元SF文庫）、虎縞のシンバッドが重要な役割を担う《太陽の女王号》シリーズ（ハヤカワ文庫SF）など——をたくさん著しただけではない。辣腕《らつわん》編集者のマーティン・H・グリーンバーグと組んで、猫にまつわるSFとファンタシーを集めたアンソロジー・シリーズ《キャットファンタスティック》を立ちあげ、第五集まで刊行したのだ。つまり、猫SFの拠点を作ったのである。

　男性名だが、じつは女性であり、本名はアリス・メアリ・ノートン。デビューは一九三四年で、当初は冒険小説を書いていたが、四七年にSF界に参入。以後はもっぱらジュヴナイルの分野で健筆をふるい、第一人者の地位を築きあげた。彼女の作品を読んでSF作家を志した者は数知れず、その功績が認められて、没後の二〇〇六年には優れた青少年向けSFとファンタシーに贈られるアンドレ・ノートン賞が制定された。代表作に《ウイッチ・ワールド》シリーズ（創元SF文庫）、《タイム・エージェント》シリーズ（久保書店QTブックス）などがある。本編はSF誌〈ファンタスティック・ユニヴァース〉一九五三年八・九月号に発表された初期の短編。（商業出版としては）本邦初訳である。

宇宙航路《スペースウェイ》のスティーナ。この呼び名は、ステラー・ヴェド紙の見開きページに使われた、古くさい見出しのようだ。わたし自身、なんとか彼女にふさわしい表現をしようと努力したのだが、けっきょくこう書いてしまった。ただし、スティーナはグラマーでキュートな女ではない。月のように色彩に乏しい。ネットでくるんだ髪すらも灰色っぽい色合いだし、服装も、体の線を見せない宇宙作業用のカバーオール、つまりだぶだぶのつなぎしか着ない。

スティーナはきまじめな後方スタッフで、そのせいなのか、彼女が自由時間をすごすのは、宙港近くの裏町の、フリーの宇宙作業員《スペーサー》たちがたむろする、煙のたちこめたうさんくさい酒場の片隅だ。彼女を捜したいなら、そこでみつかる。彼女は黙って周囲の話に耳をかたむけている――ひとの話を聞き、記憶しているのだ。彼女自身はめったに口を開かない。だが、彼女が口を開けば、スペーサーたちはひとの話を聞くことを学ぶ。彼女の話を聞いたという者は数少ない。その幸運な者たちは決してスティーナのことを忘れないだろう。

スティーナは宙港から宙港へと飛びまわっている。大型コンピュータ専門のオペレーターなので、仕事があればどこにでも行く。どこかで仕事がみつかると、そこで長期間すごさなくてはならなくても苦にしない。スティーナは彼女が扱うマシン――個性のない、曲線をもたない灰色のしろもの――を的確に作動させる、すぐれた教師のような存在となった。

バブ・ネルソンに木星《ジョヴアーン》の衛星の儀式のことを教えたのは、スティーナだった。そのときの彼女の警告が、六カ月後、バブの生命を救うことになった。また、ある夜、同じテーブルについていたキーン・クラークが、これはなんだろうと回してよこした石のかけらを、スリタイトの原石だと看破したのはスティーナだった。それがゴールドラッシュならぬスリタイトラッシュの幕開けとなった。スティーナの話を聞いた男たちが、一夜で巨万の富をつかもうと、先を争って船を飛ばしたからだ。そして、なによりも、〈火星の女帝〉事件を解決したのも、スティーナだったのだ。

スティーナは風変わりな知識の宝庫であり、写真的記憶力の持ち主で、そのおかげで富にありついた者は、天秤《てんびん》のバランスを取りたくて、スティーナに礼をしようと躍起になる。だがスティーナは、カップ一杯の運河の水をおごってもらうだけで、彼らがどんなに多額のクレジットを押しつけようとしても、決して受けとらない。スティーナに謝礼を拒絶されたバブ・ネルソンは、クレジットのかわりにバットを贈った。

ジョヴァーンでの出来事から一年ほどたったある夜、バブはフリーフォール亭に行き、スティーナのテーブルにバットをひょいと下ろした。バットはスティーナをみつめ、ごろごろと喉を鳴らした。スティーナは静かな目でバットをみつめ、軽くうなずいた。それ以降、スティーナとバットはいっしょに旅をすることになったのだ——やせた灰色の女と、大きな灰色の雄猫とが。バットはたいていのスペーサーが一生涯に訪れる数よりも、さらに多くの酒場を巡ることになった。ヴァーナルジュースをちびちびと舐めることから始まって、やがてきれいに飲みほしてグラスを空《から》にするようになった。どの星のどんな酒場であれ、スティーナが選んだテーブルがバットのホームだった。

　これはスティーナとバット、クリフ・モーラン、そして〈火星の女帝〉の物語だ。スペースウェイの伝説となった物語。しかも、めっぽういい話でもある。わたしはそのオリジナルの話を語れる。

　というのも、わたしはすべてが始まったその夜、リゲル・ロイヤル亭にいたのだ。その酒場に、クリフ・モーランがひょっこり入ってきた。アントマンの腹よりもぺったんこにへこみ、その倍も剣呑《けんのん》な雰囲気をまとっている。クリフは悪態をつきまくった。聞いた者が身をよじって、パンチをくらったヘビのようにのたくってしまうほどの口汚い悪態を。彼の船に差し押さえ令状が出ていることは誰もが知っていた。クリフは金星宙港《ヴエナポート》の裏町から抜け出て、出世する道を求めた野心家だった。だが、いまは船を失いかけ、裏町にもどってきた――自己憐憫《れんびん》にふけってとことん腐るために。その夜、テーブルについて憂さを晴らそうと酒を注文したクリフは、もはや悪態をつきまくるしかない状況に落ちこんでいた。

　しかし、一本目のボトルが届くのとほぼ同時に、クリフのテーブルにひとが近づいてきた。隅のテーブルにいたスティーナだ。肩にはバットがのっかり、襟巻きのようにスティーナのくびに巻きついている。バットのお気に入りの移動法だ。スティーナはクリフの許可も待たずに、彼のそばに腰をおろした。それは、不機嫌の淵に沈んでいたクリフを、いきなり浮上させるほど衝撃的な出来事だった。スティーナはひとりでいられるかぎり、決して他人とつるまないからだ。たとえガニメデで石化しつつある人間がどしんどしんと店に入ってきても、誰もが目の隅でちらっと見るぐらいで、驚いたりはしないのだが、スティーナが自分から他人に近づくとは。

スティーナは長い指をのばして、クリフが注文したボトルをわきにどけた。そして、前置きもなしにいった。

「そろそろ〈火星の女帝〉が現われるころよ」

クリフは顔をしかめ、くちびるを嚙《か》んだ。彼はタフだ。宇宙機の推進装置の裏張りのようにタフだ。ヴェナポートの裏町から出て、個人の宇宙船持ちになるまでのしあがるのは、花崗岩《こうがん》のような精神の持ち主でなければできないことだ。しかし、スティーナのことばを聞いた瞬間、クリフの心になにがよぎったか、それは推測できる。

〈火星の女帝〉というのは、スペーサーが狙える最大の懸賞船なのだ。しかし、この五十年、〈火星の女帝〉は奇妙な、予測できない軌道を描いて宇宙空間を移動している。多くのスペーサーたちがなんとか彼女をみつけて確保しようとしたが、成功した者はいない。

〈火星の女帝〉は測り知れないほどの価値のある財宝が積まれた観光船だったが、なぜか宇宙空間でぷっつりと消息を絶ち、行方がわからなくなった。乗客も乗組員《クルー》も、生存しているのかどうか確認できた者はいないし、声すら聞けずにいる。その後、間隔をおいて目撃されるようになり、乗船すら可能となった。だが、〈火星の女帝〉に乗りこんだ者は、それきり消えてしまうか、早々に逃げ帰ってくるかのどちらかだった。逃げ帰ってきた者は、なにを目にしたのか口にすることすらなく、ただもう、可能なかぎり早く〈火星の女帝〉から離れたかったとしか語らなかった。

つまり、〈火星の女帝〉を確保できた者は、あるいは宇宙空間から除去することができた者は、多額の賞金を手にできるのだ。

「よし！」クリフはこぶしをテーブルに打ちつけた。「やってやる！」

スティーナはクリフをみつめた。初めてバブ・ネルソンがバットに会わせてくれた日も、きっとこういう目でバットを見たにちがいない。

わたしが見たのはそこまでだ。あとの話は何カ月もたってから、ばらばらの断片という形で、太陽系の半分ほど離れた別の宙港で耳にしたものだ。

その夜、クリフは船を飛ばした。待つという危険をおかしたくなかったのだ——差し押さえ令状が出ているからには、いつ宇宙船を取りあげられるかわからないが、宇宙に出ているかぎり、船を奪われることはない。乗客——スティーナとバット——もいる。どうしてそういう展開になったのかは、誰にもわからない。スティーナがなにもいわないのは、火を見るよりも明らかだ。彼女は説明などしない。

スティーナは生まれて初めて自腹を切って、現金払いでクリフの船に乗りこんだ——それだけのことだ。クリフにとってはずしりと重いことだったかもしれない。あるいは気にもしていないかもしれない。どちらにしろ、ふたりと一匹は〈火星の女帝〉をみつけた。暗黒の宇宙空間で、すべての舷窓に煌々《こうこう》と明かりがともっている幽霊船を。

船首の赤い警告灯だけではなく、船全体のすべてのライトが点灯している光景は、異様としかいいようがない。宇宙空間の〈さまよえるオランダ人〉。クリフは巧妙に船を寄せ、磁力線を発射して、難なく〈火星の女帝〉をロックした。数分後、ふたりと一匹は〈火星の女帝〉の船内にいた。客室にも通路にも空気がある。空気にはかすかな腐臭がまじっていて、バットのするどい嗅覚を刺激した。そのにおいは、猫よりは劣る人間の鼻でさえ感知できた。

クリフはまっすぐにコントロールルームに向かったが、スティーナとバットは船内を見てまわった。とりあえず、閉まっているドアは開けてみなければならない。スティーナはいちいちドアを開けてはさっと中をのぞき、室内になにがあるのかを確認した。五番目のドアを開けると、そこは、女なら、一瞥《いちべつ》しただけでは立ち去ることのできないような部屋だった。〈火星の女帝〉が最後の長い航海に出たとき、船にどんな荷が積まれていたのか、それは定かではない。古い、写真つきの積み荷登録カードをチェックできるチャンスがあれば、誰もが好奇心を抑えられないはずだ。

その部屋の床に置いてある二個の旅行キットからは、豪華な絹の服がはみだしていた。化粧台にはクリスタルの容器や宝石をちりばめた容器がところ狭しと並び、ほかにも女心をそそる品々があふれている。スティーナでさえ例外ではなかった。化粧台の前に立ち、鏡に目を向ける——そして、凍りついた。

鏡の中のスティーナの右肩の向こうに、ベッドが見える。ベッドには蜘蛛《くも》の巣のような細い絹糸を織った布が掛かっている。その薄くて美しい布の上の、ちょうどまんなかあたりに、きらきらと輝く宝飾品の山がある。いくつもの宝石箱の中身をそこにぶちまけたかのように。バットはひらりとベッドに跳びのり、猫独特のしぐさで腹這いになって、ぺったんこの姿勢で宝飾品の山をみつめている。じっとみつめて、さらにみつめて——なにかをみつけた！

スティーナはさりげなく手近な瓶を取りあげた。瓶の蓋《ふた》を開けながらも、鏡の中のベッドから目を離さない。お宝の山から宝石をちりばめたブレスレットが宙に浮きあがり、涼しげな音をたてて魅惑の歌を奏でた。見えない手がものうげに動いているかのように……。

バットは低く唸った。が、撤退はしなかった。どうするか決めかねているのだ。

スティーナは瓶を下ろした。そして、迷わずに行動した。スティーナが長年のあいだにあれこれと聞いた話のなかでも、こういう場合にこういう行動ができた者はほとんどいなかった——スティーナは急ぐこともなく、迷うこともなく、ベッドに向かったのだ。ベッドに近づいても、宝飾品の山には指一本触れなかった。手を触れたい衝動はあった。五分ほど、スティーナは純粋な好奇心と無関心とのあいだで揺れ動いた。

事を決したのはバットだった。

バットはベッドから跳びおりると、慎重に距離をおいて、なにかのあとをついていく。ドア近くに行くと、二度、ニャアと鳴いた。スティーナはドアを広く開けてやった。

なまなましいにおいを追う猟犬のように、バットは通路をまっしぐらに進んだ。スティーナは散策者のようなゆったりした歩きかたで、急ぐことなく、バットのあとをついていった。通路を進んでいるのがなんなのか、スティーナには見えないが、バットは迷うことなく追っている。

見えないものを追って、バットとスティーナはコントロールルームに入った。見えないものに踵《かかと》があるとすれば——あるかどうか疑うだけの理由はある——その踵にくっつきそうなほどぴったりとついていったのだ。コントロールルームに入るやいなや、バットはドアの前にうずくまり、動かなくなった。スティーナはずらりと並んだコントロールパネルを眺めた。クルー席のひとつにクリフ・モーランがおさまって、なにか作業をしている。カーペットが分厚いため、スティーナのブーツは音ひとつたてない。クリフはなにも気づかず、目をあげることすらなくハミングしながら、何年も人の手が触れたことのない、いくつものボタンを次々に押しては、いかにもしぶしぶといったふうに遅い反応が返ってくるのを待っている。

人間の目には、コントロールルームには、クリフとスティーナとバットの姿しか見えない。だが、バットの目は依然として見えないなにかを追っている。そしてついに、動きまわるそれを、信用できないもの、好きになれないものと見きわめたようだ。バットは一歩、また一歩と前に進み、低く唸った——嫌悪感のせいで、背中の毛が逆立っている。と、その瞬間、スティーナにもちらちらと揺れるものが見えた。背を丸めているクリフの肩のあたりに、ちらちら揺れるなにかの輪郭が、ぼんやりと見えたのだ。見えないものは、いつのまにか空間を移動して、クリフのところにたどりついたようだ。

しかし、見えないものはなぜクリフにくっついたのだろう？　戦利品と戯れていられるベッドの掛け布から離れて、空いているクルー席でもなく、コントロールパネルのどれかにでもなく、通路の壁にでもなく、なぜクリフに？　バットにはその理由がわかっているのだろうか？

長年にわたってスティーナが蓄積してきた記憶の宝庫の、忘れかけていた扉のひとつが、すっと開いた。ためらいもなく、すばやい一連の動作で、スティーナはだぶだぶのつなぎを脱ぎすて、それを手近なシートの背に投げた。

バットの唸り声が大きくなったかと思うと、狩りの歌ともいえる太くて低い咆哮《ほうこう》が喉の奥から放たれた。しかし、バット自身はじりじりとあとずさって、スティーナの足もとに身を寄せてきた。威嚇はしているものの、彼が戦える相手ではないのだ。

もしバットが見えないものを、シートの背に掛かっているだぶだぶのつなぎまで追いこんでくれれば……ぜひともそうしてほしい――それが唯一のチャンスなのだ！

「どうし……？」クリフが席を立ち、スティーナとバットに目を向けた。

クリフの目に映ったのは、異様な光景だったにちがいない。スティーナの腕も肩もむきだしだ。いつもはきちんとネットでくるんでいる髪はほどけて、無造作に背中に垂れている。目を細くせばめてなにもない空間を凝視し、くちびるを引き結んで、たった一度の無謀なチャンスをつかもうと、タイミングを計っている。バットはバットで、腹をぴったりと床につけ、悪魔のように荒々しい鳴き声を放ちながら、少しずつあとずさりしている。

「あんたのブラスターをこっちに投げて」スティーナはおちついた口調でクリフに命じた——ここがリゲル・ロイヤル亭で、テーブルを囲んで静かに話しているかのように。

そして、クリフもまた、黙ってスティーナのことばに従った。スティーナはクリフが投げてよこした小型の武器を、空中でしっかりとつかんだ——つかむと同時に、ブラスターを水平に構えた。

「そこから動かないで!」スティーナはクリフに警告した。「さがって、バット。さがって」

喉の奥から憤怒《ふんぬ》と嫌悪の唸り声を発しながら、バットは身をひるがえし、スティーナのブーツのあいだから離れた。スティーナは親指とひとさし指に力をこめ、シートの背に掛かっているつなぎを撃った。つなぎは一瞬にしてこまかい灰と化した——だが、焼け焦げたシートの背をおおっている部分だけは無傷で残り、ひらひらと揺れている。なにかがブラスターの威力からシートの背を守っているかのように。

バットが耳をつんざくような鳴き声をあげて、空中に跳びあがった。

「どう……?」クリフがなにかいおうとした。

スティーナは左手で警告の合図をした。「動くな！」

スティーナは緊張を解かず、バットから目を離さなかった。バットはすごい勢いで室内を駆けまわった。それも、二度。白目をむき、口からは泡を吹いて、ただもう狂ったように走っている。

と、バットはふいにドアの前で立ちどまった。立ちどまって、肩越しにふりむき、ほんの一瞬なのに永遠につづくかと思われるほど長い長いあいだ、じっとうしろをみつめた。そして、気むずかしげに空気のにおいを嗅いだ。

スティーナとクリフもまたそのにおいを感知した。鼻を刺す、油っぽい悪臭。通常、ブラスターが発射されたあとには特有のにおいが残るが、それとは明らかに異なるにおいだ。

まるで爪先立つように、バットが四本の肢《あし》の先っぽだけでカーペットを優美に踏みながら、スティーナのもとにもどってきた。スティーナを見あげてから彼女のそばを通りすぎ、大胆にも悪臭の源のほうに行き、つなぎの焼け残った断片に向かって、二度、低く唸った。さっきまで敵だったものに敬意を払い終えると、バットは行儀よくその場にすわりこみ、ていねいに毛を舐めて身づくろいを始めた。

スティーナはほっと息をつくと、ナビゲーターシートにすとんと腰をおろした。

「いったいなにがあったのか、もう教えてくれてもいいよな？」クリフはスティーナに近づくと、彼女の手からブラスターを取った。

「灰色」スティーナはものうげな口調でいった。「あれは灰色だった――でなきゃ、灰色に見えただけかも。あたしは色盲なの。どんなものでも、あたしの目には灰色の濃淡にしか見えない。あたしの世界は灰色なのよ。バットと同じ――猫の世界も灰色だから。でも、猫にはその埋め合わせをする機能がある。人間に見える光波のスペクトルの範囲を超えた波長が見えるの。どうやらあたしもそうみたい」

震える声でそういうと、スティーナはくいっとあごをあげた。それはクリフが初めて見るしぐさだった。スティーナは誇り高く事実を受け容れたのだ。乱れた髪をネットに押しこんだが、以前のように、重いネットで髪をかっちりと固める気はないようだ。

「おかげで、あれがあんたとあたしのあいだをよぎったのが見えた。あれがあんたのつなぎにくっついてると、あたしにはあれの輪郭は灰色の濃淡にしか見えない。だから、あたしは自分のつなぎを脱いで、あれがあんたから離れるのを待った。あたしたちにとって、それが唯一のチャンスだったんだよ、クリフ。

最初、あれは好奇心に駆られて遊んでたんだと思う。自分があたしたちには見えないことを知ってたし。だから、なかなか攻撃しようとしなかった。でも、バットの動きにつられて、あれも動いた。あたしにはあれがちらちら揺れながら椅子の背に掛かっているつなぎに近づくのが見えたんで、つなぎにくっつくまで待った。単純な話ね……」

クリフは少し震えを帯びた笑い声をあげた。「けど、その灰色のやつって、いったいなんだったんだ？　おれには見当もつかないよ」

「〈火星の女帝〉を乗っ取ったやつだと思う。宇宙のどこかで生まれたのか、異世界から来たものなのか」それはわからないというように、スティーナは手を振った。「人間に見える色彩の範囲にはない色なので、人間には見えないだけ。もう何年もこの船にいすわっていたにちがいない。獲物をさんざん弄《もてあそ》んで、好奇心が満たされると、殺す――きっと、そう」手短に、スティーナは客室で見た光景をクリフに説明し、宝飾品の山が奇妙な動きかたをしたことを語った。それがけっきょく、あれの仇《あだ》となったのだ。

クリフはブラスターをホルスターにもどさなかった。「ほかにもいるんじゃないか？」うれしくない予想だ。

スティーナはバットを見た。バットは完璧な身づくろいをめざして、前肢の肉球のあいだを舐めるのに夢中だ。「そうは思わない。でも、もしほかのがいたら、バットが教えてくれるよ。あの子にははっきりと見えるんだから」

しかし、船内にあれの仲間はいなかった。二週間後、クリフ、スティーナ、バットのふたりと一匹は〈火星の女帝〉を曳《ひ》いて、月の検疫ステーションに到着した。そこでスティーナの物語は終わる。年代記に幸福な結婚生活を書きしるす必要はないからだ。スティーナは彼女の灰色の世界を理解できる者がいることがわかったし、その相手と世界を共有するのはさほどむずかしいことではないこともわかった――スティーナと世界を共有できるのは、バットだけではなかったのだ。こうして、真の愛情がはぐくまれた。

最後にわたしがスティーナを見かけたとき、彼女はリゲル星特産の織物でこしらえた、燃えるように赤いマントをはおり、手くびにはジョヴァーンのルビーがきらめくブレスレットをつけていた。クリフはウェイターに三桁のクレジットをぽんと渡した。バットの前には、ヴァーナルジュースのグラスがずらっと並んでいる。それはいかにも、街なかでのささやかな家族パーティという光景だった。

影の船

フリッツ・ライバー

浅倉久志 訳

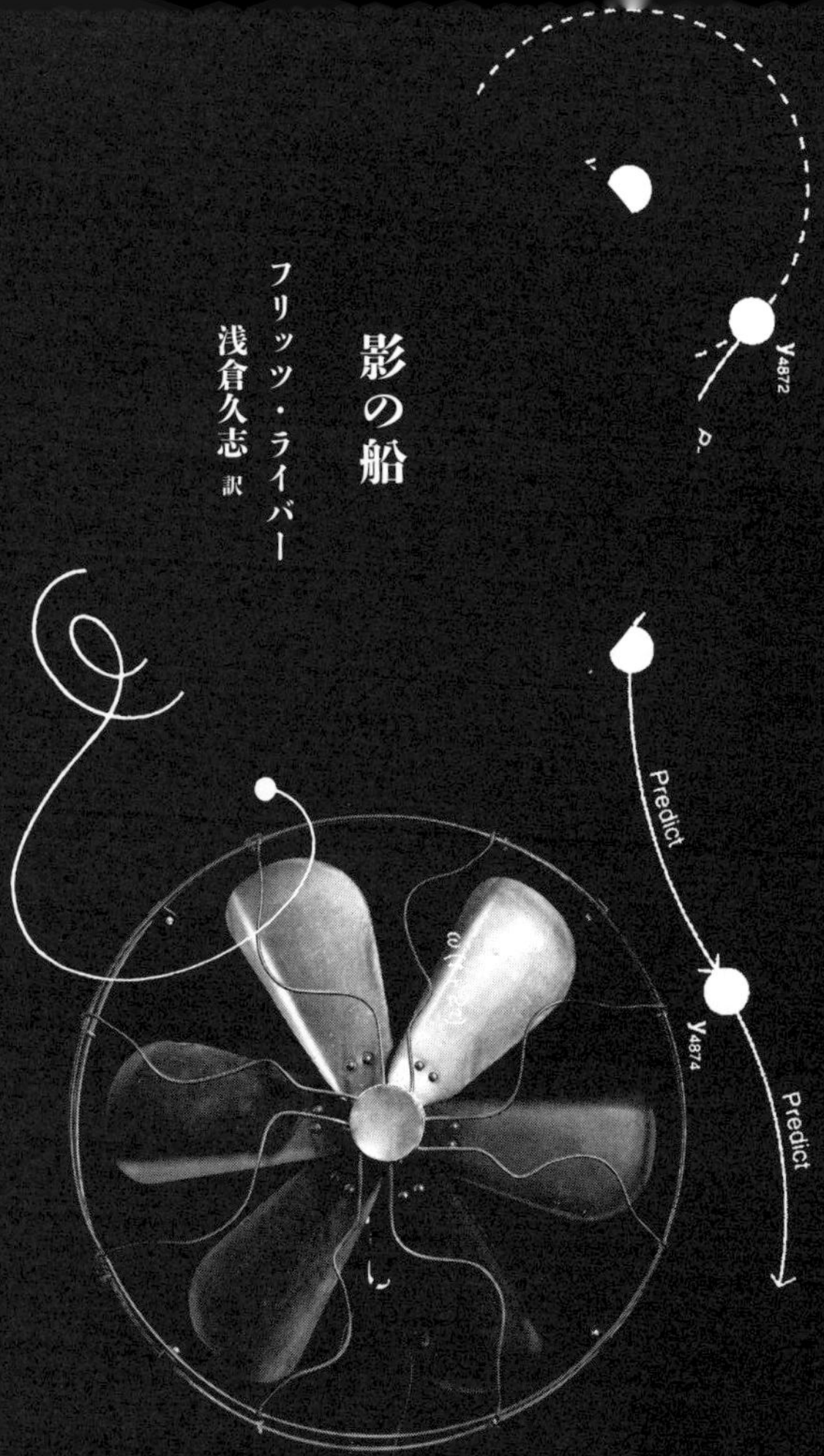

フリッツ・ライバー　Fritz Leiber（1910–1992）

猫とSFといえば、絶対に欠かせないのがライバーの名前だ。無類の猫好きとして知られており、その身辺にはつねに猫がいたという。当然ながら、猫を題材にした作品も多く、それらは *Gummitch and Friends*（1992）という短編集にまとめられている。

とりわけ、IQ一六〇のスーパー仔猫ガミッチが主役を務める短編「跳躍者の時空」（一九五八）は名作の誉れが高い。とはいえ、この作品は続編四作とともに、筆者が編んだライバー傑作集『跳躍者の時空』（二〇一〇／河出書房新社）に収録されているので、本書にはもうひとつの傑作を採ることにした。邦訳は四十年近くも幻になっていたのだから、再録の意義は大きいと思われる。

初出は〈ファンタシー＆サイエンス・フィクション〉一九六九年七月号。翌年、英米SF界最大の栄誉であるヒューゴー賞の長い中編《ノヴェラ》部門に輝いた。

作者は五十年以上の長きにわたってアメリカの幻想文学界をリードした巨匠。SFの代表作をあげればヒューゴー賞受賞作『放浪惑星』（一九六四／創元SF文庫）、ホラーなら世界幻想文学大賞受賞作『闇の聖母』（一九七七／ハヤカワ文庫SF）、ファンタシーなら一九三九年のデビュー以来書き継がれた〈剣と魔法〉の名作《ファファード＆グレイ・マウザー》シリーズ（創元推理文庫）となるだろう。

「バカ！　ウシュノロ！　ヨッパライ！」猫はそう罵《ののし》って、スパーのどこかに嚙《か》みついた。

四つの疼痛《とうつう》が、間近に迫った二日酔の吐き気とバランスをとり、スパーの心は肉体がやるように〈ウインドラッシュ〉の闇をふわふわと漂いはじめた。闇の中にはたった二つの走り灯がともっているだけ。それも、夢の温もりのように淡く、船橋や船尾とおなじほど果てしなく遠い。

幻が浮かぶ。青い空の下、帆を全開にし、風に波立つ青い海に白い跡を引いた一隻の船。空と海という言葉も、もはや汚《けが》らわしく感じられない。マストや帆の支え綱をくぐる潮風の囁《ささや》きが、張りつめた帆を叩く音が、そして三本マストと、船体の木材部分の軋《きし》りが聞こえる。

木材ってなんだったっけ？　どこからともなく答が返ってくる――プラスチックの生きたやつさ。

いったいなんの力が、あんなに水を平らに押えつけてるんだ？　どうしてあれだけの水が大きな球にならず、船がきりきり舞いして風の中へ飛んでいかないんだ？

ぼやけて丸味のある現実と違い、その幻は鋭い縁《へり》にかこまれて鮮明だった――スパーはそんな幻を見ることはみんなに黙っている。へたをすると、千里眼とか、魔法使いと疑われるおそれがあるからだ。

〈ウインドラッシュ〉も、よくザ・シップと呼ばれるところから見て、やはり船にはちがいない。だが、それはいっぷう変わった船だった。この船では、水夫たちは永久にキャビンの中に住んでいる。半透明の帆をつなぎ合わせて作った、さまざまな形のキャビンの中で、支え綱《シュラウド》（屍衣という意味になる）に包まれて。

幻の船と共通しているのは、風と、終わることのない軋みだけだ。幻が薄れていくにつれて、〈ウインドラッシュ〉の長い通廊を吹きわたっていく風の低い呻《うめ》きが、スパーの耳にはいってきた。同時に、支え綱の振動をつうじて、船体の軋みが伝わってきた。彼が〈こうもりの巣〉の中を漂いまわらないように、手首と足首をそこにつなぎ止めてあるのだ。

睡曜日《スリープデイ》の夢も出だしは好調だった。スパーは、クラウンの三人の囲い女を一度にものにする夢を見た。だが、睡曜日の夜ふけ、第三船倉の大消化管が立てる遠い咀嚼音《そしやくおん》に、彼はなかば目ざめた。狼男や吸血鬼が襲いかかってきたのは、それからである。暗い、もうろうとした背景で魔女たちとその使い魔がけらけら笑い、六方から重い影がとびついてきた。どういうわけか、彼を護ってくれたのは一ぴきの猫だった。その猫は、ほっそりしたひとりの魔女の使い魔らしく、魔女のむきだされた歯は、振りみだした髪の銀色の暈《かさ》の中にある、もっと小さめの象牙色の暈だった。スパーはゴムのような歯ぐきをかみしめた。超自然的生物の中で最後に姿を消したのは、その猫だった。そしてそのあとに、あの美しい船の幻影が現われたのだ。

とつぜん、容赦ない二日酔いの攻撃がはじまった。雲に包まれるのではないかと思うぐらい、汗がどっと吹き出してきた。なんの予告もなしに、胃袋が裏返しになった。自由のきく片手が、宙に浮かんだ排泄管《はいせつかん》をつかみ、すんでのところでその小さな朝顔を顔に押しつけた。つんと鼻を刺す異臭の吐瀉物《としゃぶつ》が、軽い吸引力にひかれてゴロゴロとチューブを流れおりていく。

突風に煽られた廊下の安全ハッチの蓋《ふた》のように、またもや内臓が裏返った。彼は排泄管の先を短いだぶだぶ服の尻へ押しこみ、反吐《へど》とおなじほど水っぽい暗色の噴流を受けとめた。つぎには、無性に小便がしたくなった。

排泄のあとの祝福された脱力感に浸りながら、スパーはそれに劣らず祝福された暗闇の中で体をまるめ、キーパーが起こしにくるまでもう一寝入りしようとした。

「ノンベエ！」と猫が罵った。「ネムッチャ　ラメ！　ヨク　ミロ！　ハッキリ　ミロ！」

左肩に、だぶだぶ服のすりきれた生地を貫いて、アポロやダイアナの園の小さな茨《いばら》の茂みのように四本の針がチクリと刺さるのを、スパーは感じた。体を凍りつかせた。

「シュ、シュパー」猫は彼を刺すのをやめて、さっきよりも優しくいった。「キミノ　タメオモッテイウノヨ。ホントラヨ」

スパーはおそるおそる右手を胸にやり、スージーの髪よりも柔らかな短い毛なみをそっと撫でた。

猫はのどを鳴らしているような、ひどく低い声で囁いた。「シュ、シュテキナ　シュパー！　トオクヲ　ミロ！　ロコマレモ　ミロ！　マエミロ！　ウシロミロ！」

この「見ろ」の連発に、スパーは思わずむかっとした――なまいきなニャン公！――それにつづいて、彼の目に関するばかげた希望も湧きあがってきた。この猫は、あの夢から持ちこされた使い魔ではなくて、送風管から〈こうもりの巣〉にもぐりこみ、あの夢のきっかけを作った野良猫らしいと、彼は考えた。魔女恐怖と人口減少に侵されているきょうこの頃の船内には、いや、すくなくとも第三船倉には、かなりの数の動物がうろうろしているのだ。

夜明けが船首に訪れたようだった。〈こうもりの巣〉の菫色《すみれいろ》をした船首側の隅が、ぼうっと輝きはじめた。しだいに強さを増す白い眩《まぶ》しさの中で、走り灯が薄れていく。心臓が二十の鼓動を刻むあいだに、〈ウインドラッシュ〉は勤曜日《ワークディ》やほかの日の朝とつゆ変わりない明るさになった。

スパーの腕にそって、猫が動いていく。彼の細めた目には、黒く滲《にじ》んだもやもやとしか見えない。スパーには見えない歯のあいだに、猫は自分より小さい灰色のもやもやをくわえていた。スパーはその灰色のもやもやに指をふれてみた。それは猫よりもいっそう短い毛の生えたもので、冷たかった。

飽きてきたのか、猫はむきだしになった彼の肘から、後肢の強い一押しで離れ、鮮かに隣の支え綱へ跳び移った。支え綱はゆらゆらと揺らめく灰色の線で、どちらの端も壁までいかないうちにかすんで消えている。

スパーは体を固定したクリップをはずし、鉛筆ほどの太さの支え綱に足の指でつかまると、じっと目を細めて猫を見つめた。

猫は緑に滲んだ目で彼を見返した。その緑のもやもやは、体に似合わず大きい頭の黒いもやもやの中に、ほとんど溶けこんでいた。

スパーはたずねた。「おまえの子供かい？　死んだのか？」

猫は灰色の荷物を口から離し、離されたほうは猫の頭のそばにふわりと浮かんだ。

「チョッ、コロモラッテサ！」さっきの嘲《あざけ》りを全部合わせた以上のものが、歯擦音の中にもどってきた。「コレ　ポクノ　コロシタ　ネジュミヨ、マニュケ！」

スパーの唇が微笑につぼまった。「おまえ、面白いニャン公だなあ。キムと呼んでやるよ」

「キム　シュリム！」猫は吐き出すようにいった。「ジャ、オマエハ　ノンベ！　ショレトモ　ジュブロク！」

いつも夜明けから正午にかけてはそうなのだが、軋みが激しくなってきた。支え綱がビーンと鳴る。壁がパリパリと音を立てる。

スパーはさっと首をふりむかせた。現実は本来もうろうとしたものなのに、彼は動きならまちがいなく捉えることができるのだ。

キーパーが彼をめがけてゆっくりと漂ってくる。あずき色のまんまるな胴体にくっついた、青白くまんまるい大きな顔。間隔の開いた小さな両目の茶色のもやもやよりも、鮮かなピンクの標的を思わせる鼻に、まず注意をひかれてしまう。キーパーの肥った腕の片方はプライオフィルムの明るい光沢で終わっており、もう片方は鋼鉄の暗い光沢で終わっている。彼のはるか背後には〈こうもりの巣〉の暗赤色に光る船尾側の隅が見え、それとのほぼ真中あたりにつやつやした酒場のトーラス、つまりドーナツ形のカウンターが位置している。

「このずうずうしいのらくら野郎め」それがキーパーのあいさつだった。「睡曜日の一日じゅうおまえは高いびきで、こっちは張り番させられたんだぞ。それでいて、まだおまえの支え綱まで、おめざの月の露を届けてやらなきゃならねえとくる」

キーパーは気どった声になって、先をつづけた。「ゆうべはまいったぞ、スパー。狼男に吸血鬼、それに魔女どもまでが外の廊下を荒れまわった。だが、おれはやつらを追いはらったぜ、ネズミどもはいうにおよばず、だ。チューブで聞いた話だが、ガーリーとスイートハートが吸血鬼にやられたとよ。ドジなスケども！　おまえも用心しろよ、スパー！　さあ、月の露を吸ったら掃除にかかれ。あれじゃゴミ溜《だ》めだ」

キーパーは、プライオフィルムで光る手をさしだした。

キムの侮辱的な言葉で気の立っているスパーはいった。「けさは飲みたくないんだ、キーパー。トウモロコシ粥と月の泡だけにする。いや、水にした」

「なんだと、スパー？」キーパーは聞きとがめた。「そいつは許さんぞ。客の前で、おまえに発作でも起こされたらどうする。地球に首を絞められても、まっぴらだ！――なんだ、そいつは？」

一瞬早く、スパーは鋼鉄の光るキーパーの手にむかって体を躍らせた。彼の支え綱がうしろでビーンと鳴った。スパーは片手で冷たく厚い銃身をねじった。もう一つの手は、ぶよぶよした指を引金からもぎ離しにかかった。

「あれは使い魔じゃない。ただの野良猫だよ」いっしょにとんぼがえりし、ゆっくりと回転をつづけながら、スパーはいった。

「手を離せ、この下っ端!」キーパーがどなった。「手錠をはめられたいか。クラウンに言いつけるぞ」

「飛道具だって、ナイフや針といっしょで禁制だぞ」スパーは目まいと吐き気におそわれながらも、大胆にやりかえした。「営倉入りはあんたのほうだぜ」彼はキーパーの高飛車な声の中に、この相手がいつも彼の才能——半めくらのくせにすばやく確実に動きまわれる才能——に対して抱いている畏れがあるのを、嗅ぎわけたのだった。

ふたりはポンポンとはずみながら、群れをなした支え綱の中におちついた。「離せというのに」キーパーは弱々しくもがきながらいった。「このピストルはクラウンがくれたんだ。おまけに、船橋の許可ももらってる」すくなくともあとの半分は嘘《うそ》だと、スパーには思えた。キーパーは言葉をつづけた。「それにな、こいつは細綱発射用の銃を、重い柔頭弾用に改造しただけのもんさ。かりに弾があたったところで、壁に穴はあきゃせん。しかし、酔っぱらいを気絶させるにゃ手ごろだ——使い魔なんぞイチコロだぞ!」

「使い魔じゃないったら、キーパー」スパーは吐き気をこらえるために、むやみに唾をのみこみながらくりかえした。「ただのおとなしい宿なし猫さ。もう、おれたちのエサを盗んでたネズミを一ぴき殺して、役に立つとこを見せてくれたよ。キムって名前だ。きっとよく働くよ」

キムの遠いもやもやが細長くなり、そこから細い肢と尻尾《しっぽ》が滲み出てきた。支え綱の上に後肢で立ちあがったらしい。「ボク　ヤクニタツヨ」と猫は自慢した。「キレイジュキ　ハイセツカン　ツカウ。ネジュミ　ミニャゴロシ！　マジョ　キューケツキ　カクレガ　シャガス！」

「こいつ、しゃべる！」キーパーが息をのんだ。「魔法だ！」

「クラウンだって、しゃべる犬を連れてるぜ」スパーは断定した。「動物がしゃべったからって、なんの証拠にもならないよ」

このやりとりのあいだも、彼は銃身と相手の指から手を離さなかった。いまや、触れあった体をつうじて、キーパーの中にある変化が起こるのが感じられてきた。まるでその脂肪の中で、〈こうもりの巣〉の主人が、たくましい筋肉と骨の塊から、どんなものにもべとべととくっつきそうな、甘いシロップに変わったようだった。

「わるかったよ、スパー」キーパーは猫撫で声で囁いた。「ゆうべは悪い晩だったんで、ついキムを見てどきっとしてな。なにしろ、使い魔みたいにまっくろけだろう。ちょっとした感ちがいさ、キムはネズミ捕りに雇おう。食い分ぐらいは稼いでもらわにゃな。さあ、キューッとやれよ」

柔らかなダブルの袋が、スパーの掌《てのひら》を賢者の石のように満たした。スパーはそれを唇に近づけたが、同時に足の指は無意識に一本の支え綱を探しあて、ぴかぴかしたトーラスにむかって強く体を押し出した。トーラスの穴は、かき入れどきには四人のバーテンを収容できるほど大きい。

その穴の内側にスパーはぶつかった。たくさんの支え綱をたわませて、トーラスは彼の衝撃を吸収した。スパーは袋のネジ栓をはずし、口金を唇にくわえはしたが、まだ袋を絞ってはいなかった。目をつむり、小さなすすり泣きをもらすと、彼はその袋を月の露のかごの中へ押しもどした。

ほとんど手さぐりで、彼は保温戸棚からトウモロコシ粥の袋とコーヒーの袋をとりだし、それを内ポケットへ押しこんだ。それから、水の袋をとり、栓をあけ、食塩の錠剤を五粒ほうりこみ、また栓をして、袋を勢いよく振っては揉んだ。

背後から漂い寄ってきたキーパーが、耳もとで囁いた。「やっぱり、飲むじゃないかよ。月の露じゃまだるっこくて、カクテルときなすったか。給料からさっぴかしてもらうぜ。飲み助はみな嘘つきさ。でなくたって、いまに嘘つきになっちまう」

この嘲弄《ちょうろう》をがまんできずに、スパーは説明した。「ちがうよ、ただの塩水。歯ぐきを丈夫にするんだ」

「かわいそうなスパー。歯ぐきを丈夫にしてどうする？　おまえの新しい友だちとネズミの食いっこでもするのか？　あんなものを店のグリルで焼くんじゃねえぞ！　ほんとなら塩代を給料からさっぴくとこだぜ。さあ、掃除掃除！」菫色をした船首側の隅をふりむくと、キーパーは大声でいった。「おまえもだぞ！　さっさとネズミをとれ！」

キムはすでに小さな消化管を見つけ、前肢でチューブをつかみ、後肢で死んだネズミを押しこみにかかっていた。ネズミの死骸がチューブの固い口金に触れたとたん、咀嚼が始まった。ネズミがどろどろに溶けて、ダイアナの園に肥料を供給している総排出腔へのみこまれるまで、それは動きつづけるのだ。

スパーは三度も塩水で雄々しくうがいし、排泄管の中へ吐きだした。最初のうがいには、ちょっぴり反吐もまじっていた。それから、袋をそっと絞っているキーパーに背中を向け、のどへむりやりにコーヒー――これは月の泥から蒸溜した酒、月の露よりも高価なのだ――とトウモロコシ粥を押しこんだ。

スパーは飲み残しをすまなさそうにキムにさしだしたが、猫はかぶりを振った。「イマネジユミ　タベタバカリ」

急いでスパーは緑色の右舷のコーナーへとむかった。ハッチの外で、「あけろ！」と、どこかの酔っぱらいが、けだるそうな、陰気な声でどなっている。

二本の長い排泄管の首をつかんで、スパーはあたりのゴミを吸いこみにかかった。緑色のコーナーから、クモが巣を作るように、渦巻き形に掃除を進めるのだ。

トーラスの薄いチタン板を磨いていたキーパーが、急に二本の排泄管の吸引力を上げたので、スパーはその反動でみるみるスピードを早めた。もう舵《かじ》をとるのと、チューブが縺《もつ》れないように支え綱をよけるのに、体を使うだけでいい。

まもなく、手首に目をやったキーパーが呼ばわった。「スパー、おまえというやつは時間もわからんのか！　早く店をあけろ！」彼が投げつけてきた鍵束は飛行の後半しか見えなかったが、スパーは巧みに受けとめた。スパーが緑のハッチへかなり近づいたときになって、キーパーはまたもや彼をどなりつけ、上側と船尾側のコーナーを指さした。スパーは従順に黒と青のハッチの鍵をあけ、ジッパーを開いたが、どっちにも客は待っていなかった。ねばねばしたハッチのふちと、そのそばに蝶番《ちょうつがい》されている、やはりねばねばした非常ハッチをよけながら、彼は緑のコーナーを開けにかかった。

三人組の常連の泡っ食いが、もつれあってとびこんできた。支え綱をひっつかみ、トーラスへの先を急いで、おたがいにはねとばされ、そのあいだにもスパーを罵った。

「空に縊《くび》られちまえ！」

「土に埋まっちまえ！」

「海に焼かれちまえ！」

「あんたら、口がすぎるぜ！」キーパーが非難した。「おれの助手ののろまぶりに腹の立つ気持はわかるがね」

スパーは鍵束を投げ返した。泡っ食いたちは肘をくっつけあうようにしてトーラスをとりまき、頭を青のコーナーへ向けていた。

キーパーは彼らに向きなおった。「下だ！　下だ！」憤然として命令した。「あんたら自分が紳士だとでも思ってるのかい」

「だって、まだ上はだれも客がきてないじゃんか」

「おれたち三人だけだよな」

「関係ない」キーパーは答えた。「それがエチケットってもんだよ、チュー公。さかさまになるのが嫌なら、袋で買っていただきましょう」

泡っ食いたちはぶつぶつ言いながらも、頭が黒のコーナーを向くようにひっくりかえった。自分のほうはさかさまになる手間をはぶいて、キーパーは細長くふにゃふにゃした薄赤いものを、泡っ食いにひょいと投げた。チューブの先は三叉に分かれており、客はめいめい枝の一本をつかんで、それを顔の中にさしこんだ。

ピカピカしたバルブの上に肥った手を置いて、キーパーはいった。「先におあしを見せてもらおうかね」

泡っ食いたちは怒りの呟きを上げてから、スパーにはよく見えないほど小さな金券をそれぞれにとりだし、皺をのばしてさしだした。キーパーは一枚一枚とっくりと調べて、現金箱の中へ入れた。それからこう宣言した。「月の泡の六秒ぶんだ。早く吸いな」手首に目をやると、もう一方の手を動かした。

泡っ食いのひとりは窒息しそうな顔になったが、鼻から息を吐いてがんばり、吸い口を離さなかった。

キーパーがバルブを閉めた。

とたんに、泡っ食いのひとりが唾をとばして彼をなじった。「早く止めすぎだ。あんな六秒があるか」

ふたたび糖蜜を思わせる声になって、キーパーは弁解した。「四秒と二秒の二回に分けてるんだよ。あんたらを溺れさせちゃまずいと思ってな。用意はいいかい？」

泡っ食いたちは二度目の割当を貪欲に吸いこみ、それからよもやま話の合い間に、チューブに残ったしずくを悲しげに啜《すす》った。遠くを旋回していても、耳ざといスパーには会話の大部分が聞きとれた。

「ひでえ睡曜日だったなあ、キーパー」

「いや、いい日だったよ、泡っ食い――酔っぱらったカモが、色っぽい吸血鬼に血を吸われるにゃ絶好さ」

「なにを、このでぶお化け。おれはピートの店で無事にお寝《やす》みあそばしてたぞ」

「ピートの店が安全！　こりゃ初耳だ！」

「おまえなんか、けがれた原子に食われるがいいや！　だけどな、吸血鬼はほんとにガーリーとスイートハートをさらっていったんだぞ。それもなんと、右舷の中央通路の中でだ。信じられるかい？　あな恐ろしや、コバルト九〇！〈ウインドラッシュ〉も淋《さび》しくなったもんさ。特に第三船倉はよ。真昼間でも、どこの廊下を通ったって、人っ子ひとり出会いやしねえ」

「パンスケどものことがどうしてわかるよ？」第二の泡っ食いが反問した。「ひょっとしたら、運試しによその船倉へくらがえしたのかもしれんぜ」

「もともと運なんてなかったのさ。さらわれる現場を、スージーが見た」

「スージーじゃない」キーパーがこんどは審判になって訂正した。「メーブルが見たんだよ。酔いどれ女郎にゃ似合いの最期さ」

「おまえさんは血も涙もない男だねえ、キーパー」

「そうとも。だから吸血鬼も寄りつかねえや。いや、まじめな話、第三船倉には狼男や魔女がうろつきすぎるよなあ。睡曜日なんて一日じゅう張り番だ。おれは船橋へ苦情を提出するぜ」

「冗談だろ」

「冗談なもんか」

キーパーは厳粛に首をうなずかせ、左の胸に十字を切った。泡っ食いたちは深く感銘したようすだった。

壁からだんだん遠くを掃除しながら、スパーはらせんを描いて緑のコーナーへともどってきた。その途中で、彼はやはりぐるりを回っているキムの黒いもやもやに追いついた。猫は綱から綱へせっせと跳び移り、ときおり綱にそって突進をくりかえした。

白い肌を青いもの——ブラとキュロット——で二巻きされた、ぽっちゃりした人影が、緑のハッチから泳いではいってきた。

「おはよう、スパー」柔らかな声があいさつする。「調子はどう？」

「いいようなわるいような」とスパーは答えた。黄金の雲になったブロンドの髪が、頬に触れてきた。「おれ、月の露を断つことにしたよ、スージー」

「あんまり根をつめちゃだめよ、スパー。一日働いて、一日ぶらぶらして、一日遊んで、一日眠る——それが一番」

「知ってるさ。勤曜日《ワークデイ》、休曜日《ローフデイ》、遊曜日《プレイデイ》、睡曜日《スリープデイ》。十日で一テランスとか、十二テランスで一サンスとか、十二サンスで一スタースとか、時の果てまでつづくんだろ？　いろいろ調整もするんだって？　そういった言葉の意味がぜんぶわかったらなあ！」

「あんたってマジメ人間なのねえ。もっと——あら、子猫ちゃん！　かーわゆい！」

「コネコ　ナイ！」大きな頭をした黒いもやもやが、ふたりの頭をとび越えながらいった。

「ボク　オトナ。ボク　キム」

「キムはうちの店の新しいネズミとりなんだよ」スパーは説明した。「やつもマジメ猫さ」

「スージー、そんな歯ぬけメクラと話したって時間のムダだぜ」キーパーが呼びかけた。

「さあ、こっちへおいでよ」

スージーはため息をつき、楽な段索《ラットライン》のコースをたどってキーパーのところへ行く前に、柔らかい先細りの指でスパーの皺だらけの頬をそっと撫でて囁いた。「あたしの大好きなスパ……」彼女の足が顔のそばをかすめ、足首につけた魔除《まよ》けの飾りがチャリンと音を立てる――それが全部金メッキのハートなのを、スパーは知っていた。

「ガーリーとスイートハートのことを聞いたかい？」泡っ食いのひとりが悪趣味にからかった。

「スージー、おまえはどっちがいい？　頸動脈《けいどうみゃく》かい、それとも腸骨の外側かい、それとも――？」

「おだまり、吸いっちょ！」スージーはうるさそうにさえぎった。「一杯ちょうだい、キーパー」

「ツケがたまってるよ、スージー。どうやって払ってくれる？」

「じらさないでよ、キーパー、おねがい。朝はだめなの。答はあんたが知ってるじゃない。とくにその質問はさ。いまはなによりも月の泡の黒を一袋。それと、しばらく静かにしててよ」

「袋はレディの飲むもんだぜ、スージー。上で飲むんなら、ちゃんとそれなりの……」

かん高い悲鳴が、たちまち怒りの叫びに高まっていった。船尾側のハッチのすぐ内側で、朱色のブラとキュロット――いや、それより幅が広いところを見ると、たぶんコートかショートコート――を着こんだ青白い人影が、必死にもがき、とんぼがえりを打ち、足をばたばたさせている。

おそらく、あわてて不注意なはいりかたをしたために、そのほっそりした娘は、体と衣服の一部分をねばねばしたハッチの内側か、非常ハッチにくっつけてしまったのだ。

スパーが救援にとびだし、泡っ食いたちが助言を送る中で、彼女は力まかせに体を振りもぎると、トーラスのほうへ勢いよくとびだし、黒い髪をたなびかせながら、段索をひっつかんだ。

チタン板の上でボンとお尻がはずんだ。彼女は片手で朱色の――そう、クラッチコートの前をかき合わせ、もう一つの手を揺れているカウンターの上にのばした。

すぐうしろに浮かんでいるスパーに、彼女の声がきこえた。「月の露のダブル。キーパー、早くしてよ」

「やあ、いらっしゃい、リクサンド」とキーパーはあいさつした。「黄金水をさしあげたいのは山々ですがね、ただ――」と肥った両腕をひろげて、「クラウンは、自分とこのご婦人がひとりで〈こうもりの巣〉へくるのをいやがるんでね。この前も、あたしゃきついお叱りを受けて――」

「なにいってんのよ！　きょう、ここへきたのはクラウンの用なのよ。彼の忘れ物をとりにきたんだわ。それを探すあいだに月の露。ダブルで！」力まかせにカウンターを叩いたはずみに、その反動で彼女はふわふわと浮きあがり、スパーの助けでもとにひきもどされたが、礼もいわなかった。

「まあまあ、お手やわらかに」とキーパーがなだめた。ニヤリと笑うのといっしょに、小さな茶色の斑点に似た目が、その顔からなくなった。「あんたが袋を絞ってるときに、クラウンがはいってきたら、どうします？」

「こないわよ、絶対に！」リクサンドは強く否定しながらも、スパーの背後のハッチへちらと目を向けた――ぼやけた黒いもやもや、青白く滲んだ顔、そしてふたたび、ぼやけた黒いもやもや。「彼、新しい女を見つけたのよ。ううん、ファネットやドゥセットじゃなく、あんたの見たこともない女、アルモディーって名まえ。あの骨と皮だけみたいな牝犬ときたら、朝から彼といちゃついてやがんだ。さあ、早く月の露のダブルを出さないか、この垢《あか》だらけのお化け！」

「そうガミガミ言いなさんな、リクシー。まあ、おちついて。クラウンはなにをなくしたんです？」

「小さな黒いバッグ。このぐらいの大きさかな」彼女はほっそりした手をひろげてみせた。指が溶けあった。「この前の遊曜日に、ここで忘れたか、それとも盗まれたらしいのよ」

「聞いたか、スパー？」とキーパー。

「小さな黒いバッグなんてなかったよ」スパーはすばやく答えた。「だけど、ゆうべは大きなオレンジ色のバッグを忘れてったよね、リクサンド。おれ、とってくる」彼はトーラスの中へ体を躍らせた。

「ふん、どっちのバッグもくそくらえだわ！　ダブルはまだ？」黒い髪の娘は、狂おしげに請求した。「アースマザー！」

泡っ食いたちさえもが息をのんだ。キーパーは両手を頭の両側にあてて哀願した。「その罰あたりな言葉だけは、つつしんでくださいな。きれいな娘さんの口から出ると、よけいどぎつく聞こえるよ。ねえ、リクサンド」

「アースマザーがどうしてわるいんだい！　さあ、キーパー、ごたくを並べるのはよして、早くお出し。でないと、その顔をひんむしって、あばら骨の中をかきまわしてやるから！」

「わかりましたよ、ただいま。だけど、払いはどうしてくれます？　クラウンがどう言ったか知ってますかい、こんどあんたの勘定をあの人のつけにしたら、あたしゃ鑑札をとりあげられるんですぜ。金券あるんですか？　それとも……コイン？」

「おメメをお使いよ！　なにさ、このコートに内ポケットがあるとでも思ってんの？」リクサンドはコートをぱっと広げて上半身を見せると、また衿《えり》を固くかき合わせた。「アースマザー！　アースマザー！　アースマザー！」泡っ食いたちが、あきれ果てたように顔を見合わせた。スージーは退屈したようにフンと鼻を鳴らした。

キーパーの太い手のもやもやが、黄色いもやもやの巻きついたリクサンドの手首をつかんだ。

「あんた、金《きん》を持ってるじゃないか」息をひそめるようにして、キーパーはいった。小さな目が、こんどは貪欲の中に消えた。

「なにさ、これがはずれないことは知ってるくせに。くるぶしのもだめ」

「しかし、これは？」キーパーの手が、彼女の頭のすぐそばにある金色の暈に近づいた。

「それも。クラウンはあたしの耳に穴をあけたんだから」

「しかし……」

「もう！　この原子くさい悪魔！　わかったわよ、あんたの魂胆は！　なにさ、取りゃいいんだろ？」最後の言葉は、怒りから苦痛の叫びに変わった。彼女が自分で金色のもやもやをつかんで、ぐいとちぎりとったからだ。みるみる、血がもくもく噴き出してきた。彼女は握りしめた手を前に突きだしていった。

「さあ、よこしな！　月の露のダブル。ちゃんと金《きん》で払ってやる！」

キーパーは大きく息を吸いこんだが、なにも言わずに月の露のかごへ手をつっこんだ。やりすぎたことを後悔しているようすだった。泡っ食いたちも黙りこんでしまった。スージーだけが、けろりとした声でいった。「あたしにも黒をね」スパーは乾いた新しいスポンジを探し出し、それをリクサンドの裂けた耳に押しあてる前に、宙にうかんだ真赤なぶよぶよをつかまえた。

キーパーは、重い金のペンダントを顔にくっつけるようにして、しげしげと検分している。リクサンドは口にくわえたダブルの袋をチュウチュウと吸いはじめ、そして吸うにつれて彼女の目も幸福そうに消えていく。スパーがリクサンドのあいたほうの手をスポンジへ導くと、彼女は無意識にそれを耳に押しあてた。スージーは諦めのため息をつき、小肥りの体をカウンターの上に乗りだして、冷たいかごの中に手をつっこみ、セルフ・サービスで黒のダブルの袋をとりだした。

濃紫の地に銀のまだらのぴったりしたジャンパーを着こんだ、背の長い、がんじょうな体格の浅黒い男が、赤のハッチから矢のようにとびこんできた。スパーがいくら思いきってやるよりも一倍半も早いスピードで、そのくせ、偶然なのか故意なのか、一本の支え綱にもさわらない。新米者はスパーを通りすぎしなに半回転し、ほっそりしたはだしの両足でリクサンドの隣のチタン板に降り立った。巧みに体を縮めたので、トーラスはほとんど揺れなかった。

焦茶色の片腕がリクサンドに巻きついた。あとの片手は彼女の口から袋をとりあげた。栓をカチッと閉じる音がきこえた。

のんびりした、音楽的な声がたずねた。「ベイビー、きみがひとりで酒をのむと、なにが起こるんだったかな？」

〈こうもりの巣〉はシーンと静まりかえった。キーパーは片手をうしろに回したまま、穴の反対側へ後退していった。スパーは月の露と月の泡のかごの後ろにある拾得物入れの中をごそごそ探しているところだった。彼は恐怖の汗がプップッ噴き出るのを感じた。スージーも、黒の袋を顔のそばへ寄せたままだった。

泡っ食いのひとりが激しく咳きこみ、のどをぜいぜい鳴らしたあげく、卑屈にいった。

「どうも失礼しました、検死官。ようこそお越しで」

キーパーも元気なく声を合わせた。「いらっしゃい……クラウン」

クラウンはリクサンドの遠いほうの肩からクラッチコートを脱がせ、素肌をさすりはじめた。「どうした、ハニー。鳥肌だらけだぞ。それに死体みたいにコチコチだ。なにがこわいんだね？　おい、皮膚よ、すべすべしろ。筋肉よ、ほぐれろ。リラックスしろ、リラックス。そしたら一杯くれてやるぜ」

クラウンの手はスポンジを見つけ、止まり、さぐり、濡れた部分を探しあて、顔の真中へと移動した。彼はくんくんとスポンジを嗅いだ。

「ほほう、諸君。すくなくともきみらの中には吸血鬼はおらんようだな」と彼はにこやかにいった。「でなければ、いまごろはだれかが彼女の耳に吸いついているはずだ」

リクサンドが、おそろしく早口の単調な声でいった。「飲みにきたんじゃないのよ、誓うわ。あなたの失くしたあの小さなカバンを取りにきたのよ。そしたら、つい……。こんなつもりじゃなかったわ。抵抗しようとしたんだけど、キーパーにすすめられて。あたし――」

「だまれ」クラウンは静かにいった。「おまえにどうやって代金が払えたか、ふしぎに思ったんだ。これでわかったぞ。三杯目のダブルはどうやって払うつもりだった？　手か足を一本切るつもりか？　キーパー……おまえのそっちの手を見せてみろ。見せろというんだ。よし。さあ、手をひらけ」

クラウンは、キーパーの開いた手のもやもやの中から、ペンダントをつまみとった。黄褐色の目のもやもやをまだじっとキーパーに向けたまま、彼はその貴重なテンプラを前後に揺すり、ひょいと上のほうへ投げた。

金色の暈が開いた青のハッチへむかって一定のスピードで動いていくのを見て、キーパーは口をぱくぱくさせ、堰《せき》を切ったようにしゃべりだした。

「あたしゃすすめたりしませんよ、クラウン。ほんとでさ。耳を怪我《けが》してまではずすとは思ってなかったんで。とめようとしたんだけど――」

「聞きたくない。さっきのダブルはわれわれのツケにしろ」クラウンはキーパーの顔から目を離さずに、腕を上にのばし、まさに手の届く圏外へ出る寸前のペンダントをつまみとった。

「陽気な酒場が、どうしてこう湿っぽいんだ？」長い片脚を腕とおなじほど巧みにカウンターからのばすと、クラウンは足の親指とほかの指とのあいだでスパーの耳をはさみ、彼をひきよせて、向きなおらせた。「坊や、塩の効きめはどうだ？　ちったあ歯ぐきが締まってきたかい？　試す方法はこれしかないな」スパーのあごと唇をもう片足でとらえると、彼は足の親指をスパーの口の中へ押しこんだ。「さあこい、噛んでみろよ、坊や」

スパーは噛んだ。げろを吐かないためには、それしかなかった。クラウンがフフッと笑う。スパーはさらに強く噛んだ。ぶるぶる震える体の中に、エネルギーが満ちあふれた。顔がほてり、ひたいから脂汗がひくにつれて、こめかみがズキンズキンと脈打つ。彼のほうではクラウンを痛めつけているつもりなのだが、第三船倉の検死官は低いうれしそうな含み笑いをやめなかった。スパーがはあはあ息をあえがせると、クラウンはやっと足の指をひっこめた。

「ほほう、だいぶ強くなってきたねえ、坊や。かなりくすぐったかったぜ、そら、お祝いに一杯やんな」

細い噴出流になって飛んできた月の露から、スパーはあわててポカンとあけた口をよけた。噴出液は彼の目に命中し、痛烈に沁《し》みた。こぶしを握りしめ、痛む歯ぐきを食いしばって、声を出さないようにするのがやっとだった。

「くどいようだが、なぜここはこんなに湿っぽいんだ？　坊やに拍手もしてやらねえもんだから、坊やは禁酒をおっぱじめたぞ。おまえたち、クスッとも笑えねえのか？」クラウンは順々にみんなを見まわした。「どうした？　猫に舌をかみきられたのかい？」

「猫？　そういえば、猫がいるんですよ。ゆうべきたばっかりの新入りでね。ネズミとりとして働いてます」キーパーがとつぜん雄弁になった。「その猫、口がきけるんでさ。地獄犬みたいにうまくはないけど、とにかくしゃべれる。愉快ですぜ。もうネズミも一ぴき捕まえたしね」

「そのネズミはどうした、キーパー？」

「消化管へくれてやりましたよ。なに、スパーがやったんでさ、でなけりゃ猫がね」

「というと、われわれに報告せずに死体を始末したのか？　おっと、そう蒼《あお》くなるなよ、キーパー。そんなのはまだ罪が軽いぜ。それより、魔女の猫をかくまった嫌疑で、おまえをふん縛るか。たしか、その猫はゆうべやってきたといったな。ゆうべは魔女の荒れまわった晩だぞ。おい、そう真青になるなというんだ。からかってみたのよ。笑い声が聞きたくてな」

「スパー、おまえの猫を呼んでこい！　あいつになにか面白いことをしゃべらせろ！」

スパーが呼ばないうちに、というより、キムを呼ぶ決心がつかないうちに、黒いもやもやがクラウンのそばの支え綱に現われ、緑の目のもやもやで黄褐色の目のもやもやをじっと見つめた。

「なるほど、おまえがそのジョーカーか、ええ？　よし……なにかジョークをしゃべってみろ」

キムは大きさを増した。毛を逆立てたのだと、スパーは気づいた。

「さあやれ……ジョークをしゃべれ……できるんだろう？　おい、キーパー、この猫がしゃべれるっていうさっきの話、よもや嘘じゃねえだろうな？」

「スパー！　おまえの猫にジョークをしゃべらせろ！」

「ほっとけ。こいつにだって舌はあるだろうが。どうした、黒ちゃん？」クラウンは片手をのばした。キムはその手をひっかき、さっと跳びのいた。クラウンは、またもやフフッと低く笑っただけだった。

リクサンドが、こらえきれなくなったように身ぶるいをはじめた。クラウンは、のばしたままの腕を彼女の頭にかけ、猫のひっかき傷から出る血がそっくりスポンジへ吸いこまれるようにしながら、彼女を自分のほうへ向きなおらせて、気づかわしげに、だがのんびりと顔をのぞきこんだ。

「ほんと、スパーがこの猫はしゃべるって誓ったんでさ」キーパーがいった。「あたしゃ――」

「うるさい」クラウンがさえぎった。彼はリクサンドの唇に袋をあてがい、袋がからになり身ぶるいがおさまるまでそれを絞りつくしてから、皺くちゃになったプライオフィルムをひょいとスパーに投げてよこした。

「さて、つぎは小さな黒いバッグだ、キーパー」クラウンはぴしゃりといった。

「スパー！」

スパーは拾得物入れの中へ手をつっこみ、早口にいった。「検死官、小さな黒いバッグは知らないけど、このバッグならあるよ。この前の遊曜日の晩に、リクサンドさんが忘れていったんだ」大きな、丸い、ピカピカしたオレンジ色のバッグ、引き紐で口を閉じる式のそれを、スパーはふりむきながらさしだした。

クラウンはそれを受けとると、ゆっくりと弧を描いて振りまわした。紐の見えないスパーには、その芸当が魔法のように見えた。

「ちょいと大きすぎるし、色もちがうようだな。あの小さな黒いバッグをここで忘れたのは確かなんだ。それとも、かっぱらわれたのかな。おまえは〈こうもりの巣〉にスリを飼ってるのか、ええ、キーパー？」

「スパー――？」

「おまえにきいてるんだ、キーパー」

キーパーはスパーを横へ押しのけ、月の露と月の泡のかごも横へどけて、拾得物入れの中を必死に探した。中から種々雑多ながらくたが出てきた。いちばん大ぶりの品物は、スパーにも見わけがついた――電気の手扇と真赤な足袋。それらがキーパーのまわりへごたごたと浮かんだ。

キーパーは息をあえがせ、ものの一分も容器の中を両手でさぐったが、それ以上はなにも出てこなかった。それを見て、クラウンはもう一度のんびりした声に返った。「よし、もういい。どのみち、あの小さな黒いバッグはそうたいしたもんじゃない」

キーパーは、汗のもやに包まれているせいか、いつもの二倍もぼやけた顔でもどってきた。そして、オレンジ色のバッグを片手で指さした。

「その中にはいってるんじゃないかな？」

クラウンはバッグを開け、中を探しかけたが、途中で気を変えて、バッグをひょいと振った。中から、おそろしくこまごました中身がとびだし、どれもおなじ速度でゆっくりと上へ動きはじめた。散開して行進する兵隊のようだった。クラウンは通りすぎていくそれらをさっと見まわした。

「いや、ここにはない」彼はキーパーのほうへバッグを押し出した。「リックスの持ち物をその中へもどして、預っておけ。また、とりにくる――」

リクサンドの体に腕をまわし、彼女に代ってスポンジを耳に押しあててやりながら、クラウンは向きを変え、船尾側のハッチめがけて力強く体を蹴りだした。彼の姿が見えなくなると、みんなは数秒間ため息をつき、泡っ食いたちは新しく金券をとりだして、お代りを請求した。スージーは二杯目の黒のダブルを注文し、スパーはすばやく給仕した。ようやくキーパーも気をとりなおして、スパーをどなりつけた。「そこらに浮いているガラクタを集めろ。

リクサンドの持ち物だけはちゃんとバッグへしまうんだぞ。さっさとやれ、のろま！」それだけいうと、電気扇を使って、顔をとりまいた汗を乾かしはじめた。

キーパーがスパーに言いつけたのは意地のわるい仕事だったが、キムが手伝いにやってきて、スパーの目には小さすぎて見えない品物をつかまえてくれた。いったん手におさめてしまえば、スパーも手ざわりや匂いで、どれがなにかを識別できる。

クラウンに対する無力な怒りが薄れると、スパーの想《おも》いはまた睡曜日の夜のことにもどっていった。あの吸血鬼や狼男は、果たしてただの夢だったのだろうか？——たしかに魔物どもがこの船の中をうろつきまわっているのだ。現実と幻覚とを区別できるいい目が、彼にありさえしたら！「ヨク　ミロ！　ハッキリ　ミロ！」というキムの声が、記憶の中によみがえった。はっきり見るとは、どんなことなのだろう？　なにもかもが明るく見えるのか？それとも近くに見えるのか？

一苦労して、ようやく散らかった品物がぜんぶ片づくと、彼は掃除に、そしてキムはネズミとりにもどった。勤曜日の朝が経過するにつれて、〈こうもりの巣〉の明るさは、それとわからないほど徐々に薄れてきた。

客はそれからもちらほらやってきたが、みんなハカリ売りの口で、キーパーは仏頂面で給仕した。スージーも、思わしいカモが見つからないようすだった。

のろのろと時間はたった。クラウンの前で這いつくばったあとはいつもそうなるというスパーの予想どおり、キーパーはますます怒りっぽく不機嫌になっていた。彼は朝早くから粘っている三人組を追い出そうとしたが、相手はまたもや皺くちゃの金券をさしだし、それはいくらためつすがめつしても、ニセ物ではなさそうだった。うっぷん晴らしに、キーパーは月の泡の噴出秒数をケチり、口論がはじまった。やがて、彼は掃除しているスパーを呼びつけ、不安そうにいった。「あのおまえの猫だがな――やつ、クラウンをひっかいたろうが、ええ？　早く始末しねえと、まずいことになるぜ。クラウンも、魔女の猫だろうといってた。おぼえてるか？」スパーは返事をしなかった。するとキーパーは、リクサンドが船尾のハッチから体をもぎ離したのがそもそも膠《にかわ》の乾きはじめた証拠だと論じ立てて、彼に非常ハッチの膠を塗りかえさせた。キーパーはおつまみをガツガツ食べ、月の露をトマト・ジュースで割って飲んだ。〈こうもりの巣〉いちめんに、安っぽい匂いの香水をふりまいた。現金箱の金券とコインを数えはじめたが、まもなくそれにも飽きて、自動ロック式の引出しをガチャンと閉めてしまった。彼のしかめつらは、スージーの上に定着した。

「スパー！」と彼はどなった。「店番を代れ！　この泡っ食いどもに秒をオマケしてやったら承知せんからな！」

キーパーは現金箱へ念入りに鍵をかけ、スージーにむかって意味ありげにあごをしゃくると、右舷の赤いハッチへと体を押し出した。スージーは悲しげにスパーに肩をすくめてみせてから、けだるそうにそのあとを追った。

ふたりが出ていったあとで、スパーは泡っ食いたちに八秒間の噴出をおまけしてやり、彼らが金券をさしだすのを手を振ってことわってから、おつまみ――ポテトチップとイースト球――の小さなかごを彼らの前へ置いてやった。三人組は礼をいって食べはじめた。明りは、健康な輝きから死人のような青白さに変わってきた。遠いかすかな轟音《ごうおん》。それから数秒おいて始まる短い漸強音《クレッセンド》の軋み。新しい明りの色がスパーを不安にした。彼はそれから二度ハカリ売りの客に給仕し、月の露の一袋をパーサー値段の倍で売った。おつまみを食べようとしかけたとき、キムが泳ぎながらはいってきて、捕ったネズミを誇らしげに見せた。彼は吐き気をようやくこらえたが、同時に禁断症状の襲来が気になりはじめていた。

陰気な黒服をまとった太鼓腹の人影が、緑のハッチから段索を使ってはいってきた。カウンターの上の側に、ひょいと顔が現われる。なめし革色をした皮膚がすっかり隠れそうな白い髪の毛とひげのもやもや。だが、その白さで灰色の目のもやもやが際立って見える。

「ドック！」スパーはそれまでの惨めさと不安をどこかへ忘れたように、さっそくスリー・スターの月の泡のよく冷えた袋をさしだした。だが、そんな興奮の中でも、ごく平凡なあいさつしか思いつけない。「ひどい睡曜日の晩だったねえ、ドック。吸血鬼やら――」

「――その他もろもろの愚かしい迷信かね。サンスごとに力を増して、衰《おとろ》えを知らぬあれか」温和で皮肉な老人の声が、あとをひきとった。「とはいうものの、きみからせっかくの幻を奪ってはわるいな、スパー。たとえそれが恐ろしい幻であったとしてもな。いまのきみには、人生の楽しみがあまりにも乏しいのじゃから。それに、〈ウインドラッシュ〉の中に邪悪がうごめいておることも、これまた確かじゃ。ああ、こいつは扁桃腺《へんとうせん》にズンとこたえよるわい」

スパーはやっとだいじなことを思い出した。だぶだぶ服の中へ手を入れると、彼は下にいる泡っ食いたちには見えないように、平たく細長い小さな黒カバンをとりだした。

「ほら、ドック」と彼は囁いた。「この前の遊曜日のなくし物。おれがしまっといたよ」

「いやはや、なんてこった。この調子だと、ジャンパーでも一度脱いだら忘れそうだな」

ドックは、スパーが唇に指をあてるのを見て声をひそめた。「じゃ、わしはまた月の泡と月の露をチャンポンにやったのかい？」

「そう。だけど、あんたが忘れたわけじゃないよ、ドック。クラウンか、クラウンとこの女のだれかが、あんたのそばに置いてあったこれを盗んだらしい。それをまたおれが……おれがね、ドック、クラウンの尻ポケットからそーっと抜いてやった。ほんと。で、けさ、クラウンとリクサンドがこれをとりにきたときにも、シラを切っといたんだ」

「スパー、きみはわしに多大の恩をほどこしてくれたよ。きみが考えておる以上にだ。すまんが、もう一杯スリー・スターをもらえんかね。ああ、げにこれこそはネクターじゃ。スパー、このお礼になんなりと欲しいものをねだっておくれ。もしそれが、第一超限の無限領域の中にあるものなら、よろこんでさしあげよう」

自分でも驚いたことに、スパーはぶるぶる震えはじめた——興奮の身ぶるいである。カウンターのほうへなかば体をひきよせると、かすれ声で囁いた。「おれにいい目をおくれよ、ドック！」衝動的につけたしした。「それと歯を！」

彼には長い長い時間ののち、ドックが夢見るような、悲しげな声でいった。「大昔なら、それもわけないことだったろうに。連中は目の移植法を完成しておった。脳神経の再生はおろか、損《そこな》われた脳に視力を回復することにすら成功しておった。死産児からとった歯芽を移植することなど、インターーンの仕事じゃった。しかし、いまは……いや、きみの希望したことを、不快な、古臭い、無機的な方法でかなえることは、できるにはできるが……」ドックは、人生の惨めさと、あらゆる努力のむなしさを感じさせるような調子で、言葉をとぎらせた。

「大昔ときたぜ」泡っ食いのひとりが、隣の仲間にむかって、口のすみから囁いた。「魔法の話だ」

「魔法、どあほう！」第二の泡っ食いが、おなじく口のすみから答えた。「あの肉の修繕屋は、齢でおツムがぼけてるのさ。睡曜日だけじゃなく、ほかの三日も夢を見てやがる」

第三の泡っ食いは、凶眼にむかって風に似た口笛を吹いた。

スパーはドックの黒ジャンパーの長い袖をつかんだ。「ドック、約束したじゃないか。おれははっきり見たいんだ！　強く嚙みたいんだ！」

ドックは皺だらけの手を気のどくそうにスパーの腕に置いた。

「スパー」とやさしくいった。「物をはっきり見ることは、きみをひどく不幸にするだけじゃよ。わしを信じたまえ。わしは知っておる。ちょうど、泡や露で心をぼやけさせるのがいちばん楽しいように、物事がぼやけておったほうが人生は耐えやすい。それに、もっと強く嚙みたいと願う連中は、この〈ウインドラッシュ〉におるにはおるが、きみはああいうたぐいじゃない。すまんが、スリー・スターをもう一杯」

「ドック、おれはけさから月の露をやめたんだよ」スパーは新しい袋をドックに手渡しながら、いくらか誇らしげにいった。

ドックは侘《わび》しい微笑で応じた。「勤曜日の朝ごとに禁酒する人間は、珍しくないよ。遊曜日がくると、気が変わる」

「おれはちがう！　それにね、ドック」とスパーは反論した。「キーパーも、クラウンもクラウンの女たちも、それにスージーだって、みんないい目をしてるけど、ちっとも不幸そうじゃない」

「秘密を教えようかね、スパー。あの女どもも、みんなゾンビなんじゃ。そう、あの狡猾《こうかつ》で力強いクラウンにしてもおなじこと。連中にとっては、〈ウインドラッシュ〉が宇宙なんじゃ」

「すると、ほんとはそうじゃないのかい？」

ドックは彼の質問を無視してつづけた。「だが、きみはああはならんよ、スパー。きみはもっと多くのことを知ろうとするにちがいない。それが、きみをいまよりももっと不幸にする」

「かまうもんか」とスパーはいった。なじるようにくりかえした。「ドック、約束したじゃないか」

ドックが眉を寄せて考えこむのといっしょに、灰色の目のもやもやが消えた。ややあって、ドックはいった。「こうしてはどうかね、スパー。月の露が、うさばらしと楽しさだけでなく、痛みや苦しみをもたらすことは、知っとるだろう？　だが、かりにだよ、勤曜日の朝と休曜日の昼ごとに、わしがきみのところへ、月の露のいい効きめをぜんぶ備え、わるい効きめのまったくないような、小さい錠剤を届けてあげるとしたら？　そのクスリは、このカバンの中にある。いますぐ試してみないかね？　それから睡曜日の夜には、また別の錠剤を持ってきてあげる。これは、悪い夢など見ずにぐっすり眠れるクスリじゃ。目や歯よりはずっといいよ。まあ、よく考えてごらん」

スパーがよく考えているあいだに、キムがふわふわ近づいた。猫は間隔のせまった二つの緑のもやもやで、ドックをじっと見つめた。

「ハジメマシテ　センセ。ボク　キム。ヨロシク」

ドックは答えた。「いや、こちらこそよろしく。ネズミがいつも豊富でありますように」

ドックはキムのあごと胸をやさしく撫ではじめた。夢見るような口調がもどってきた。「大昔には、一部の洒落者《しゃれもの》だけじゃなくて、どの猫も口をきいたもんじゃよ。ねこ科の全種族が。それに、ほとんどの犬も——いや、これは失礼だったかな、キム。そう、イルカやクジラやサルも……」

スパーが勢いこんでさえぎった。「ドック、一つだけ教えておくれよ。もし、あんたのクスリが二日酔いせずに楽しくなれるんなら、どうして本人のあんたがいつも月の泡を飲んだり月の露をチャンポンにしたりするんだい？」

「どうしてって、それはつまり——」ドックはそこまで言いかけて、ニヤリと笑った。「こりゃ一本やられたな、スパー。きみが頭を使えるとは知らなかったよ。よろしい、じゃきみの考えどおりにするか。こんどの休曜日にわしの部屋へおいで。場所は知っとるね？よし！その上で、きみの目と歯をどうするか相談しよう。さて、それじゃ道中の分としてダブルをもう一袋」

ドックはピカピカのコインで支払い、スリー・スターの大きな、ぶくぶくした袋をポケットへねじこんだ。「じゃ、また会おう、スパー。さようなら、キム」ハッチのほうへジグザグに体をひきよせていく。

「シャヨナラ　センセ」キムがうしろから声をかけた。

スパーは小さな黒カバンをさしあげて呼んだ。「ドック、また忘れ物」

ぼそぼそと悪態をつきながらひきかえしてきたドックが、それをポケットへおさめたとき、赤のハッチのジッパーが開いて、キーパーがふわふわと帰ってきた。別人のように上機嫌になっていた。キーパーは現金箱や月の泡のバルブを見まわりながら、〈船橋のあの人と結婚したい〉を口笛で吹いていたが、ドックが出ていくと、急に疑い深い口調でスパーにきいた。

「あの老いぼれになにを渡した？」

「財布」スパーはさりげなく答えた。「忘れていきかけたもんだからね」ゆるく握ったこぶしを振って、チャリンと音をさせた。「ドックはコインで払ったよ、キーパー」

キーパーはいそいそとそれを受けとった。

「よし、掃除にもどれ、スパー」

左舷のチューブを使おうと、スパーが赤のハッチのほうへむかったとき、スージーがそこから現われ、顔をそむけて彼とすれちがった。彼女はカウンターへすりよると、キーパーがふざけ半分にうやうやしくさしだした月の露の袋を、笑いもせずにひったくった。

スパーはつかのま、彼女のために義憤を感じたが、ドックとの約束で気がそわそわして、ほかのことをいつまでも考えてはいられなかった。投げられたナイフのように早く夜が更けていっても、彼はそれに気づかず、いつもの不安も感じなかった。キーパーが〈こうもりの巣〉の明りを全部ともした。酒場はこうこうと輝き、半透明の壁のむこうは乳色に泡立った。

商売はいくらか上向いてきた。スージーは最初に目星をつけた客と話がついて、出ていった。キーパーはスパーに店番を交代させると、消ゴムを何回も使った跡のある紙きれをとりだし、紙挟みにはさんで膝の上にのせ、まるで一語一語、いや一字一字に行きづまっているように、鉛筆をしきりになめながらコッコツ書きはじめた。この困難な作業にすっかり没頭しきっているため、自分の体が下側の黒いハッチの方角へくるくる回転しながら漂いはじめたのにも、気がつかないらしい。紙きれは、文字と黒鉛の汚れ、それに新しい抹消と唾と汗とで、ますますきたなくなっていった。

短い夜はスパーが願ったよりも早く終わり、勤曜日の朝のとつぜんの眩しさが彼を驚かせた。おおかたの客は、昼寝をしに帰っていった。

スパーは〈こうもりの巣〉をどんな口実で出ていったものかと迷っていたが、その問題はひとりでに解決した。キーパーがさっきのきたならしい紙きれをたたんで、熱いテープで封をしたのである。

「おい、のろま、これを船橋まで持っていけ。執行部へ渡すんだぞ。待て」キーパーは拾得物入れから中身の整理のすんだオレンジ色のバッグをとりだすと、口がしっかり締まっているかどうか、紐をひっぱってたしかめた。「ついでに、これをクラウンの〈穴〉へ届けてこい。ていねいな口をきくんだぞ、スパー！　さあ、急げ！」

スパーはジッパーがまともにきく唯一のポケットに、封印された手紙をしまいこんだ。それから船尾のハッチへゆっくり体を押し出ししなに、危うくキムと衝突しそうになった。

キーパーが猫を始末しなけりゃと洩《も》らしたのを思いだして、彼は和毛《にこげ》に覆われた前肢の下の細い胸を抱き、だぶだぶ服の中へそっと押しこみながら囁いた。「おれと旅をしような、キム」猫は薄い生地に爪を立ててつかまった。

細長い緑と赤のもやもやに飾られた両端と、かすみで終わっている狭い円筒——それがスパーにとっての廊下だった。手さぐりと記憶をたよりに、彼は自分を導いていった。こんどの旅では、微風に逆らって、センターラインをたぐりながら進んでいかねばならない。船首から船尾に通じる一まわり大きな円筒をカーブしながら通りすぎると、廊下はまっすぐになった。通路の真中に吊されている換気扇を、二度もよけねばならなかった。ひどく小さな唸りしか立てないので、通りすぎる前の微風の強まりと、通りすぎたあとのかすかな引きで、見当をつけるよりしかたがない。

まもなく、土と青物の匂いが漂ってきた。ぞっと身ぶるいしながら、彼は黒く丸いもののわきを通った。第三船倉の大消化管に通じる、伸縮性のカーテン・ドアだ。だれにも行きあわない——いくら休曜日にしても、淋しすぎる。ようやく、アポロの園の緑が見え、そのむこうに大きな黒いスクリーンが見えた。スクリーンの中には、船尾寄りに、小さな煙ったようなオレンジ色の丸がうかんでいる。それを見ると、スパーはいつも名状しがたい悲しみと恐れを感じるのだった。彼はその陰気な丸が、とくに〈ウインドラッシュ〉の右舷の端で、これまでも、どれだけたくさんの黒いスクリーンの中にうかんでいるのだろうか、と考えた。

いくつかのスクリーンの中で、おなじものを見たことがある。

アポロの園に近づくにつれて、揺れている緑の若芽や、うかんでいる農夫のシルエットが見えてきた。通路は直角に下へ折れまがった。両手を交互に二十回ほどセンターラインをたぐると、開いたハッチが前に迫ってきた。距離の心おぼえと、麝香《じゃこう》のような強い香水の匂いとで、ここがクラウンの〈穴〉への入口であることがわかった。中をのぞく。大きな球形の部屋。黒と銀の溶けあったらせん。ハッチの反対側には、そこにもまた大きな黒いスクリーンがあり、焦茶色に赤いまだらのある丸いものが、やはり中心からはずれて浮かんでいる。

スパーのあごの下で、キムが低い、だが切迫した声でいった。「トマレ！　シ、シジュカニ！　キケン！」猫はだぶだぶ服の衿から首を出していた。猫の耳がスパーののどをくすぐった。スパーはキムの大げさな物言いに慣れてきていたし、どのみち警告はほとんど不必要だった。たったいま、半ダースほどの裸体がふわふわ浮かんでいるのを目にとめて、当惑から前進を止めたところなのだ。この距離だと、スパーの目では、耳はおろか性器も見分けられない。しかし、頭髪を別にすると、どの体もおなじような肌理《きめ》だった。一人は焦茶色、そして残りの五人——それとも四人かな、いや、五人だ——は白。肌の色のいちばん白い、プラチナ色と金色の髪の毛をした二人は、見おぼえがなかった。どっちがクラウンの新しい愛人のアルモディーなのだろう？　とにかく、どの体も触れあっていないことに、彼はほっとした。

金髪の娘のそばには、金属の輝きが見える。そこからあとの五人の顔へと伸びた、細長い五叉のチューブの赤いもやもやが、やっとのことで見わけられた。いくらバーテンに女の子を使うにしろ、クラウンが自分の豪華な穴の中で、あんな下品なやりかたで月の泡をみんなに振舞うのは、どう考えてもふしぎだ。もっとも、あのチューブにはいっているのは月の露かもしれない。

それとも、クラウンは〈こうもりの巣〉の向こうを張って、酒場を開くつもりだろうか？　それには時期もわるいし、場所も最低だな——スパーはオレンジ色のバッグをどうしたものかと、迷いはじめた。

「カエロウ！」キムがさっきよりもいっそう低い声でうながした。

スパーの指は、ハッチのそばにあるクリップを見つけた。カチッという音をできるだけ殺して、彼はバッグの引き紐をクリップに挟み、いまきた方角へひきかえした。

だが、いくら小さな音でも、その反応はあった——クラウンの〈穴〉から、おそろしく陰にこもった、長い唸り声が聞こえてきたのだ。

スパーは、センターラインのたぐり方を早めた。さっきの角を曲がりきったところで、うしろをのぞいてみた。

クラウンのハッチからにゅっと首を突き出しているのは、人間の顔よりも幅が狭く、クラウンよりも色の黒い、大きな、とがった耳のある顔だった。

唸り声がまたひびいた。地獄犬をそんなにこわがるなんておかしいぞ、とスパーは自分に言いきかせながら、乗客ごと体をぐいと前に進めた。ばかだな、クラウンがあのでかい犬を〈こうもりの巣〉へ連れてきたこともあるじゃないか。

きっとそれは、地獄犬が〈こうもりの巣〉では唸り声をあげずに、百かそこいらの短い言葉で、おとなしくしゃべっていたからかもしれない。

それに、あの犬には、センターラインをすばやくたぐっていくなんて芸当はできないんだ。それには、もっと鋭い爪がいる。だけど通路の両側をクッションにして、ぽんぽんはねかえっていくことはできるかもしれないぞ。

つぎにスパーをひやりとさせたのは、大消化管の二つに割れたカーテンだった。なんて弱虫なんだ、おれは！　きょう、新しい目をもらいに行くというのに、子供みたいにビクビクするなんて！

「どうしてあそこでおれをこわがらせようとしたんだ、キム？」彼は業腹にたずねた。

「マジリケナイ　ジャアクヲ　ミタカラサ、ウシュノロ！」

「おまえの見たのは、月の泡を吸ってる五人の女さ。それと、おとなしい犬とだ。うすのろはそっちのほうだぞ、キム。バカはおまえだ！」

キムは黙りこみ、首をひっこめて、返事もしなかった。スパーはあらゆる猫に共通した虚栄と短気さを思い出した。だが、いまの彼には、もっとほかの心配がある。もしあのオレンジ色のバッグが、クラウンの見つけるまえに、通りすがりのだれかに盗まれたら？　いや、もしうまくクラウンが見つけたとしても、それはそれで、いつもキーパーの走り使いをしているスパーが物蔭からこっそり中をのぞいていったな、と思われるかもしれない。一生のうちでいちばん大切な日に、こんなことが起こるなんて！　キムに口論で勝ったことは、わずかな慰めでしかなかった。

それと、二人の見おぼえのない娘の中ではプラチナ色の髪をしたほうに興味をひかれたくせに、バーテンをやっていた娘のことがなんとなく気になるのだった。スージーのような金髪だが、もっとすらりとしていて、色が白い――前にどこかで会ったような気がする。そして、彼女のなにかが、彼をおびえさせたのだ。

中央通路にたどりつくと、もう船橋よりも先にドックの部屋へ行きたい誘惑にかられた。しかし、やはり用事をぜんぶ済ませた上でドックの部屋へいったほうが、時間を気にせずにゆっくりできるだろう。

いやいやながら、彼は風の強い菫色の通路へはいり、自動ケーブルのそばの空間を狙って、ケーブルの動きとおなじ方向へ身を躍らせた。掌に軽いやけどをしただけでうまく綱がつかめ、風とほぼおなじスピードで船首へ運ばれていった。キーパーのケチンボめ、足袋どころか手袋も買ってくれない！　太い自動ケーブルを通路の中央に固定している、索で張られたローラー・ベアリングをよけるのに、しじゅう気をつけていなければならなかった。ベアリングのむこうのケーブルをつかんで、うしろの手を離すのはやさしい芸当だったが、わき見はできない。

　ケーブルにつかまって動いている人影は少なく、通路を風のまにまに漂っている人影はそれ以上に少ない。彼はその一人を追い越した。相手はくの字に体を折り曲げ、くるくるとんぼがえりを打ちながら、年老いたしわがれ声でこんな言葉を唱えていた。「ヤコブの梯子《はしご》、生命の木、家系図……」

　第三船倉と第二船倉を区切る通路の狭いネックも、見張りにとがめられずに通過したが、そのあと、上部デッキに通じる大きな青い通路を、もうすこしで見すごしかけた。あわててケーブルを乗りかえしなに、またもや掌をすこしやけどした。彼の苛立《いらだ》ちは強まってきた。

「シュ、シュパー、シッカリシロヨ――」キムが言いかけた。

「シーッ！　ここは士官居住区だぞ」なまいきな猫をもう一度黙らせる口実があったのをよろこびながら、スパーは相手をさえぎった。事実、〈ウインドラッシュ〉の青い区域へくると、いつも彼は畏怖と不安に満たされるのだ。

　まだ心構えができないうちに、目的の物が見えてきた。スパーは動いているケーブルから体を振り出し、船橋のデッキの直下にある球状の金属でできた静止したジャングル・ジムへ飛びうつった。いちばん上の横木へたどりついた彼は、じっとそこに浮かんで、だれかが声をかけてくれるのを待った。

船橋の中には、いろいろの奇妙な形をした金属がピカピカ光り、虹の面が不規則に脈打っている。いちばん近くにあるそれは、何列にも並んだ小さな明り——赤だの、緑だの、色とりどりの明り——が点いたり消えたりしているようにも見える。あらゆるものの上にあるのは、端のない黒ビロードの広がり。そこに乳色の渦巻きがまだらを作っている。

金属の塊と虹の面のあいだには、濃紺の士官制服を着た人影が、いくつも浮かんでいた。彼らはときおりおたがいに身ぶりしあうだけで、一言もしゃべらない。その動作の一つ一つが、スパーには深遠な意味を含んでいるように思われた。もし神があるなら、これこそ〈ウインドラッシュ〉の神々であり、彼らがあらゆるものを導いているのだ。スパーは自分がしがないドブネズミに思えてきた。一言でも声を出そうものなら、たちまち追っぱらわれそうな気がした。

いちだんと緊張した身ぶりの交換につづいて、遠く短い轟音と、キイキイパリパリという耳慣れた軋みが聞こえた。スパーは驚嘆し、同時にさとった——あのなじみ深い毎日の現象が、船長や、航法士や、ほかの士官たちのしわざであることは、もっと早く気づくべきだったのだ。

それはまた、休曜日の正午がきたことをも意味する。スパーはいらいらしはじめた。これでは、つけたりの用事に時間を食われてしまう。通りすぎていく濃紺の人影に、おずおずと手を上げてみた。だれも彼には気づかない。

あげくの果てに、彼は囁いた。「キム……？」

猫は答えなかった。ゴロゴロという音がきこえるが、いびきかもしれない。そっと猫を揺さぶった。「キム、話があるんだ」

「ウルシャイ！　キム　ネムイ！　シッ！」キムはもう一度爪を立てなおし、ゴロゴロいびきを立てはじめた。本当なのか芝居なのか、スパーには見当がつかない。彼はひどく心細くなった。

時間が静かに過ぎていく。もう待ちきれない。ドックとの約束を反古《ほご》にしてたまるか！　もっと上へいってだれかに話しかけようと勇気をふるいおこしたとき、明るい、わかわかしい声がいった。

「やあ、じいさん、なんの用だね？」

スパーは、いままで無意識に片手を上げていたことを、そして、クラウンに劣らず色の浅黒い、だが濃紺の制服を着た男が、やっと彼を認めて声をかけてきたことを知った。スパーはポケットのジッパーを開き、ことづかった手紙をとりだした。「執行部の人に」

「それなら、わたしの部だよ」ピリッ——指の爪が封を切ったのだろうか？　パリパリ——手紙が開かれたのだ。短い間。そして、「キーパーとはだれだね？」

「〈こうもりの巣〉の持ちぬしだよ。おれはそこで働いてる」

「〈こうもりの巣〉？」

「月の泡を売ってる店。一名ハッピー・トーラス。ドックの話だと、むかしは第三酒保といわれてたってさ」

「フム。で、この手紙はいったいどういう意味なんだね？　それから、じいさん、きみの名は？」

スパーは黒い斑点に覆われた灰色の四角を悲しそうに眺めた。

「おれ、字が読めない。名まえはスパー」

「フム。きみは〈こうもりの巣〉で、なにか……あー……超自然的生物を見たことがあるかね？」

「夢の中で」

「ムム。よし、近いうちに調べにいこう。もし、わたしだと気がついても、知らん顔をしていてくれ。ついでだが、わたしはドレーク少尉。そこに連れてきたのはなんだね、じいさん？」

「おれの猫だよ、少尉さん」スパーはどぎまぎしながらいった。

「わかった。その黒いシャフトから降りるといい」黒い腕のもやもやが指し示した方向へむかって、スパーはジャングル・ジムを横切りはじめた。

「こんどくるときはおぼえておきたまえ。船橋へ動物を持ちこんじゃいけない」

スパーは下にむかって旅をつづけた。ドレーク少尉がとても人間らしく優しかったことにホッとする気持と、まだドックを訪ねる時間が残されているだろうかという懸念とが、胸の中で混じりあっていた。暗赤色の中央通路の中で船尾へむかって動いているケーブルに乗りかえるのをもうすこしで忘れるところだった。昼下がりの偽りの夜明けに白んできた死人色の明りが、胸騒ぎを起こさせた。ふたたび、体を折り曲げてとんぼがえりを打っている人影とすれちがった。相手は、こんどはこんな文句を唱えていた。「三位一体、四つ目垣、小麦の耳……」

ドックを訪ねるのを諦めて〈こうもりの巣〉へ帰ろうかという衝動と格闘しているうちに、通路の第二のネックを通りすぎて第四船倉にはいり、ドックの診察室へつうじる枝廊下が近づいてきた。スパーは体を振り出し、道綱をつかみ、右舷寄りのクラウンの〈穴〉とおなじぐらいに左舷寄りにあるドックの部屋にむかって、体をたぐりよせはじめた。

むこうから道綱をよたよたとたどってくる二人連れとすれちがった。二人とも、遊曜日を待ちかねたように麦芽くさい息をしていた。スパーは、ドックがもう診察室を閉めたのではないかと、心配だった。ダイアナの園から、土と植物の匂いが漂ってきた。

ハッチは閉じていたが、スパーが玉を押えると、三回目のブザーでジッパーが開き、白い後光の中に灰色のしみのついた顔が、中からのぞいた。

「もう来んのかと思ったぞ、スパー」

「ごめんよ、ドック。実は――」

「いいさ。まあ、とにかくおはいり。やあ、よくきたね、キム——もしよかったら、きみはそこらを見物していたまえ」

這い出したキムは、スパーの胸をひょいと蹴ると、典型的な猫の視察旅行にとりかかった。視察の対象は、ドックの目でもわかるほどたくさんあった。ドックの診察室の中の支え綱は、どれも端から端までいろいろの物がクリップ止めしてある——大きいのや小さいの、光ったのやくすんだの、白いのや黒いの、半透明なのや曇ったの、ありとあらゆるもやもや。それらが影絵のように浮きだしたむこうには、スパーの怖くてならない、だが、いまはそのことを考えるひまもない、あの死人色の明りの壁がある。そして、その一端には、それよりもっと明るい光の帯。

「気をつけろよ、キム！」猫が支え綱にとびつき、もやもやからもやもやへと動いていくのを見て、スパーは声をかけた。

「キムは心配いらんよ」ドックがいった。「それより、きみを診察しよう。目をじっとあけとりなさい」

ドックの手がスパーの頭を押えた。灰色の目となめし革色の顔が、一つに滲んで見えるほど近づいてきた。

「目をあけとれというに！　うん、まばたきはせずにおれんさ。それはかまわん。そうか、やはり思ったとおりじゃ。水晶体がなくなっとる。これはレテ星（レテは黄泉の国を流れる忘却の川）のリケッチア病の副症状でな、感染者が十人に一人の割りでやられるんじゃよ」

「というと、ステュクス熱（ステュクスはおなじく黄泉の国の憎しみの川）のことかい、ドック？」

「そのとおり。もっとも、おなじ地下でも川ちがいのようだが。とにかく、われわれはみんなその病気に罹《かか》った。レテの水を飲んだわけじゃ。しかし、えらく年寄りになると、最初のころを思い出すこともある。おい、じっとせんか」

「じゃあ、ステュクス熱のせいなんだね、ドック？　おれが〈こうもりの巣〉より前のことを思い出せないのは」

「かもしれん。きみはいつごろから〈巣〉で働くようになった？」

「知らないよ、ドック。ずっとだ」

「少なくとも、わしがあの店を見つける前からじゃな。あれは、この第四船倉にあった〈ラムダム〉が店じまいしたときじゃった。しかし、あれから数えても、まだ一スタースほどにしかならんよ」

「だけど、おれはすごい年寄りだぜ、ドック。どうして昔のことを思い出さないのかなあ？」

「きみは年寄りじゃないよ、スパー。ただ、頭が禿げとるのと、歯がないのと、月の露に侵されとるのと、筋肉が萎《しな》びとるだけじゃ。そう、それにきみの心も萎びとる。さあ、こんどは口をあけて」

ドックの片手がスパーのうなじを押えた。もう片手は口の中をさぐっている。「少なくとも歯ぐきは堅い。これなら、やりやすいぞ」

スパーは塩水のことを話そうとしたが、やっと彼の口から手をひきだしたドックがいったのは、こんな言葉だった。「さあ、こんどはできるだけ大きく口をあけて」

ドックはスパーの口の中へ、なにかハンドバッグのように大きく、めっぽう熱いものを押しこんだ。「よし、強く嚙んで」

スパーは火を嚙んだかと思った。あわてて吐き出そうとしたが、頭と下あごにかかったドックの手が、そうはさせなかった。思わず彼は手と足をばたばたさせた。目に涙が溢《あふ》れてきた。

「じたばたするな！　鼻で息するんじゃ。そんなに熱くはあるまい。とにかく、やけどするほどじゃない」

スパーにはとてもそう思えなかった。だがそのうち度胸がすわってきた。少なくとも、口の中に穴があいて脳が焦げるほど熱くはない。それに、ドックに弱虫と思われたくもない。彼は身動きをやめた。何回かのまばたきののち、いちめんの滲みだったものが、ドックの顔と、死人色の明りの前で影絵になっているごたごたした斑点とに分離した。笑おうとしたが、考えられないほど唇の筋肉が横に伸びきっている。それも痛い。だが、熱さのほうはいくらか和らいだようだ。

ドックはそれを見てニヤニヤした。「この老いぼれに、本で読んだことしかない技術を使わせるから、こんなことになる。まあ、その埋め合わせに、支え綱でも噛みきれるぐらい鋭い歯を、あげることにしよう。キム、すまんがそのカバンからどいてくれんかね」

猫の黒いもやもやが、その身の丈の倍はありそうな黒いもやもやから押し離れた。スパーはキムを叱りつけようと鼻を鳴らし、手をむやみに振った。大きいほうのもやもやは、ドックのれいの小さなカバンに似た形だが、それを百個合わせたほどの大きさがある。中身もずいぶん詰まっているらしい。なぜなら、キムが押した力の反作用で、カバンのクリップ止めされた支え綱が大きくたわみ、まっすぐに戻るのにかなり暇がかかったからだ。

「あのカバンには、わしの宝物がはいっとるんじゃよ、スパー」とドックは説明した。スパーが質問の代りに眉を二度吊りあげてみせると、ドックは答えた。「いや、コインや金や宝石とはちがう。第二超限の無限の宝——千の〈ウインドラッシュ〉の乗りて全部にいきわたるだけの、眠りと夢と悪夢じゃ」ドックは自分の手首に目をやった。「もうよかろう。口をあけて」スパーは新しい苦痛をこらえて、その言葉にしたがった。

ドックはいままでスパーが噛みしめていたものをひっぱりだし、それをキラキラ光るもので包んで、もよりの支え綱へクリップでとめた。

「やはり、ちょっと熱すぎたかな」ドックは小さな袋をとりだし、その先をスパーの唇にあてがって、袋をしぼった。霧がスパーの口中にひろがり、痛みがすっかり消えた。

　ドックはその袋をスパーのポケットに押しこんだ。「もしもまた痛くなったら、これをお使い」

　スパーが礼を言いかけたとき、ドックは彼の目に一本の筒をあてがった。「ごらん。スパー、なにが見える？」

　スパーは思わず叫びをもらし、ぱっと目をひきはなした。

「どうしたんだね、スパー？」

「ドック、いまのは夢だよね？」スパーはかすれ声できいた。「このことはだれにもしゃべらないでくれるだろ、ねえドック？　それに、くすぐったいや」

「その夢はどんなだった？」ドックが勢いこんでたずねた。

「ただの絵だよ、ドック。魚の尻尾を生やした山羊の絵。おまけに、その魚には……」彼の心は言葉を手さぐりした。「……鱗《うろこ》があった！　なにもかも……縁《へり》があった！　ドック、あれが、みんなの言う、はっきり見るってことかい？」

「もちろんだとも、スパー。よかったな。脳にも網膜にも異常はない。これなら、双眼鏡を作るのも簡単だぞ――わしの持っとる骨董品《こっとうひん》にどこも故障がなければな。それだから、きみは夢の中では輪郭のはっきりしたものを見たんじゃな――なるほど。しかし、なぜ、わしがそれを人にしゃべるのを心配するのかね？」

「魔法使いと思われたくないんだよ、ドック。だって、あんなものが見えるのは千里眼のせいだろ？　それに、あの筒で目がむずむずするしさ」

「いやはや、アイソトープも顔負けのたわごとじゃな！　あれでむずむずせんほうが、どうかしとるよ。よしそっちの目も試してみよう」

ふたたびスパーは叫びをあげたくなったが、ようやく声をかみころした。やはり目がむずむずしてきたが、こんどは逃げなかった。こんどのは、ほっそりした娘の絵だった。それが女だとわかったのは、ぜんたいの形からである。しかし、その形には縁《へり》があった。彼は……細部まで見わけることができた。たとえば、その娘の目は、まわりのぼやけた一色の楕円形ではない。目の両側には、真白な……三角形がある。そして、二つの三角形に挟まれた薄い菫色の円の真中には、それより小さく黒い、もう一つの円がある。

その娘は銀色の髪の毛をしているが、齢はまだ若そうだった。縁《へり》が見えると、かえってそうした事柄が判断しにくい。その娘を眺めていると、さっきクラウンの〈穴〉でちらっと姿を見かけた、プラチナ色の髪の女が思い出された。

絵の女は、肩をむきだしにしたキラキラ光る白のドレスを着ていたが、どういう魔法のしわざか、それとも未知の力によってか、髪の毛もドレスも足のほうへまっすぐ伸びていた。しかも、彼女のドレスには……ひだが寄っている。

「この女はだれだい、ドック？　アルモディーー？」

「いや。ヴァーゴ、つまり処女宮じゃよ。縁《へり》が見えるかね？」

「うん、はっきりと。あ、そうだ！――ナイフみたいにね。じゃあ、山羊魚のほうは？」

「あちらはキャプリコーン、磨羯宮《まかつ》さ」ドックはスパーの目から筒をはずしながら答えた。

「ドック、ヴァーゴやキャプリコーンが、ランスや、テランスや、サンスや、スタースの名前の一つだってことは、おれも知ってるよ。だけど、絵があるとは知らなかったな。ただの名前だと思ってた」

「きみは――ああ、そうか。もちろんきみは、時計も、星ぼしも、黄道十二宮も見たことがなかったろうからな」

スパーは、いまドックのいった言葉のことをもっと質問したかったが、いつのまにか死人色の明りがなくなって、その代りにもっと明るい光の帯がぐっと幅をひろげてきているのに気がついた。

「すくなくとも、きみの記憶にある範囲では、という意味だがね」ドックはそうつけたした。「つぎの休曜日までには、新しい目と歯をこさえておくよ。もしこられるようなら、もっと早くにきてみなさい。もっとも、遊曜日の夜あたりには、わしのほうから〈こうもりの巣〉へ出向くかもしれんがね」

「ありがとう、ドック。じゃ、もう帰るよ。キム、行くぞ！　休曜日の晩は店が忙しくなるんでね、ドック。遊曜日の晩がさかさまからやってきたみたいにさ。ほら、とびこめ、キム」

「〈こうもりの巣〉までひとりで帰れるかね、スパー？　着くまでには暗くなるよ」

「だいじょうぶさ、ドック」

しかし頭から厚い頭巾をすっぽりかぶせられたような夜が降りると、最初の枝廊下の途中でもう彼はドックのところへ案内をたのみにひきかえしたくなった。ただ、キムの軽蔑だけがこわい――たとえ、猫があれ以来彼に一言も口をきかなくてもだ。まばらな走り灯だけでは、ほとんどセンターラインも見えなかったが、彼はすばやく両手を動かして、体を前方へたぐりよせていった。

中央通路はさらにひどい――人っ子ひとり通らずがらんとして、たよりない明りがまたたいている。はっきり見るということを知ったいまでは、ぼやけた形でしか物が見えないのが心細かった。アルコールの禁断症状で、発汗と身ぶるいと筋肉の痙攣《けいれん》が始まり、頭の中が混乱してきた。はじめてキムに出会って以来の奇怪な出来事の数かずが、夢か現実かわからなくなった。キムが一言も口をきかなくなったことが――それとも、口をきけなくなったのだろうか？――いっそう不安をかきたてた。もやもやした斑点の端っこが目にはいってきたが、まっすぐそっちを向くと、とたんに消えてしまう。キーパーと泡っ食いたちのしていた吸血鬼や魔女の話が、思い出されてきた。
〈こうもりの巣〉の緑のハッチが近づくのを待つ代りに、彼は船尾のハッチへつながっている通路へとびこんだ。この通路は明りが全然ないのだ。どこかから地獄犬の唸りがきこえたようにも思ったが、大消化管がグッグッと音を立てているので、よくわからない。暗赤色のハッチから〈こうもりの巣〉へとびこんだときには、うろたえたあまり新しい膠をよけるのさえ忘れるところだった。

酒場には明りとざわめきと踊る人影が跳びはねており、キーパーは彼を見たとたんに大声で罵りはじめた。スパーはトーラスの中へとびこみ、手ざわりと声だけをたよりに、機械的に給仕をはじめた。禁断症状が彼の視覚をかすませていた――あたりはもやもやのもやもやした渦巻だった。

しばらくして目まいはややおさまったが、不安はますます悪化してきた。それをすこしでも忘れさせてくれるのは――そしてキーパーの罵りを締め出してくれるのは――果てしない仕事だけだったが、やがてどうにも動けないほど疲れが押しよせてきた。遊曜日が明け、トーラスのまわりがいよいよ客で賑わうのを見て、とうとうスパーは月の露の袋をひったくり、唇にあてようとした。

鋭い爪が彼の胸をかきむしった。「バカヤロ！　ノンベ！　ヨワムシ！」

スパーは危うく発作を起こしかけたが、それでも月の露をもとの場所に返した。キムはだぶだぶ服から這い出ると、さもさも軽蔑したように彼から押し離れた。そして、ふわふわとカウンターのまわりを漂いながら客に話しかけ、たちまち酒場の人気をさらってしまった。

キーパーは給仕の手をとめて、猫の自慢をはじめた。スパーは記憶の中にあるどんな酒よりも悪夢的な――そして、はるかに長い――しらふの状態で、働きづめに働いた。

スージーが客といっしょにはいってきて、注文の黒をさしだしたスパーの手をやさしく撫でた。それでちょっぴり元気が出てきた。

スパーは、下側にいる客の声に聞きおぼえがあるように思った。声のぬしはふりの客で、だぶだぶ服を着た縮れ毛の泡っ食いだった。もう一度声を聞いたとき、ドレーク少尉ではないかという気がした。そういえば、スパーのはじめて見る客が何人か混じっている。

酒場の中はいよいよごきげんに湧いてきた。キーパーは音楽のヴォリュームをあげた。一人のやら、ペアを組んだのやら、いろいろの踊り手が、支え綱のあいだであっちこっちと体をはずませ、とんぼがえりを打っている。綱に足の指をひっかけて、腰をゆすっている連中もいる。黒いドレスの女が、綱の上で大股びらきをやってのけた。白いドレスの女がトーラスをくぐりぬけた。キーパーはそのボーイフレンドの勘定に、さっそくそれを上乗せした。泡っ食いたちが合唱をはじめた。

スパーの耳にキムの朗唱がきこえた――

「ボクハ　ネコサ。

ネジュミヲ　トルノサ。

アイソモ　イイゾ。

ヤロウニャ　ニャロメ、

「イカシタコニャ　ハーイ！」

遊曜日の夜はふけていった。客はぞくぞくとつめかけた。ドックはこない。だが、クラウンがやってきた。踊っていた連中がさっと二手に分かれ、一区画の客がまるごと移動して、クラウンと、連れの女たちと、地獄犬とに上席をゆずった。クラウンの一行はトーラスの三分の一を独占し、その下側にもだれもいなくなった。スパーの驚いたことに、犬を除いたみんながコーヒーを注文した。犬はクラウンに注文をきかれて、「ブラッディ・メアリ」と答えた。すごい低音で語尾を長くひきのばすので、「ブローモー」という唸りとしかきこえない。

「アレレモ　コトバカイ？」トーラスの反対側から、キムが批評した。キムの近くにいる酔客たちは、けんめいに笑いをかみころした。

スパーは、手がやけどするほど熱い袋入りのコーヒーをフェルトのホールダーに入れてくばり、地獄犬の注文のカクテルを自動攪拌《かくはん》器の中で作った。もうへとへとに疲れていたが、一瞬、自分のことよりもキムのほうが心配になった。またもや、目の前で、顔のもやもやが泳ぎはじめる。しかし、リクサンドは黒い髪の毛、ファネットとドゥセットはよく似た赤い髪とおかしな赤いまだらのある白い肌で、見分けがついた。そして、プラチナ色の髪の青白い娘が、やはりアルモディーだとわかった。しかし、紫色の服を着た焦茶色のもやもやと、黒く細長い、耳のとがったもやもやに挟まれてみると、彼女はひどくぴったりした感じに見えた。

スパーは、クラウンが彼女に耳打ちするのを聞いた。「キーパーに、しゃべる猫を見せろとたのめ」ひどく小声の囁きだった。いつにない興奮からの震えがクラウンの声にこもっていなければ、スパーはそれを聞き逃したかもしれない。

「でも、そんなことしたら喧嘩《けんか》にならない？――ほら、地獄犬との」アルモディーの声は、スパーの心臓のまわりに銀の触手をまとわりつかせた。スパーは、ドックの持っていた筒で彼女を見たいとあこがれた。きっとヴァーゴのように、いやもっと美しく見えるだろう。しかし、クラウンの女なのだから、処女であるわけがない。なんてふしぎな恐ろしい世界だろう。彼女の目も菫色――だが、スパーはもうぼやけたもやもやにはうんざりなのだ。アルモディーはひどくおびえているようすだったが、抗議をつづけた。「クラウン、おねがいだからやめて」スパーの心臓は完全にとりこになった。

「だって、そのためにきたんじゃないかよ、ベイビー。それに、われわれにむかって〝やめて〟は言っちゃならねえ。おまえもそれはよく教えこまれたはずだ。いまからもう一度レッスンしてやってもいいが、今晩は妙なやつが目を光らしてやがるんでな。キーパー！――うちの新しいご婦人が、猫のしゃべるところを聞きたいという仰せだ。連れてこい」

「あたし、別に……」アルモディーはそこまで言いかけて、黙ってしまった。

キーパーが呼びかけているのと正反対の方角から、キムがトーラスのそばをふわふわと漂ってきた。猫は支え綱で体の動きを止めると、まっすぐにクラウンのほうを向いた。「ナニ？」

「キーパー、そのやかましい音をとめろ」音楽が急にやんだ。ざわめきが上がり、そしてそれも急にやんだ。「よし。ニャン公、しゃべれ」

「シ、シャベラニャイ。ウタウ」キムはそう宣言すると、異様な発情期のそれに似た鳴き声を上げた。いちおうのパターンはあるらしいが、スパーの頭にある音楽とはちがうものだった。

「抽象派ね」アルモディーがうれしそうにいった。「すてきじゃない、クラウン？　いまのは減7度だわ」

「狂3度じゃないの？」ファネットが横から口をはさんだ。

クラウンは身ぶりで女たちを黙らせた。

キムは高い顫音《トリル》で歌いおさめた。あっけにとられている聴衆をおもむろに見まわし、やおら肩のあたりの化粧にとりかかった。

クラウンがトーラスの突起を片手でつかむと、おしころした声でいった。「われわれとしゃべるのがいやなら、うちの犬としゃべるか？」

キムは、ブラッディ・メアリを吸っている地獄犬をじっと見つめた。大きく目を見開き、瞳孔を糸のように細め、ゆがめた唇のあいだから針のような牙をのぞかせた。

キムは罵った。「ブタノ　バンケン！」

地獄犬がとびかかった。後肢でクラウンの左の掌を蹴り、左に体をかわしたキムをめがけてつっこむ。だが、猫はひょいと体をひねり、支え綱ではずみをつけてとびのいた。犬の白くぎざぎざした両あごは、標的を一フィートほどはずれて宙をかみ、黒い巨体はそのまま突進をつづけた。

地獄犬が四本の肢をあずけたのは、肥った酔っぱらいの腹の上だった。酔っぱらいはやっとのことで酒を飲みこみ、ガホッと息だけを吐き出した。犬のほうはすでに逆コースへ出発している。キムは支え綱から支え綱へと体をはずませていた。ふたたびあごが上下し、こんどは何本かの毛が舞ったが、同時に、待ちかまえていた爪も相手をひっかいた。

クラウンは、飾り鋲《びょう》のついた首輪をひっつかむと、またもやとびかかろうとする地獄犬を押しとどめた。犬の目の下あたりを指でさわり、その匂いを嗅ぎながらいった。「坊や、そのぐらいにしておいてやれ。音楽の天才をやたら殺しちゃもったいない」クラウンの手が鼻のそばからトーラスの陰へと動き、こんどはゆるい握りこぶしになって現われた。「よし、ニャン公。うちの犬との話はすんだらしいな。われわれになにか言うことはあるか？」

「アル！」キムはクラウンの顔にいちばん近い支え綱へと泳ぎだした。スパーは猫をひきもどそうとそっちへ向かい、アルモディーはクラウンの握りこぶしをじっと見つめてから、それを止めようと片手をのばした。

キムは大声で罵った。「ジゴクノオニ！　アクマ！」

スパーもアルモディーも間に合わなかった。クラウンの握りこぶしの指のあいだから、ピュッと針のような噴流がほとばしって、キムの口の中に命中した。

スパーにとっては長い時間のあと、やっと彼の手がその流れをさえぎった。手の甲に焼けるような痛みが走った。

キムは体をぐったりさせ、まだ口を開いたまま、暗がりのほうへ漂っていった。

クラウンがいった。「いまのはメースだ。ギリシャ火薬みたいな古代武器さ。使い魔には絶好のお仕置きだな」

スパーはクラウンにとびかかり、その衿がみをつかんで顔をなぐろうとした。ふたりの体は、スパーの初速の半分ほどでトーラスから離れていった。

クラウンは顔をひいた。スパーはクラウンののど笛へ歯ぐきでかみついた。パチンという音。スパーは背中の皮膚に風があたるのを感じた。つぎに、冷たい三角が腎臓の上の肉を押しつけてきた。スパーは口をあけたまま体を凍りつかせてじっとそこに浮かんだ。クラウンがフフッと笑う。

ひとりの泡っ食いがさしあげた青いぎらぎらした輝きが、〈こうもりの巣〉の中にいるみんなを、左舷の明りよりも死人に近い色に照らしだした。声が命令した。「やめろ。もう騒ぎはたくさんだ。みんな帰れ。店を閉めるぞ」

睡曜日が明けはじめ、青いぎらぎらが薄れてきた。冷たい三角がスパーの背中から離れた。またもやパチンという音。声。「バイバイ、坊や」白く眩しい光の中で、クラウンが四人の女の顔と一ぴきの犬の顔のほうへ去っていく。ファネットとドゥセットの薄赤いまだらになった顔が、首輪をつかんでいるのか、地獄犬の顔にくっついて見える。

スパーは嗚咽《おえつ》をもらしながらキムを探した。まもなく、スージーも彼を手伝いにきてくれた。

〈こうもりの巣〉は、しだいにからっぽになっていった。スパーとスージーは、キムを隅のほうへ追いつめた。スパーが猫の胸を抱いた。キムの前肢が彼の手首にかかり、弱々しく爪を立てるのが感じられた。スパーはドックにもらった袋を出して、その口金をキムの口へ押しこんだ。爪がぎゅっと食いこんできた。それにはかまわず、スパーはそろそろとスプレーをかけてやった。しだいに爪がひっこみ、キムの緊張がとけていった。スパーはやさしく猫を抱きしめた。スージーが、スパーの手の甲の怪我に包帯をあててくれた。

キーパーが、ふたりの泡っ食いを連れて近づいてきた。そのひとりは、やはりドレーク少尉だった。ドレークがいった。「きょうは、わたしの仲間とふたりで、船尾側と右舷側のハッチを見張るからね」彼らを別にすると、〈こうもりの巣〉はまったくからっぽになっていた。

スパーはいった。「クラウンはナイフを持ってたよ」ドレークはうなずいた。

スージーがスパーの手にさわりながらいった。「キーパー、今晩はここへ泊めて、あたし、怖くて」

キーパーがいった。「支え綱ならあいてるよ」

ドレークとその連れは、ゆっくりと持ち場へ向かいはじめた。

スージーがスパーの手を握りしめた。スパーはぎこちない口調でいった。「おれの支え綱へおいでよ、スージー」

キーパーはケラケラ笑いだし、船橋からきたふたりのほうへちらと目をやってから、スージーに耳打ちした。「おれの綱へきなよ。スパーとちがって、こっちは自前の綱だぜ。それに月の露もある。それがいやなら、廊下でネンネするんだな」

スージーはため息をつき、しばらく間をおいたあと、諦めたようにキーパーのあとについていった。

スパーはみじめな気持で、船首側の隅へむかった。スージーは、彼がキーパーに立ちむかうことを期待していたのだろうか？　悲しいことに、彼はもう友人としてしか彼女を欲しくないのだ。彼の欲しい女は、クラウンの新しい愛人なのだ。それも悲しい。

スパーは疲れきっていた。明日になれば新しい目がもらえるという考えにも、興味がわかなかった。片方の足首を支え綱につないでから、ボロぎれで目隠しした。あれから黙ったままのキムを、やさしく抱いた。あっというまに、彼は眠りにおちた。

そして、アルモディーの夢を見た。彼女は白いドレスまでヴァーゴにそっくりだった。磨きあげた黒革のように滑らかなキムを抱いている。にっこりして彼に近づいてくる。だが、距離はいっこうに縮まらない。

かなりあと——と思える頃——スパーは禁断症状におそわれて目がさめた。じっとり寝汗をかき、身ぶるいしていたが、それらは小さなことだった。神経がぴくぴくしている。いまに全筋肉が痙攣を起こし、腱のひきちぎれるような痛みがおそうにちがいない。目まぐるしい早さで思考がつぎつぎに変わり、十のうち一つもつかまえられなかった。カーブした薄暗い枝廊下を、中央通路のケーブルの十倍も早いスピードで動いているようだ。もし壁にさわったものなら、いままでスパーが知っていたわずかなことさえ、いや、彼がスパーであることさえ、忘れてしまうのではなかろうか。まわりでは、黒い支え綱が永続的な正弦曲線《サイン・カーブ》を描いて揺れている。

キムはもうそばにいなかった。彼は目隠しをひきちぎった。やはりおなじ闇。睡曜日の夜。しかし、彼の肉体は高速移動をやめ、思考もゆるやかになった。神経はまだぱちぱち音を立てており、黒い蛇の群れが体をくねらせているのが見えたが、それは幻覚だとわかっていた。三つの走り灯のたよりない光も見わけられるようになった。

と、二つの姿がふわふわ近づいてくるのが目にはいった。相手の目のもやもやがかろうじて見えるぐらい——小さなほうは緑、大きいほうは菫色で、銀の後光がひらひらと顔を包ん

微笑の代りに、むきだした歯の横長の滲みが見えた。キムもやはり歯をむきだしていた。

とつぜん、スパーは思い出した。クラウンの〈穴〉でバーテンをつとめていた女――あれは、スージーの友だちで、この前の睡曜日に吸血鬼にさらわれたはずのスイートハートだ。

彼は叫んだ。スパーの叫びは、かすれた、嘔吐に似たおめきだった。彼は足首のクリップをごそごそとはずした。

二つの姿は消えてしまった。下へ行ったらしい。

明りがついた。だれかがとびこんできて、スパーの肩をゆすぶった。「なにがあったんだ、じいさん？」

スパーは早口にどもりながら、ドレークに話す言葉を考えた。彼はアルモディーとキムを愛している。「悪い夢を見た。吸血鬼にやられる夢」

「相手はどんなやつだった？」

「年とった女と、それから……それから……小さい犬」

もうひとりの士官がとびこんできた。「黒のハッチが開いてるぞ」

ドレークがいった。「キーパーの話だと、あそこはいつも錠がおりてるはずだ。調べてくれ、フェナー」フェナーは下のほうへ泳いでいった。「ほんとに夢なのかね、じいさん？　小さい犬だって？　それに、年とった女？」

スパーは、「うん」と答えた。ドレークは同僚のあとを追って、黒のハッチから出ていった。

勤曜日が明けた。スパーは、気分がわるく頭がぼーっとしているのをがまんして、いつものように仕事にかかった。キムに話しかけてみたが、猫は前とおなじように黙りこくっていた。キーパーは不機嫌で、彼にたくさんの用事を押しつけた――睡曜日の騒ぎで、酒場の中は惨澹《さんたん》たる有様なのだ。スージーは、スイートハートのことをきいても話したがらず、そそくさと出ていった。ドレークとフェナーはあれっきり帰ってこない。

スパーは掃除をつづけ、キムは巡回をつづけたが、おたがいに口をきかなかった。午後、クラウンがやってきて、スパーとキムには聞こえないところで、キーパーとなにごとか話しあった。クラウンは、彼らのことなど眼中にないようすだった。

ゆうべ見たものはなんだったのか、とスパーは考えた。たぶん、ただの夢なんだ、と結論をくだした。記憶の中でスイートハートを確認したのも、もう遠いことのようだった。夢にしろ現実にしろ、アルモディーとキムが吸血鬼だと思いこむなんて、どうかしてる。ドックも吸血鬼は迷信だといったじゃないか。しかし、彼はあまり根をつめて考えられなかった。いくらか和らいだとはいえ、まだ禁断症状がつづいている。

休曜日が明け、キーパーは珍しくあっさりとスパーに外出許可をくれた。スパーはキムを探したが、黒いもやもやはどこにも見あたらない。考えてみると、彼はそれほど猫を連れていきたくもないのだった。

彼はまっすぐにドックの診察室を目ざした。この前の休曜日に比べると、きょうの通路はいくらか人通りがある。例の屈みこんだ人影を追い越すのも、これで三度目だった。「カモメ、タカ、大伽藍《だいがらん》……」

ドックのハッチは開いていたが、ドックの姿は見あたらなかった。死人色の光の中で、スパーは心細い思いをしながら長いあいだ待った。ハッチをあけっぱなしで部屋を留守にするなんて、ドックにも似合わない。それに、なかば約束までしておいて、ゆうべも〈こうもりの巣〉に顔を見せなかった。

待ちきれなくなって、スパーはあたりの見物をはじめた。最初に気づいたのは、ドックが宝物を入れてあるといった、あの大きな黒いバッグが、どこにも見あたらないことだった。つぎに気づいたことは、ドックがスパーの歯ぐきの型をしまいこんだプライオフィルムの袋に、いまではほかのものがはいっていることだった。スパーは支え綱のクリップからそれをはずした。中には二つの品物がはいっていた。

半分ピンクで半分光った半円形のものにさわっていて、彼は指を切った。指からふくれ出てくる小さな赤い玉にはかまわず、もっと用心深くその形を指でなぞってみた。ピンク色のものの上と下に不規則なくぼみがある。彼はそれを口の中へ入れた。歯ぐきがくぼみの中へぴったりはまった。舌をかまないように気をつけながら、口をあけ、そして閉じる。カチッ！　そして鈍いコチンという音。歯ができたぞ。

禁断症状からではない震えに両手をわななかせて、彼は第二の品物を手さぐりした。二つの部厚な丸が短い棒でつながっている。そして、それより太く長い二本の棒が、両方の丸のうしろへ伸びて、半円を巻いて終わっている。

彼は丸の一つへ指を入れてみた。ちょうどあの筒で目がむずむずしたように、だがもっと強い、痛いほどのくすぐったさが感じられた。

さっきよりも激しく手をわななかせながら、彼はその仕掛けを顔へ合わせてみた。半円は彼の耳のまわりにかかり、丸は彼の目をとりまいたが、むずむずするほどくっついてはこない。

はっきりと見える！　あらゆるものに縁《へり》が備わった。指をひろげた彼の両手も、指の上についた血の……塊も。小さい驚嘆の叫びをもらして、彼は部屋の中を見まわした。何十何百という品物——それがどれ一つをとっても、あのヴァーゴとキャプリコーンの絵のように、はっきりした縁《へり》を持っている。刺激が強すぎて、思わず目をつむってしまった。

せわしない息と身ぶるいがいくらかおさまるのを待って、彼はそろそろと目をあけ、支え綱に留められた品物の見学にとりかかった。なにもかもが驚異だった。そのうち半分ぐらいは、なにに使うものかもわからない。いつも使いなれているもの、ぼやけた形を見なれていたものも、新しい外見で彼をびっくりさせた。櫛《くし》、ブラシ、本のページ（黒いしるしの無限の行列)、腕時計(まるい板のまわりに書かれた、小さなキャプリコーンやヴァーゴや牡牛や魚の絵。そして、真中から出たいくつかの細い棒——速く動くのや、のろのろ動くのや、ちっとも動かないのが、十二宮のしるしのどれかを指している)。

知らず知らず、彼は死人色に光る壁の前まできていた。新しい勇気でそれに向きなおったとき、またもや驚嘆の叫びが唇からもれた。

死人色をした光は、彼の視野の中心を占めてはいるが、ただいちめんに光っているのではなかった。ピンと張った透明なプライオフィルムに指が触れた。そのむこうに——どうやらおそろしく遠いところらしいと、いまになって気づいたのだが——見えるのはまったくの暗闇で、そこに数えきれないほどの小さな眩しい光の……点が散らばっている。点というものは縁《へり》以上に信じにくいが、ちゃんと見えるからには信じるよりしようがない。

だが、その中央には、暗闇をぜんぶ合わせたよりも大きな、死人のように青白い丸があった。そこには、かすかな丸いぶつぶつと、明るいまっすぐな刻み目と、すこし濃いめのまだらがついていた。

その明りには電気の線もつながっておらず、燃えているのでもなさそうだった。しばらくするうち、スパーはふと不気味な考えにおそわれた。あの光は、〈ウインドラッシュ〉のうしろにあるもっと明るいなにかの反射ではなかろうか?

〈ウインドラッシュ〉のまわりに、こんなに広い場所があるというのは、ものすごく奇妙に思われた。まるで、現実の中にまた現実があるみたいだ。

それに、もし〈ウインドラッシュ〉が、想像上の明るい光と、ぶつぶつのある白い丸のあいだに挾まれているとしたら、白い丸の上に影がうつりそうなものだ。でなければ、〈ウインドラッシュ〉がものすごく小さいかだ。そんな考えは、突拍子もなくて、まともにとりあえない。

いや、突拍子もないといえば、なにもかもがそうじゃないか。狼男、魔女、点、縁《へり》、それに気ちがいでなければとても信じないような、あの遠くの大きな広がり。

さっき、彼がはじめて死人色の青白いものを見たとき、それはまんまるだった。そして、無意識のうちに、休曜日の正午を告げる例の軋みを聴いたおぼえがする。だが、いまや白い丸は船側の縁《へり》を平らに切りとられて、いびつになっていた。〈ウインドラッシュ〉のうしろにある想像上の白熱光が動いているのだろうか、それとも白い丸が回転しているのだろうか、それとも〈ウインドラッシュ〉そのものが白い丸のまわりを回っているのだろうか、とスパーは考えた。それらの考え、とくに最後のものは、耐えられないほど彼の頭を混乱させた。

彼は開いたハッチへ向かった。ジッパーを閉めていこうかどうしようかと迷ったすえ、結局閉めずに帰ることにした。廊下もこれまた驚異だった。それはどこまでも、どこまでも、どこまでものびており、遠くへいくほど狭くなっていく。壁に書かれているのは……矢印だ

――赤い矢印はいま彼のやってきた左舷、緑の矢印はいま彼のむかっている右舷を指し示し

ている。これまで彼が細長いもやもやと思っていたのは、この矢印だったのだ。ふしぎなぐらい輪郭のはっきりした道綱をたぐっていくにつれ、枝廊下が中央通路までおなじ直径をたもってつづいていることが明らかになった。

彼は緑色の矢印の通りにできるだけ早く右舷の端まで行きついて、想像してみたあの白熱光があるかどうかを確かめ、いつも彼を憂鬱《ゆううつ》にする赤茶色の丸もとっくり眺めてみたかった。しかし、それより先に、ドックが行方不明になったことを、船橋へ報告しておいたほうがいい、と彼は決心した。ひょっとすると、ドレークに会えるかもしれない。そしたら、ドックの宝物がなくなったことも報告しよう、と自分に言いきかせた。

すれちがう人びとの顔が彼を魅惑した。なんというごちゃごちゃした鼻や耳！　しわがれ声でぶつぶついっている例の腰の曲がった人影に、また追いついた。あごにくっつきそうなわし鼻をした老婆だった。老婆は二本の細い棒と、ボサボサ毛の生えた細い紐を玉にしたものを持って、ぎくしゃくと指を動かしていた。彼は衝動的に道綱を離し、相手の体をかかえて向きなおらせた。

「おばあさん、なにをしてるの？」

相手は怒りにあえぎながら答えた。「編み物」

「あんたがいつもしゃべってるのは、なんのことだい？」

「編み方の名前」老婆はうるさそうに答えると、体をもぎ離して、また唱えつづけた。

「砂丘、稲妻、兵隊の行進……」

彼は道綱へ泳ぎもどろうとしたが、そこで船橋へ通じる青いシャフトのすぐそばまできているのに気がついた。やけどには目をつむって、上へ走っている自動ケーブルをつかみ、みるみる船橋に近づいた。

船橋へ着いてみると、上のほうにも無数の星ぼしがあるのがわかった。横長の虹に思えたものは、色とりどりの明りが点《つ》いたり消えたりする、いくつも並んだ板だった。しかし、無言の士官たちは……ひどく年とって見えた。その顔は、まるで眠りながら泳いでいるようだし、身ぶりの命令も機械的で、いったい彼らには〈ウインドラッシュ〉の行き先がわかっているのか――それとも〈ウインドラッシュ〉の船橋の外になにがあるかがわかっているのか――と疑わしくなるほどだった。

色の黒い、縮れ毛の若い士官が、彼のほうへふわふわと近づいてきた。むこうが声をかけるまで、スパーはそれがドレーク少尉だと気がつかなかった。

「やあ、じいさん。へえ、きょうはばかに若く見えるぞ。目のまわりのそれはなんだい？」

「双眼鏡。これだとはっきり見えるんだよ」

「しかし、双眼鏡というのは筒だぞ。両眼用の一種の望遠鏡だ」

スパーは肩をすくめ、ドックと、ドックの宝物を入れた大きな黒いバッグとが、消失したことを物語った。

「しかし、ドックはのんべえなんだろう？　それに、宝物というのは夢のことだと、きみに話したそうじゃないか。変わり者のことだから、きっとふらふらよそへ飲みにいったんだろうよ」

「だけどね、ドックはうちの常連だもの。いつも、飲むのは〈こうもりの巣〉ときめてたんだよ」

「わかった。できるだけのことはやってみる。実をいうと、わたしは〈こうもりの巣〉の調査の仕事をおろされたんだ。あのクラウンという男、おえらがたのだれかに顔がきくらしい。ご老体たちはすぐ言いなりになる——欲深というより習慣でね、いちばん楽なコースを選びたがるんだ。フェナーとわたしは、結局、年とった女も小さな犬も、いや、どんな女も動物も、見つけることができなかった……なにひとつだ」

スパーは、クラウンが前にもドックの小さな黒いバッグを盗もうとしたことがあるのを話した。

「だから、二つの事件に関連があると、きみは思うんだね？　よし、さっきもいったとおりだ、できるだけのことをしてみるよ」

スパーは〈こうもりの巣〉へ帰った。キーパーの顔をはっきりと見るのは、ふしぎな気持だった。ひどく老けた感じで、そのピンク色の標的の真中は、血管が網のように浮き出した大きな赤い鼻なのだ。茶色の目は、好奇心よりも貪欲に燃えていた。キーパーは、スパーの目のまわりにあるもののことを訊いた。スパーは、物をはっきり見る仕掛けだとこの相手に教えるのは、利口でないと判断した。

「新しい服飾品の一つなんだってさ、キーパー、おれって、地球のくそったれめ、頭に一本も毛がないだろ。なにか飾らないと、かっこうがつかねえや」

「なんて言葉づかいだ、スパー！　そんなへんてこな飾りに貴重な金券を使うなんて、のんべえのやりそうなこった」

スパーはキーパーに言いかえしたくなるのをやめた――彼がいままで〈こうもりの巣〉で働いて稼いだ金券が親指のひと節の厚さもないことも、また、彼が酒をやめたことも、そして歯のこともしゃべらずに、腹の奥へしまっておいた。

キムの姿はどこにもない。キーパーが肩をすくめていった。「どこかへ行っちまったんだろう。野良猫ってのはそんなもんさ、スパー」

そうだな、とスパーは思った。あの猫は長く居つきすぎたぐらいだ。

〈こうもりの巣〉のすべてがはっきり見えることに、彼は新しい驚きを感じつづけた。酒場は、二つの角錐の正方形の底と底をくっつけたような形で、六つの角があり、たくさんの支え綱が交差して張られている。角錐の頂点にあたるのが、菫色をした船首側と、暗赤色の船尾側のコーナーだ。残りの四つのコーナーは、船尾から見て時計の針の回り方の順に、右舷の緑、下側の黒、左舷の緋色、上側の青、となっている。

スージーは、遊曜日の朝早く店にやってきた。スパーは彼女のだらしない恰好と充血した目にショックを受けた。しかし、彼女の示す愛情には心をうたれ、ふたりが強い友情で結ばれているのを感じた。キーパーがよそ見をしているすきに、二度、彼はスージーのほとんどからになった黒の袋を、いっぱいはいったそれととりかえてやった。スージーは、彼に、ええ、むかしスイートハートとつきあっていたことはあるわ、と話し、そして、ええ、スイートハートが吸血鬼にさらわれるのをメーブルが見たという話も聞いたわ、と話した。

遊曜日にしては客足が鈍かった。見おぼえのない泡っ食いもやってこなかった。みぞおちに凝りかたまった恐ろしい確信と闘いながら、スパーはいまにドックが段索づたいにジグザグにとびこんできて、彼がスパーに与えた新しい仕掛けのことをあれこれ批評し、大昔を懐かしみ、奇妙な哲学をしゃべってくれるのではないかと、待ちこがれた。

遊曜日の夜、クラウンが女たちを引き連れてやってきた。アルモディーだけが顔を見せていない。ドゥセットの話では、頭が痛くて〈穴〉で留守番しているということだった。こんどもみんながコーヒーを注文したが、スパーの見たところでは、すでにみんなができあがっている感じだった。

スパーはひそかにこの一行の顔を観察した。おちつきがなく騒々しいが、どの目つきにも、彼が船橋で見た大部分の士官たちのそれと似たものがあった。ドックの話だと、この連中はみんなゾンビだそうだ。ファネットとドゥセットの顔で、おもしろいことがわかった。赤いまだらがあるように思えたのは、実際は……ソバカス、つまり白い皮膚の上にある小さな赤味のある星団のせいなのだ。

「かの有名な、人語をしゃべる猫はどうした？」クラウンがスパーにきいた。

スパーは肩をすくめた。キーパーが答えた。「どっかへ行っちまいましたよ。かえってありがたいぐらいでさ。この前の晩みたいな喧嘩をやらかすニャン公なんて、置きたくないからねえ」

黄褐色の瞳をじっとスパーの上に据えたまま、クラウンはいった。「どうやらアルモディーはあの晩の喧嘩で頭痛が起きたらしくて、来たくないといってるんだ。おまえがあの魔女の猫を始末したことを、彼女に伝えておくよ」

「もしスパーがやらなきゃ、あたしが始末するつもりでしたよ」とキーパーが口をはさんだ。

「やっぱり、あれは魔女の猫だと思いますか、検死官？」

「うん、まちがいない。スパーの顔の上のあれはなんだ？」

「この頃はやりの安っぽい目の飾りですよ、検死官。のんべえがとびつきそうな品物でしょ？」

スパーは、この会話があらかじめ仕組まれたもののような、クラウンとキーパーのあいだに新しい協定ができたような、そんな感じを受けた。しかし、彼はもう一度肩をすくめただけだった。スージーは怒った顔をしていたが、なにもいわなかった。

しかし、〈こうもりの巣〉が閉まっても、彼女はまだ粘っていた。きょうのキーパーは、彼女になんの要求もしなかった。なにもかも知ってるぞと言いたげな横目をくれて、あくびと伸びをしながら緋色のハッチへ消えていった。スパーは六つのハッチの戸締りを確かめてから、朝の光の中ではたいして変わりはなかったが明りを消し、彼の支え綱で待っているスージーのところへ帰った。

スージーがきいた。「まさか、あなたがキムを始末したんじゃないわね？」

「ちがうよ。キーパーが最初にいったとおり、どっかへ行っちまったんだ。どこへ行ったかも知らない」

スージーはにっこりして、スパーに腕をまきつけた。「その新しい目の飾り、とってもすてきよ」

「スージー、〈ウインドラッシュ〉が宇宙じゃないのを知ってたかい？　ほんとは一隻の船で、丸いぶつぶつのある白い丸のまわりを回ってて、その白い丸は、〈ウインドラッシュ〉をひっくるめたよりも、ずっと大きいってことを？」

「〈ウインドラッシュ〉が、ザ・シップって呼ばれることもあるのは、知ってるわ。その白い丸も見たことがある――絵でね。でも、そんな夢みたいなこと考えるんじゃないわ、スパー。あたしの中へはいって、なにもかも忘れて」

スパーはそうした。おもに友情からだった。足首を支え綱へ留めるのも忘れた。スージーの体にはもう魅力がなかった。彼はひたすらアルモディーのことを考えていた。

おわると、スージーは眠った。スパーもボロぎれで目隠しして、眠ろうとした。禁断症状は、この前の睡曜日よりもほんのわずかましになっただけだった。そのほんのわずかのおかげで、トーラスへ月の露の袋をとりにいくことだけはしなかった。だが、そのとき、まるで筋肉がひきつったような鋭い痛みが背中をおそい、症状が急激に悪化した。一度、二度、と痙攣が起こり、苦痛が耐えられなくなったとき、意識がなくなった。

スパーは正気づいた。頭がズキズキしていた。体が支え綱へクリップで留められているだけでなく、縛られていることに気がついた。両手首が一方へ、両足首が反対の方向へと引っぱられており、手も足も感覚がない。鼻が支え綱をこすっている。

光でまぶたの裏が赤く見えた。彼はそろそろと目をあけ、そして地獄犬が隣の支え綱に曲げた後肢をのせて身構えているのを知った。地獄犬の大きな鋭い歯が、おそろしくはっきり見えた。もし彼がもうすこし不用意に目をあけていたら、地獄犬は彼ののどにとびかかっていたかもしれない。

彼は自分の鋭い金属の歯を擦りあわせた。顔への攻撃なら、すくなくとも歯ぐきよりはましな武器で迎え撃てる。

地獄犬のむこうに、黒と透明のらせんが見えた。ここはクラウンの〈穴〉だ、と彼は気づいた。どうやら、あの背中の鋭い痛みは、麻酔薬の注射だったらしい。

だが、クラウンは彼の目の飾りもとらなかったし、彼の歯にも気づかなかった。スパーのことを、昔ながらの歯ぬけメクラと思っているのだ。

地獄犬とらせんのあいだに、支え綱に縛られたドックと、その隣にクリップ留めされた大きな黒いバッグが見えた。ドックはサルグツワをかまされている。きっと声を立てようとしたのだろう。スパーはそうしないことにした。ドックは灰色の目をあけていて、彼を見ているようだった。

きわめてゆっくりと、スパーは痺《しび》れた指を手首を縛りつけた結び目の上へ動かし、ゆっくりと全筋肉を収縮させてから、ひっぱってみた。結び目は支え綱の上を一ミリほど滑った。ゆっくりと動いているかぎり、地獄犬にはさとられないはずだ。彼は間隔をおいて、この動作をくりかえした。

それよりさらにゆっくりと、彼は顔を左に向けていった。廊下へのハッチのジッパーが閉まっていること、犬とドックのむこう、黒いらせんのあいだに、がらんどうのキャビンがあり、その右舷の側はいちめんの星ぼしであること——見えたのはそれだけだった。そのキャビンへのハッチはあけっぱなしで、黒い縞《しま》になった非常ハッチがそのそばで揺れている。

おなじゆっくりした動きで彼は顔を右へめぐらした。ドックが横へしりぞき、彼に目ざめの気配がないかと見張っている地獄犬が横へしりぞいていく。手首の結び目は、二センチほど近づいてきた。

最初に見えたものは、透明な長方形だった。その中にもたくさんの星ぼしがあり、船尾寄りに煙ったオレンジ色の丸がある。煙はてっぺんのほう、オレンジ色は下のほうに不規則に散らばっている。丸ぜんたいは、もしスパーが腕をいっぱいに伸ばせたら、掌で隠せそうな大きさだ。眺めているうちに、オレンジ色のまだらの一つがピカッと光った。光はすぐに消え、小さな黒い丸が煙を突きぬけて押し出してきた。これまでのいつよりも、スパーは悲しさを感じた。

その透明な四角の下に、スパーは恐ろしい光景を見た。スージーが、支え綱にひっぱられたピカピカした金属台の上へ、大の字に固定されているのだ。彼女は真青な顔で目をつむっていた。その首の横からは、五叉に分かれた赤い吸飲チューブが突き出ている。その枝のうち四本は、クラウンとリクサンド、ファネット、ドゥセットの赤い口にくわえられている。五本目の枝は小さな金属のクリップで閉めてあり、そのむこうにアルモディーが身をすくめ、両手で顔を覆って浮かんでいる。

クラウンが小声でいった。「ありったけほしい。ぜんぶとってしまえ、リクシー」

リクサンドは彼女のチューブの端をクリップで挟み、スージーのほうへ泳ぎよった。スパーは彼女が青いキュロットとブラをはずしにいったものと思っていたが、そうする代りに、彼女はスージーの片脚をマッサージしはじめた。つねにくるぶしから腰のほうへむかって揉んでいるのは、残った血を首のほうへ押しやっているのだろう。

クラウンが吸飲チューブを口からはずして、「ああ、うまい。最後の一滴が残り惜しいな」ともらすと、そのあいだに吸い口からほとばしった血をなめまわし、またチューブを口にくわえた。

ファネットとドゥセットが、声のない笑いで体を震わせた。

アルモディーはふさふさしたプラチナ色の髪の毛ごしに、指のあいだからそれをのぞき、ふたたび指の鋏《はさみ》を閉じてしまった。

しばらくしてクラウンがいった。「もう絞っても出ないな。ファンとドゥシー、この女を大消化管に食わせてやれ。もし廊下でだれかに出会ったら、酔っぱらいを介抱しているように見せるんだ。それがすんだら、ドックにごきげんなクスリを調合させる。ドックがおとなしくいうことをきくようなら、月の泡をすこしくれてやれ。それから、スパーを飲むとしよう」

スパーは、手首の結び目を半分以上の距離まで歯に近づけていた。地獄犬は熱心に動きを見張っているが、そんなにゆっくりした動きは見わけられない。犬の牙のそばには、よだれが小さな灰色の玉になって浮かんでいた。

ファネットとドゥセットがハッチをあけてスージーの死体をむこうへくぐらせた。

リクサンドを抱きよせながら、クラウンはドックにむかって上機嫌にいった。「どうだ、ご老体、これが正しいんじゃないのかね？　造化の血ぬられた歯と爪、と昔の賢者もいったそうな。やつらはあそこであらゆるものを毒に変えちまった」クラウンは、視野の外に滑り出ようとしている煙ったオレンジ色の球を指さした。「やつらはまだ戦ってるが、いずれまもなく死に絶えるだろう。だから、この間に合わせの、いわゆる生存船でも、やはり死が支配すべきだ。やつらの乗ってたのも船だってことを、思い出してみな。やつらの血も含めて、〈ウインドラッシュ〉に乗ったみんなの血を飲んでしまったら、われわれは自分の血を飲む。たとえ、われわれの血がやつらのと違っていてもだ」

クラウンはばかに〝やつら、やつら〟をふりまわすな、とスパーは思った。結び目は歯のそばまできていた。大消化管の動き出す音がきこえた。

隣のからっぽのキャビンに、スパーはドレークとフェナーの姿を認めた。またもや泡っ食いの変装にもどっていて、開いたハッチのほうへ泳いでくる。

だが、クラウンも彼らに気づいた。「やっつけろ、地獄犬」と、そっちを指さしていった。「命令だ」

大きな黒犬は弾丸のように支え綱をとびだし、開いたハッチをくぐった。ドレークがなにかを犬のほうへ向けた。犬はぐったりとなった。

小さく含み笑いしながら、クラウンは、ピカピカ光る、反りをうった、カミソリのように鋭い刃のついた鉤十字《かぎじゅうじ》を、先をつまんでとりだし、手首をひねって投げた。鉤十字はくるくる回りながら、カーブを切ってスパーとドックの横をかすめ、開いたハッチをくぐり、ドレークとフェナーから——そして地獄犬からも——それて、星ぼしの壁にぶつかった。

とたんに突風が起こり、非常ハッチがスポッと閉じた。透明なプライオフィルムごしに、スパーは、ドレークとフェナーと地獄犬が血を吐き、ふくれあがり、血まみれになってはじけるのを見た。彼らがいままでいたからっぽのキャビンはなくなってしまった。〈ウインドラッシュ〉は新しい壁を持ち、クラウンの〈穴〉はいびつになった。

はるか遠くで、鉤十字がくるくる回転しながら、星ぼしのほうへしだいに小さくなっていった。

ファネットとドゥセットが帰ってきた。「スージーは片づけたわ。だれかがやってくるのが聞こえたので、ずらかってきたの」大消化管はもう咀嚼をやめていた。

スパーは手首をゆわえた綱を一気にかみきり、すぐに体を曲げて足首の綱も切ろうとした。クラウンが体を躍らせた。ナイフを抜くだけの間をおいて、四人の女もそれにならった。ファネットとドゥセットとリクサンドが、ふいにぐったりとなった。スパーは、小さな黒い玉が、彼女たちの頭をかすめていったような印象をもった。

足首の縄をほどくひまはないと見て、スパーは体をまっすぐにした。クラウンが彼の胸にぶつかり、アルモディーが彼の足首にかみついた。

クラウンとスパーは、支え綱のまわりで大きく一回転した。そこで、アルモディーのかみきってくれた足首の綱がほどけた。円の接線にそって、ふたりが内側の壁のほうへとびだしていくあいだに、スパーはクラウンの股ぐらを膝で蹴ろうとしたが、クラウンは体をひねってそれをかわした。

パチンという音が聞こえた。クラウンがナイフを開いたのだ。浅黒い手首が目にはいり、スパーはそれをつかんだ。クラウンのあごに頭突きを食わそうとした。クラウンはそれもよけた。スパーはクラウンの首すじに歯を立て、ガキッと嚙んだ。

血がスパーの顔を包み、顔にほとばしる。彼は肉片を吐き出した。クラウンが激しく身もだえする。スパーはナイフをもぎとった。クラウンがぐったりとなった。人間の体の中の圧力が、こんどはクラウンに対しても裏目に出たのだ。

スパーは顔を振って、血をはらいのけた。そのつぶつぶのむこうに、キーパーとキムが肩を並べているのが見えた。アルモディーは彼の両足首をつかんでいた。ファネットとドゥセットとリクサンドは、ふわふわ浮かんでいた。

キーパーが誇らしげにいった。「おれが暴れ者除けのピストルで、あの女どもを射ったんだ。みごとに気絶したぜ。なんだったら、ついでにのども切ろうか」

スパーはいった。「もう、のど切りはたくさんだ。これ以上血を流すな」アルモディーの手を振りはなすと、ドゥセットのうかんでいるナイフを途中で拾いあげて、ドックのほうへむかった。

彼はドックの縛《いまし》めを切り、その顔からさるぐつわをはずした。

そうしているあいだに、キムがいった。「キーパーノ　キンケンヲ　ヌスンレ　カクシタンラ。ソレカラ、キーパーニ　ハンニンハ　キミラト　オシエタンラヨ、シュパー。シュパート　シュージー　ラッテ。ソシタラ　ヤッテキタ。キーパー　マニュケネ」

キーパーがいった。「おれは、スージーの足が大消化管へはいっていくのを見たんだ。足首のハートの飾りで、スージーだとわかった。それからは、クラウンでもだれでも殺せる勇気がわいちゃってな。おれ、スージーに惚《ほ》れてたんだ」

ドックが咳ばらいして、かすれ声でいった。「月の露」スパーが見つけてきたトリプルの袋を、ドックはすっかり飲みほしていった。「クラウンのいったのは事実じゃよ。〈ウインドラッシュ〉は、地球を脱出したプラスチックの生存船だった。地球は――」ドックは、窓の中で船尾のほうへ消えようとしている、くすんだオレンジ色の丸を指さした。「――大気汚染と核戦争で、自分に毒を盛ってしまった。地球は戦争に金《きん》を使いはたし、生存にプラスチックを使いはたしたのさ。忘れるにこしたことはない。〈ウインドラッシュ〉も発狂した。むりもないよ。レテのリケッチア、別名ステュクス熱がなくても、そうなったじゃろう。〈ウインドラッシュ〉を宇宙と思いこんだのさ。クラウンは、わしのクスリほしさにわしを誘拐した。調合法がわかるまで、生かしとく気だったんじゃ」

スパーはキーパーをふりかえって命じた。「ここを掃除しろ。クラウンは大消化管に食わせてやれ」

アルモディーがスパーの足首から彼の腰へと体をひきよせた。

「生存船はもう一隻あったのよ。〈サーカムルーナ〉という名の。〈ウインドラッシュ〉が発狂したとき、あたしの父母は——それからあなたも——調査と治療のために、この船へ送られてきたんだわ。でも、父は死んでしまい、あなたはステュクス熱に罹ってしまった。母は、あたしがクラウンに引きとられるすぐ前に亡くなったわ。あなたのところへキムを送り届けたのは、母なのよ」

キムがいった。「ボクノ　センジョモ　サーカムルーナカラ　ウインロラッシュへ　キタンラヨ。ヒイオバアサン。ボクニ　ウインロラッシュノ　スージヲ　オシエタ……ツキノチューシンカラノ　ハンケイ　二五〇〇マイル。シューキ　六ジカン——ラカラ　ヒガ　ミジカイ。テランシュハ　チキュウガ　ホシノアイラヲ　ヒトマワリシュル　ジカン、トカサ」

ドックがいった。「というわけで、スパー、きみだけなんじゃ、冷笑癖なしに昔を思い出せるのは。だから、きみがあとをひきうけてくれなきゃいかん。この船はきみにあずけたよ、スパー」

スパーはことわりきれなかった。

編者あとがき

ここにお届けするのは、猫にまつわるSFとファンタシーを集めた日本オリジナル編集のアンソロジーである。とはいえ、「猫にまつわるSFとファンタシー傑作選」では長すぎるので、副題には「猫SF傑作選」と銘打った。看板に偽りあり、という気がしないでもないが、そこは大目に見ていただきたい。

SFをふくむ広義の幻想文学と猫は相性がいいらしく、すでに数多くのアンソロジーが編まれている。わが国で刊行された翻訳ものにかぎっても、①仁賀克雄編『猫に関する恐怖小説』(一九八〇/徳間書店→一九八四/徳間文庫)、②ジャック・ダン&ガードナー・ドゾワ編『魔法の猫』(一九八四/扶桑社ミステリー)、③同前『不思議な猫たち』(一九九一/同前)、④エレン・ダトロウ編『魔猫』(一九九六/早川書房)と四種を数える。当然ながら、こうした先達の仕事は意識した。

このうち①は古典的なホラーを中心にしたラインナップを組んでおり、④は書き下ろしのホラーとサスペンスを集めているので、本書とはコンセプトが異なる。いっぽう②と③は、編集方針がもろに重なっており、差別化を図る必要に迫られた。

いろいろと考えた末に、思いきって重複する作品をゼロにすることにした。採りたい作品はたくさんあり、とりわけフリッツ・ライバーの「跳躍者の時空」（一九五八／河出書房新社『跳躍者の時空』所収）とコードウェイナー・スミスの「鼠《ねずみ》と竜のゲーム」（一九五五／ハヤカワ文庫ＳＦ『スキャナーに生きがいはない』所収）という猫ＳＦの二大名作には未練が残ったが、今回は知られざる秀作の紹介を優先した。その分、ほかに類を見ない目次ができあがったといえそうだ。

その内訳を記せば、収録作十編のうち本邦初訳が四編（異説あり。くわしくは後述）、雑誌に掲載されたきりの作品が三編。あとは複数回世に出たものだが、そのうち二編は二十年以上も入手困難だったものである。既訳がある六編のうち、三編は本書のために新訳を起こしたことも明記しておこう。

この十編を〈地上編〉と〈宇宙編〉に分けて並べた。いずれ劣らぬ個性的な猫たちの活躍を楽しんでいただきたい。

さて、猫ＳＦの意義や歴史を論じても、あまり意味がないように思えるし、収録作については各篇に解説を付したので、ここでは裏話をしてみたい。

この「編者あとがき」の冒頭に先行するアンソロジーのことを書いたが、猫ＳＦを特集した雑誌についても触れておいたほうがいいだろう。一九五九年の創刊以来とぎれることなく刊行されている〈ＳＦマガジン〉が、その長い歴史のなかでいちどだけ猫ＳＦ特集を組んでいるのだ。それが一九九七年六月号の「特集・ネコ、跳んじゃった!?」だ。

翻訳小説四編に、作家の愛猫フォトつき推薦作コメント五編という内容で、小規模ながら猫愛とSF愛にあふれたものだった。前述のとおり、右記四冊のアンソロジーとは作品がダブらないようにしたが、この特集からはジェフリー・D・コイストラの「パフ」を再録させてもらった。この秀作を埋もれさせておくのは惜しい、と思ったからだ。その価値があったかどうかは、読者の判断に委ねよう。

ついでに書いておけば、広義の幻想小説の研究誌として異彩を放っていた〈幻想文学〉が第五十二号（一九九八年三月十日発行）で「猫の妖《あやかし》、猫の幻《まぼろし》」という特集を組んでいる。こちらは評論主体であり、小説は古典ホラー二編の訳載にとどまるが、石堂藍《いしどうらん》による「猫ファンタジー・ガイド」が充実しており、恰好《かっこう》の手引きとなってくれる。


当たり前の話だが、アンソロジーの編纂《へんさん》にはさまざまな制約があって、当初の構想がすんなり実現することはすくない。今回も紙幅の都合や、版権の壁や、人口に膾炙《かいしゃ》しすぎているといった理由で収録を見送った作品があるので、そのいくつかを紹介しよう。

筆頭にあげるべきは、ロバート・A・ハインラインの短編「宇宙での試練」（一九四八／ハヤカワ文庫SF『地球の緑の丘』所収）だろう。周知のとおり、ハインラインは猫SFの名作『夏への扉』（一九五七／同前）の作者であり、その名前は猫SF傑作選にほしいところだ。飛べなくなった元宇宙飛行士と猫が登場する本編は、作者の猫に寄せる愛情が横溢《おういつ》しており、猫SF傑作選にふさわしいのだが、版権上の問題で収録がかなわなかった。それにともない、アーサー・C・クラークの「幽霊宇宙服」（一九五八／同前『90億の神の御名』所収）、アイザック・アシモフの「時猫」（一九四二／同前『ガニメデのクリスマス』所収）と並べてビッグ・スリーそろい踏みという趣向も流れたのだった。

ダン＆ドゾワのアンソロジーに採られているため、収録を泣く泣くあきらめた作品としては、前述の二編のほかにパメラ・サージェントの「猫は知っている」（一九八一／扶桑社ミステリー『魔法の猫』所収）がある。猫が人間の言葉をしゃべりだしたために起きる事態を皮肉に描いており、サキの名作「トバモリー」（一九〇九／白水社『クローヴィス物語』所収）の現代版の趣《おもむき》がある。

言葉をしゃべる猫の話としては、シオドア・スタージョンの「ふわふわちゃん」（一九四七／早川書房『一角獣・多角獣』）も捨てがたいが、同じ作者の埋もれていた作品の発掘を優先した。

タニス・リーの「ナゴじるし」（一九八五／ハヤカワ文庫FT『ゴルゴン』所収）は、猫の残酷さに焦点を当てた作品として採りたかった。ファースト・コンタクトものの一種だが、ひと筋縄では行かない。残念ながら、諸般の事情により割愛。

長さがネックになったのは、ジョージ・R・R・マーティンの「守護者」（一九八一／ハヤカワ文庫SF『タフの方舟《はこぶね》1　禍《まが》つ星』所収）だ。宇宙一あこぎな商人ハヴィランド・タフを主人公とする連作のひとつで、タフの愛猫ダックスが名脇役ぶりを見せる。

収録書の刊行時期が新しすぎて見送られたのが、レイ・ヴクサヴィッチの「キャッチ」（一九九六／東京創元社『月の部屋で会いましょう』所収）。表題そのまま、猫を放り投げてキャッチする実験を描いたショーショートで、不条理な味わいはちょっと忘れがたい。

このほか未訳作品がいくつか候補作リストに載っていたのだが、これは企業秘密にしておこう。

邦訳のある作品に関しては収録書籍を併記しておいたので、興味を持たれた方は、ぜひとも現物に当たっていただきたい。猫好きならずとも、楽しい時間が過ごせることは保証する。

本邦初訳四編について「異説あり」と記した理由を説明しておく。じつは収録作のうちアンドレ・ノートンの「猫の世界は灰色」は、自費出版ですでに邦訳がある。荒川水路編・訳の『黄金期未訳SF　テーマ・アンソロジー　猫の巻』（二〇一六／タイロス出版）に収録された「すべての猫はねずみ色」がそれだ。ただし、同人誌などに訳出されたものはカウントしないのが通例なので、本邦初訳あつかいとする。

末筆になったが、いろいろと相談に乗ってくださった山岸真氏、本書を企画し、編集を担当された竹書房の水上志郎氏に感謝を捧《ささ》げる。無事に本書ができあがったのは、もっぱらおふた方のおかげである。深謝。

二〇一七年七月

中村融

Puff ●「パフ」山岸真訳〈ＳＦマガジン〉一九九七年六月号

Pattern for Penelope ●「ピネロピへの贈りもの」伊藤典夫訳〈ＳＦマガジン〉一九七二年六月号 ↓『ジョナサンと宇宙クジラ』ハヤカワ文庫ＳＦ（一九七七）↓ 赤城かん子編『あなたのための小さな物語８ 解放』ポプラ社（二〇〇一）↓『ジョナサンと宇宙クジラ［新装版］』ハヤカワ文庫ＳＦ（二〇〇六）

Healing Benjamin 初訳

In Carnation 初訳

Helix the Cat「ヘリックス・ザ・キャット」大森望訳〈ハヤカワ・ミステリマガジン〉一九九七年二月号

Well Worth the Money 初訳

The Conspirators ●「共謀者たち」風見潤訳〈ＳＦマガジン〉一九七二年一月号

Novice ●「チックタックとわたし」矢野徹訳〈ＳＦマガジン〉一九七四年十二月号 ●「テルジーの冒険 第一部」鎌田三平訳『テルジーの冒険』青心社（一九八四）↓ 新潮文庫（一九八八）

All Cats Are Gray 初訳

Ship of Shadows ●「影の船」浅倉久志訳〈ＳＦマガジン〉一九七二年三月号 ↓ アイザック・アシモフ他編『世界ＳＦ大賞傑作選５』講談社文庫（一九七八）

本書の一部には現在では差別的表現とされる言葉が使用されているが、当時の時代背景などを考慮し原文のまま収録した。

猫SF傑作選　猫は宇宙で丸くなる
2017年9月7日　初版第一刷発行
2022年8月25日　初版第二刷発行

著……　シオドア・スタージョン、フリッツ・ライバー他
編者……中村融
カバーイラスト……旭ハジメ
カバーデザイン……坂野公一(welle design)

発行人……後藤明信
発行所……株式会社竹書房
〒102-0075 東京都千代田区三番町8-1
三番町東急ビル6F
email : info@takeshobo.co.jp
http://www.takeshobo.co.jp
印刷所……凸版印刷株式会社

定価はカバーに表示してあります。
落丁・乱丁があった場合は furyo@takeshobo.co.jp までメールにてお問い合わせください。

ISBN978-4-8019-1191-8 C0197
Printed in Japan